도
향

사랑, 그 설렘에 취하고 향기에 물들다.

ㄷ
항

사랑, 그 설렘에 취하고 향기에 물들다.

내 비서를
   탐하지 말라

내 비서를
탐하지말라

Vol. 01

초판 1쇄 찍음 2012년 12월 10일
초판 1쇄 펴냄 2012년 12월 14일

지은이 | 아실리스
펴낸이 | 정 필
펴낸곳 | 도서출판 **뿔미디어**

편집장 | 이재권
기획 · 편집 | 손수화
편집디자인 | 이진선
관리 · 영업 | 김기환, 임순옥

출판등록 | 2002년 9월 11일 (제1081-1-132호)
주소 | 부천시 원미구 상3동 533-3 아트프라자 503호 (우)420-861
전화 | 032)651-6513 / 팩스 | 032)651-6094
E-mail | dahyangs@naver.com
카페 | http://cafe.daum.net/dahyangs

값 9,000원
ISBN 978-89-6775-072-5 04810
ISBN 978-89-6775-071-8 04810 (세트)

내 비서를 탐하지 말라

아실리스 장편 소설

vol.
01

c o n t e n t s

1.

Welcome, Ms. Earth

나는 지금 천천히 숫자를 세며, 사무실 바깥에 놓인 모던한 주황색 플라스틱 의자에 애니스가 돌아오길 기다리고 있다.

"……그리고 기획기사는 이대로 내보내고."

"알겠습니다."

그리고 내 까탈스러운 직원들이 되도록 그녀의 부재를 알아차리지 않길 바라기 때문에 직원들이 나를 찾아오면 최대한 늦게 내보내고 있다. 그녀가 이곳에서 내 비서로 일한 지 오늘로 딱 다섯 달째 되는 날이다. 검은 머리카락과 검은 눈동자의 한국인 아가씨는 낙하산이라는 눈총과 촌스러운 스타일에 대한 살벌한 평가를 감내하며 세계 최고의 패션지 《플라티나》의 편집장 비서로서 이를 악물고 버텨 내는 중이다.

솔직히 그녀의 의지와 노력은 칭찬받아야 마땅하지만 나도 내 코가 석자인 터라 칭찬은커녕 말도 잘 않고 있다. 편집장이 비서한테 필요한 말 빼고는 어떤 사소한 말도 안 한단 말이다. 이 망할 패션산업계의 쓸데없이 고고한 자존심이란 가끔 지나가던 개도 비웃을 정도다. 애니스는 지금 우리 회사에서 거의 왕따다.

나의 아버지이자 광고, 출판업계의 가장 큰 손인 알티머스 케인에게 무슨 짓을 했는지 영어도 제대로 못하는 촌스러운 계집애가 낙하산을 탔다고 회사에 소문이 자자하다. 나는 그녀가 무슨 짓을 했는지 잘 알고 있지만 묻는 말에 절대로 대답하지 않고 있다.

어떻게 그녀가 인사불성이 된 내 멱살을 끌어다가 이 자리에 앉히고 편집장 칼럼을 쓰게 만들었다고 말을 하나. 젠장. 난 그때 기억은 나지도 않으니까 묵비권을 행사할 테다. 문제가 많은 아들을 걱정하셔서 저런 파격적인 인사 조치를 단행하신 아버지께 반항을 할 생각도 해 봤지만, 그 전에 도끼눈을 뜨고 있는 저 한국인 비서가 너무 무서워서 관뒀다.

그녀는 한마디로, 강적이었다. 좀 짧은 영어로도 아무렇지 않게, 그것도 생글생글 웃어 대며 정면으로 직구를 날려 대고 뻔뻔한 표정으로 나를 잡아 댄다. 애니스는 어디를 가나 있었다. 그러니까, 어느 클럽을 가건, 어느 파티를 가건 귀신같이 나타나서 시퍼렇게 날 선 표정으로 날 끌고 나온다. 무서워서 한량 짓을 하겠나!

"나가 봐요."

"예."

나는 애니스가 자리에 앉는 것을 확인한 뒤 액세서리 팀장을 내보냈다. 애니스는 항상 늦을 수밖에 없다. 내가 늘 뉴욕 한복판을 미친 듯이 헤맬 수밖에 없는 심부름을 시키거든. 예를 들어 49번가의, 어느 골목의, 코딱지만 한 상점에 가서 그 상점만 취급하는 물건을 사 오라는 식이다. 뉴욕 지리에 익숙하지 않은 그녀는 반쯤 울면서 빌어먹을 뉴욕의 와이파이를 욕하고 스마트폰을 붙든 채 겨우 물건을 가지고 온다.

왜 이런 삽질을 하냐고? 글쎄. 그냥 그녀가 심술맞은 패션 피플에게 농락당하는 꼴을 보기가 싫다고 해 두자.

"사 왔어?"

"네."

그녀는 길게 말을 하지 않는다. 성격인지, 영어가 짧아서 그러는지, 아니면, 날 싫어하나? 사실 나는 이 질문의 답을 알고 있다. 후자겠지. 젠장.

"나 커피."

"네에, 네."

말을 길게 끌며 애니스는 그럴 줄 알았다는 듯이 그대로 몸을 돌린다.

"3분 내로."

이 사무실이 있는 층과 길 건너의 스타벅스, 붐비는 엘리베이터를 생각하면 그건 절대 불가능한 일이기에 애니스는 멈칫거리다가 날 돌아보았고, 나는 재빨리 서류를 뒤적거림으로써 그녀를 무시했다. 사무실이 다시 휑하니 비었다.

지금 당신은 무얼 하면서 이 글을 읽고 있나? 한 잔의 커피를 마시며? 카모마일 차? 혹은 지루한 병원 대기실에 앉아서? 미용실에서 차례를 기다리면서? 주위에는 소음이 가득한가? 조용한가? 당신이 입고 있는 옷은? 파자마? 편한 티에 트레이닝 바지? 이제부터 각오해라. 당신이 있는 곳은 지구상의 어느 평범한 곳. 그러나 이 글을 쓰는 내가 있는 곳은 지구상에 존재하는 외계인들의 집단 서식지다.

이곳에서 치즈 마카로니는 죄악 중의 죄악이며—비타민워터와 닭가슴살이 우리를 구원하시리니!—외계인들은 모두 토 나오게 비싼 악어가죽 스틸레토 힐을 신고 뛰어다니고, 스타벅스 커피가 영양제고, 오직 머릿속에는 명품과 돈, 섹스, 다이어트밖에 없고 영혼 따위는 존재하지 않는 괴물들이다. 내 이야기를 듣다 보면 지금 무언가를 목구멍으로 넘기고 있다던가, 아니면 운동도 안 하고 푹 퍼져 있다는 사실에 죄책감을 느낄지도 모른다. 이 외계인들은 서로에게 죄책감을 부여하고, 스스로를 자책한다. 그리고 나는, 이 외계인들의 최종보스를 보조하는 비서이자 이 외계인 서식지의 유일한 지구인이다.

저 망할 놈! 나는 이를 득득 갈면서 계단을 뛰어 내려갔다. 비서가 무슨 잔심부름꾼인가? 지 아버지가 아들 좀 잘 부탁한다고 사정을 하는 게 불쌍해서, 아니지, 솔직하게 말하자면 내 코가 석 자라서 이 일을 하고 있지만 해도 해도 너무하잖아! 내가 헉헉거리면서 스타벅스로 뛰어 들어오자 매니저가 불쌍하다는 표정으로 알아서 아메리카노 그런데 사이즈를 내민다.

"시럽 없죠?"

"그럼요."

"잔돈은 됐어요."

죽어라, 망할 편집장. 이럴 줄 알았으면 대학 졸업하자마자 미국으로 오지 않는 건데, 나는 이 잔인한 현실을 저주할 수밖에 없다. 나는 눈물을 꾹 참으며 다시 빌딩으로 들어갔다.

니콜라스 케인. 내 망할 보스이자 전 세계를 주름잡는 패션지 《플라티나》의 본사 편집장이다. 뉴욕의 여자들 중 절반은 이 이름에 환호할 것이다. 꿈을 가진 세상의 모든 여인들에게 한 달에 한 번씩 꿈과 희망을 나누어 주시는 참된 복음전도사. 찬양하라!

그가 내려 주는 프라다와 오스카 드 라 렌타 드레스는 골든 걸들의 복음이며, 그가 언급하는 부티크와 갤러리는 있어 보이고 싶어 하는 여자들의 핫 플레이스고, 그가 뿌려 주는 잡지의 광고들은 너무나 가난해서 모델들의 허리를 척추 사이즈까지 줄여야 하는 수많은 디자이너들의 밥줄이다. 하이고, 생각하고 나니 뉴욕 전체가 외계인들의 공습을 받았군 그래.

여긴 너무 적응하기가 힘들다. 하루에도 몇 번씩 그만두고 싶은 충동이 일어난다. 망할 년들, 망할 회사, 망할 보스! 사람을 거의 없는 사람 취급을 하고 무시하는 것은 이 업계의 특성이다. 여기에 오면 황금만능주의에 영혼이 다 빨려 나가서 중요한 알맹이는 아무것도 모르는 채 지들이 잘났다 떠들어 대는 로봇들을 상대해야 한다. 가끔은 끔찍하다. 나도 저렇게 되면 어쩌나, 하고.

그리고 사실 난 그렇게 되고 있다.

"아, 저, 애니스?"

"네, 이지."

난 간신히 기억을 더듬어서 패션업계에 걸맞지 않게 통통한 이 여자의 이름이 이지라는 것을 기억해 냈다. 성은 당연히 모른다. 나 바쁜데 말 걸지 말아 줄래요?

"그거 닉의 커피죠?"

"네, 그런데요."

"이리 좀 와 봐요."

아, 또 왜! 이미 늦었단 말이다!

"어차피 닉 지금 나갔어."

지나가던 말라깽이 남자 스타일리스트 하나가 말을 했다. 제기랄.

"고마워, 케빈. 아가씨! 이리 와요."

이지는 내 눈앞에서 손가락을 딱딱 튕기며 손짓을 했다. 그녀는 날 《플라티나》의 거대한 옷장, 클로짓으로 질질 끌고 들어갔다. 어째 그녀는 한 걸음 옮길 때마다 점점 거대해지는 기분이다.

"망할 편집장은 반쯤 무시해도 좋아요. 반은 병신이니까."

아, 또 시작이다. 여기 인권이라곤 없었지. 당연하지, 외계인 회사니까.

"그리고 커피, 지 입맛 까다롭다고 허구한 날 스타벅스 사 오라고 하는데 그냥 내린 커피 갖다 줘도 잘 먹어요."

"응. 그 사람 미각이 그렇게 발달하지 않았어!"

따라 들어온 케빈이라는 말라깽이가 추임새를 넣었다.

"대신 컵은 챙겨야지."

이지는 내 손에서 아메리카노를 채 간 뒤 뒤쪽에 있는 탕비실로 들어가 개수대에 커피를 쫙 쏟았다.

"이 컵에 내린 커피 넣어 주고, 틈틈이 요 아래 내려가서 컵만 따로 챙겨요. 매니저랑 안면은 있죠?"

"아, 음, 네."

"적당히 꼼수도 부리라고. 보는 사람 답답하게 멍청한 짓 하지 말고."

이제는 익숙해진 독설에 난 아무런 대꾸도 하지 못했다.

"그리고 이리 와요."

이리 간다기보다는 휙 끌려가서 이지가 안겨 주는 걸 턱턱 받았다. 이게 뭐야? 백, 스카프, 또 백, 백이다.

"저 바깥에 있는 쌍년들 기죽이고, 한심한 편집장 때려잡으려면 적어도 백은 튼튼한 걸로 들고 다녀야지."

목이 멘다.

"아, 저…… 고마워요."

항상 클로짓을 들락날락하며 이것저것 챙겨 가는 여자들을 보면 솔직히 그렇게 부러울 수가 없었지.

"정신 똑바로 차려. 저 망할 편집장이 개망나니 짓 하면서 만날 마감 펑크 내는 거, 나도 더 이상은 못 참겠어."

케빈이 한숨을 푹 쉬면서 정신 차리라는 듯 손가락을 딱딱거리며 말했다.

"당신도 갈아 치워진 열아홉 번째 비서가 되고 싶진 않을 거 아냐. 솔직히 연봉은 죽이잖아. 버텨!"

"그리고 닉한테 휘둘리지 마. 《플라티나》에서 저놈한테 휘둘리는 게 제일 멍청한 거야. 그러니까 다들 널 우습게 보지."

이지는 한심하다는 듯이 팔짱을 끼었다.

"어쩜 그렇게 사람이 꽉 막혔니? 하라는 대로 다 해? 주는 커피에 침 뱉는 것 정도로는 절대 안 돼."

윽, 다들 알고 있었나 보다.

"적당히 해, 적당히. 그리고 이건 네가 예뻐서 말해 주는 게 아니라, 보아하니 잘 버티는 것 같아서 말해 주는 거니까 오해하지 말고."

"고마워요."

"오해하지 말라니까 자꾸 그러네."

퉁명스럽게 대꾸하는 이지의 얼굴이 빨개졌다. 드디어 여기 서식하는 외계인 중 하나가 사람으로 보이는 순간이다. 옆에서 낄낄 웃던 케빈이 먼저 나가면서 말을 던졌다.

"여기서 제일 멍청한 놈한테 휘둘리지 마, 루키."

그제야 나는 내 보스의 위상을 실감했다. 다들 이 사람을 깔보는구나. 그럼 그런 사람에게 당하는 나는 천민 중의 천민 계급인가.

책상으로 돌아와서 받은 백들을 모조리 책상 아래 종이 백에 넣은 후에 시계를 바라보았다. 퇴근할 시간이다. 급한 일이 없는 이상, 편집장을 잡으러 뛰어다닐 필요는 없다. 더구나 스케줄표에 따르자면 오늘은 그의 외가 식구들과 모임이 있는 날이다. 가족들과 함께 좋은 시간 보내세요. 경사로세. 오늘만큼은 좀 쉴 수 있겠구나.

"아직도 안 갔어?"

윽. 그게 아닌가 보다. 고개를 들어 보니 흐트러진 차림의 보스가 천천히 걸어오고 있었다. 내 머리에 순식간에 빨간 경고등이 켜졌다. 휴스턴, 문제가 발생했다.

"……커피 드실래요?"

"응. 좀 줘."

어쩐지 그는 대단히 지친 기색이었다. 이럴 줄 알았다. 그에게 있는 식구들이라곤 아버지와 외가가 다였지만, 노는 걸 좋아해서 그런지 내 보스는 외가를 그리 좋아하지 않았다. 물론 이유는 궁금하지도 않고, 내 알 바도 아니다.

자칭 스타벅스 아니면 안 마신다는 편집장에게 무늬만 별다방이고 내용물은 내린 커피를 갖다 바치고 나서 난 피곤한 표정으로 모니터를 응시했다. 아무래도 저놈이 오늘도 날 부려 먹을 듯하니 시간이나 때워야지. 난 하얀 창을 보다가 아무 말이나 두들겼다. 판데모니엄. 지옥. 판게아. 대륙. 그러니까 판게모니아. 음. 어감 좋네.

애니스는 착하고, 배려심이 깊다. 눈치가 빨라서 커피만 가져다준 뒤 퇴근도 않고 컴퓨터 자판을 조용히 두드린다. 난 내 사무실 문에 기대고 그녀를 관찰했다. 물론 오늘 커피를 사 오는 대신 컵만 바꿔치기하는 장족의 발전을 했지만, 그녀는 다섯 달이 되도록 이곳에 물들지 않고 허파에 바람을 넣지도 않았다. 늘 조용히 앉아서 날 기다린다.

"편집장님."

"응?"

"내일 챈들러 씨와의 점심 약속이 취소되었어요."

"어째서?"

"아버님이 전화하셨더라고요. 열두시 반, 사무실로 오시래요."

어쩐지 급조한 약속인 것 같은 냄새가 났지만 난 적잖이 안도하는 기분으로 고개를 끄덕였다. 보기 싫은 외삼촌을 안 볼 수만 있다면야.

"퇴근해. 수고했어."

이렇게 기분이 꿀꿀한 날은 내 악명을 높이기 위해서라도 클럽에 가서 한바탕 쓸어 주어야 하지만, 사무실에 혼자 남아 있는 애니스를 보니 그럴 기분이고 뭐고 다 귀찮아졌다.

"차 대기시켜 놨어. 타고 가."

"……Good night."

"내일 봐."

그녀를 보내고서 난 사무실의 불을 모두 껐다. 챈들러 그룹의 주식을 체크하고, 케인 그룹의 주요 프로젝트 진행 상황을 보다 보면 세 시간이 훌쩍 지나간다. 투두둑, 비가 전면창을 두들기기 시작했다. 아홉 시. 난 슬슬 일어나서 아무도 기다리지 않는 외로운 아파트로 향했다.

그리 좋은 기분이 아니었다. 차를 타고 갈지, 어떻게 할지 망설이다가 우산을 쓰고 걷기 시작했다. 밤의 신선한 공기라도 마시면 괜찮아질까, 싶었다. 내 외가, 챈들러 그룹이라면 구역질이 나다 못해 쳐다보고 싶지도 않았으니까. 그런데 오늘 그 치들을 한꺼번에 만났으니, 기분 한번 더럽기 그지없었다. 그럼에도 불구하고 계속 얼굴을 맞대고 웃어 주고, 위선적인 말을 거리낌 없이 해 대는 내가 더 역겨운 건가?

"어?"

천천히 걷는데, 문득 이상한 기분이 들어서 뒤를 돌아보았다. 비에 쫄딱 젖은 레브라도 리트리버 한 마리가 날 졸졸 따라오고 있었다. 아주 어린 강아지다. 개라면, 엄마가 아직 살아 계셨을 때 이런 놈으로 한 번 키워 본 적이 있었으니까. 그때 그 강아지 이름은 맥스였는데. 실없는 옛날 추억이 머리 한 켠을 스치는 것을 뒤로하고, 나는 난감한 눈으로 녀석을 내려다보았다.

주위를 둘러보니 주인은 없는 것 같고, 상당히 꼬질꼬질한 놈이었다. 비에 쫄딱 젖었으면서 나와 눈이 마주치자 반갑다고 꼬리를 마구 흔든다.

"네 엄마는 어디 갔니?"

낯선 사람이 좋다고 자꾸만 가까이 온다. 난 녀석의 더러운 발자국이 찍힌 보도를 물끄러미 바라보았다. 발자국은 근처 공원의 화단에서 나왔다. 천천히 그쪽으로 가 본 나는 조경된 나무와 제멋대로 뻗은 장미 덩굴을 치워 내다가 이미 반쯤 부패한 녀석의 엄마를 발견했다.

삐삐 말라 버린 강아지는, 계속 제 엄마 곁을 지키고 있었나 보다. 난 재킷을 벗어 녀석을 감싸고는 내 펜트하우스로 들어갔다.

자, 이제 이 녀석을 어떻게 한다? 혼자 둘 수가 없어서 데리고 오긴 했는데, 나는 애완동물을 키워 본 지 너무 오래되어서 뾰족한 수가 떠오르지 않았다. 이 시간에 동물병원이 열까? 동물에 대해서 잘 알 만한 사람이 누가 있을까? 내가 아는 여자들은 죄다 애완동물을 장식으로 들고 다니는 여자들이고, 친구 놈들은 스스로가 이미 강아지인 놈들이다.

어쩔 수 없이 요즘 나의 SOS 전용 5분 대기조가 되어 버린 불쌍한 비서에게로 전화했다. 죄책감이 들었지만 내 악명을 유지시키고, 더불어 악랄한 보스로 군림하는 데 야밤에 불러내는 것만한 것이 없다는 건 사실이니까.

"……주웠다고요?"

짜증을 내지도 못하고 달려온 애니스는 대단한 표정으로 날 쳐다보았다. '니가 그럴 줄도 아는 사람이었냐?' 라는 표정이다.

"어. 어떡하지? 일단 맥주병에 따뜻한 물 넣어서 이 안에 넣어 주긴 했는데……."

"쟤가 고양이로 보여요?"

처음으로 애니스는 나에게 짜증을 내며 휴대폰을 들었다.

"타월에 감싸서 챙겨요. 분명히 24시간 동물병원이 있을 테니까 거기로 가요."

"내가 운전할게."

애니스가 감정을 드러내는 일은 극히 드물다. 가벼운 저지 차림의 그녀는 강아지를 의사에게 맡겨 놓고서 진료가 끝난 뒤 내가 계산을 할 때까지 묵묵히 기다려 줬다. 아무 말도 하지 않았지만 그녀의 표정만큼은 대단히 복잡했다.

"애 키울 거예요?"

"그럼 어떡해. 버려?"

기가 막히다는 표정이다.

"아니, 스스로도 제대로 추스르지 못하는 사람이 어떻게 강아지를 데리고 살아요?"

애니스는 처음으로 나에게 대놓고 쏘아붙이기 시작했다. 아니, 이건 처음이 아니지. 내가 술에 취해서 인사불성이 된 척을 할 때마다 그녀는 입바른 말을 했다.

"나 성인인데."

"안 물어봤어요. 그리고 성인처럼 행동도 안 하잖아요."

아무래도 그녀는 잔소리를 즐겨 하는 타입인 것 같다. 요는, 철 좀 들어라, 이거다. 물론 나는 절대 그럴 생각이 없기 때문에 싱긋 웃었다.

"에이, 나한테는 애니스가 있잖아. 그러니까 걱정 안 해."

"지금 나더러 애완동물 뒷수발까지 들라는……!"

더 험한 말이 나오기 전에 그녀는 입을 꾹 다물었다. 게다가 그녀는 집까지 따라와서 동물병원에서 비싼 돈을 주고 산 물품을 정리하는 것까지 도와줬다. 아무튼 천사라니까.

"알아서 키워요. 나 끌고 오지 말고."

"그건 두고 봐야 알 일이지. 솔직히 애니스도 나에게 그렇게 큰 기대는 안 하잖아."

뼈 있는 말이다. 그녀는 검은 두 눈을 나에게로 고정시키고 한동안 움직이지 않았고, 나도 그 시선을 굳이 피하지는 않았다. 아니, 피할 수 없었다. 그녀의 표정은 '그런가, 너는 그렇게 생각하냐?'였다.

"……그렇죠. 큰 기대는 아니죠. 남들 하는 것처럼 좀 정상적으로 사람 노릇 하라는 게 큰 기대는 절대 아니죠."

애니스가 슬슬 날리기 시작하는 직구는 꽤나 아팠다.

"갈게요."

"데려다 줄게. 위험하잖아."

"……데려다 주는 걸로 꼬투리 잡지 말아요."

"도대체 어떻게 데려다 주는 걸로 꼬투리를 잡을 수 있는지 모르겠네."

그날 밤은 평범한 밤이었다. 누구에게나 일어날 수 있는 밤. 강아지를 줍고, 심술맞은 상관의 호출에 힘없는 부하 직원이 질질 끌려오고, 남자가 여자를 데려다 준 밤. 돌이켜서 생각해 보면, 그 밤이 우리의 터닝 포인트가 되었던 것이 사실이지만 나는 전혀 그런 생각 따위 하지 못했다.

새 하루는 또 시작되었고, 끊임없이 감정 소모를 하며 머리가 아프도록 두뇌 싸움을 해야 하는 일상은 다람쥐 쳇바퀴 굴러가듯 계속된다. 그 이후 한 달 동안 나는 한심하다고 비웃는 시선들을 모르는 척하며 뒤로는 집요하고 치열하게 챈들러 가의 모든 현황을 추적하고 알아냈고, 대중이 원하는 광대 짓도 기꺼이

해 주었다.

적당히 나사 빠지고 방탕한 삶을 연기하는 것만큼 쉬운 것이 어디 있을까. 좀 피곤하지만, 아무것도 없는 피라미 주제에 야망을 드러내다 죽는 것보다야 나았다. 기회를 엿보는 것만큼 즐겁고, 짜릿한 것은 없으니까. 시끄럽게 웃고 술을 마시는 건 피곤한 일이었지만 내 유전자는 원래 알콜에 대단한 면역이 되어 있는 터라 상관없었다.

지루한 일상과 참석하기 싫은 가족 모임, 시끄럽게 쿵쾅거리는 클럽 음악과 독한 알콜들. 나는 오늘도 가족 모임에 술에 취해 나타날까, 아니면 그냥 놀다가 가지 말까, 하면서 머리로는 계산기를 두들겼다. 시끄럽게 울리는 비서의 호출 전화는 적당히 무시한 채.

"야, 그거 회사 전화 아니냐?"

"무시해도 돼. 내가 사장인데."

우와아아악, 시끄러운 환호 소리가 터졌다.

난 눈에 띄게 의기소침해하시는 케인 그룹 회장님 앞에서 진땀을 뻘뻘 흘리고 있었다. 망할 보스. 아버지가 찾아오셨는데 너는 클럽 가서 놀고 있냐! 내가 기껏 가기 싫어하는 외가 모임 취소시켜 주고 아버지와의 부자 상봉을 잡아 줬는데도 내 말은 귓등으로도 안 듣고 놀고 있지!

"회장님, 그러니까, 여기서 딱 20분만 기다려 주시면 안 될까요? 제가 얼른 가서 편집장님을 잡아…… 아니, 모시고 오겠습니다."

"아니, 그럴 필요 없네. 모처럼 시간도 비어서 저녁이나 같이 할까, 했는데."

니콜라스 케인의 아버지, 알티머스 케인은 50대 중반, 근사한 신사이시다. 아들내미를 쥐 잡듯 잡아 대는 나의 패기를 재미있어 해 주시고, 이력이라곤 아무것도 없는 나를 유일하게 플라티나 편집장의 수석 비서로 인정해 주시는 분이다. 경영도 무지 잘하시고, 매너도 있으신 분인데 도대체 어떻게 저런 분이 이딴 망나니를 낳으셨는지 상상이 가지 않는다.

세상은 공평한 법이라서 모든 것이 완벽할 수는 없다지만, 내 눈에 내 보스는 확실히 나쁜 놈이다. 망할 자식, 빨리 전화 안 받아? 얼른 안 튀어 와? 난 계속해서 다이얼을 돌리려고 했지만, 회장님은 날 만류하셨다.

"그만 하게. 아가씨도 퇴근해야지."

"그렇지만……."

"괜찮아, 괜찮아."

회장님이 저렇게 말씀하셨지만 내 혈압은 점점 더 올라갔다. 저렇게 좋은 아버지가 계신데 너 도대체 뭐 하는 거냐고 소리를 빽 지르고 싶다. 나보다 나이도 많은 상사지만, 얘는 정말 총체적으로 난국이고 답이 없다. 네놈이 내 남동생이었으면 엎어 놓고 팼어.

"자, 그러면 어쩐다?"

아주 바쁘신 분인데, 졸지에 피 같은 시간이 비게 됐다. 이분이 아들에 대해서는 정말 극진하게 잘하신다는 걸 알기에 괜히 내가 죄송해졌다. 죄송해요, 회장님. 제가 좀 더 노력해서 이 망할 최종보스몬스터를 어떻게든 날치게 잡아 볼게요.

"자네, 다음 계획이 어떻게 되나?"

"네? 계획이요?"

"그래."

"어, 없는데요."

"잘됐구만. 아들이 없으면 아들 비서라도 함께 먹지. 가세."

만세! 공짜 밥이다! 일 처리 한번 끝내주게 시원하신 회장님은 날 리무진에 태우시고 밤늦게까지 하는 어느 작지만 깨끗한 음식점으로 가셨다. 이렇게 아들내미 대신 식사 동무를 해 드린 것만 벌써 세 번째기에, 난 익숙하게 회장님의 맞은편에 앉았다. 회장님께서는 굉장히 상식도 풍부하시고 이야기도 조곤조곤 재미있게 해 주셔서 그리 부담이 되지도 않았다.

무엇보다 외국에서는 돈을 주고 한 말씀 듣고자 모셔가려는 분인데, 난 그걸 공짜로, 그것도 밥을 얻어먹어 가며 듣는 거 아닌가.

"여긴 에그 베네딕트와 스테이크가 일품이야. 숨겨진 맛집이니 기억 잘 해 놓게. 뉴욕 토박이 중의 토박이, 나처럼 나이 많은 사람들만 잘 아는 보석 같은 곳이야."

디자이너가 수제로 만든 수트를 받쳐 입고 옷맵시를 뽐낼 줄 아는 분이지만, 허름한 옷을 입고 아무렇게나 앉아서 먹을 수 있는 곳에서도 충분히 위화감 없이 잘 어울리셨다. 어쩌나. 나 케인 회장님 팬 될 것 같다.

"니콜라스와 종종 오곤 했지."

그럼 그렇지. 나는 이쯤에서 한 번 더 보스몹을 욕했다. 야무지게 미친놈이다. 어떻게 자기 아버지와의 약속을 까먹을 수가 있담? 그것도 클럽에서 여자랑 노는 걸로!

"힘들지?"

"세상에 쉬운 일이 어디 있나요."

내 대답에 케인 회장님은 껄껄 웃으셨다.

"한국 사람들은 참 재미있게 말을 하는군. 그래. 세상에는 쉬운 일이 없지. 그래도 내 아들 같은 놈은 흔하지 않아."

포크와 접시가 달그락거리는 소리는 흡사 가정집에 온 것 같은 조용한 편안함을 준다. 난 웃으면서 고개를 끄덕였다.

"나도 패션계라는 곳이 얼마나 힘든 곳인지는 아네만, 자네보다 좀 더 많이 산 사람으로서 조언 하나 하지."

나는 바짝 긴장해서 귀를 기울였다.

"내 아들을 주시하게."

엥?

"싱겁지?"

회장님은 껄껄 웃으시다가 표정을 싹 굳히셨다.

"자네는 내가 여태까지 봤던 녀석의 비서와는 달라. 아니, 내가 봤던 사람들과도 어딘가 달라."

"감사합니다."

"이 말이 칭찬인 걸 알아듣기까지 하고 말이지."

음식점의 전면창 바깥으로 검푸르고 붉은, 깜빡거리는 뉴욕의 불빛이 서글프게 쏟아져 내렸다. 그리고 내 앞의 노련한 사업가는 아버지로서가 아닌, 돈을 움직이는 경영자의 무서운 얼굴을 하고 있다.

"그러니까 도움이 될 만한 충고를 해 주는 거야. 어렵게 생각할 것도 없어. 그냥, 주식 투자를 할 때 카운슬러가 해 주는 상담이려니, 하고 생각해."

"아드님께 투자하라, 이 말씀이신가요?"

회장님도 스스로 그런 말씀을 하셨다는 것이 재미있으신지 픽 웃으셨지만 눈빛만큼은 진지했다.

"잘 생각해 보게. 이 업계에서 플라티나의 수석 비서로 3년을 버텼다고 하면, 저놈의 악명을 아는 사람들은 업계를 막론하고 자네를 인정해 줄 거야. 안 된다고 하면 내가 친히 추천서를 써 주겠지만, 절대 그럴 일은 없겠지."

이분, 혹시 날더러 3년만 버티라고 꼬시는 건가?

"그리고, 3년만 지나면 판은 바뀌어 있을 거야."

이상하게도 나는 논리적으로 납득 가능한 전자의 조건보다 회장님께서 의미심장하게 남기신 후자가 더 신경이 쓰였다.

"판이 바뀌다뇨?"

"아가씨가 겪어 본 내 아들은 어떻던가? 아주 솔직하게 대답해 보게. 거짓말해도 다 아니까."

"……대책 없으시던데요."

회장님은 고기를 썰다 말고 껄껄 웃으셨다.

"많이 완화된 비평이군."

네. 사실은 때려 주고 싶습니다. 정신 바짝 차릴 때까지요.

"일은 잘하던가?"

"……그게 말이죠."

난 자존심이 약간 상했지만, 솔직하게 회사 내에서의 내가 하는 일을 말씀드렸다. 나는 아직 영어도 짧고, 이 업계의 복잡하고, 너무나 빠른 업무를 쫓아가기엔 아는 것도 별로 없다. 그래서 그런지, 아니면 수상한 성격 때문인지는 몰라도 보스몹, 아니, 편집장님은 나에게 심부름밖에 안 시킨다고. 그래서 보스몹의 일 처리에 대한 평가는 잘 모르겠다고 말이다.

"앞으로 더 배우면 그때 말씀드릴게요."

"그럼 자네가 보기에 《플라티나》의 분위기나 이미지는 어떤가?"

난 방금 전까지 있었던 사무실의 풍경을 그려 보았다. 마감만 닥치면 온갖 고함을 지르고, 이동행거가 복도를 전력 질주하며, 하이힐을 신은 빅토리아 시크릿의 모델들이 꺄르륵 웃으며 선 화보가 대문짝만 하게 붙는다. 그 전까지는 조용하던 포토그래퍼와 팀장들도 온갖 인신공격을 퍼부으며 회의에서 싸워 대고, 보이지 않는 정치도 한다. 좋게 말해 사람들은 돌직구를 잘 날리고, 솔직하며, 자신의 느낌을 거리낌 없이 표현하는 데 익숙하고, 나쁘게 말하자면 싸가지가 없다.

"분위기야 활기차죠."

"활기차다고?"

"……살벌해요."

회장님은 내가 무슨 말을 해도 계속 숨넘어가게 웃으신다. 내 말이 그렇게 재미있나?

"이미지야 뭐. 전 세계 사람들이 인정하는 거 아닌가요. 전 세계 원탑이죠."

"닉이 편집장이 된 지 4년이야."

그러고 보니 참 이상하다. 플라티나 직원들은 유쾌한 편집장을 좋아하면서도 다른 한쪽으로는 무시하는 이중적인 잣대를 가지고 있다. 그럼에도 불구하고 플라티나는 변함없이 유능하고, 변함없이 멋지고, 변함없이 핫하다. 다른 잡지사 편집장들이 짜증나서 미쳐 버릴 정도로 앞으로 잘나가고 있다.

"남들은 나에게 업계 3위인 잡지사를 부도나게 할 작정이냐고 물었지. 참고로 나는 닉에게 잡지사를 따로 떼어 준 뒤 뒤도 돌아보지 않았어."

갑자기 뒤통수를 맞은 기분이다. 세상이 이상하게 보였다. 어? 왜 사람들은 그걸 모르지?

"그런데도 재미있는 것은."

말을 잠시 끊은 회장님은 손을 모으고 그 위에 턱을 올리셨다. 눈앞을 가리던 희뿌연 유리 벽이 사라진 기분이다.

"왜 사람들은 플라티나는 멋지다고 하고, 닉은 한심하다고 하면서도 그 경영자가 닉인 것을 모를까?"

"……어, 아드님이 노는 걸 너무 좋아하셔서 만들어 내는 스캔들에 그 사실이 많이 묻히는 것 같은데요."

"그럴까?"

돌이켜 생각해 보면, 나는 그때 회장님의 말씀을 좀 더 귀 기울였어야 했다. 그러나 나는 아, 망할 보스몹이 그래도 일 하나는 잘하는구나. 딱 여기까지만 생각하고 말았다.

"아무튼 버텨 보게. 여기까지 버텼으면, 앞으로는 점점 더 좋아질 거야."

과연 그럴까요? 제가 보기엔 제가 혈압이 올라서 1년 안에 때려치울 것 같은데요.

"나는 개인적으로 자네가 잘 버텨 줬으면 좋겠어."

식사의 마무리는 결국 아들을 걱정하는 아버지의 부탁으로 끝났다.

"모든 것이 끝났을 때, 닉이 믿을 만한 사람이 적어도 한 명쯤 남아 있어야 하니까."

끝나다니, 그게 무슨 소린가. 내가 영어가 짧아서 잘못 알아들었나, 싶었을 때 이미 회장님의 리무진은 출발해 버렸다. 난 고개를 갸우뚱거린 뒤 집으로 들어갔다. 그리고 그다음 날, 나는 대단히 안타깝게도 회사가 아닌, 보스몹의 집으로 출근해야 했다. 왜냐고? 이 빌어먹을 인간이 출근을 안 했거든!

전화를 받지도 않았지만 우선 아파트로 가야 했다. 강아지도 있는데 밥은 챙겨야 할 거 아닌가. 망할 놈. 내가 네 비서지, 네 엄마냐! 문을 두드리니 당연히 대답은 없었지만 그의 아파트 키와 비밀번호를 케인 회장님의 비호하에 억지로 빼앗은 덕에 난 보스몹의 펜트하우스 안으로 쉽게 들어갈 수 있었다.

항상 올 때마다 혹시 여자가 떡하니 있는 건 아닌가, 하고 긴장하게 되지만 이상하게도 내가 올 때마다 여자는 없었다. 남자가 혼자 사는 집치고는 상당히 깔끔하다. 낑낑거리는 소리를 내며 강아지가 나에게로 달려왔다. 그럼 그렇지. 밥도 제대로 안 챙겨 주고, 잘한다.

"밥 안 먹었구나. 이리 온."

동물병원에서 산 사료와 물을 챙겨 주니 정말 열심히 먹는 강아지를 뒤로하고 난 이리저리 던져진 옷들을 보며 대충 그가 침실에 처박혀 있다는 걸 알았다.

"편집장님."

똑똑똑, 노크 소리가 들리지만 나는 이불을 뒤집어쓰고 못 들은 척했다. 상식적으로 생각하자면 제대로 옷도 안 입고 비서를 맞는 것은 대단히 예의 없는 짓이다만, 나는 이미 그녀에게 못 볼 꼴을 다 보여 준 희대의 막장 상사이기 때문에 어쩔 수 없었다. 예상외로 그녀는 바로 문을 열고 휙 들어와서 잔인하게 이불을 들춰냈다. 으악!

"당장 일어나요."

"애, 애니스? 이게 무슨 짓이야? 사생활 침해야!"

"저는 여태까지 편집장님 뒷수발하느라 사생활 여러 번 침해당했고, 제가 사무실에서 쾌적하게 일할 권리까지 침해당하고 있는데 어떻게 생각하세요?"

그녀는 한심하다는 표정을 대놓고 드러내며 욕실을 가리켰다.

난 못 이기는 척, 어슬렁거리면서 욕실로 들어와서 문을 닫았다. 사실 내가 일어난 시각은 아침 일곱 시 반이었고, 아침 식사까지 다 끝낸 상황이지만 그걸 말해 줬다간 아무래도 안 되겠지? 난 적당히 물을 틀어 놓고 씻는 척한 뒤 밖으로 나갔다. 그리고 애니스가 보지 않는 틈을 타, 아침을 먹고도 또 사료를 먹어 대는 맥스의 밥을 몰래 빼앗았다.

"어제 제 전화 왜 안 받으셨어요?"

어쩐지 연락을 안 했다고 삐친 여자 친구를 달래는 기분이다. 아아, 이러면 안 되지. 컨셉에 집중하자. 나는 날라리 상관이다.

"술 먹고 있었어."

그다음에는 추상같은 추궁이 이어져야 하는데, 어쩐지 애니스의 표정은 맥이 탁 풀린 것 같았다. 왜 저러지?

"외가 모임 가기 싫다고. 고리타분하단 말야."

"……어제 저녁 약속, 외가 모임은 캔슬 되었다고 제가 분명히 이 주 전에 말씀드렸고 어제 아침에 스케줄표에 띄워서 드렸잖아요."

"몰라. 기억 안 나. 그랬나? 그럼 나한테 왜 전화했어?"

재킷을 입는데 어쩐지 불길한 기분이 들었다. 애니스의 표정이 심상치 않았다. 예전에는 날 마치 말썽꾸러기 남동생을 보는 듯한 눈이었지만, 저건 완전 인간쓰레기를 보는 눈 아닌가. 내가 실망시켰다, 라고 그녀는 온몸으로 이야기하고 있었다.

"케인 회장님이랑 저녁 식사요."

그리고 나는 그대로 굳어 버리고 말았다.

"찾아오셨는데, 연락이 안 돼서 많이 실망하시더라고요."

자신의 감정은 배제한 채 딱 있는 사실만 늘어놓은 애니스는 먼저 가방을 챙겼다.

　"앞으로는 스케줄표 좀 신경 써 주세요. 그리고 제 번호, 수신 거부하지 마시고요. 제가 무늬만 비서라도, 어제와 같은 불상사는 없었으면 좋겠네요. 오늘은 꼭 출근해 주세요. 그럼, 먼저 가 보겠습니다."

　그리고 그녀는 몸을 휙 돌려서 아파트를 나갔다. 맙소사. 어제 저녁 약속이 아버지였어? 난 황급히 휴대폰을 집어서 일부러 수신 거부해 놓은 애니스의 번호를 풀었다. 문자메시지는 딱 세 통와 있었다. 〈어디세요? 전화 좀 받으세요.〉, 〈케인 회장님 오셨다고요.〉, 〈됐어요. 안 오셔도 돼요.〉. 어쩌지? 난 당황한 표정으로 그녀가 나가 버린 문과 휴대폰을 번갈아 가면서 보다가 결국 아버지께 먼저 전화를 걸었다.

　"아버지, 죄송해요."

　[무시하라고 붙여 준 비서가 아닐 텐데?]

　할 말이 없었다. 얼굴이 순식간에 벌게지고 말았다.

　"아니, 그게……."

　[네가 애니스 양을 많이 배려해 주는 건 어제 들었다. 일도 안 시키고, 바깥으로 내돌리고 있다면서. 그래. 그건 좋다만 어쨌든 애니스 양이 네 비서인 거 아니냐?]

　이건 변명의 여지가 없어서 나는 결국 아버지의 훈계를 듣고만 있었다.

　[난 그래도 내 비서 전화는 받는다. 똑바로 경영하던 놈이 왜

비서 전화를 무시해? 여태까지 계속 비서는 장식으로 달고 다녀서 그러냐?]

"죄송합니다."

[나한테 사과할 거 없고, 애니스 양한테나 해라. 난 너 그렇게 안 키웠다. 아무리 네놈이 양아치 짓을 하고 다녀야 한다 해도 그렇지, 너 때문에 퇴근도 못한 애먼 사람한테 그게 무슨 짓이야. 내가 어제 밥은 먹여서 보냈다만, 그 아가씨가 내 눈치 보느라고 얼마나 쩔쩔맸는지 알아?]

"애니스랑 같이 식사하셨어요?"

[아들놈이 날 바람맞혔는데 그럼 어떻게 해?]

애니스에게 해야 할 것들이 급속도로 늘어났다. 사과하고, 빚도 갚고, 고맙다고 해야 한다고 하고, 앞으로 좀 잘 보여야 할 것 같고, 또 뭐 있지?

[먹는 내내 아주 싹싹하게 잘했어. 나도 나름 즐거웠다. 그러니까 네놈은 좀! 이제 비서가 생겼으면 좀! 무시 좀 하지 말고 비서 대우 똑바로 해!]

드디어 아버지의 언성이 높아지셨다.

[너 그놈의 패션업계 가서 사람 무시하는 것만 배웠냐? 당장 플라티나 폐간시켜 버릴까? 너 내가 못할 거라고 생각하지 마라. 아들내미 버르장머리 고치려면 그 정도 수업료는 싼 거라고 생각하니까!]

"알겠습니다. 죄송합니다."

[끊는다.]

전화가 뚝 끊기고서, 나는 머리를 싸쥐었다. 아, 제기랄. 빌어먹을. 온갖 욕들이 다 나온다. 니콜라스 케인, 너 변한 거냐? 그 눈 오던 날을, 날 잡던 엄마의 손을 잊었어? 속물들의 사이에서 놀다 보니 나태해졌다. 돌았다, 정말. 난 재빨리 회사로 출근했다.

애니스에게 도대체 뭐라고 해야 하나. 자존심이 무척 상했을 것이다. 그녀는 최대한 내색을 하지 않으려고 애썼지만, 굉장히 화가 난 것이 눈에 보였다.

"저기, 애니스, 오늘 스케줄은 뭐야?"

"책상 위에 올려놨어요. 가서 확인하세요."

컨셉상으로는 그냥 뻔뻔하게 밀고 나가야겠지만, 이건 내가 백 프로 잘못한 것이 맞다. 그랬기에 나는 얼른 스케줄표를 훑었고, 남들과는 한심한 농담을 하며 회의를 진행하고 일을 해 나가는 와중에도 틈틈이 그녀의 눈치를 살폈다. 제대로 열 받은 애니스는 그녀 나름대로 새로운 역사를 써 나가고 있었다.

일례로, 오후 한 시 반에는 뷰티 팀의 몰리 왓슨이 그녀를 그림자 취급하자 '너 지금 뭐라고 그랬냐'며 도끼눈을 떴고, 두 시간 뒤에는 내가 어디 있는지 당장 대라며 마감 스트레스를 그녀에게 푸는 액세서리 팀장에게 '닥치고 꺼지라'는 놀라운 두 마디를 날리는 저력까지 보였다.

나는 물론, 분기탱천해서 씩씩거리는 액세서리 팀장에게 웃으며 말해 줬다.

"꺼지라잖아."

니콜라스 케인이 비서를 절대적으로 옹호하고 있다는 것은 얼마 지나지 않아 간부 스텝들에게 확실하게 각인이 되었지만, 그렇다고 해서 애니스의 기분이 풀린 것은 아니었다. 나는 어떻게든 정식으로 사과할 기회만 노리고 있었다. 무시해서 미안하다고. 다시는 안 그러겠다고.

여태까지 버텨 준 것만으로도 용한 그녀는 분명히 앞으로도 나와 함께 계속 일할 것이 뻔해 보였다. 날 거쳐 갔던 비서들 중 그 누구도 날 걱정해서 집으로 쳐들어와서 이불을 뒤집지는 않았으니까. 난 결국 아무도 보지 않는 틈을 타 퇴근 준비를 하는 애니스를 붙잡는 데 성공했다.

"애니스. 얘기 좀 하지."

"아, 안 그래도 말씀드리려고 했어요. 회장님과의 저녁 약속, 다시 잡혔습니다. 수요일 여섯 시니까 그때는 잊지 말고 가세요."

"수요일 여섯 시. 알았어. 고마워."

묵묵히 고개를 끄덕인 나는 그녀의 얼굴을 조심스럽게 바라보았다. 내가 하루 종일 눈치를 살피고 있었다는 것쯤은 알았으리라.

"미안해. 사과하고 싶었어. 어제 전화 안 받고 메시지 확인 안 해서 미안해. 다시는 그럴 일 없을 거야. 약속할게."

"그리고요?"

오늘부로 플라티나 상부 스텝의 절반을 박살 내고 서열 정리를 다시 한 애니스는 팔짱을 끼고 살벌하게 물었다. 저렇게 무서우니 에디터들이 찍소리도 못했지. 그녀가 오늘 될 대로 되란 심정으로 막 나간 것을 난 교묘하게 포장했고, 그 결과 애니스의 주위는 아주 차분해졌다. 난 그에 대해서도 죄책감을 느꼈다. 물론 그녀가 먼저 성질을 내야 가능한 일이지만, 어쨌든 애니스를 무시하는 것에 대해서도 내가 손을 쓸 수 있었던 건데 너무 방관을 했던 것이다.

"내일 클럽 안 갈게."

애니스의 표정은, '이런 한심한 인간을 봤나!'로 바뀌었다.

"이, 일주일간 금주."

다시 '자알한다'로 바뀌었다. 내 비서가 저렇게 표정이 풍부한 사람인 줄 오늘 처음 알았다. 물론 여기에 있는 동안 그녀의 표정은 대부분 아주 부정적이지만.

"휴가 줄까? 보름 정도 한국에 있다 올래? 아님 임금 인상?"

"편집장님."

정말 내가 한심해 죽겠다는 표정을 숨기지 않고 날 바라본 애니스가 드디어 입을 열었다. 그래. 차라리 말을 해. 당신이 날 그렇게 쳐다보면 난 정말 몸 둘 바를 모르겠어.

"회장님 생각 좀 하세요."

어라?

"물론 제가 이런 말 하는 건 주제넘은 짓이지만, 가족은 소중한 거잖아요."

그 한마디에 나는 다시 얼굴이 벌게지고 말았다.

"어제 회장님이랑 식사 같이 했는데, 편집장님을 많이 생각하시고 아끼시더라고요."

내 비서는 나라는 한심한 인간보다 훨씬 생각이 깊었다.

"노는 거 좋아하시는 거 알고, 그건 편집장님 인생이고, 나름 일 훌륭하게 잘하신다고 생각은 하지만요."

그런 것도 모르고 나는 그녀에게 도대체 무슨 짓을 한 건가. 애니스는 나를 무척이나 부끄럽게 만들었다.

"그래도 회장님은 가족이잖아요. 앞으로 점점 함께할 시간이 없어질 거예요. 소홀히 하지 마세요. 회장님, 정말 많이 섭섭해하셨어요."

내가 생각지도 못했던 부분을 지적한 그녀는 날 빤히 바라보았다.

"……고마워."

"그렇게 생각해 주신다니 제가 감사하죠. 더 하실 말씀이라도?"

"없어."

내가 무슨 할 말이 있겠어. 쥐구멍이 있다면 당장 찾아 들어가서 한 달 동안 안 나오고 싶은 심정이었다. 이런 부끄럽고 민망한 기분이 든 건 처음이다. 애니스는 고개를 끄덕이며 몸을 돌려 나갔다. 그녀는 참 섬세했다. 내가 보지 못하는 부분까지 잘 집어내고, 정말로 나무라야 할 부분만 딱 골라서 나무랐다.

한참 비참한 기분에 빠져 있던 나는 애니스가 가방을 챙기자 퍼뜩 물어보지 못한 것이 생각나서 사무실 문을 열고 그녀를 급하게 불렀다.

"애니스."

그녀의 예리하고 영민한 눈이 날 바라보았다. 어쩐지 바짝 긴장이 되어 나는 침을 삼켰다.

"우리 아버지랑 저녁 먹었다면서. 나 대신 애써 줘서 고마워."

애니스는 조용히 고개를 끄덕였다. 나는 못내 아쉬운 표정으로 그녀를 바라보았다. 나도 모르게 애니스를 참 단순한 사람 취급을 했다. 대가 세고, 약간 귀찮기만 한 어리숙한 비서로. 나보다 훨씬 생각도 깊고, 아버지를 배려할 줄 아는 사람인데 내가 왜 그걸 몰랐을까?

"근데…… 저번에도 그렇고 이번에도 왜 외가 모임이 취소된 거야?"

항상 남 헐뜯기 좋아하고, 서로를 비난하느라 늘 발전이 없는 모임인지라 안 나가도 상관은 없었지만 난 왜 두 번 연속인지 궁금했다. 애니스는 그제야 표정을 바꾸고 약간 내 눈치를 보았다.

"약속이랑 회의는 넘쳐 나고, 시간은 한정되어 있으니까 잡힌 스케줄을 빼고 대신 넣어야 할 것 같긴 한데……."

"그런데?"

"그 모임 가시는 거, 별로 안 좋아하시잖……아요?"

이로써 2연타. 만루 홈런이다. 난 반사적으로 주변을 살폈지만 이미 모두가 퇴근하고 난 뒤였다.

"그리고 그 모임 가시면, 꼭 주치의와의 예약을 잡거나 아니면 그 주 내내 사고를 치셔서……."

애니스는 어깨를 움츠렸지만 난 어안이 벙벙했다. 지난 4년간 아무도 눈치채지 못한 걸, 이 여자는 바로 알아차렸다. 내 본능은 바로 외쳤다. 저 여자 당장 잡으라고. 어디 가서 네 정체를 발설하지 못하게 되도록 오래 붙잡고 있으라고. 단 5분 만에 날 이렇게 쥐고 흔든 사람은 없었다.

"이모에겐 뭐라고 했는데?"

내 물음에 애니스의 눈동자가 또로록 굴러갔다. 또 뭔가 대단히 찔릴 만한 일을 했나 보다. 난 픽 웃으며 팔짱을 끼었다.

"솔직하게 말해."

어차피 나도 그녀에게 한 건을 했으니, 그녀도 동등하게 한 방 먹인다면야 얼마든지 받아 줄 수 있었다. 어쩐지 애니스의 새로운 면을 보게 된 지금, 대단히 즐거워졌다. 조울증에 걸린 것도 아닌데 자꾸 기분이 롤러코스터를 탄다.

"새로운 사고를 치셨으니 페이지식스를 참고하시라고……."

그리고 나는 큰 소리로 웃음을 터트리고 말았다. 의도한 바는 아니었지만 어쨌든 내가 바라는 대로 문제아 이미지를 유지하는 데 대단한 공로를 세웠군 그래. 딱 부러지는 비서도 포기하는 답 없는 상사라니. 아까까지 잡아먹을 듯이 날 쳐다보던 기세는 온데 간데없이 내 눈치를 살피며 불안해하는 애니스가 무척 재미있었다.

"내 감상을 말해 줄까?"

내가 반쯤 미친 것처럼 웃어 대니 그녀의 표정은 점점 더 하얗게 질려 갔다. 나는 숨도 제대로 쉬지 못했다. 사무실이 텅 비어 있는 게 천만다행이었다.

"앞으로 그렇게만 해."

"네?"

"잘했다고. 정말 잘했어."

난 허리를 잡고 정신이 나간 고등학생처럼 킬킬거렸고, 애니스는 여전히 갈피를 잡지 못하고 당황한 표정으로 우두커니 서 있었다.

"잘했다니까. 농담 아니야."

"그런데 왜 웃어요?"

난 눈물을 닦았다. 애니스가 기분 나빠 하는 것 같으니까 그만 웃어야지. 분명히 혼자 있을 때마다 생각나면 피식거릴 것이 뻔하지만.

"재미있어서."

"그러니까 뭐가요?"

"내 마음을 이렇게 읽어 준 비서는, 아니, 그런 사람은 아버지를 제외하곤 당신이 처음이거든."

그게 뭐가 재미있어? 이해할 수 없다는 표정의 애니스는 눈을 가늘게 뜬 뒤 토트백을 들었다.

"정말이야."

"네에, 네."

그녀는 날 다시 한 번 한심하다는 듯 쳐다본 뒤 간단하게 인사를 했다.

"Good night."

"Night."

잘 가. 고마워. 난 신나게 손을 흔들었고, 애니스는 뒤돌아보지 않은 채 사무실을 빠져나갔다. 그녀는 이날을 그저 기억의 한 부분으로 취급하겠지만 난 아마 평생 이날을 잊지 못할 것이다. 유일하게 내가 쓴 가면 아래를 눈치채고 배려해 준 사람. 본인은 대수롭지 않게 생각하겠지만, 나에게는 정말 큰 것이다. 난 큭큭거리면서 웃다가 얼굴을 쓸었다. 아, 어쩌지? 나 내 비서한테 반해 버릴 것 같아.

회사 생활은 정말 편해졌다. 나는 반쯤 정신줄을 놓고 막 나간 건데, 이게 이렇게 잘 먹힐 줄이야. 쟤 쌈닭이라고 수군거리는 소리가 들려도 고개를 빳빳이 들었다. 내 목표는 수정됐다. 여기서 딱 3년만 찍고 나가자. 그러면 이 지긋지긋하고 짜증나는 위인들과도 안녕이다!

"애니스."

"왜?"

"정말로 척 보면 성형했는지 안 했는지 알 수 있어?"

얘네는 할 짓도 없다. 스타벅스에서 새로 나온 시즌 음료를 제일 먼저 사 와서 히히덕거리며 이지와 케빈이 내 앞에서 빨대를 쪽쪽 빨았다.

"너네 일 안 해?"

"우와, 너 진짜 본색이 쌈닭이구나."

"저리 안 가?"

"여기 뇌물 가져왔잖아."

따끈한 라떼를 내밀며 케빈이 내 눈치를 살살 살폈다.

"너희 둘은 손 안 댔잖아."

"정답이긴 한데, 우리 말고."

"그럼 누구?"

난 예쁘게 장정 된 마스터북을 탁 내려놓았다.

"주디."

"주디 마커스."

난 잠시 액세서리 팀 에디터를 머릿속에 떠올려 보았다. 플라
티나의 마녀 아닌가.

"그 여자는 왜?"

"너 몰라?"

"뭘?"

케빈은 눈을 또로록 굴리다가 속삭이듯 빠르게 말했다.

"이제부터 이 잡지사의 권력 구조에 집중하도록 해, 루키. 어제
누가 잘렸지?"

"프랭크."

내가 대답하기도 전에 이지가 대꾸했다. 그래. 어제 닉은 기획실
장을 잘랐다. 난 어제 너무 짜증이 나서 신경을 쓰지 않고 있었지.

"그럼 차기 기획실장은 누굴까?"

난 잠시 생각을 하다가 픽 웃고 말았다. 액세서리 팀장 주디 마
커스나, 아니면 치프 스타일리스트인 케빈, 너겠지.

"너 기획실장 하고 싶구나? 근데 그거랑 주디 마커스가 성형한
거랑 무슨 상관인데?"

"뭐라도 약점은 잡아야 하잖아."

글쎄다. 난 어깨를 으쓱거리곤 대답해 주었다.

"지방흡입은 확실하고, 코도 세웠고, 정기적으로 보톡스도 맞
고 있어. 턱이랑 미간에."

"가슴! 가슴은?"

"모양 좀 봐라. 그릇 엎어 놓은 것 같잖아. 했어. 근데 너네,
이런 거 정말 몰라?"

"몰라. 난 아무리 뜯어봐도 모르겠어."

이지는 스트링치즈를 쪽쪽 뜯어 먹으며 대꾸했다. 그사이 내 말을 다 받아 적은 케빈은 눈을 빛내며 수첩을 탁 접었다.

"너 기획실장 되면 나 모른 척하지 말아라. 밥 사."

"두 번 산다."

"그러지 말고, 오늘 저녁 같이 먹을래?"

이지의 제안에 난 고개를 끄덕였다.

"좋아."

잡지사의 핵심 인물들이지만 어쩐지 틀에 박히지 않고 괴짜 같은 동료들은 저들끼리 좋다고 손바닥을 맞부딪혔다.

"무슨 재미있는 이야기들 해?"

"오셨어요?"

어마 뜨거라, 인사만 한 이지와 케빈은 얼른 자리를 피했고, 나는 약간 복잡한 심정으로 상관과 마주했다. 철딱서니도 없고, 모든 것이 가볍기만 한 내 보스몹. 널 어쩌면 좋니.

"……밥 먹었어?"

"아뇨, 아직……."

내 눈치를 슥 살피던 철딱서니는 대답을 하자 금방 표정이 변했다.

"왜 안 먹었어? 배 안 고파?"

"왔다 갔다 하면서 커피도 마시고 과자도 좀 먹었어요. 그렇게 배가 고프진 않아요. 여기 마스터북이요."

"어, 어어, 잠깐만 기다려. 내가 가서 먹을 거 사 올게. 기다려."

내 말을 듣는 둥 마는 둥 하고 내가 내민 마스터북을 받은 닉은 허둥지둥 오던 길을 되돌아갔다.

"편집장님, 어디 가시는데요?"

"기다려!"

……저놈 왜 저래?

난 멍하게 닉을 쳐다보았다. 정확히 15분 뒤, 닉은 땀에 젖어서 다시 돌아왔다. 그의 손에는 유명한 샌드위치점 비닐봉투가 잔뜩 들려 있었다.

"뭘 좋아하는지 몰라서 종류별로 다 사 버렸어."

그러니까 그렇게 멍청한 표정으로 날 쳐다보면 어떡해?

"어떤 거 좋아해? 칠면조?"

"아, 뭐, 상관없어요."

이놈이 왜 이러지? 약 빨았나? 어제는 뒤통수 맞은 표정을 짓다가 미친 듯이 웃어 젖히더니 오늘은 얼빠진 남자 코스프레야?

"이걸 누가 다 먹어요?"

내 지적에 닉은 마치 그런 거라고는 전혀 고려하지 않았고, 그걸 이제야 알았다는 표정으로 날 또 멍청하게 바라보았다.

"가, 같이 먹을래?"

졸지에 우리는 그의 사무실에 앉아서 하나에 30달러나 하는 샌드위치 파티를 벌였다. 정말로 샌드위치도, 음료도 종류별로 다 사 와서 넓은 탁자임에도 자리가 모자랐다.

"이거 우리끼리 못 먹을 거 같은데, 다른 사람도 부르면 안 돼요?"

그와 뭔가를 같이 먹는다는 것이 영 어색해서 나는 제안을 했지만, 닉은 펄쩍 뛰었다.

"애니스 먹으라고 사 온 건데 다른 사람이 이걸 왜 먹어?"

어제 나한테 한 짓이 많이 찔린 건가? 그런다고 이런 짓을 해? 어휴, 이런 애새끼.

"입맛에 안 맞아서 그래? 다른 거 사 올까?"

"아뇨. 맛있어요. 근데 너무 많아서 그래요."

"남겨, 그냥."

난 철없이 자란 도련님을 한심스럽게 바라보고는 그냥 샌드위치를 깨물었다. 이게 하나에 얼마짜린데 바로 버리라고 하냐. 돈지랄도 이런 돈지랄이 따로 없지. 닉은 내가 다 먹을 때까지 같이 먹어 주었다. 그 이후로 보스몹은 끊임없이 내 끼니를 챙겼다. 마치 비서와 상사의 지위가 바뀐 것처럼.

상당히 웃기지 않은가. 본색을 한 번 드러내니 다들 태도가 바뀌었다. 약자에겐 강하고, 강자에겐 한없이 약한. 난 픽 웃고 말았다. 로마에 가면 로마법을 따르듯, 여기에선 이곳의 법칙을 따라야 하니까. 그렇게 점점 이곳에 익숙해져 간다. 케빈과 친구를 먹고, 그를 기획실장으로 올린 날 축배를 들고, 날 우습게 보는 에디터들과 어시스턴트들에게 똑같이 갚아 주고, 더 나쁜 계집애가 되고, 말은 죽어라 안 듣는 보스몹에게 당하고, 또는 되갚아 주면서 단 하나의 목표, 3년차를 위해서만 달린다.

그러니까, 내가 정말 이상해졌다. 집중을 하기가 힘들다. 그래서 사무실에서 나와 카페에 앉아 일을 벌여 놨다. 그런데 카페에서도 일이 안 된다. 도로 들어왔다. 시선이 자꾸만 앞으로 향한다. 정확히 말하자면 통유리 건너 애니스에게로 향한다.

하도 따끔하게 혼나서 본능적으로 눈치를 살피게 되는 건가? 아니, 난 저 조그만 비서가 무섭지는 않다. 그냥 아주 약간, 약간 신경이 쓰일 뿐이다.

"누가 맘대로 일 저질러 놓고 잠수 타랬어요?"

"미안해! 잘못했어! 용서해 줘!"

정정하자. 무섭다. 팔짱을 낀 애니스는 내 눈앞에 27인치 모니터를 휙 돌려놨다. 니콜라스 케인, 케인, 닉 케인, 내 이름이 죄다 타블로이드와 온갖 포털사이트, SNS에 돌아다닌다.

"제가 언제 사생활 간섭한댔어요? 사람이 일을 저질러 놨음 자기가 알아서 치워야 할 거 아니에요. 지금 빅토리아 시크릿 엔젤들 사이에서 양다리 걸친 거 맞냐고 전화 오느라고 업무 마비된 거 보여요, 안 보여요?"

"보, 보여."

"그럼 이게 사실이건 아니건 간에 알아서 보도자료를 내야겠어요, 안 내야겠어요?"

"내야겠어요."

"5분 내로 메모만 써서 주세요."

"네엡."

애니스는 가볍게 한숨을 쉰 뒤 사무실을 나갔고, 나는 얼른 워드 프로그램을 불러왔다. 빅시 엔젤은 무슨. 불러 놓고 같이 자지도 못했는데 삼각관계는 무슨! 지들끼리 나랑 자겠다고 싸움질하다가 파파라치한테 머리채 잡힌 것을 찍힌 건데 내가 왜 보도자료를 내야 해!

물론 외가에 제대로 찍히도록 이런 보도가 나 주면 나야 고맙지만, 쓸데없이 일이 더 생기는 건 귀찮다. 그렇지만 애니스에게 제대로 상황 설명을 해 봤자 그녀의 관심사는 오직 업무를 제대로 진행하는 것뿐일 테니 귓등으로도 안 들을 것이고, 무엇보다 그녀가 도끼눈을 뜨는 것만큼 무서운 건 없기에 나는 얌전히 입을 다물고 보도자료의 기초를 작성해서 바로 애니스에게 가져다주었다.

"홍보팀에 보내 놓을게요."

"고마워."

숙제를 끝낸 초등학생이 된 기분이라 나는 고개만 끄덕이다가 퍼뜩 생각난 것을 물었다.

"애니스, 밥은 먹었어?"

"네에, 네. 분부하신 대로 꼬박꼬박 잘 챙겨 먹고 있나이다."

그녀의 목소리에는 귀찮음과 비아냥이 반반씩 섞여 있었지만 나는 만족했다.

"그래. 외국에 나와서 끼니라도 잘 챙겨 먹어야지, 게다가 패션업계니까 힘들단 말이야. 애니스, 쓰러지면 안 돼!"

"네에, 네."

애니스는 영업용 목소리로 대꾸하면서 서둘러 다가오는 창립기념 파티를 위한 일 처리를 했다. 난 뿌듯한 기분으로 그녀가 오늘 입은 밝은 베이지색 블라우스가 그녀와 참 잘 어울린다는 쓸데없는 생각을 하며 돌아섰다.

그러니까 정말이지 이상했다. 능률이라곤 하나도 안 오르고, 계속 애니스가 밥을 먹었는지, 커피는 마셨는지, 무슨 옷을 입었는지만 체크하다가 하루가 다 간다. 한동안 마감으로 바쁘게 지내느라 제대로 삑적지근하게 놀지 못해서 그러나. 난 애니스에게 절대로 일에 지장이 있을 정도로 놀지는 않겠다고 서약을 하고, 반드시 그것을 지키겠다고 다짐까지 하면서 클럽으로 갔다.

사실 이 여자 저 여자 다 만나 본 나로서는, 내가 왜 그렇게 바보짓을 해 대는지 시끄럽고 여자들이 눈웃음치는 그곳에 단 30초만 서 있던 것으로 이해해 버렸다. 키스를 날리고, 금발로 염색한 머리카락을 한껏 자랑하고, 몸매를 드러내는 저 여자들이 더 이상 섹시해 보이지 않았다. 귀찮았다. 그리고 죄책감마저 들었다.

난 술만 깨끗하게 비우고 집으로 돌아와 날 반기는 맥스의 뒷덜미를 북북 쓸어 주었다.

"맥스, 나 어쩌지?"

아무래도 진짜로 야무진 비서씨한테 제대로 반해 버린 것 같아. 뜬눈으로 밤을 지새울 수밖에 없었다. 다른 여자를 한 번 만나야 하나?

"안녕, 로즈."

"자기야!"

아, 큰일 났다. 젠장. 이젠 미스 USA도 오징어로 보인다. 난 어떻게든 그녀와 화기애애한 시간을 만들어 보고자 노력했지만 화기애매하게 끝나고 말았다.

"자기 오늘 이상해. 어디 아파?"

아니, 전혀. 이건 니콜라스 케인 인생 계획의 엄청난 장애물이나 다름없었다. 시력이 돌았나? 분명히 다 예쁘고 매력적인 여성들인데 어째서 몸이 반응도 하지 않고 그저 재미가 없을 뿐인지 모르겠다. 심심한 저녁 식사를 끝내고 사무실에 돌아오면 또 욕이 나온다. 물론 다른 의미로.

"이번 달 마스터북도 체크 안 하시고 가시면 어떻게 해요."

빌어먹을, 애니스는 너무 예쁘다. 닉 케인, 네가 드디어 미쳤구나.

"아, 미안해. 정말 미안해. 몰랐어. 언제 나왔지? 아, 그래. 오늘 네 시. 나도 봤어. 음. 그런데 그건 그렇고, 애니스."

횡설수설하다가 나는 본능적으로 그녀에게 작업을 걸었다.

"그 스카프 눈동자색이랑 정말 잘 어울리네."

"그래요? 감사합니다. 케빈이 표지, 7시까지 결정해 달라고 했어요."

그리고 장렬히 무시당했다. 뭐야, 저 여자! 에스트로겐이 분비되고 있긴 한 건가? 모든 여자들은 나이를 불문하고 내가 각 잡고 작업 들어가면 적어도 난처해하기라도 하는데, 애니스는 표정 하나 바뀌지 않았다.

"저 퇴근할게요."

가지 마. 나랑 있어. 나랑 이야기해. 오늘 무슨 일이 있었는지 다 들어 줘. 하지만 나의 칭얼거리는 투정을 듣기엔 애니스는 너무 멀리에 있었고, 나는 허탈한 표정으로 그녀의 뒷모습을 바라보았다.

그러니까, 결론부터 말하자면 이런 일에 흔들리면 안 되는 거였다. 나에게는 내 평생을 건 계획이 있었고, 무슨 수를 써서라도 그 계획을 성공시킬 각오가 되어 있었다. 그랬기에 이 여자, 저 여자 할 거 없이 다 만나고 다니면서 뉴욕에서 제일 답이 없는 바람둥이의 대명사로 통하고 있었는데 이제 와서 애니스에게 끌리기 시작해 봤자 그게 도대체 뭐가 대수란 말인가.

잠깐 부는 헛바람일 뿐이니 그냥 묻어 버리자고 다짐한 나는 전혀 가고 싶은 마음이 없었지만, 어쨌든 다시 클럽에 갔다. 내가 오면 모두가 좋아한다. 당연하지. 만만한 물주가 납셨으니까. 시끄럽고 먹먹한 음악에 현란한 조명과 반쯤 헐벗은 여자들, 그리고 독한 술들. 알콜이 적당히 들어가면 제정신으로 돌아와서 예전처럼 안겨드는 여자들과 즐길 줄 알았다.

젠장, 클럽에서 오징어들이 춤추고 있다. 아니, 인공미가 넘쳐 나는 이들이니 오징어라기보단 로봇들인가. 애니스, 보고 싶어. 술 한 잔만 마시고 난 10분 만에 클럽을 뛰쳐나왔다. 그리고 성가시게 울려 대는 휴대폰에서 784명의 여자 번호를 바로 삭제했다. 어쩐지 구역질이 나는 기분에 서둘러 아파트로 돌아왔다.

한량 생활을 즐기지는 않았지만, 싫지는 않았었다. 이렇게 입맛에 맞지 않았던 적도 없었고, 여자는 건드리지도 못할 것 같은 기분은 처음이었다. 게다가 지금 휴대폰으로는 때맞춰 전혀 받고 싶지 않은 전화가 오고 있었다.

"……애니스, 웬일이야?"

[저기, 아파트에 강아지 장난감 좀 갖다 놨어요. 오늘 집에 안

오실 것 같아서 밥은 제가 챙겼으니까 다음부터는 이런 일 없게 하세요.]

난 고개를 떨어트리고 말았다.

"어디야. 아직 내 아파트야?"

[네, 이제 가려고요.]

"잠깐만 기다려. 나도 근처야."

이럴 줄 알았다. 진즉에 이럴 줄 알고 널 그냥 내쫓아야 했다. 애니스, 당신은 내 주위에 있는 여자들과 너무나도 달랐으니까, 내 눈에 들어오는 건 정말 당연한 거였어.

"클럽 안 갔어요? 아, 갔다 왔구나."

직접 운전한 것이 아니라 운전기사를 대동하고 왔고, 그녀는 냄새만 맡아도 내가 어딜 다녀왔는지 안다. 그러니까 나는 아마 애니스에게는 절대로 남자로서 어필을 하지 못할 것이다.

"맥스는 괜찮아?"

그새 그딴 촌스러운 이름을 지었냐, 라는 표정으로 날 본 애니스는 대답 없이 고개만 끄덕였다. 미치게 예쁘다. 툭 떨어지는 시선과 함께 내려가는 눈꺼풀과 생각이 많아 보이는 입술, 말랑한 팔뚝, 모든 것이 예뻐 보여서 환장할 지경이다.

"저기, 애니스. 고마워."

"알면 다음부터는 알아서 챙기세요. 주워 왔으면 책임을 져야지."

이젠 육 개월째, 단련이 되었다는 표정으로 그녀는 뻔뻔하게 내가 타고 온 차에 올라탔다.

"갈게요. 내일 아홉 시 반까지는 출근해 주세요. 부탁이니까."

난 묵묵히 고개를 끄덕이며 차 문을 닫았다. 벌써부터 휴대폰에서는 모르는 번호들이 마구 뜨기 시작한다. 아마 지워 버린 번호들이겠지. 내가 하는 번뇌와 고민의 답은 뻔하고, 나는 애니스가 아무리 좋아도 그녀의 손을 잡을 생각이 없다. 그래서는 안 되는 것이기도 하고.

그러나 사람의 마음은 모르는 것이니, 보험을 들어 두자. 그녀와 내가 절대 이어지지 않게, 나중에 분명히 후회할 것이 분명하지만 우선순위는 분명했다.

다음 날, 니콜라스 케인의 악명은 여전히 자자했고 그 누구도 날 다른 눈으로 보지는 않았다. 애니스는 점점 까칠하고 직설적인 본색을 드러냈고 나는 불행히도 그녀의 마수에서 벗어날 수는 없었다. 여자와 잠자리를 같이 하는 일은 그날로 좋났고, 난 내 어필 따위 전혀 몰라주는 애니스에게 자그마한 복수와 보험 삼아 모든 여자들에게 내 번호 대신 그녀의 번호를 뿌리기 시작했다.

그때의 나는, 아무리 그래도 그렇지 설마 우리의 관계가 2년을 넘길 거라고는 상상도 못했다.

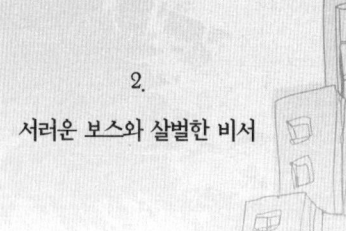

2.
서러운 보스와 살벌한 비서

외계 회사의 새로운 아침이 밝았다. 우리 모두 외계어로 인사하도록 하자.

"이번 구찌 레오파드 백을 알렉사 청이 엘르에 들고 나왔다며?"

나도 외계어로 인사한다.

"구해 드려요?"

"아니, 그걸 든 알렉사 청을 구해 와. 이번에 우리 잡지에 실을 거야."

"네, 편집장님. 그리고 좋은 아침이네요."

외계인 최종보스몬스터는 나의 지구식 인사에 멈칫하며 좀 찔리는 눈으로 날 돌아보며 똑같이 말한다.

"좋은 아침, 애니스."

지구에서는 지구식 인사를 합시다. 제에바알. 눈을 한 번 까뒤집은 나는 출근한 보스몹에게 오늘의 일정을 말해 준다.

"10시에 이번 호를 위해 특별 촬영 미팅이 있고요, 12시 30분에 '아보카토'에서 찰스 기먼 씨랑 점심 식사 예정되어 있으시고요, 말씀하셨던 휴고 보스 넥타이 여기 있고요, 그리고 제발 부탁인데 아침은 집에서 드시고 오실래요? 네?"

나는 좔좔좔 일정들을 쏟아 놓은 뒤에 넓은 책상 위에 베이글과 커피를 탁 소리 나게 내려놓았지만 보스몹은 생글생글 웃으면서 날 올려다본다.

"애니스가 사다 주는 게 더 맛있어."

우리의 보스몹은 지구인들의 미적 감각을 기반으로 평가할 때 대단히 잘생긴 얼굴이다. 물론 외계인들의 미적 감각을 기반으로 평가하는 건 두말할 것도 없다. 모든 여자들이 헉 소리를 내며 쳐다보게 생겼다. 그래. 아아주우 잘생겼다. 그래서 클럽에서 저렇게 싱긋 웃으면 그날 밤에 끼고 잘 여자는 문제없지. 모든 여자들이 저 미소만 보면 말랑말랑해진다. 아마 저런 미소로 저런 소리를 듣는 여자라면 '어머 정말요? 매일 아침마다 사 드릴게요'라고 하트를 붙여 가며 대답하지 않을까나.

"입에 발린 소리 하지 말고 5분 내로 먹어 치워요. 오늘 마스터북 다 보시려면 시간 모자라거든요."

그러나 나는 여자가 아니다. 아니, 내 말은 생물학적으로는 여자가 맞지만, 저 보스몹의 앞에서는 절대 여자가 아니라는 거다. 사실 나는 이 외계인 회사에서 유일한 지구인인지라 저 외계인 최종보스에게 유일하게 개념 찬 반응을 보이는 사람이다.

"애니스, 당신 여자 맞아?"

"······제가 여자로 보이셨어요? 소름 끼칩니다만."

당신한테 여자로 보인다면 내가 저 밖에 나다니는 젓가락 같은 몸매에 실리콘 덩어리를 가슴에 부착한 여자들이랑 똑같다는 거야, 뭐야?

"내가 그래서 애니스를 좋아한다니까."

"좋아하지 마세요. 피곤해요."

"진심이라니까."

글쎄 내 말도 진심이라고요. 나는 그의 사무실 앞에 마련된 내 자리에 앉으면서 한숨을 쉬었다. 보스놈은 내가 여기 근무한 지가 2년째인데도 내 말을 진심으로 듣는 건지 아니면 농담으로 듣는 건지 도통 알 수가 없는 사람이다. 무슨 말을 해도 생글생글 웃는 낯인데 가끔 칼처럼 찌르는 의뭉스러운 구석이 있으니 원, 저러니까 편집장 자리에 앉은 지 겨우 6년차인 주제에 비서를 열여덟 명이나 갈아 치웠지. 난 고개를 절레절레 흔들며 오는 전화를 득달같이 받았다.

"니콜라스 케인 사무실입니다."

지금 내가 클로에의 디자이너와 이번 화보 촬영 건에 대한 스케줄을 잡는 전화를 하는 사이에도 내 옆으로 수많은 옷들이 걸린 이동행거가 마구 지나가고, 디렉터들의 쪼임에 새파랗게 질린 직원들은 발목이 꺾일 것 같은 스틸레토 힐을 신고서 매끄러운 바닥을 질주하고 있다.

어서 오세요, 외계 회사에. 여기서 근무하시면 몸도 마음도 이상해져서 결국 외계인들에게 세뇌가 되어 버리고 만답니다. 으윀.

"애니스, 애니스, 애니스! 나 레이디 가가의 이번 쇼케이스 백스테이지 입장권이 필요해!"

인사하시라. 외계인 사상가로는 여기에서 타의 추종을 불허하는 패션 팀 디렉터의 어시스턴트, 린다 맥퀸이다. 언제나 화려하게 세팅된 블론드를 휘날리며 날씬한 몸매를 자랑하지. 그러나 네 빵빵하게 드러난 가슴은 성형이란 걸 내 잘 알고 있단다.

"그걸 왜 나한테 와서 물어?"

"어머, 자기야. 난 그걸 구할 수 있는 능력자가 이 회사 전체에 자기밖에 없다는 걸 잘 알고 있거든."

놀고 앉아 있네. 너 어제 점심시간에 내가 입은 원피스가 촌스럽다고 액세서리 팀 계집애들이랑 뒷담화한 걸 내가 모를 줄 알고?

"어머, 자기야. 내가 그런 능력자이긴 한데 허구한 날 남이 입은 옷에 대해 뒷담만 까 대는 널 위해서 내가 왜 능력을 발휘해야 하지?"

한국의 백화점에서 3년 전 세일 기간에 건진 원피스가 뭐가 어때서. 그게 무슨 랑방 신상이라도 되길 바라는 이 외계인들의 기준에는 눈곱만큼도 맞춰 줄 생각이 없다. 그래서 나는 늘 입고 싶은 대로 입고 다니고, 들고 싶은 대로 들고 다닌다. 그런데도 어떻게 저 짜증나는 보스몹과 이 외계인들 사이에서 살아남았냐고?

간단하다. Bitch to bitch. 이 복잡하고도 단순한 세계에서는 조금 못되게 굴어도 금방 상대방과 웃으면서 칵테일을 마실 수 있다는 이상한 외계인 법칙이 존재하거든. 더구나 이 외계인 사상의 극치를 달리는 눈앞의 금발은 금발답게, 멍청하다.

"뭘 바라는데?"

"단순해. 앞으로 이번 호 나오기까지 열흘간, 니콜라스에게 오는 여자 전화는 네가 다 받아."

"으, 진심이야?"

"레이디 가가가 날아가네."

"알았어. 알았다고! 하면 될 거 아냐!"

진절머리를 내던 린다는 몸을 휙 돌려서 가려다가 다시 내 책상 위에 매달렸다.

"너 진짜 못됐어."

"어머, 그걸 이제 알았어? 그리고 하나 더. 그 전화에 대고 니가 니콜라스랑 잤니 어쨌니 이딴 소리 하기만 해. 레이디 가가는 커녕 패션 위크에 코빼기도 못 내밀 줄 알아."

"그건 사실이잖아!"

"거짓말하면 못써."

아무리 보스몹이 이 여자 저 여자 다 건드리고 다녀도 너를 건드릴 정도로 궁하지 않다는 걸 비서인 내가 모르겠냐? 꼬리를 내리고 가는 린다의 뒤통수에 이번 패션 팀의 제안을 보스몹이 피드백해 준 서류를 던지고 나는 다시 컴퓨터를 두들기기 시작했다.

앞으로 열흘간 쉰된 목소리로 '술만 같이 마시고서 말도 없이 사라져 버린 아아 야박한 그 사람'에 대한 해괴한 쌍욕부터 시작해서 엉엉 울며 심리치료를 요구하는 별별 여자들과는 굿바이다. 2년 내내 여자랑 헤어지면서 비서 전화번호를 주는 저 못돼 처먹은 습관은 내가 고치고 퇴사를 해야 할 텐데 말이다. 그 버릇만은 죽었다 깨나도 안 고쳐진다. 지 휴대폰은 다 꺼 놓고서, 비서한테 들어오는 공식 라인 번호를 던져 줘? 에라이, 이 나쁜 외계인아.

저놈이 내 번호를 던져 준다는 걸 알고서 나는 그를 최종보스 몬스터라고 부르는 것에 더 이상 거리낌을 갖지 않았다. 더불어 가끔 욕도 붙이는 건 옵션이지. 이곳에서 일하다 보면 험한 욕이 입에 붙는다. 사실 영어 욕보다는 한국 욕이 훨씬 다양하고 강도가 세단 말이지. 아아, 내 성격 다 죽었어. 그런데도 왜 여기 2년씩이나 붙어 있냐고? 간단하다. 경력을 쌓기 위해서다.

무작정 공부를 하겠다고 뉴욕으로 상경한 여자는 아무 생각 없이 신문에서 본 어시스턴트를 구한다는 광고에 무턱대고 지원을 했는데, 그 광고가 설마하니 전 세계의 패션을 주름잡는 《플라티나》의 편집장 비서 광고일 줄 알았겠냔 말이다. 나는 미국에서 인정받을 만한 학력의 소유자도 아니었고, 이 외계인들 눈에는 한참 모자라는 비서였지만 딱 하나를 잘했고, 딱 한 가지 운이 따라 줘서 채용되었다.

첫째, 운 좋게도 이 니콜라스 케인의 악명을 아는 정신 똑바로 박힌 여자들은 아예 지원할 생각을 안 했고—지원한 여자들은 죄다 성형수술로 말도 안 되는 신체사이즈를 획득한 재벌 사냥꾼들이었다는 말씀—, 둘째, 나는 그날 술을 마시고 인사불성이 된 잘나가는 편집장을 사무실로 끌고 와서 에디터 칼럼을 뱉어 내게 만들었거든.

돈도 없었고, 일자리는 급한데 몇 년만 버티면 학력보다 훨씬 좋은 《플라티나》의 경력이 생기는데 못할 것이 뭐가 있겠나. 기세 등등하게 클럽에 들어갔다가 새파랗게 질렸지만, 눈 딱 감고 보스몹을 끌고 나와 없는 돈에 택시까지 타고서 이 사무실까지 끌고 온 뒤, 찬물을 머리에 부어 가며 멱살을 잡고 짤짤 흔들었다.

지금 생각하면 폭행죄로 잡혀가기 딱 좋은 정신 나간 짓이었지만, 나는 나에게 이런 짓을 면접이랍시고 시킨 케인 회장님께 대단히 화가 난데다 날 콜걸로 착각하는 이 망할 보스몹이 너무 밉살스러웠기 때문에 젊은 피가 들끓었더랬다.

술에 취해 인사불성이 된 남동생을 여러 번 두들겨 패 본 상스러운 경험을 거기서 그대로 발휘, 낯선 땅에서 이십 대 중반의 여자가 받았던 스트레스를 죄다 풀었다. 그렇지만 보스몹은 보스몹답게 음주 창작으로 에디터칼럼을 뱉어 낸 뒤 필름이 끊겼고, 다음 날 《플라티나》는 무사히 출간되었고, 나는 편집장의 비서로 당당히 출근했다. 그러고서 이 외계인 사회에서의 처절한 서바이벌이 시작되었지.

다시 생각하니 눈물이 앞을 가리는구만.

"애니스, 이번 커버걸이 누구지?"

"안나 휘튼이요."

"마음에 안 들어."

"편집장님이 대신 커버보이 하시지 그러세요."

"그렇지? 내가 잘생기긴 했지."

첫 만남부터 술주정하는 모습을 보인 사람이 무슨.

"노려보지 마. 농담이야."

진담일까 봐 많이 걱정했습니다.

"나 불만이 있는데, 애니스."

좋아. 긴장하자. 지금 이 남자—라 써 놓고 서른한 살의 철 덜든 초딩이라 읽는다—가 나를 저런 불쌍한 얼굴을 하고서 쳐다보는 건 뭔가 사고를 쳤다는 말이다. 아니면 정말로 불만이 있다던가. 어쨌든 비상사태다.

"비아그라 구해다 드려요?"

그의 얼굴이 홱 찌푸려졌다.

"내 성생활에는 아무런 문제가 없어."

"굳이 변명하지 않으셔도 되는데요."

"난 내 성생활에 불만이 있는 게 아니라 애니스한테 불만이 있는 거라고."

오호. 나는 오른손에 들고 있던 아이패드를 왼손으로 옮겼다.

"뭐가 불만이신 건데요?"

"우리가 만난 지도 2년이지?"

"정확하게 말하자면 같이 일한 지가 2년이죠."

왜, 봉급이라도 인상해 주시려고? 아니면 승진? 뭐든 말만 하시죠!

"응. 그런데 왜 자꾸 날더러 편집장이라고 불러?"

또 나왔다. 그놈의 호칭 문제.

"저기요, '닉.' 나도 노력은 하고 있다구요. 그런데……."

"아아, 더 이상 변명은 싫어. 앞으로 그놈의 편집장 소리 한 번만 더 하면 할 때마다 하나씩, 하나씩."

하나님, 지금 제 팔뚝에 돋고 있는 이것이 소름이라는 건가요? 보스몹은 생글생글 웃으면서 내가 입은 블라우스의 러플을 툭툭 쳤다. 팔랑팔랑 날아다니는 러플 사이로 말간 녹색 눈이 소름 끼치게 웃었다.

"클로짓에 가서 옷을 바꿔 입혀 버릴 거야."

"끼아아아아아아아아악!"

"들었어? 닉 사무실에서 엄청난 비명 소리가 들렸다며?"

"여자 비명 소리였다는데?"

"아니, 신음 소리였다면서?"

"이번에 새로 기용한 모델이 피팅 작업하러 왔다던데 그새 건드렸나?"

저언혀어 아닐세, 이 촉새들아. 물론 저들이 알고 있는 건 사실이 아니란 걸 알지만 나는 굳이 잘못된 것을 고쳐 줄 만한 아량은 가지지 않았기 때문에 커다란 샌드위치로 내 입을 봉했다. 윽, 양상추가 너무 많이 들어갔어. 이게 다 저 **빼빼** 마른 모델들만 선호하는 이탈리아와 프랑스의 디자이너들 때문이야. 엿 먹어라!

"슬라이스 치즈인데, 이거라도 얹어 먹을래?"

시선을 정확히 65도 왼쪽으로 돌리면, 소심하게 웃으며 특재 치즈 한 장을 내밀고 있는 클로짓의 이지가 보인다. 나는 치즈를 받으면서 의자를 **빼** 주었다.

"으, 여기 음식들은 도대체 먹을 만한 게 없어."

"그래서 내가 도시락을 싸 오잖아."

이지는 남들은 끔찍스럽다 못해 흉물스럽다는 듯이 쳐다보고 있는 치즈를 듬뿍 얹은 햄 조각을 날름 집어삼켰다.

"난 그렇게 부지런한 짓은 못해. 차라리 나가서 먹고 말지."

"그러니까 네가 그렇게 신경질적인 거야."

"내가 성격이 나빠진 건 '닉' 탓이지 내 식습관 탓이 아니야."

"하긴 닉이 꽤나 조여 대는 스타일이긴 하지."

이해가 간다는 듯이 고개를 끄덕이는 이 언니는 지금은 소심하게 도시락을 까먹고 있지만 클로짓에 들어가기만 하면 막나가는 아줌마로 변하는 무서운 클로짓의 보스다. 옷이 마음에 안 든다고 찡찡대는 모델들에게 그 입 닥치라며 20cm짜리 스파이크 힐을 집어 던지고, 필요한 옷들을 뚝딱뚝딱 재봉틀을 돌려 완벽하게 수선해 놓는 마법의 손을 가진 사람. 문제는 그 자신감이 클로짓이라는 액세서리와 신발, 옷들과 가방이 가득 들어찬 마법의 공간에만 한정된 것이라는 거지.

처음 그녀와 대화를 할 때가 클로짓 안에서 나에게 백을 마구 안겼을 때이니, 난 그녀의 성격에 적잖이 당황을 하곤 했었다.

"근데 말야."

"응."

"그, 닉 사무실에서 들렸다던 비명 소리, 그거 누가 지른 거야?"

"그 소리는 또 어디서 들었나?"

"《플라티나》에 비밀이 어디 있니?"

하긴 그건 또 그래. 나는 눈알을 떼구르르 굴리다가 결국 목소리를 낮추고 이지에게 고백했다.

"그거 사실 내가 지른 거야."

"네가? 웬만한 일에는 눈 하나 깜짝도 않던 네가 닉 사무실에서 비명을 질러? 뭔 일이야?"

"그 나쁜 놈이 날 협박했다고."

"협박?"

눈을 동그랗게 뜨고 입술도 동그랗게 말아 모은 이지는 날 한참 쳐다보다가 포크를 내려놓고 내 손을 잡았다.

"애니스, 자기야. 너 설마 그만둘 건 아니지?"

"그만두다니? 뭘?"

"직장 말이야."

"갑자기 웬 뚱딴지같은 소리?"

"보스한테 협박당했다고 직장 그만두는 짓은 안 할 거라고 믿어. 아암. 그렇고말고."

"그 소리였어? 걱정은 하덜 마셔. 내가 여태까지 그 인간한테 당한 게 억울해서라도 끝까지 버텨 내고 만다."

"그럼 다행이고. 사실 닉이 비서를 잘라 대던 그 끔찍한 나날 동안 대충 정해진 수순이 있었거든. 닉한테서 협박을 당한다, 그러면 하루 이틀 이내로 비서가 알아서 때려치우거나 갈렸어."

그, 그건 또 무슨 끔찍한 소리인가요. 내가 잘릴 수도 있다는 얘기야? 아니, 내가 뭘 잘못했다고! 물론 상관에 대한 직접적인

62

예의에 대한 면에서는 직원 평가가 상당히 떨어질 수도 있겠지만 심하면 하루에도 두 번씩 비서 얼굴이 바뀌던 때를 비교하면 2년씩이나 버틴 나한테 상 줘야 하는 거 아냐?

"뭐라고 협박을 당했는데?"

"그건 나도 몰라. 얼굴이 하얗게 질린 애들이 닉 사무실에서 나오자마자 당장 짐 싸 들고 도망갔으니까."

"그럼 협박 안 당한 비서들은?"

"뒤치다꺼리에 진절머리가 나서 때려치웠지. 그런 류가 전체의 65%를 차지할 거고, 나머지는 도망가는 스타일이랄까. 닉이 뭐라고 협박했는데?"

점점 불안해져서 식욕이 뚝뚝 떨어지는지라 더 이상 이 샌드위치를 먹고 싶지가 않았다. 드디어 내가 먹을 것을 포기하게 되는 날이 오는군. 그것도 이 망할 보스몹 덕분에.

"자기를 '편집장님'이라고 부르지 말래. '닉'이라고 안 부르고 '편집장님'이라고 할 때마다……."

"할 때마다?"

으으 소름 끼쳐. 나는 어깨를 부르르 떨었다.

"클로짓에 가서 옷을 하나씩 하나씩 바꿔 입힌다고 생글생글 웃으면서 협박했어."

쩝. 이지는 날 한참 동안 물끄러미 쳐다보더니 아무 말 없이 포크질을 다시 시작했다.

"나 이거 가지고 목이 날아가지는 않겠지? 응? 그렇지? 대답 좀 해 줘 봐."

이 아줌마야, 지금 친구가 잘리게 생겼는데 음식이 목구멍으로 넘어가냐! 이지의 팔을 붙들고 흔들어 대니 먹던 샐러드를 도로 떨어트린 그녀는 한숨을 쉬며 나를 똑바로 쳐다보았다.

"자기야, 그게 협박이야?"

"엥?"

"하긴 네 기준에서는 엄청나게 소름 끼칠, 아니지, 웃으면서 그런 말을 했다니 나도 소름이 좀 끼치긴 한다만, 그게 협박이냐구."

"그럼 그게 협박이지, 아님 뭐야?"

"자기 참 이상하다. 다른 쪽으로는 그렇게 눈치가 빠르면서 그거 하나 모르나? 제발 좀 이름을 불러 달라, 그거 아냐. 협박이라기보다는 투정이지."

"그렇게 소름 끼치게 투정하는 인간도 있어?"

"긍정적으로 생각해 봐. 편집장님이라고 부를 때마다 공짜로 옷이 하나씩 턱턱 생기는 거 아냐. 다른 누구도 아닌 편집장 본인께서 책임지시고 옷을 공수해 주시겠다는데."

"분명히 이상한 야살스러운 천 쪼가리를 던져 줄 거야. 그런 거 받기 전에 입조심이나 해야지."

"닉 감각 무시하지 마. 그리고 넌 진짜 패션 좀 손봐야 해. 여기서 '평범' 하다는 게 가당키나 해?"

이지는 고개를 절레절레 흔들었지만 나는 분명히 이것이 내 직장 생활의 일생일대 위기임을 직감했다. 여태까지 쌓아 온 것이 있는데 그렇게 쉽게 당할쏘냐. 절대 날 잘라 버리지는 못할 거다,

이 보스몹아! 댁이 날 고용한 줄 알아? 당신 아버지가 날 고용했
단 말야!

"윽, 양반은 아니시구만."

"왜? 누군데?"

나는 대답 대신 시끄럽게 울려 대는 휴대폰의 액정화면을 이지
에게 보여 주었다.

"열한 살짜리 애도 아니고 최종보스몬스터가 뭐냐, 몬스터가."

"나한테는 충분히 그런 존재야. 여보세요?"

[큰일 났어!]

이 자식은 나보다 나이도 많으면서 일만 터지면 나한테 전화해
서 찡얼대는 게 취미다.

"또 왜요?"

우걱우걱 샌드위치를 씹으며 대충 대답을 했다. 설마 대낮에
콜걸에게 돈을 뜯긴 건 아니겠지?

[마스터북을 맥스가 먹어 치웠어!]

순간 나는 먹던 샌드위치를 툭 떨어트리고 말았다. 뭐가 어쩌
고 저째?

"미쳤어요?"

"난 분명히 마스터북을 잘 간수했다고. 그리고 난 제정신이야.
정신병자로 매도하지 마."

대형 사고 친 주제에 입만 살아 가지고!

"잘 간수했는데 마스터북이 지금 이 모양 이 꼴이에요? 이거

어떡할 거예요? 어떡할 거냐고요!"

마스터북. 패션잡지회사에서의 권력의 상징. 마스터북을 가진 자, 회사의 모든 것을 관장하리니. 마스터북이란 것은 그 달에 나올 잡지를 미리 제본해 놓은 것으로, 가볍게 철이 되어 있어서 기사를 뺏다 넣었다 할 수 있다.

최종적으로 편집장=권력자가 점검을 한 뒤 승인을 하면 그대로 인쇄소로 가서 잡지로 재탄생되는, 말하자면 잡지의 데모 버전인데 지금 《플라티나》의 다음 호 마스터북은 반쯤 뜯겨 나간 채 끈적한 개 침 범벅이 된 처참한 몰골을 하고서 보스몹의 거실에 뒹굴고 있었다.

범인은 지금 내 째림에 기가 죽어서 방구석에 처박힌 보스몹의 애완견 맥스다. 순하다는 래브라도 리트리버인데, 이상하게도 사고를 뻥뻥 쳐 댄다. 아마 '말리와 나'의 작가가 오면 내 어깨를 토닥거려 줄 만큼 아주 제대로 마스터북에 지랄을 해 놓았다. 지 주인이 술 먹고 기절했을 때 밥 챙겨 준 은혜를 이런 식으로 갚아? 내 진즉에 저놈의 개를 잡아서 보신탕을 해 먹었어야 하는데 말이지.

"새, 새로 만들면 안 될까?"

"당장 내일 아침에 인쇄 들어가야 하는데 이걸 무슨 수로 다 만들어요? 아니, 만들 수는 있죠. 있는 기사 다시 편집해서 들고 오고 화보 찍은 거 들고 오라고 하면 되니까. 그런데 플라티나 편집장이 마스터북을 애완견한테 먹였다는 그 끔찍한 소문 뒤처리는 어떻게 할 건데요?"

그거야 말로 페이지식스, 그 유명한 외계인들의 가십란에 올라가기 딱 좋은 기사지. 암, 그렇고말고. 지구인들에게 그런 건 그냥 실수지만, 외계인들에게는 얼굴도 못 들고 다닐 치명타다. 그리고 이 인간의 평판에 나의 아슬아슬한 밥줄이 걸려 있는 이상 난 죽었다 깨나도 그 꼴은 못 본다.

내가 이 직업을 어떻게 유지했는데! 야밤에 잠도 못 자고 남녀가 후끈하게 작업을 걸고 있는 클럽에 들이닥쳐서 멱살을 잡고 끌고 나오고, 술을 먹다가 술에게 먹혀 인사불성이 된 저 자식을 리무진에 잡아넣고 해장국을 강제로 먹이면서 유지한 커리어다. 난 절대 포기 못해!

"애니스, 애니스는 능력 있는 한국 사람이지? 그렇지?"

"쓸데없는 소리는 집어치워요. 들어 줄 생각 없으니까. 맥스 너 가만있지 못해?"

내가 냅다 지른 소리에 슬슬 눈치를 보며 도망을 가려던 맥스는 다시 방구석에 딱 붙어 섰다.

"왜 맥스한테 그래. 차라리 나한테 화를 내. 응?"

"지금 편집장님한테 화내고 있는 건 안 보여요? 그리고 마스터 북 이 꼴로 만든 게 저 개가 아니면 누구란 말이에요?"

난 종종 내 화려한 영어 실력에 감탄하고 만다. 그게 가끔 타이밍이 이상할 때 감탄할 때가 있는데 지금이 바로 그렇다. 아, 정말이지 내 영어 실력, 특히 욕설에 관한 부분은 많이 늘었어. 저 자식이 얄미운 소리를 할 때마다 제대로 반박도 못하고 어버버거리던 때와는 비교가 안 되는 장족의 발전이지. 이게 다 저 보스몹

덕분이지만.

"방법 없을까?"

"지금 생각하고 있잖아요!"

자, 생각하자. 생각하자. 내일 아침에 페이지식스에서 〈마스터북이 개 사료?〉라는 기사 제목은 절대 보고 싶지 않으면 생각을 해야 해. 생각, 생각. 어떻게 하면 마스터북을 아무도 모르게 감쪽같이 만들어 낼 수 있지?

"어쩔 수 없어요. 야근해야지, 뭐."

"또오?"

"또는 무슨, 지금 본인이 저지른 짓인데 어디서 그런 소리가 나와요?"

저 축 처지는 눈 좀 보게. 나보다 여섯 살 많은 성인 남자 맞습니까? 네?

"내가 한 게 아니라 맥스가 한 거라니까."

"편집장님이 마스터북 함부로 간수하신 잘못도 있거든요! 그리고 애완견이 말썽 피웠으면 주인이 당연히 책임져야지!"

"내가 왜! 쟤가 잘못했는데!"

"철 좀 들어요! 제발! 아무튼 지금부터 당장 밤샘 작업이니까 술 약속이고 여자 약속이고 뭐고 다 취소해요."

아아아, 티파니, 브리트니, 사만다, 앨리스 등등의 여인들이여, 이제는 안녕. 보스몹은 울먹거리며 전화를 돌리기 시작했고 나는 그사이에 본격적으로 맥스를 혼내기 시작했다. 물론 이런 말은 맥스 가까이 가서 보스몹이 들을 수 없게 해야 한다.

"너, 맥스."

꺄웅. 이 덩치만 컸지 하는 짓은 3개월 된 아기 적과 다름없는 녀석은 내가 이름을 부르자마자 주눅이 들어서 얼른 얼굴을 땅에 붙였다.

"너 이놈 시키, 먹을 게 따로 있지 마스터북을 꿀꺽해? 그런 거 먹으면 토하고 설사해서 병원 가야 하는 거 알아, 몰라? 네가 그러면 또 네 주인이 나한테 전화해서 징징거린단 말이다. 너 나의 사생활을 그렇게 방해하고 싶은 거야?"

잘못했어요, 잘못했어요. 덩치가 송아지만 한 이 마견(魔犬)은 저 거실 바닥에 널브러진 녀석의 행동 결과물과는 달리 아주 순해 빠진 얼굴로 나를 쳐다보았다. 너 그렇다고 해서 내가 그냥 넘어갈 거라고 생각하면 오산이다.

"한 번만 더 해 봐. 네 주인이 모르는 사이에 확 잡아다가 저기 코리아타운에 있는 보신탕집에 팔아 넘겨 버릴 테니까. 알았어?"

꾸에에에. 자신의 신변을 위협하는 말에 맥스는 펄쩍 뛰었고, 더불어 내 등 뒤에서는 비명이 터졌다.

"아악! 애니스! 어떻게 그렇게 잔인한 말을 할 수 있어! 맥스가 다 들었잖아!"

"들으라고 한 말인데요."

"애니스는 피도 눈물도 없어?"

아이고, 이 한심한 보스몹아. 평소에는 날 날치게 잡아 대다가도 꼭 이렇게 애 같은 짓을 해야겠냔 말이다. 나이가 몇 살인지.

"그거 따지기 전에 얼른 맥스 데리고 병원이나 가 봐요. 저 큰

잡지를 뜯어 먹었으니 위장이 온전할까. 8시 전까지는 여유가 있으니까 갔다 오세요. 나는 그 전에 몰래 커버랑 화보라도 더 구해 볼 테니까."

"그렇지만 저 녀석 웬만하면 멀쩡한데."

"그러다가 병 더 키우는 거 몰라요? 빨리 갔다 와요!"

꼭 내가 소리를 꽥꽥 질러야지 말을 듣는다. 어쩌다가 내가 나보다 여섯 살이나 많은 남자의 베이비시터 노릇을 하게 되었는지 누가 설명 좀 해 주실래요? 아, 그래. 다 내 잘못이다. 오지랖은 오지게 넓어서 눈에 한 번 거슬리는 건 계속 따라다니면서 참견하고 잔소리하는 내 잘못이지, 뭐. 나는 맨해튼의 그 넓은 펜트하우스 창가에서 보스몹이 맥스를 데리고 병원을 가는 모습을 물끄러미 지켜보았다. 나는 아무런 감흥 없이 내려다보는 사람이지만 지나갈 때마다 뭇 여자들의 시선을 한꺼번에 받고, 더불어 파파라치까지 잔뜩 달고 다니는 유명 인사라서 나한테는 굉장히 현실감이 없게 보인다.

아니, 저놈 자식이 뭐가 그리 좋다고 저리 하릴없이 쫓아다녀? 쫓아다니려면 차라리 날 쫓아다녀라! 툭하면 사고 쳐서 비서한테 빽빽거리며 전화질이나 해 대고, 허구한 날 술이나 퍼마시고 여자들이랑 뒹구는 아직 철 덜 든 남자 '애' 인데. 도대체 저놈 뒷수발들고 다니는 이 짓은 언제 끝날까. 나는 고개를 절레절레 흔들며 이지에게 이번 화보 필름을 구해 달라는 전화를 걸었다.

힘내자, 한겨울. 스펙이라곤 쥐뿔도 없는 네가 1년만 더 버티면 적어도 이 업계에서는 하버드 MBA 뺨치는 플라티나 에디터 어시스턴트 경력 3년이라는 타이틀을 달 수 있을 테니까. 그때는 보스몹이고 뭐고 끝이다!

"아주 잘했어, 맥스."

모퉁이를 돌아 찌르는 듯한 애니스의 시선이 사라진 것을 느끼자마자 나는 맥스의 머리를 툭툭 쳐 주었다. 기특한 녀석. 어떻게 사고를 쳐도 꼭 그런 것을 쳐 줘서 내가 애니스를 부를 구실을 만들어 주냐.

"그렇다고 또 마스터북을 뜯어 먹으면 안 돼. 네 위장이 괴물인 건 알지만 아주 위험하단 말이야. 그러니까 병원에 갈 거야."

칭찬을 해 줬다고 기세등등하던 녀석은 병원이란 말에 금세 풀이 죽었다.

"대신 돌아오면서 간식 사 주마. 육포 사 줄까?"

아무리 비싼 육포라도 잔뜩 사 주마. 아주 훌륭한 애완견 같으니라고. 나는 잡지를 뜯어 먹은 애완견의 주인치고는 대단히 행복한 얼굴로 맥스의 진찰을 지켜보았고, 덕분에 수의사는 나를 반쯤 미친놈처럼 쳐다보았다. 다행히 이 꼴통 같은 녀석의 위장은 대단히 소화력이 뛰어나서 뻣뻣한 잡지 종이마저 소화시켜 버렸고, 나는 오는 도중에 장도 볼 겸 마트에 들러 맥스의 간식을 챙겼다.

겨울 아가씨는 무슨 음식을 좋아할까? 날이면 날마다 오는 날이 아니었다. 내 집에서 애니스가 밤을 새우는 것 아닌가. 물론 내가 사는 저 펜트하우스에 애니스가 새벽에 들이닥치는 일은 한두 번 있던 일이 아니었지만 적어도 오늘은 '맨정신'인 상태로 함께 있는 날이다. 그러니까 맛있는 것도 해 주고, 잘만 하면 엎드려서 조는 그녀의 어깨에 담요라도 덮어 줄 수 있지 않을까?

꿈 깨자.

그렇게 했다간 이젠 여자가 없어서 비서한테도 손을 뻗치는 거냐며 변태 취급을 당할 텐데. 나는 한숨을 쉬며 들었던 오렌지를 놓아 버렸다.

애니스 한, 이 둔하기로 따지면 월드 챔피언급일 여자 같으니라고! 내가 아무리 개망나니 코스프레를 하고 있기로서니, 같이 붙어 있은 지가 어언 2년인데 아직도 몰라? 죽었다 깨나도 몰라? 이러다가 내가 사십 줄이나 돼야 손 한 번 잡아 볼까! 제기랄, 빌어먹을, 망할!

무슨 마약 중독자도 아닌데 하루 종일 기분이 왔다 갔다 롤러코스터를 탄다. 열다섯 살짜리가 첫사랑을 하는 것도 아니고, 이게 뭐냐.

여자라면 하루에도 대여섯 번씩 갈아 치우는 니콜라스 케인이 사실은 2년 동안 한 여자만 짝사랑했다고 하면 세상은 둘째 치고라도 당장 애니스부터 미친 듯이 웃어 젖힐 것이다. 나도 웃고 싶다. 그리고 가끔, 아주 가끔 죽고 싶다. 도대체 왜 하필, 내가 개망나니 짓을 해야만 할 때 나타났냐고 가느다란 어깨를 쥐고 흔들면 그녀는 어떤 반응을 보일까? 눈을 동그랗게 뜨고서 내가 드디어 마약에 손을 댔나 의심부터 하겠지?

희망이라고는 쥐뿔도 안 보이는군. 언제나 늘씬하고 쭉 뻗은 금발의 미녀들만 데리고 노는 것을 2년 내내 직접 눈으로 본 사람이 이 마음을 받아 줄 리도 만무하다. 내 여성 편력에 대해 대단히 한심스럽게 생각하는 겨울 아가씨가, 하이고 퍽이나.

이제는 너무나 익숙해져서 금방 기분 전환이 빠른지라 나는 아무렇지도 않게 카트에 오렌지를 던져 넣었다. 밥이나 든든하게 먹이고 보내야지. 음식을 해 주는 것은 처음이니까, 어쩌면 이번에야말로 눈치를 채 줄지도 모른다는 2,786번째 희망을 가져 본다.

그렇다. 이 여자는 2,785번의 나의 어필을 모조리 날려 버렸다. 웬만한 여자라면 바로 눈치를 채고 손과 입술을 거쳐 침대까지 수백 번은 들어갔다가 나왔을 내 신호들은 저 철벽을 쌓은 여자 앞에서 사정없이 뭉개져 버렸다. 단둘이 있을 때는 좋아한다고 티를 내는데도 그걸 왜 모르니, 왜!

혹시 한국 여자들은 다른가, 싶어서 〈한국 여자들이 좋아하는 남자〉, 혹은 〈한국 여자 꼬이는 방법〉, 혹은 〈한국 여자들의 이상형〉 등으로 검색을 해 봤으나 나온 것은 '얼굴 잘생겼다고 한국 가서 아무 여자하고나 잘 수 있다고 생각하면 넌 나한테 죽어!' 라던가, 아이돌에 열광하는 팬들 사진, 혹은 '한국 여자나 미국 여자나 다른 것 없다!' 라는 다소 안심되는 말들뿐이었다. 한마디로, 별로 건진 것이 없었다.

"가자, 맥스. 애니스가 기다리겠다."

애니스라는 말에 맥스는 쫑긋 세웠던 귀를 움츠렸다.

"걱정 마. 내가 설마 널 보신탕집에 팔아넘기겠니?"

그러나 맥스는 믿을 수 없다는 표정으로 날 흘긋 쳐다보더니 먼저 발을 옮긴다. 저 자식이! 이젠 개마저도 주인을 무시한다.

그러고 보니 2년 새에 많은 것이 변했다. 내 악명은 날이 갈수록 높아져서 이젠 이렇게 장을 볼 때도 파파라치들을 신경 써야 하고, 빼빼 말라서 내가 주는 분유를 받아먹던 맥스는 덩치가 송아지만 해졌고, 반쯤 울면서 내가 준 쪽지만 들고 뉴욕의 거리를 헤매고 다니던 애니스는 패션 팀 에디터에게 소리를 버럭 질러 가며 협박을 해 댈 정도로 깡이 세졌다.

"아, 시끄럽고, 마지막으로 딱 한마디만 할 테니까 귀 씻고 잘 들어. '지금 당장 이번 잡지에 실릴 화보들 및 사진들을 몽땅 공수해서 묻지도 따지지도 말고 내 메일로 보내! 다른 사람한테 입 뻥긋하기만 하거나 이걸로 물고 늘어질 생각을 한다면 일단 첫 타자로 내일 회사 복도에 당신이 들고 다니는 에르메스 버킨백이 사실은 차이나타운에서 40달러 주고 산 짝퉁이라는 걸 대자보로 붙여 버릴 줄 알아!' 뭐? 두 번째는 뭐냐고? 어머나, 자기야. 그걸 지금 몰라서 물어? 당연히 자기 가슴은 LA 고급 온천 병원에서……. 말귀 잘 알아듣네. 한 시간 줄 테니까 빨리 해."

패션 팀 에디터면 성깔 있는 버지니아 양이시겠군. 지금쯤 엉엉 울면서 일하고 있을 그녀를 위해 잠시 묵념. 뭐, 부메랑은 돌아가는 것 아니겠나. 초창기에 애니스를 그렇게 못살게 굴더니 이젠 약점 단단히 잡혀서 하라는 대로 해야 할 판이니, 역시 사람은 덕을 쌓고 봐야 한다. 전화를 홱 끊은 애니스는 날 보더니 눈을 부라렸다. 아이고, 우리 겨울 아가씨. 눈이 상큼하게 하늘로 치솟는 모양이 예쁘기도 하지.

"그건 또 뭐예요?"

"사람이 일만 하면 쓰나. 먹고 살아야지."

"대충 시켜 먹어요. 그런 거 할 시간이 어딨어? 그리고 편집장님이 장 볼 시간은 있었어요? 병원 갔다가 재깍 왔어야지 왜 마켓은 들러서……."

"다 먹고 살자고 하는 짓이잖아."

"난 편집장님 때문에 그 먹고 살자고 하는 일 유지하려고 무진장 애쓰는 중이거든요?"

애니스는 참 신기하다. 한마디도 내 말에 지지 않으면서 꼬박꼬박 '편집장님'을 붙이고, 상쾌한 향기가 나는 머리카락을 찰랑이며 팩스로 마구 들어오는 기사들과 프린터가 뱉어 내는 사진들을 척척 그러모은다.

"절대 안 자를 테니까 걱정 마시지."

"절 자르는 건 편집장님이 아니라 편집장님 아버님 되시는 분이거든요? 그리고 지금 그거 먹을 시간이 어디 있어요?"

"저녁때잖아. 내가 요리할게."

"그냥 배달시켜 먹어요."

"난 그런 거 안 먹어. 입맛 버려."

'아오, 재수 없어!' 라는 애니스의 시선이 뾰족한 비난 대신 내 뒤통수를 사정없이 찌른다. 그러나 나는 묵묵히 사 온 오렌지와 안심, 소스를 정리했다. 그런 째림 따위 이미 익숙해진 지 오래다, 이 아가씨야.

"맛있는 거 해 줄게. 밤새 고생할 거잖아."

생각 없이 사 온 물건들을 정리하다가 툭 내뱉은 말에 나는 혀를 깨물어 버렸다. 젠장. 또 실수했다. 내가 저 여자 앞에서 내보여야 할 캐릭터는 죽도록 그녀를 걱정하고, 생각하고, 뭐라도 더 해 주지 못해 안달이 난 머저리 순정남이 아니라 제멋대로에 안하무인이고, 경박하기 짝이 없는 개망나니여야 하는데 저런 말을 하다니. 무조건 헤실헤실 웃어 대며 '난 애니스만 믿어!' 따위 드립을 쳐 대면서 와인이나 잔뜩 해치웠어야 했다. 나는 애써 아무렇지도 않은 척, 내 손에서 굴러 떨어진 레몬을 다시 주워 채소통에 넣었다.

"이게 다 누구 때문인데 그런 말씀을 하시나요. 어울리지도 않게시리. 그런 말 하시면 못써요. 죽을 때가 다 된 것도 아니고."

우리 사이에서는 별것 아닌 빈정거리는 농담이었고, 애니스는 픽 웃으면서 다시 휴대폰 다이얼을 눌렀고, 나도 픽 웃으면서 장바구니를 접었다. 그냥 웃고 말기로 했다. 눈치 없는 건 처음부터 싫어했지만, 다른 건 다 알아채면서 나에 대해서만 무감각한 것도 꽤나 치명적이란 걸 애니스를 통해 배웠다. 내가 배가 고픈지, 기분이 나쁜지, 아니면 졸린지 생리적인 것부터 화학적인 뇌의 작용까지 다 눈치채면서 왜 내가 어필하는 건 죽었다 깨나도 몰라주냐, 이 여자야.

왼손으로 포크질을 하고, 오른손으로는 바쁘게 내 필체를 흉내내서 기사를 편집하는 대단한 능력을 보여 주는 애니스는 정신이 하나도 없어 보였다. 나는 먹다가 편집하다가 하는데, 저 여자는 한꺼번에 두 개를 하고 있다.

"애니스."

"네?"

이쪽은 쳐다보지도 않고 건성으로 대꾸한다.

"밥 먹고 해."

"아……."

무슨 말인지 들리지도 않나 보다. 반쯤 벌어진 입술에는 스테이크 소스가 묻어 있었고, 그게 아까부터 자꾸 내 신경을 거슬리게 하고 있었다. 긴 속눈썹 아래 까만 눈은 정신없이 텍스트를 읽어 내고 있었고, 나로 하여금 한번 꼬집어 보고픈 충동을 일으키게 하는 매끈한 볼에 조명이 떨어졌다. 그렇긴 한데 말이지, 지금이 시간이 시간인지라 옷은 죄다 구겨지고, 머리도 잔머리가 다 빠져나왔네.

"뭐라고요?"

"먹고 하라고."

한참 있다가 대꾸하는 걸 보니 어지간히도 정신이 없나 보다. 내 말에 애니스는 아, 짧은 감탄사로 대답하며 한 번 더 포크질을 했다. 그러고서 또다시 노트북의 자판을 두드린다. 벌써 몇 번째 부르는 건지 모르겠다. 그래도 이번 한 번만 더 부르면 접시 다 비우니까 얼른 먹여야지.

"자, 빨리 먹어. 설거지하고 일해야지."

"아, 네."

마지막 포크질로 한 입에 쏙. 다 먹이는 데만 근 오십 분이 걸렸다. 나는 접시를 치우고, 애니스는 바쁘게 일을 했다. 기분이 이상하다. 맨정신으로 이렇게 그녀와 내 집에서, 저녁 열 시가 넘어가는 시간에 단둘이 있다니. 개수대에 접시를 던져 넣다 말고 나는 애니스를 쳐다보았다.

사실 애니스는 엉망이다. 컨실러도 다 지워져서 눈 밑에는 시커먼 다크서클이 그대로 드러났고, 쌍꺼풀에는 파운데이션이 뭉쳐서 허옇게 줄이 갔다. 미간에는 팽팽하게 주름까지 갔으니, 패션잡지 편집장 비서직함은 어울리지 않는다. 그렇지만 화가 날 정도로 두근거린다.

키스하고 싶어. 식탁 위에 어지럽게 널린 패션화보와 이번 달의 립스틱 편집기사 따위 던져 버리고, 널 안아서 그 위에 눕혀 버리고 싶다. 나는 말 그대로 혀를 깨물었다. 환풍기를 돌려 고기 냄새를 빼 버리자 달콤한 향이 코끝을 예민하게 자극한다. 이게 누가 쓰는 향수인지는 불 보듯 뻔하고, 내 몸은 이미 거기에 반응하고 있다. 불을 끈 거실의 유리창에는 뉴욕의 현란한 야경이 펼쳐지고, 집에 켜진 조명이라곤 식탁 위뿐이다. 수직으로 떨어지는 조명에 애니스의 속눈썹과 입술이 반짝거린다.

나는 분명히 내 발에 가만히 그 자리에 붙어 있으라고 윽박질렀지만, 이상하게도 내 몸은 내 말을 듣지 않았고, 나는 손을 뻗어 애니스의 턱을 잡았다. 동그랗게 놀란 까만 눈이 나를 올려다본다. 아니, 완벽한 검정은 아니고 약간 갈색이 도는 눈이다. 눈동자에는 속눈썹 그림자가 길게 그려지고, 빛을 받아 일부분은 금색으로 빛난다. 그녀는 호흡마저 멈추고 말았다. 나는 손가락으로 그 탐스러운 입술에 묻은 스테이크 소스를 슥 닦아 내고 씩 웃었다. 그녀는 혼란스러운지 완전히 얼어붙어서 눈만 깜빡거렸다.

"애니스."

"네?"

"요즘 되게 늙었다. 관리 안 하나 봐?"

시뻘겋게 핏발 선 눈이 휙 돌아가는 것을 보고 나는 얼른 눈을 질끈 감았다. 미안해, 미안해, 미안해! 애니스는 얼른 내 손에서 턱을 떼어 내고 몸을 뒤로 젖혔다.

"오늘 편집장님이 마스터북만 제대로 간수하셨어도 제 미간에 주름이 늘어나는 일은 없었을 거라고 생각합니다만?"

"에이, 그건 핑계지. 명색이 《플라티나》 편집장 수석 어시스턴트인데 관리도 안 하면 쓰나? 원래 피부는 공들여서 노력하는 거야. 당장 그 마스터북만 들춰 봐도 오만 가지 관리 방법이 나올 텐데 여태까지 뭘 봤어?"

"그거 엄청 미안하게 됐습니다. 주변에 떠다니며 나 잡아 잡수 하는 수많은 뷰티 팁들과 화장품 샘플 제대로 안 챙기고 편집장님 뒤치다꺼리만 해서 정말 죄송하네요!"

"이번 호는 내가 챙겨 줄 테니까 관리 잘 해."

"됐거든요!"

나는 낄낄 웃었고 애니스는 고용인과 피고용인이라는 사회적 신분의 차이를 절감한 채 다시 일에 몰입했다. 조그만 입술이 달싹거리는 걸 보니 아무래도 저 미친놈이 약을 빨았나, 뭐 이런 류의 욕을 하는 것 같다. 나는 마스터북에 편집을 마친 브란젤리나 커플 기사를 끼워 넣다가 문득, 표정이 더 사나워진 그녀를 쳐다보았다.

미안해. 또 미운털 박히고 말았다. 하지만 어쩔 수 없었다. 너무 많이 가 버려서, 까딱했다간 그대로 저 입술을 삼켜 버리고 말았을 테니까. 거기서 어느 정도 심한 장난을 걸지 않으면 정말 큰일 날 뻔했어. 손끝이 아직도 덜덜 떨린다. 맙소사. 저 여자가 어떤 립 제품을 바르는지는 몰라도, 입술 한 번 끝내주게 부드러웠다.

아오, 저 미친 변태 새끼! 나는 인쇄소로 마스터북을 들고 뛰어간 보스몹의 뒤통수를 째려보며 열심히 욕설을 퍼부었다. 저게 마감이라고 며칠 여자를 못 만나서 돌았나! 왜 날 건드려, 왜! 남자 만난 지가 백만 년 전인 나한테 저 얼굴로 들이대면, 부작용이 일어난다는 걸 몰라서 저러나! 아오, 저 머저리 같은 놈! 싫어 죽겠다. 아깐 정말 심장이 고공낙하했으니까.

아무리 애 같은 보스몹이라지만 저 얼굴로, 인정하기 싫지만 저 잘생긴 얼굴로 씩 웃으면서—그래, 지금 생각해 보니 그건 악마나 지을 법한 미소였어—내 입술을 만지다니. 게다가 늙었다는 개소리까지 들었다! 그래! 나 얼굴에 주삿바늘 한번 안 찔러 넣어 봤다! 그럴 돈 있으면 차라리 집에 보내고 말지, 내가 돌았냐! 저놈은 답이 없어요, 답이.

세상 참 불공평하다. 어떻게 저렇게 나사 빠지고 안일하게 사는 철딱서니는 이렇게 쉽게 사람 마음을 들었다 났다 할 수 있는 능력이 있는데, 왜 나는 아무것도 없을까. 나는 왜 이 모양 이 꼴일까. 아우디의 전자시계는 새벽 한 시 반을 가리키고 있었고, 나는 내일 아침 여덟 시 반에 출근을 해야 하니 적어도 일곱 시에는 일어나야 한다. 결국 잘 수 있는 시간은 끽해야 4, 5시간 남짓. 게다가 출근하면 또 한바탕 외계인들과 전쟁을 치러야 하니 죽을 맛이다. 회사 가기 싫다.

후드 재킷에 청바지, 그냥 평범한 티—저래 봬도 저거 한화로 58만 원짜리다—차림의 보스몹은 인쇄소에서 나오면서 겨우 시간 지켰다는 신호로 손을 마구 흔들며 뛰어왔다. 신났구만, 신나셨어. 난 저놈 얼굴만 보면 딱 이 말밖에 생각이 안 난다.

너, 언제 철들래?

"다 됐어. 인쇄소 사장한테 욕 좀 먹었지만, 뭐 어때. 우리만 마감 늦나?"

"속 편한 소리 하시네요. 저분들 내일은 뭐 휴일이래요? 잠은 언제 자라고 그런 사고를 쳐요?"

"그래도 어쨌든 애니스 덕에 잘 해결됐잖아."

"입에 발린 소리 하지 마시고 앞으로는 마스터북 간수 잘 하세요."

"네, 알겠습니다."

보스몹은 낄낄 웃으면서 핸들을 꺾었다. 저러니까 사람들이 화를 못 내지. 하는 짓은 철이 없고, 웃는 건 소년같이 웃고, 칭찬은 그래도 확실하게 하니까 불만이 있어도 입을 다물게 한다. 다시 한 번, 세상 참 불공평해!

"내일은 좀 늦게 나와. 어차피 나도 졸려서 아홉 시에 못 일어날 것 같아."

"누가 아홉 시에 일어나래요? 일곱 시에 일어나세요."

"싫어. 난 여덟 시간은 자야 한다고. 그러니까 애니스도 늦게 나와도 좋아."

"시답잖은 소리 마세요. 편집장님이 안 계시면 제가 땜빵하는 거 알아요, 몰라요?"

"또, 또. 또 편집장님이라고 한다."

나 참, 저놈은 도대체 왜 저렇게 호칭에 집착을 한대?

"아, 2년씩이나 버릇된 걸 어떻게 하루아침에 바꿔요?"

"못 바꾸지. 그러니까 내가 바꿔 주겠다는 말 아니야."

또, 또. 내 머릿속에는 빨간 경계경보가 켜지고, 보스몹은 사악하다고 할 수밖에 없는 미소를 지었다.

"내일 출근하자마자 클로짓으로 직행인 거야. 알았지?"

"누구 맘대로?"

보스몹은 차에서 내려서 내가 앉은 조수석의 문을 열어 주었다.

"내 맘대로."

두고 봐. 내가 나중에 저놈보다 훨씬 높은 직급에 올라가서 자근자근 밟아 주고 말 거야!

"안녕히 가세요, '닉.'"

흥이다! 나는 몸을 홱 돌려서 하이힐을 딱딱거리며 아파트 계단을 올라갔다.

"애니스."

또 왜? 내가 고개를 돌리자 차 곁에서 손을 주머니에 찔러 넣은 보스몹이 나를 쳐다보았다. 아주 샅샅이, 그리고 뭔가를 바라는 듯이 한참 진지하게 쳐다보았다. 가끔 저 사람은 내 입을 막아 버릴 만큼 진지한 시선으로 날 쳐다본다.

"잘 자."

Good night. 단 두 마디를 참 어렵게 한 보스몹은 뒤도 돌아보지 않고, 내가 인사를 할 겨를도 남겨 주지 않고서 바로 떠나 버렸다. 니콜라스 케인, A. K. A 보스몹과 일한 지가 벌써 2년이지만, 가끔 내가 아직도 저 사람을 전부 파악하지 못했다는 생각이 들 때가 있다. 바로 지금처럼.

하지만 분명한 것은, 저 자식이 내일 생글생글 웃으면서 등장해서 내 복장을 있는 대로 뒤집으며 날 클로짓으로 끌고 갈 거라는 거지. 미쳤어, 한겨울. 절대로 책잡힐 일은 만들지 않겠다고 맹세해 놓고선, 결국 끌려가냐! 저 자식이 오늘 이렇게 정신만 안 빼놨어도 괜찮았다고! 이게 다 저 보스몹 때문이야!

❀　❀　❀

오늘 잠은 다 잤다. 자꾸 눈앞에 가까이 다가오던 보스몹이 어른거려서 도저히 잘 수가 없었다. 망할, 늙었다는 소리까지 들었으면 푹 자고 피부 관리를 해야 함이 마땅한데, 다 글렀다. 게다가 오늘 보스몹이 당연히 작정을 했을 테니 나는 죽어나겠지. 보스몹뿐이랴, 나만 보면 못 잡아먹어 안달인 나쁜 년들과 나쁜 놈들이 이 외계인 구역에 한 다스는 된다.

"어머나, 애니스. 다크서클이 턱 밑으로 내려왔네. 그렇게 보니까 꼭 살찐 판다 같다."

신이시여. 저 나불거리는 맥 립스틱이 발린 입을 찰싹 때려 버리면 소원이 없겠나이다.

나는 패션 팀 제2어시스턴트 브렌다 라켓이 눈을 번뜩이는 엘리베이터 앞에서, 잠시 이 엘리베이터를 탈까, 타지 말까 고민을 하다가 뒤에서 걸어오는 액세서리 팀 에디터 주디 마커스를 보고는 그냥 타고 말았다. 저년은 못된데다가 머리까지 똑똑하고, 이쪽은 못됐지만 머리는 나쁘다. 그래서 얘는 그냥 입술을 때려 버리고 싶은 충동만 일어나지만, 쟤는 목을 졸라 버리고 싶다. 그러니까 그냥, 이렇게만 받아쳐 주면 된단 말씀.

"너 엉덩이 처졌다. 그러다가 허벅지랑 만나겠네. 병원 가서 점검 좀 받아 봐."

어젯밤에 네 직속상관 버지니아 양이 나한테 왕창 깨졌는데 지금 네가 나한테 덤비는 거니? 사람으로 꽉 찬 엘리베이터에 순간 풋, 하고 웃음 참는 소리가 가득했고 브렌다는 사색이 되어서 작년에 수술한 엉덩이를 내려다보았다. 오늘 하루 온종일 신경 쓰시다가 결국 점심도 굶고 병원으로 쫓아가시겠지. 난 오늘 무진장 피곤하다. 그러니까 내 입에서는 절대 고운 말이 나올 리가 없으니, 건드리지 말란 말이야!

19층. 이 애매모호한 층수가 바로 내가 허구한 날 외계인들과 전투를 벌이는 곳이다. 저 위로 30층이 더 있지만, 각 층마다 은행, 로펌, 컨설팅 회사, 다른 잡지사들이 빼곡하게 들어차 있어서

가 본 적은 없다. 아래에는 식당과 헤어숍, 에스테틱숍까지 있는 이 복합건물에서 가장 익숙한 내 책상 위에는 벌써 어시스턴트들이 가져다 놓은 이번 달 《플라티나》가 있다.

나는 이걸 가져다가 보스몹의 책상 위에다가 던져 놔야 한다. 보그나 엘르 같은 다른 잡지 편집장들은 까탈스럽기가 바늘방석 뺨을 쳐서 잡지와 신문별로 진열해 놓는 순서와 각도까지 신경 써야 한다지만 우리 보스몹은 그런 거 없다. 사실, 보스몹은 페이지식스—그래, 뉴욕포스트에서도 페이지식스만 쏙 빼서 보는 패션 피플들이다—나 피플, 내셔널 인콰이어러보다 타임스나 포브스, 월스트리트저널 같은 시사 잡지를 더 좋아한다. 참 별일이지, 그렇지?

나는 무감동한 눈으로 오늘도 현란하게 뽑힌 잡지를 훑었다. 《플라티나》는 미국 전역을 비롯, 60여 개국에 뿌려진다. 오늘 새벽까지 내가 개고생을 해 가면서 뽑아 놓은 잡지지만, 나는 패션 잡지를 별로 좋아하지 않는다.

도대체 이걸 누가 보는지는 생각도 안 하는 못돼 먹은 외계인들 같으니라고. 고등학생들과 대학생들에게 팔리는 잡지에다 오백 달러짜리 티셔츠와 천팔백 달러짜리 원피스, 한화로 칠십만 원짜리 부츠와 백오십만 원짜리 가방을 실어 놔 봤자 독자 중에서 도대체 누가 살 수 있겠나! 이런 걸 꼭 잇걸들의 필수품이라고 광고를 해 대며 과소비를 조장하지. 나머지 개념 박혔지만 백일몽만 꾸는 이들에게는 그림의 떡일 뿐이다.

내가 출퇴근하는 이 외계인 세상에서는 이 아이템들이 필수이고, 어떻게든 돈 많은 남친을 만들어서 장만해야 하는 것들이지만, 정작 이 잡지가 뿌려진 세상에 사는 꿈 많은 소녀들에게는 쓸데없이 외계인 세상에 대한 헛된 동경만 품게 하는 쓰잘데기 없는 것이다.

흥, 한 끼 밥값이 팔십만 원 가까이 나오는 레스토랑에 이백팔십만 원짜리 구두를 신고 가서 허세를 부리느니 차라리 집에서 만 원짜리 셔츠 바람으로 내가 만든 볶음밥을 먹는 게 백번 낫겠다. 이 세계에서 오래 있다 보면 영혼이 사라지는 기분이다. 가끔 이해가 가지 않을 때도 있다. 무조건 22인치 허리와 보톡스, 성형수술과 명품에 집착하면서도 본인들은 신경질적이고 부정적으로 살게 되고 스트레스만 잔뜩 받고 있는데, 도대체 이 짓을 다들 왜 하는 걸까?

아, 내 알 바 아니다. 나야 딱 3년만 버텨 주고 나가면 그만이지. 그러니까 결론은, 이 못된 외계인들한테 잡아먹히지 않을 정도로만 나쁜 년 행세를 해 주고, 보스몹과는 정말 공적인 관계만 유지하다가 내년 4월에 새로운 직장을 구해서 책상 빼면 끝이라는 거다. 끝! 완전 끝! 아오, 지금 남의 자식 키우는 기분인데 그 빼질한 얼굴에 사직서를 틱 던져 주면 얼마나 속이 시원할까!

"애, 애니스?"

"왜?"

나는 또 뭐가 문제냐는 식으로, 나는 절대로 히죽히죽 웃으며 키보드를 날타 쳐 대지 않았다는 표정으로 내 앞에 선 사람을 휙 올려다보았다.

"이, 이거 다음 호 기획안인데, 편집장님이 지금 안 계셔서……."

얘가 누구냐고? 얘 외계인 맞으니까 걱정하지 마라. 딱 보기에도 그렇지 않은가. 44 사이즈 아니면 용납이 안 될 징그러울 정도로 깡마른 몸매 하며, 번쩍번쩍하게 트리트먼트를 처바르고 금발로—대체 왜 다들 이놈의 블론드를 가지고 싶어 난리인 건지!—염색한 머리와 뻣뻣한 돌체 앤 가바나 스웨이드 진까지, 머리서부터 발끝까지 '나 《플라티나》에서 근무하는 외계인 맞아요.' 라고 인증하고 있으니까.

"그래서?"

"그래서 말인데. 애니스가 좀 편집장님께 건네주면 안 될까?"

몰리 왓슨을 잡아먹을 듯이 올려다보며 생각하자. 내가 저 기획안을 받는 것을 거절하는 것이 앞으로 나의 외계인 회사 생존기에 도움이 될까, 안 될까? 정답은 안 된다.

"이리 줘."

"고마워."

흐응, 그 싹퉁 바가지를 상실했던 때와는 달리 꽤나 고분고분해졌지만, 나는 저 모습이 오직 나에게만 해당할 뿐, 밖에 나가서는 예의 그 뻔뻔하고 싸가지 없는 외계인이라는 걸 잘 알고 있지. 그렇다. 얘가 바로 나의 인간 세상의, 인간 세상을 위한, 인간 세상을 향한 재단에 장렬하게 바친 첫 외계인 제물이었다.

"근데 뭐 이리 빨라? 어제가 마감이었는데 벌써 다음 호 기획안이야?"

엉덩이 무겁기로 유명한 뷰티 팀에서 웬일이래.

"그거 육 개월 동안 기획한 거야. 다음 호가 매거진 창립 30주년 기념호잖아."

아하. 나는 대충 알겠다는 뜻으로 고개를 끄덕였지만, 사실 저 현란하게 예쁜 파일 폴더 안에 무슨 내용이 들었는지는 눈곱만큼도 관심이 없다.

"그래서, 내용이 뭔데?"

"아무한테도 말하지 마."

몰리는 망설이는 듯이 주변 눈치를 보다가 나에게만 슬쩍 알려준다는 표정으로 입을 열었다.

"여태까지 디올이랑 샤넬 포함 추리고 추린 메이크업 브랜드에서 나왔던 한정판만 싹 정리하고, 덤으로 이번 달에 새로 출시되는 에스티 로더랑 디올 한정 메이크업 판까지 정리한 한정판 특집 기사야!"

그, 그게 뭔데?

"대단하네. 자료 뒤지느라 고생 좀 했겠는걸."

"그렇대두. 참 나. 맥의 홍보 담당자가 얼마나 까칠하던지, 그 사람이랑 일주일 내내 입씨름만 했지 뭐야."

"그래서 어떻게 됐는데?"

다 알면서 뭘 물어보냐는 표정으로 몰리는 눈을 찡긋거렸다. 친한 척하지 마라, 정든다.

"우리 집 소파에서 무릎 꿇렸지."

"오우."

난 외계인 회사에서 통용되는 그 미묘한 감탄사인 '오우'를 발음하며 입술을 동그랗게 오므려 저절로 나오려는 한숨을 가렸다. 그래, 그래. 네 인생인데 네 맘대로 살아라.

"그래서, 지금 데이트 중?"

"응!"

"잘됐네."

누구한테 잘된 건지는 잘 모르겠지만. 나는 형식적인 대꾸를 끝내고 다시 고개를 처박았다.

"저어, 애니스?"

또 왜?

"애니스는 남자 친구 없어? 없으면 내가 소개해 줄까?"

아, 나왔다. 이 폭탄.

"데이트하는 사람은 있어. 어떻게 될지 모르겠네. 고마워."

있다고 하면 신상명세를 탈탈 털고자 작정하고 달려들 테고, 없다고 하면 이유를 물을 것이고, 귀찮다고 하면 일에 미친 히스테릭한 여자 취급을 받을 테니 지금 〈데이트 중이다〉라고 애매모호한 답변을 남기는 것이 가장 현명한 길이다. 몰리를 그렇게 보내 놓고서, 그놈의 한정판 기사를 대충 훑어보았다.

권력을 잡는 법 첫 번째. 일단 보스에게로 올라가는 서류 중 볼 수 있는 건 다 봐 둬라. 우리 보스몹 특성상 어차피 내 일이 되겠지만, 이런 건 미리 미리 봐 두는 것이 좋다. 지금 이게 왜 중요하냐고 하겠지만 천만의 말씀. 나중에 꼭 써먹을 기회가 온다. 헤에, 반년 동안 기획했으니 힘깨나 썼는걸. 기사도 다 체크하고,

현재 잡지 발매량도 체크하고, 보스톱의 있으나 마나 한 스케줄러
도 업데이트했다. 오늘부터 열흘간 데스크에 여자들 전화는 몽땅
알아서 린다 맥퀸에게로 돌려 달라고 했으니 한가하게 지낼 수
있겠지.

자, 그럼 어디 한번 써 볼까나. 일단 주위를 쓱쓱 둘러본 뒤,
아무도 지나가는 사람이 없음을 확인하고서 나는 쓰고 있던 소설
창을 열었다. 벌써 권수로는 두 권 분량이 나온 나의 소설은 내가
유일하게 숨을 쉴 수 있는 창구이다. 여기에서 근무하면서 울기도
참 많이 울었고, 속도 참 많이 뒤집어졌는데, 영어가 되기 시작하
면서 스트레스 받을 때마다 공부 삼아 한두 줄씩 끼적거린 것이
이젠 엄청난 분량이 되어 버리고 말았다.

소설 안에서는 뭐든지 가능하다. 싸가지 없는 외계인들을 혼내
줄 수도 있고, 뒤통수를 치는 나쁜 놈에게는 응징해 줄 수 있고,
게으름 피우고 놀기 좋아하며 은수저를 입에 물고 태어났다는 이
유로 직무태만인 놈에게 철퇴를 가할 수 있다. 까르륵거리는 모델
들과 에디터들의 웃음소리, 그 이면에 놓인 영혼을 쪽쪽 빨아먹는
돈, 섹스, 명품 지상주의에서 도망쳐서 나는 내가 만든 판타지 속
으로 깊게 침잠해 들어갔다.

그냥 미친 척 키스할 걸 그랬나. 눈앞에는 아직도 그 탐스럽게
벌어진 입술이 어른거렸다. 애니스를 데려다 주고 나서 자겠다고
침대에 누웠지만 잘 수가 없었다. 너무 긴장한 탓인지 몸은 지치
고 피곤했고, 손끝에서는 그녀의 감촉이 기억날 듯 말 듯했다. 젠

장, 그냥 해 버리지 뭐.

그렇게 마음먹은 순간, 도톰한 입술은 분명히 웃었다. 아가씨, 스테이크 소스 묻었어. 몽롱하다. 나는 굶주린 듯 그녀의 입술을 삼켰고, 삼키면서도 괴로운 황홀감에 젖었다. 몸을 뒤튼 그녀의 날가슴에 얼굴을 묻고, 살구색 허벅지를 움켜쥔다. 상앗빛 피부에 내가 남긴 붉은 흔적들이 점점이 남고, 거리낌 없이 안겨 오는 그녀에게 천 번의 입맞춤을 퍼부었다. 이상하게 안에서 뜨거운 것이 치밀고, 나는 최선을 다해서 이 지독하게 매력적인 여인을 사랑해 준다. 그러다가 어느 순간, 환희의 절정에서 우리의 눈이 마주치고, 나는 얼어붙은 까만 눈을 마주한다. 그녀의 비명 소리가 들리면 이 꿈은 끝이다.

젠장. 오늘 애니스를 괴롭혀 주기로 했는데 아무래도 글러 먹었다. 열다섯 살짜리도 아니고 고작 턱 한 번 잡고, 입술 한 번 만졌다고—마우스 투 마우스도 아니었거늘!—꿈에 애니스가 나올 건 또 뭐란 말인가. 아직도 그녀의 향기가 떠도는 집에서 그저 '잘 자'라고, 그 한마디를 어렵게 했을 때 돌아보던 그녀를 계속해서 떠올리다가 겨우 잠들었는데 그 꿈을 또 꾸다니. 아무래도 파티라도 한 번 제대로 벌여야 하나 보다. 욕구 불만이다. 이러면 안 되는데, 큰일 났다. 좋아하지 않으려고 노력도 해 보고, 열심히 무늬만 문란한 생활도 영위 중이지만 그게 참 안 된다.

얼마만이더라. 이 꿈을 다시 꾼 게. 잊고 있었다고, 잘 참아 내고 있다고 생각했는데 지금 생각해도 신경이 곤두설 만큼 대담한 꿈을 꾸다니, 아무래도 어제 일이 꽤나 충격이었나 보지, 니콜라스 케인?

"왜, 입에 맞지 않냐?"

아차, 밥 먹다가 정신줄을 놓고 있었다. 나는 황급히 고개를 저으며 포크질을 계속했다.

"밥은 먹고 다니냐?"

"붙여 주신 비서가 충실히 챙겨 주고 있습니다."

"못난 놈."

싱긋 웃어 보였다. 관두자. 애니스도, 이 짓도. 그런데 관두자고 하는 것도 잊어버리는 게 벌써 몇 번째더라?

"너 너무 말랐어. 패션잡지 한다고 지나치게 살 빼지는 말거라."

"벗어 보면 근육이에요. 걱정 마시죠."

"그러니까 그놈의 근육 말이다. 사내자식들이 체지방량을 0%만들려고 악을 쓰더만, 너는 그러지 말라고. 사내놈이 말라깽이인 것만큼 꼴불견인 것도 없어."

저건 아버지의 전매특허인 아들 걱정+잔소리 투콤보어택이다. 길어질 것 같으니 대답 대신 포크에 치즈나 잔뜩 얹어 보이기로 하자. 아무래도 뭔가 일이 있었던 것 같은데.

"도대체, 랑방도 그런 식으로 나온다면 나 같은 중년은 뭘 입으라는 거냐?"

그러면 그렇지.

"걱정 마세요. 페라가모도 있고, 아쿠아스큐텀에 휴고 보스도 멀쩡히 살아 있으니까요."

"그쪽도 꽉 조이는 스키니핏을 내놓을지 누가 알아? 내 참."

요즘 중년 신사 간지에서 벗어나 젊은 층을 타깃으로 회춘에 회춘을 거듭하고 있는 브랜드들의 흐름이 마음에 들으시지 않으신다, 이거다. 그리고 보니 디올 이번 시즌 테마가 '소년과 청년 사이'였지, 아마?

"아르마니 있잖아요."

"그걸 아무나 입냐!"

"제냐는요?"

"그건 뭔가 제비스러워. 네가 입어야지."

"전 젊은데요."

"웃기지 마라. 너 벌써 서른 넘었어. 내가 예순이 가까운데."

우와, 그렇게 말씀하시니 엄청나게 암울하다.

"패션업계에서 나이가 무슨 상관이래요."

"네가 거기서 죽치고 앉아 있을 놈이냐?"

우리 아버지는 아들을 너무 잘 아셔. 나에게 금발을 물려 준 아버지는 케인 집안 사람답게 싱글싱글 웃는 얼굴 너머로 예리하게 날 살피셨다.

"너 언제까지 취미 생활만 하고 있을 거냐?"

"할 수 있는 데까지 할 건뎁쇼."

"때려치우고 본사 들어와라."

"어이구, 낙하산이라고 욕합니다. 개망나니라고 소문났는데 파파보이까지는 좀 너무하지 않습니까."

"닉, 아버진 말이다."

아버지가 예순이 가깝다. 나는 새삼스럽게 그 세월을 아버지의 눈가 주름에서 잡아내면서 그가 얼굴을 두 손으로 매만지는 것을 쓸쓸하게 바라보았다.

"네가 그냥 잊어버리고 네 갈 길 갔으면 좋겠다."

"이미 갈 길 잘 가고 있습니다. 누가 들으면 《플라티나》가 망한 줄 알겠네요."

"네 녀석이 그걸 잘 키워 놓은 것은 알겠다만, 정말 그게 네가 하고 싶은 거니?"

하루가 멀다 하고 페이지식스와 내셔널 인콰이어러를 장식하는 아들을 둔 아버지의 속 타는 심정을 저 예리한 말에 담아 묻는 아버지도 이제는 지쳐 보였다.

"아버지도 참 대단하시네요. 벌써 십 년인데 포기하시지 그러세요."

"내 자식 놈 내가 포기하면 누가 책임져?"

"그래도 출판 사업 쪽은 원하시는 대로 제가 맡고 있지 않습니까."

"닉."

알티머스 케인, 맨손으로 시작해서 현재 출판업계와 광고업계를 주름잡는 케인 그룹을 이룬 총수는 내 앞에서는 언제나 그 대단한 위세 대신 쉰여덟, 중년의 표상으로 돌아간다. 당연하다. 우리 아버지는 나와 캐치볼을 하고, 나에게 야구를 가르쳐 주고, 병든 엄마를 대신해 바쁜 사업 와중에도 초등학교 발표회와 나의 모든 농구 시합을 놓친 적이 없는 분이니까.

"그건 '네가 원하는 곳'으로 내가 등을 떠민 것뿐이잖냐."

나는 사적으로 대화할 수 있도록 밀폐된 주위를 눈을 굴려 돌아보았다.

"나는 네가 뭘 하던 간에, 네가 하고 싶은 일을 했으면 좋겠다. 그뿐이야."

"이게 제가 선택한 길입니다. 하지 않고서는 다른 일을 할 수가 없어요."

"나는 상관이 없다."

"어머니를 위해서예요."

엄마 얘기가 나오면 아버지는 할 말이 없어진다.

"애니스 자르지 말아라."

나는 킥킥 웃었다.

"웃지 마, 인마. 네 비서 없으면 네가 무슨 짓을 벌일지 어떻게 알아."

"애니스가 대단히 무섭긴 하지요."

여러 가지 의미로 말입니다.

"마감 전에 놀러 다니다가 붙들려 나왔다면서?"

"한두 번인가요."

"이번에는 귀까지 잡혔다며."

아아아악! 애니스! 그런 것까지 미주알고주알 일러바치냐!

"아버지가 너무 대단한 비서를 꽂아 놓으셔서요."

"2년씩이나 되었는데도 아직도 잡혀 사냐?"

"그러니까 아버지가 계속 붙잡아 두시는 거 아닙니까! 제발 좀 바꿔 주시죠, 네?"

"시끄럽다. 그 사람 아니었으면 너 계속 개망나니 짓 하고 돌아다녔어. 네 나이가 몇이냐? 이제 좀 정착할 생각도 하고 남들 사는 것 좀 따라가 봐. 난 네 엄마랑 스물여섯에 결혼했어."

"아버지, 30년도 전의 이야기를 하시면 곤란합니다."

나는 정색을 했지만 아버지는 피식피식 웃는 표정을 감추지 않으셨다.

"하여간, 키도 작은 아가씨가 대단해. 나는 아시안이라면 말도 제대로 못하고 절절맬 줄 알았는데 첫 등장부터 범상치 않더라니."

네. 들리는 말로는 저를 클럽에서 잡아다가 무슨 짓을 했는지는 모르지만 에디터칼럼을 쓰게 했다는데, 문제는 저만 블랙아웃이라서 아무것도 모르고 있다는 거지요. 사실 가끔 알딸딸할 때 저를 잡아다가 휘두르는 걸 보면 대충 그때 어땠을지 상상은 갑니다만, 굳이 기억하고 싶지는 않습니다.

"꽤나 유능해."

그리고 예쁘기도 하지.

"영어도 제대로 못해서 버벅대던 것에 비하면 괄목할 만해. 듣기로는 비서 이상이라고 하던데."

"까칠하고 못된 패션 피플을 제대로 휘어잡았으니까, 그것만으로도 칭찬 받을 만하지요."

게다가 섹시하잖아! 이런 복덩이가 또 어디 있겠어?

"너랑 나랑만 하는 말이다만, 만약에 회사에 적합한 인재라는 것의 기준이 인성이었다면 네 회사는 망했을 거다."

"망했다 뿐이겠습니까."

상상만 해도 끔찍해서 어깨가 부들부들 떨린다. 싸가지를 상실한 인간들이 내 회사에 득시글거린다는 건 나도 썩 달갑지는 않지만 결국은 능력 위주로 돌아가는 회사이니 어쩔 수 없다. 애니스가 얼마나 울었던가. 그녀가 우는 것을 나도 알 정도였으니, 집에서 저 혼자서 얼마나 울었을지는 생각하고 싶지도 않다.

지금이야 애니스가 그 못된 인간들을 잘 구워삶고 있으니 내버려 두지만, 혼자 탕비실에 처박혀서 우는 꼴 보기가 싫어서 그녀를 거리로 내몰았다. 쓸데없는 심부름을 이것저것 만들어서 뉴욕 거리를 헤매게 했었다. 덕분에 단단히 미운털 박힌 것 같지만 후회는 안 한다. 삭막한 가시방석 위에 앉아 있으니 차라리 거리를 걸으면서 기분 전환하는 것이 백배 낫지.

"지 비서 유능한 건 알긴 아는구만?"

"모르면 제가 바보게요?"

"그러니까 애니스한테까지는 손대지 않을 거라고 나는 굳게 믿는다, 닉."

아아, 하나님. 저의 인내심이 시험받고 있나이다.

"그럴 리가요. 애니스가 제 취향은 아니라는 거 아버지도 아시잖습니까."

취향입니다! 강력하게 취향입니다! 이상형이 따로 없습니다!

"또 모르지. 네 괴팍한 성격이 어디로 튈지."

이런 때 보면 역시 아버지다, 싶다. 나를 의미 있는 눈길로 바라보아서 양심의 가책을 느끼게 하신 뒤, 아버지는 자리에서 일어나셨다.

"들어가 봐야겠다."

"들어가세요."

"내가 한 말 명심하도록 해."

"예에, 예. 2년 동안 버텨 준 비서 안 건드리도록 명심하겠나이다."

"그것도 그거지만, 다른 거!"

아버지는 회색 눈을 나에게 고정시키며 내 어깨를 잡았다.

"네가 하고 싶은 거 해라. 모르겠으면 찾아!"

하고 싶은 건 애니스 꼬이는 건데요. 건드리지 말라고 하시니 이 아들은 어떻게 할지를 모르겠습니다.

망할, 다 부질없다. 말장난해 봤자 기분 전환이 되지도 않고, 잊히지도 않는다. 아침에 그런 포르노 뺨치는 꿈을 꿨으니 오늘 애니스 얼굴을 어떻게 볼지 모르겠다. 이럴수록 마음을 다잡아야 한다. 내 포지션에 충실해야 한다. 열심히 그녀에게 철없이 떼쓰고, 귀찮게 하고, 사고나 뻥뻥 친 뒤 전화해서 일곱 살 난 애처럼 징징거리는 그 빌어먹을 짓을 계속해야 한다.

그렇지 않으면 철저하게 꽁꽁 숨겨 둔 내가, 가끔 나도 깜짝 놀라는 거친 갈망이 어떻게 튀어나올지 모른다. 차라리 지금과 같은 관계가 낫다. 우리 사이는, 이게 다다. 평생 비서와 보스 사이가 다일 것이다. 상종도 하기 싫은 바람둥이보다야 철없는 보스가 낫지 않나. 빌어먹을.

회사에 들어서면, 나에게 인사를 던지는 이들이 많다. 그러한 이들을 지나서 엘리베이터를 타고 마천루를 올라간 뒤 문이 열리면, 눈이 아플 정도의 하얗고 푸릇한 디스플레이로 통일된 플라티나 본사가 나온다.

"안녕하세요, 닉?"

"안녕, 사일리."

"오늘 늦으셨네요."

"어제 마감이었잖아. 머리 바꿨네. 예쁘다."

데스크에서 전화를 담당하는 여직원과 적당히 시시덕거리고, 바쁘게 오가는 직원들과 농담 따먹기를 잔뜩 해야 한다. 어차피 뒤로는 다들 날 머저리라고 생각하는 사람들이지만, 바로 사무실로 들어갔다간 정신줄을 놓을 것 같아서 불안했다. 좀 방비를 하고 들어가야지, 안 그랬다간 꼼짝없이 휩쓸려 버릴 것이다. 하얀 벽들을 돌고 돌아서 걸어가면, 유리 벽 너머로 까만 머리카락을 늘어뜨린 채 자판을 열심히 두드리고 있는 애니스의 옆모습이 보였다.

한국 이름은 한겨울. 그 발음하기 어려운 이름의 뜻도 알고, 성과 같이 붙여 부르면 그것도 나름 뜻을 가진 단어가 된다는 것도 이미 알고 있다. 그리고 그녀가 올해 한국 나이로 스물다섯이라는 것과 좋아하는 건 말랑말랑한 마카롱과 이 근처 제과점에서 파는 마들렌, 가끔 우울하면 코리아타운으로 달려가 시뻘건 음식을 마구 퍼먹는 취미가 있다는 걸 알고 있다. 하지만 그게 다다.

나는 저 여자가 한국 어디서 사는지, 가족 구성원이 어떤지, 어떤 학창 시절을 보냈고 어떤 사람과 어떤 연애를 했었는지 모른다. 물어보고 싶지만 물어볼 수가 없다. 알고 싶은 건 천천히 시간을 들여 가면서 물어봐야 한다. 사생활을 침해한다고 느끼지 않도록, 질문을 고르고 골라서 신중하게 물어봐야지 나를 수상하게 생각하지 않을 것이다.

화가 난다. 지난 2년간 나는 대체 뭘 한 건가. 좋아한다는 것을 좀 더 빨리 알아챘어야 했다. 알아채고 나서도 어떻게든 그만두려고 삽질을 하지 말았어야 했다. 하루에도 몇 번씩 그만두자고 윽박질러보지만 안 된다. 이건 도저히 안 된다. 어떻게 할 수가 없다.

돌아서다가도 내 시선은 저 자리에 늘 앉아 있는 애니스에게 꽂히고, 마주치면 손을 뻗게 되고, 포커페이스를 가장하려다가도 넋이 나간 미친놈처럼 웃기만 하게 된다. 이쯤에서 니콜라스 케인답게 비웃는 표정이라도 지어야 하는데, 이젠 그런 바람둥이 설정도 지겨워서 웃는 것마저 힘들다.

힘들다.

너를 멀리서 바라보면 이젠 온몸에 힘이 쭉 빠지는 기분이야. 그런데도 재미있는 건, 지친 발을 억지로 끌어다가 네 앞의 데스크를 톡톡 두드리면 바로 고개를 드는 조그만 네 얼굴에 다시 힘이 확 나. 이 갑갑한 이중생활 따위 아무것도 아닌 것 같은, 날아갈 것 같은 기분이 돼.

"안녕, 애니스?"

3.
애달픈 청춘

어제와 다름없이 저 빙글거리는 얼굴을 보자니, 어쩐지 힘이 쭉 빠지는 기분이다. 나는 아까까지만 해도 잔뜩 긴장해서 이 인간의, 아니지, 이 보스몹의 뚜벅거리는 페라가모 구두 소리를 세고 있었는데 말이다. 어쩐지 열 받아.

"지금 몇 시인 줄 아세요?"

"애니스, 나는 엄연히 이 회사의 고용인이라고. 고용인으로서의 장점은, 아무 때나, 내가 원하는 때 출근하고 퇴근할 수 있다는 거지."

"엄연히 이 회사는 편집장님이 아니라 편집장님 아버님 되시는 케인 회장님 명의란 걸 잊지 마세요."

심드렁하게 대꾸하며 어제 이 날바람둥이 외계인에게 휘둘린 나 자신을 책망하던 나는 갑자기 오싹해지는 느낌에 위를 올려다보았다. 뭐야. 또 뭐야! 저 자식 왜 배부른 고양이 같은 표정이야? 내가 뭘 잘못했지? 어떻게든 저놈이 어떤 행동을 하기 전에 원인을 찾아 막아야 한다는 강박관념하에 나는 열심히 아까 대화를 재탕했고, 그 결과 내 입을 막아 버릴 수밖에 없었다. 이 바보 멍청아아!

"우리 애니스 똑똑하기도 하지. 자, 그럼 약속대로 일어나 주실까?"

"뭘요! 뭘 하려고요!"

나는 필사적으로 책상을 붙잡고 의자에 앉아 엉덩이에 힘을 주며 부르짖었지만, 데스크를 돌아온 망할 보스몹은 날 강제로 일으켜 세웠다.

"뭘 하긴. 똑똑한 비서님이 왜 이러실까. 자, 이지를 만나러 가자고."

"저기요, 그건 나중에 하고, 방금 뷰티 팀에서 다음호 특집 기사가, 그리고 재무팀에서 이번 분기 재무전표랑……."

"일단 옷부터 갈아입고. 내 기억에는 어제 오늘 합쳐서 편집장님 소리만 대여섯 번은 들은 것 같으니 전부 다 갈아입혀도 되겠지?"

누구 맘대로! 누구 맘대로! 클로짓으로 거의 연행되다시피 하면서도 나는 어떻게든 보스몹을 뜯어말려 보고자 애썼다. 내가 아무리 반항을 해도 지금 아주 재미난 장난감을 발견한 보스몹의 저 표정을 보아하니 내 말이 들리지도 않는가 보다.

"전 정말 옷 갈아입기 싫은데요!"

"이번 샤넬 오뜨꾸뛰르인데도 싫다는 사람 처음 봤네."

"플라티나에 무슨 돈이 있다고 샤넬 오뜨꾸뛰르를 사요오!"

기성복인 프레따 포르테도 아니고 디자이너가 작정하고 본인의 예술혼을 발라 댄다는 그 비싼 오뜨꾸뛰르, 그중에서도 샤넬이라니! 이거야말로 모든 미국 재벌 사모님들과 영국 왕실 여자들만 입는다는 옷 아닌가. 그런데 그 오뜨꾸뛰르를 왜 장만했대? 그게 한 벌에 얼마짜린데! 이 인간이 드디어 약까지 빨았구만!

"괜찮아, 괜찮아. 애니스 옷 갈아입힐 정도 능력은 돼."

"그게 문제가 아니잖……."

"이지, 부탁 좀 해요."

보스몹은 그 특유의 똘끼 어린 미소—도대체 저 실실 쪼개는 웃음이 뭐가 좋다고 그 발치 아래 몸을 던지는지 원!—를 지으며 방긋방긋 웃고 있는 이지에게로 날 밀어 넣었다.

"너도 한통속이었냐!"

"어머나. 나는 이 옷이 런웨이를 활보했을 때부터 이건 애니스 거다, 하고 딱 찍어 놨어. 이리 와."

망했다. 입구는 보스몹이 막고 있고 더구나 이곳은 클로짓, 이지가 모델들을 이 잡듯 잡고 소리를 꽥꽥 질러 대는 무서운 공간이다. 난 끝났어.

"자, 자. 가서 갈아입고 와."

등을 떠미는 손에 나는 툴툴거리며 탈의실로 들어갔다. 에라이 모르겠다. 나중에 입 싹 닦고 다시 내놓으라는 말은 안 하겠지, 뭐.

"다시 내놓으라고 하기 없기예요!"

"그럴 거면 애초에 입히지도 않았어."

좋아. 나는 가방을 열어 라거펠트가 혼신의 힘을 다해 연한 핑크색과 시폰으로 장식한 원피스를 내려다보았다. 가끔은 외계인들이 왜 이런 것에 영혼을 파는지 알 수 있다니까. 이거 봐. 너무 예쁘잖아. 사실 내 반항이 그렇게 심하지 않았던 것도, 다 이 샤넬 오뜨꾸뛰르라는 말에 혹한 것 때문이다. 아아, 나약한 이여, 그대의 이름은 여자라 했던가. 정말이지 내 돈 안 들이고 공짜라면, 누가 샤넬을 마다하겠어?

까만 바지와 심심한 티셔츠를 벗어 던지고, 나같이 패션에는 요만큼도 흥미 없는 사람도 예술 작품이라고 칭찬해 마땅한 부드러운 옷을 집어 들었다. 예쁘다. 동시에 이걸 내가 입어도 괜찮으려나, 하는 불안한 생각도 든다.

"저어, 이지, 이거 내가 입기엔 좀……."

"미리부터 찍어 놨다니까! 나도 오뜨꾸뛰르가 입혀진 것 좀 보자! 입어!"

클로짓에만 오면 목소리가 기차 화통을 삶아 먹은 볼륨이 되는 이지의 호통에 나는 찍소리도 못한 채 가볍게 흘러내리는 옷을 조심히 입었다. 이걸 입고 과연 일을 할 수나 있을까, 하는 의문이 들 정도로 허벅지를 스치는 풍성한 시폰 스커트와 팔을 덮는 부드러운 소매 때문에 행복하다면, 나는 정말이지 단순한 여자인 걸까?

"나 다 입었는데, 이거 허리끈인가? 이건 못 묶겠어."

"어디 봐."

탈의실의 문이 빼꼼하니 열리고, 목에는 줄자를 걸고 머리에는 비녀 대신 볼펜을 꽂아 넣은 이지가 들어왔다.

"역시 닉이 센스 있다니까. 줘 봐."

움직이면 분명히 땅에 닿을 듯한 독특한 모양새의 진한 핑크빛 리본이 허리에 걸렸다. 왠지 모르게 공주가 된 듯한 기분이다. 이것 때문에 여기 있는 모든 외계인들이 목 놓아 샤넬을 찬양하는 거겠지. 나도 돈만 있었으면 이런 옷만 입고 싶다. 깜찍한 메리제인까지 신고 나니 정말, 세상이 달라 보인다. 이거 안 되는데. 정신 차려야지. 이런 것에 익숙해지면 안 돼. 오늘은 보스몹의 변덕이 이상한 곳으로 작용한, 아주 특별하고 좀처럼 오지 않는 날인 거야.

"자아, 다 됐습니다."

탈의실 문을 활짝 열면서 이지는 내 머리를 고정시켰던 핀을 잡아 뺐고, 나는 어색하게 서서 보스몹을 올려다보았다. 이런 건 2년 내내 직장 생활을 하면서 처음 있는 일이라—물론 이지 덕에 명품 몇 개는 잘 건졌지만—기분이 이상하다. 보스몹도 자기가 벌여 놓은 일에 자기가 놀랐는지 한동안 말없이 넋이 나간 얼굴로 나를 빤히 바라보았다.

"닉, 어때요?"

여차하면 성질내야지. 그러면 이 예쁜 옷을 잃게 되겠지만, 어쩔 수 없다. 예쁜 옷을 입었으니 여자로서 마음이 붕 뜨는 것은 당연한데, 갑자기 너무 비싼 옷을 입어서 그런지 어색하고 뻘쭘하다. 특히 모델들과 배우들, 가수들 사이에 둘러싸여 지내는 보스몹 앞에 서니 너무 민망하다. 저놈이 정신줄을 놨나, 왜 저런 표정으로 날 쳐다봐?

"큰일 났다."

말을 흘리듯이 했지만 난 분명히 '큰일 났다'라는 말을 들었다.

"네?"

"옷이 날개라고."

저 자식이 왜 말을 바꿔? 난 인상을 찌그러트렸지만, 보스몹은 아랑곳 않고 턱에 손을 괸 채 내 팔을 턱 잡더니 춤을 추듯 한 바퀴 빙그르르 돌렸다.

"돌아 봐."

"왜, 왜요?"

"어디 좀 보자고. 돌아 봐. 그렇지."

허벅지에 기분 좋은 시폰의 촉감이 미끄러졌다. 옷 하나 바꿔 입었을 뿐인데 마음이 싱숭생숭하다. 평소라면 절대 안 했을 짓을 이리 하고 있다. 나는 얌전히 보스몹이 이끄는 대로 움직였다.

"너무 예쁘다, 애니스."

"정말? 잘 어울려? 나 이런 거 입어 보는 거 처음이라서……."

"잘 어울려. 정말 예뻐. 닉도 뭐라고 한마디 좀 해 줘 봐요."

이지의 채근에 그제야 눈에 빛이 돌아온 보스몹은 빙글빙글 웃었다.

"근사해. 잘 어울려. 입히길 잘했네. 앞으로 날 열심히 편집장이라고 부르도록 해, 애니스."

"왜요, 그때마다 클로짓에 끌고 오시게?"

"닉, 마감 가까울 때는 안 돼요."

이지의 대꾸에 보스몹은 고개를 갸우뚱했다.

"그러면 밖으로 나가지, 뭐."

"자아, 그러면 원대로 해 드렸으니까 이제 갈아입어도 되죠?"

"무슨 소리를 하는 거야? 오늘 그거 입고 퇴근해."

"이걸 입고 일하라니, 그런 게 어딨어요! 그런 말은 없었잖아
요."

내 항의에 보스몹은 이지가 보건 말건 내 앞으로 얼굴을 바짝
들이밀었다. 순간 너무 놀라서 심장이 쿵 떨어지는 기분이 들은
건, 아마 착각이겠지? 그렇겠지? 이 자식이 지금 굶주렸나, 어제
부터 왜 자꾸 들이대!

"애니스는 참 이상해. 이게 얼마짜리 옷인데 자꾸 싫다고 그러
지? 기왕 입은 거 끝까지 입어."

"얼마짜린데 절 사 주시는 거예요? 빚지는 거 싫어요!"

"누가 갚으래? 그냥 입으세요."

"이걸 왜 주시냐고요!"

"거야, 자꾸 편집장이라고 부르고 이름을 안 부르니까."

지금 이름 좀 불러 달라고 이 비싼 옷을 사서 안기는 겁니까?
이상한 사람은 당신이야! 아, 그러고 보니 사람도 아니었지.

"암튼 받아. 지난 2년간 애니스가 산 옷보다 한 달 전에 입사
한 평직원이 클로짓에서 가져간 옷가지 수가 더 많을 거다."

얼레. 그건 또 뜻밖의 말씀. 어째 돌아서는 보스몹 귀가 빨개진 것 같다. 나와 이지는 의문의 시선을 교환했고, 어쨌든 인사치레는 해야겠기에 나는 성큼성큼 걸음을 옮기는 보스몹을 따라잡았다.

"고마워요. 잘 입을게요."

"옷장 안에 처박아 놓지 말고 자주 입어."

"입을 일이 있을지 모르겠네요."

"왜 없어? 회사에 입고 오면 되잖아."

그거야 니 생각이고요.

"아무튼, 이번 30주년 기념 파티 장소를 리스트로 뽑아 놨으니까 나중에 한 번 보세요."

그 말에 보스몹은 걸음을 멈추고 날 빤히 내려다보았다.

"지금 같이 가지."

"직접 가신다고요? 장소가 서른다섯 개나 되는데요?"

"몇 개만 뽑아서 가자고."

보스몹이 여태까지 했던 행동 중에 불안하지 않았던 행동이 있었겠냐만, 뭔가 이거 불안해. 아니, 편집장이 직접 장소를 돌아보는 게 언제 있었던 전통이래? 이지가 서둘러 챙겨 준―샤넬 오뜨 꾸뛰르에 새까만 정장 재킷이 말이나 되냐며―나풀거리는 카디건을 꿰어 입은 나는 같은 층에서 근무하는 모든 촉새들에게 구경을 당하며 서둘러 파티 장소 리스트를 가방 안에 쑤셔 넣었다. 지금 트위터와 메신저, 페이스북을 통해 순식간에 내가 뭘 입었다는 것이 퍼져 나가서 구경을 하러 오는 모양인데 다행인 건 데스크

옆에서 보스몹이 묵묵히 기다려 주고 있어서 차마 이쪽으로는 못 온다는 것이다. 대놓고 물어보려면 적어도 주디 마커스는 되거나, 아니면 완전 깡통인 린다 맥퀸이거나, 아니면 아주 넉살 좋은 케빈이어야 한다.

"그거 뭐야! 뭐야! 지금 뭘 입은 거야!"

아아, 이 시끄러운 놈. 시끄럽기로 치면 네가 유일하게 보스몹의 뺨을 칠 수 있을 거다. 아주 살이 쭉 빠져서 모든 여성 직원들을 좌절하게 만드는 몸매의 소유자, 그리고 주디 마커스와 항상 으르렁거리는 기획팀 에디터 케빈 해리스는 날 보자마자 눈에 불을 켜고 달려들었다가 보스몹의 태클에 걸렸다.

"어이, 어이. 정신 차려."

"닉 작품이에요? 누가 이 강철 아가씨한테 이런 깜찍한 짓을 해 놨대요? 누군지는 몰라도 키스를 한 다스 해 줘야겠네!"

"내가 해 놓은 거지만 키스는 사양하도록 하지."

"잘했어요, 잘했어!"

닉의 등을 팡팡 치면서 서로 낄낄거리던 케빈은 카디건을 입느라 흐트러진 옷매무새를 정리해 주겠다면서 눈을 번뜩거렸다. 왜, 왠지 모르지만 무서워!

"이거 자기가 입는 거야? 자기 거야?"

"그렇대. 난 몰라. 모르는 일이야."

"닉."

"응?"

"이번 일로 끝내지 말아요! 나도 아주 전심전력으로 협조할 테니 머리서부터 발끝까지 개조시켜 놉시다!"

"아아, 그런 일이라면 맡겨만 줘."

"누구 맘대로요!"

내가 부르짖거나 말거나 두 사람은 의기투합해서 낄낄거리기에 여념이 없다. 그거 참 신기한 조합이다. 한쪽은 쫙 빠진 물찬제비, 다른 쪽은 빼빼 마른 난해한 패션지상주의자.

"얼른 가요."

보스몹을 강제로 끌고 나온 나는 건물에서 나와 까만 선팅이 된 차 문을 꽝 닫음으로써 나에게 콕콕 꽂히던 시선들을 차단시켰다. 역시 이 옷은 아무래도 클로짓에 돌려놔야겠다. 너무 부담스러워.

"계속 그렇게 입다 보면 괜찮아질 거야."

"네?"

"장소 중에 호텔이나 클럽처럼 빤한 곳은 빼도록 해."

내 가방에서 리스트를 쓱 빼 간 보스몹은 사정없이 빨간 펜을 쫙쫙 그어 댔다. 2년이나 같이 근무하면서 사정없이 굴려졌지만 아직도 보스몹의 감각을 따라가기에는 멀었나 보다. 저걸 작성하면서 저놈의 까다로운 입맛에 맞춰 보려고 고생을 한 걸 생각하며 나는 한숨을 삼켰다. 여자를 너무 좋아하고 공과 사를 구분 못한 채 허구한 날 사고를 쳐 대서 그렇지, 기본적으로는 참 유능한 사람이다.

그러니까 케인 회장님이 아들을 못 잡아서 그리 안타까워하시지. 저 예리한 능력을 정신 똑바로 차리고 잘 써먹으면 좀 좋아?

설렁설렁, 적당적당, 거기다가 마감 때만 되면 사고를 뻥뻥 일으
키니 주위에 있는 사람들만 죽어난다. 점점 리스트에서 남아나는
곳이 없다. 제발 그중에서 괜찮다는 말이 나올 곳이 있었으면 좋
겠는데.

"센트럴파크…… 는 이거 적당히 갖다 붙인 거지?"

"아닌데요!"

"아니긴 뭐가 아냐. 장소야 그럴듯하지만 여기만큼 욕먹기 쉬
운 곳도 없어."

그건 나도 안다. 야외지, 깊숙하게 들어가야 하니 드레스를 치
렁치렁하게 입고 온 손님들에게 욕먹기 딱 좋다. 종이를 사정없이
그어 대는 볼펜 소리에 나는 눈을 꼭 감았다.

"여긴 또 어디야?"

"아, 거기는 트라페라 빌딩 옥상이에요. 정원으로 꾸며져서 밤
에는 분위기 좋을 것 같더라고요."

사실 그게 제 비장의 무기이니, 제발 퇴짜 놓지 말아 주세요!

"일단 여기로 가지."

아, 난 몰라. 서른다섯 개 중에 서른세 개를 퇴짜 맞았어. 정색
하고 일할 때는 보스몹이 제일 무섭다. 저러니까 비서들을 수도
없이 갈아 치웠지. 까탈스러워, 일 못하면 구박해, 게다가 지도
술 좋아하고 여자 좋아해서 감당이 안 돼, 뭐 저런 외계인이 다
있어?

사회생활이 힘들다는 건 알고 있고, 외국에 나와서 더 힘들다
는 건 지난 2년간 정말 뼈저리게 느꼈지만 보스몹이 한 번 휘두

르기 시작하면 아직도 무방비 상태로 무능력하게 당한다는 것이 꽤나 한심스럽다. 예전에 날 괴롭히던 직원들에게는 이젠 맞받아쳐 줄 정도가 되었고 스스로도 잘하고 있다고 생각하는데, 아직도 날 울릴 수 있는 건 보스놈밖에 없다. 저놈, 3년차에는 정복 가능할까?

일주일에 한 번씩은 꼭 이런 날이 걸린다. 어쩌면 3년차에도 여전히 이 모양일지도 모르고, 그러면 나는 건방지게 사직서 따위 날리지 못할 것이다. 보스놈에게 '항상'까지는 아니더라도 일 잘하고 유능한 직원으로 평가받지 못한다면 플라티나의 수석 비서 명함 따위 말짱 꽝이니까. 안 돼. 여기서 풀죽으면 안 돼! 허구한 날 술 먹고 헤롱대고, 비서와 콜걸을 구분 못해서 혀 꼬부라진 소리를 하며 들러붙는 놈에게 질 수는 없다! 완벽하게 유능한 직원이 되어서 저 뺀질한 얼굴을 콱콱 밟아 주고 나갈 테다!

또, 또, 또 저런다. 풀이 팍 죽었다가 다시 오기가 생겼는지 눈꼬리도 홱 올라가고 입술도 야무지게 앙다문다. 오늘은 너무 예쁘게 입혀 놔서 더 사정없이 해 버린 건가. 아아, 보지 말자.

창밖으로 시선을 돌리며 나는 리스트를 밀어 놨다. 샤넬이란 말에 혹하는 걸 이용해서 억지로 입혀 놓긴 했는데 아무래도 내 발등을 내가 찍은 것 같다. 저건 너무 예쁘잖아. 옷 하나에 사람이 바뀌어 보일 수도 있다니, 칼 라거펠트는 역시 천재다. 입혀 놓고 기분이 좋긴 했지만, 저 정신 나간 직원들이 하도 쫓아오는 바람에 일단 나오기는 했는데 이 일을 어쩐다. 어젯밤 일과 꿈에 대한 여파로 지금도 정신이 안 차려지는데, 저 부루퉁한 표정이라니. 아무것도 모르고 늑대 굴에 들어온 빨간 모자다. 여기서 더 건드리면 넌 정말 양심 없는 놈이니 자중하도록 하자, 니콜라스.

아무래도 오늘 애니스를 왕창 쪼아서 울려 버리지만 않으면 다행일 것 같다. 이래저래 나는 항상 그녀에게 미안할 일을 잔뜩 만들어 놓고 만다. 거참, 짜증나게 복잡하군.

애니스가 밀어 넣은 트라페라 빌딩 옥상은 첫눈에도 괜찮아 보였지만 일부러 애니스를 입구에 세워 두고 넓은 옥상을 혼자 돌았다.

"여보세요? 아, 네. 네. 아니오."

전화를 받던 애니스는 나와 눈이 마주치자 눈동자를 또로록 굴리며 몸을 돌렸다. 단답식에 시선을 피하기까지, 안 봐도 비디오, 저거 아버지 전화다. 케인 회장님은 걱정도 많으시지. 꼭 나를 만나고 오시면 애니스를 호출하신단 말이야. 문제는 애니스가 의외로 저런 걸 내 앞에서 숨기지 못한다는 거지. 분명히 불러다가 단속 제대로 하라고 신신당부를 하실 테지. 그러면 일찍 보내 줘야 하려나. 오늘 너무 예뻐서 일찍 보내기 싫은데.

"무슨 전화였어?"

"뷰티 팀에서 기사 좀 빨리 확인해 달래요."

"귀찮으니까 내일 할 거야."

내가 이런 대답을 하면 애니스의 눈은 가늘어지고, 입술에서는 가느다란 한숨이 새어 나온다. 저 동그란 머리에서 도대체 무슨 생각을 할지 정말 궁금하다. 알아봤자 좋은 소리는 아니겠지만 저 표정은 정말 독특하단 말야.

"가지."

"벌써요?"

"볼 거 다 봤어."

"어떻게 하실래요?"

태연하게 물어보지만 안으로는 바짝 긴장했음이 틀림없다. 제대로 눈도 못 마주치고서 촉각을 곤두세운 채 묻는 애니스는 내 옆에 붙어서 걸었다. 하여간 귀엽기는.

"초대 인원이 몇 명이지?"

"언론 포함 130명입니다."

"그럼 여기로 해. 나쁘지 않아."

나쁘지 않다는 말에 잔뜩 힘이 들어가 있던 어깨가 부드럽게 풀렸다. 고작 스물다섯, 미국에서는 스물넷인 여자가 뭘 그렇게 매사에 긴장을 하고 사는지 도무지 이해가 가지 않는다.

"알겠습니다."

파티라. 여태까지 내가 직접 주최한 파티에서는 정신줄을 놔 본 일은 아마 없을 것이다. 그러고 보니 지난 29주년 때는 어떻게 됐더라.

"애니스."

"네."

"작년 파티 때 어떻게 끝났지? 기억이 안 나네."

"뒤풀이 가셔서 거하게 마시고 로렌 마르시아와 호텔에 들어가신 뒤에 정확히 28시간 동안 잠적하셨지요."

뾰족하게 날 선 대꾸에 나는 굳어 버리고 말았다. 그래. 그러고 보니 그날이 그날이었구나. 저 아가씨 때문에 죽어도 안 되겠다 싶어서 마지막으로 '정말' 술에 취해 버렸던 날이 그날이었다.

"그랬나? 기억 안 나는데."

"당연히 기억 안 나시겠죠. 저희 집 앞에 쓰러져 계신 걸 제가 옮겨다 놨으니까요."

"그런 건 잊어 주지, 엉?"

"잊을 수가 있나요."

지금 생각하면 상당히 얼굴 팔리는 짓이었다. 암울한 내 흑역사가 저 여자 때문에 만들어지다니, 앞으로는 죽었다 깨나도 저 여자 때문에 술 먹고 취하는 짓은 안 할 거다. 죽어도!

"도대체 사라지신 동안에 뭘 하셨던 거예요? 아무리 뒤져도 찾을 수가 있어야지. 케인 회장님은 실종 신고하지 말라고 하시고, 회사는 난리가 났고, 제가 얼마나 고생했는지 아세요?"

"나한테 물어봤자 기억 안 나."

사실은 아주 선명하게 기억이 난다. 열심히 술 퍼마시고, 로렌에게 의지해서 호텔에서 뻗었다가, 찌질이같이 클럽으로 가서 또 퍼마시고, 그러고서 술김에 당신 이름을 불러 대며 당신 집 앞까지 가서 뻗었지. 다시 생각하니 얼굴이 벌게진다. 생각하지 않는 것이 정신 건강에 좋을 듯하니 이젠 묻어 놓고 다시는 꺼내지 말아야지.

"이번에는 꿈도 꾸지 마세요. 명색이 30주년 파티라서 작년과는 비교도 안 되는 규모인 거는 둘째 치고라도, 뒤풀이 때도 제가 딱 붙어 있을 테니 사고 칠 생각 하지 마시라고요."

"네에, 네에. 열심히 노력해 주세요."

"무슨 대답이 그래요?"

"가서 봐야지. 파티는 분위기야."

내가 한마디를 던질 때마다 표정이 금방 변하는 애니스를 보는 것이 너무 재미있다. 나야 아가씨가 옆에 붙어 주신다면야 고맙지요. 분하지만 한마디도 못하는 비서씨를 보며 난 대놓고 낄낄거렸다.

그렇게 강조하지 않아도 어차피 취할 만큼 마시지 않는다는 걸 아직도 모르는 걸 보니 나의 취한 연기는 이미 신의 경지에 이르렀나 보다. 만일 술 먹은 연기만 놓고 본다면 오스카도 바라볼 수 있을 거야. 하긴 저 많은 파파라치들과 황색언론들도 열심히 속여 넘기려면—이쯤이면 전미를 다 속이고 있는 셈이다—보통 실력으로 되겠는가.

"애니스 밥 언제 먹었어?"

"아까 열두 시쯤에요."

벌써 세 시니까…… 까짓것 땡땡이칠 때도 됐다.

"가자."

"어쩐지 회사로 안 돌아가시는 것 같은데요?"

"응. 코리아타운 갈 거야."

"거긴 또 왜요!"

"나 떡볶이 먹고 싶어."

"혼자 가세요!"

"싫어. 애니스도 같이 가."

골격이 얇아서 항상 강제로 잡아끌면 손아귀에 딱 잡히는 애니스의 팔을 잡고 나는 트라페라 빌딩을 나왔다.

"가셔서 뷰티 팀 기사 보셔야죠!"

"나중에 봐도 돼. 어제가 마감이었는데 그걸 뭘 그렇게 일찍 냈대?"

"언제는 일찍 내라고 에디터들 불러다가 일장 훈시하셨잖아요!"

"그때는 그때고, 지금은 지금이지. 지금 난 떡볶이가 먹고 싶어."

"그 발음은 참 잘하시네요."

이미 차 안에 집어넣어져서 포기했는지 애니스는 어깨를 늘어뜨렸다. 오늘은 너무 예뻐서 내가 데리고 다니고 싶단 말이야.

"대신 파티 때 잘하셔야 해요."

"네에, 네. 여부가 있겠습니까."

어느 정도는 고삐를 풀어 주고, 필요할 때만 쪼아 댄다는 점에서 애니스는 꽤나 훌륭한 비서다. 가끔 방긋방긋 웃어 주면 좋을 텐데, 떡볶이며 튀김을 앞에다 늘어놓고 나서도 찌푸린 얼굴을 바꾸지 않으니 그저 아쉬울 뿐. 괜찮아. 찌푸려도 예뻐.

"나 참. 샤넬 입고 떡볶이 먹게 될 줄은 몰랐네요."

"뭐 어때. 맛있잖아. 그럼 난 지금 구찌 입었는데, '5&다이아몬드'에 가서 스테이크라도 썰어야 하나?"

"그냥 입 다물고 먹어요."

코리아타운에 오면 복잡한 골목으로 쏙 빠져서 파파라치들을 따돌릴 수 있다는 이점이 있다. 게다가 음식도 맛있고, 오랜만에 얼굴이 펴는 애니스도 볼 수 있으니 심심하면 애니스를 끌고 온다.

"그러고 보니 애니스, 오늘 날 한 번도 제대로 안 부르네."

"뭐가 문제인데요?"

"아니, 내 이름 부르는 게 그렇게 어렵나? 응?"

"도대체 호칭에 뭘 그렇게 집착하는데요? 안 불러 준다고 샤넬을 입히고. 진짜 애 같아요."

"나 애니스보다 여섯 살 많아."

"그럼 여섯 살 많은 사람답게 행동 좀 하시죠?"

"싫어."

생글생글 웃으며 대꾸해 주니 짜증이 확 올라오는지 냉수를 마구 들이켠다. 그런 다음에는 윤기가 자르르 흐르는 빨간 떡들을 마구 공격해 댄다. 많이 먹고 열심히 일해.

"애니스."

"왜욧!"

"애니스는 뭐 할 거야?"

"뭘 할 거냐니요?"

"내 비서로 계속 있을 거야?"

"설마요."

우와, 즉답이다. 내가 굳어 있자 힐끔 눈치를 살피더니 애니스는 말을 덧붙였다.

"연봉 올려 주시면 생각해 볼게요."

"내가 올려 주나? 아버지가 올려 주시는 거지."

"그럼 그만둘래요."

"갈 데는 있어?"

"추천서 써 주실래요?"

"싫어."

"그럼 뭣하러 물어봐요?"

"궁금하니까. 이직할 생각은 하고 있었다, 이거군."

"그러면 그렇게 사고를 뻥뻥 쳐 대시는데, 누가 안 하겠어요?"

그건 맞는 말이다. 연봉이 상당히 세서 그렇지, 누가 이렇게 답이 없는 상관을 모시고서 비서 일을 하고 싶겠나. 하지만 이렇게 직접적으로 들어서 그런가, 꽤나 충격이다. 이성적으로는 그녀가 이직해서 나가는 것이 내 계획에 더 도움이 된다는 건 바로 계산이 되지만, 그래도 싫다. 그건 싫다. 헤어지는 건 싫다.

"한국으로 돌아갈 거야?"

"온 지 2년밖에 안 됐는데 뭣하러 돌아가요?"

"그럼 계속 여기 계시겠다?"

"당연하죠."

"뭐 하고 싶은데?"

인간적으로 참, 대단히, 잘 먹고 있던 애니스는 휴지를 꺼내 입을 닦았다.

"몰라요."

"뭐?"

"안정적이고, 연봉 높고, 널널한 직장이면 상관없어요. 아무래도 매거진에서 근무했으니까 동종업계로 이직하지 않을까나. 이쪽 일은 익숙하기도 하고, 나름 적성에 맞는 것 같으니까 하려고요. 단, 패션 쪽은 아닌 곳으로."

"어째서?"

그 말에 포크를 내려놓은 그녀는 입고 있던 옷을 집어 보였다.

"이런 게 취향이 아니에요."

팔짱을 낀 채 있던 보스몹은 꽤나 벙찐 표정이었다.

"아니, 왜? 예뻐!"

"그건 저도 알아요."

"그런데 왜?"

아아, 이 철딱서니야. 나랑 2년 내내 붙어 있었으면서 내 취향 하나 파악 못했냐? 다른 곳으로는 은근 감각 빠른 인간이 서운하게 왜 이러시나.

"명품에 목숨 걸고 죽어라 돈만 외치는 것만 하다간 세상이 너무 팍팍해질 것 같아서요."

"나는 안 그래."

"누가 뭐래요?"

"나는 안 그렇다고."

이 사람 참 어리다고 생각이 드는 때가 꼭 이런 때다. 별것도 아닌 일에 정색을 하고 달려들어서 사람을 당황시킨다. 지금 마치 저 강조하는 폼이 '나는 절대 그런 사람이 아니라는 것을 꼭 알아주길 바란다' 라고 강력하게 주장하는 것 같아서 나는 눈만 동그랗게 뜨고 그를 바라보았다.

"그런 사람 아니야."

"알았어요. '닉' 은, 그런 사람 아니다. 됐죠?"

"편집장님이라고 안 부르네."

"한 번으로 족해요."

"클로짓에서 옷 얼마나 가져갔어?"

그러고 보니 얼마나 가져갔더라. 때가 되면 새로운 시즌을 위해 머리서부터 발끝까지 싹싹 비우는 클로짓 대청소 때 이지가 제발 이건 꼭 가져가라고 사정을 하다시피 하며 따로 빼 준 가방과 선글라스 등의 액세서리 몇 개와 간신히 맞는 옷 몇 벌 말고는 전무하다. 가끔 현금이 필요하면 중고매장에 팔아 버리기도 했으니 남은 건 별로 없다. 키 작고 그리 날씬하지도 않은 사람한테 어울리지도 않는 옷 입혀 봤자 뭘 하겠다고?

"없지?"

"아예 없는 건 아니네요. 선글라스 두 개랑, 가방 세 개랑, 스카프 두 개랑, 원피스 하나?"

"없네. 한 열 번만 더 편집장님이라고 불러."

"제가 입고 다니는 게 마음에 안 든다, 이 말씀이세요?"

"그건 아니고, 명색이 플라티나 수석 비서인데 좋은 거 입어야지."

"입어 봤자 태도 안 나는 걸 뭐하러 입어요."

"예뻐."

"엑?"

또 나왔다. 저 정색.

"예쁘다고. 엄청 예쁘고, 누가 따라와서 번호 따 갈까 봐 걱정될 정도로 예쁘니까 걱정하지 말고 잔뜩 가져다가 입고 다녀."

얼레. 나는 눈을 동그랗게 뜨고 열 내며 말하는 보스몹을 멍하니 쳐다보았다. 미쳤나 봐. 심장이 두근거린다. 저 매끈한 얼굴로 그런 말을 하면 날더러 어떻게 하라고? 본인도 말해 놓고 민망한지 귀가 빨개져서 아무 말 없이 떡볶이를 흡입한다.

"어…… 고마워요."

아무 대답 없이 고개만 끄덕거리는 보스몹을 지켜보다가 나는 킥킥 웃었다. 이 상황이 너무 웃겼다.

"편집장님이 어떻게 여자를 꼬이는지 알 것 같아요. 그런 말을 정면에다 직구로 던지면 효과가 있구나."

"무슨 소리야?"

"뭐, 여자들이 좋아할 것 같다고요."

"두근거렸다, 이거야?"

윽. 저 선수한테 이런 말을 던지면 안 되지.

"진짜? 혹했어?"

"확대 해석하지 마세요. 예쁘다는 말 들어서 기분 안 좋은 여자가 어디 있어요? 대신 아무 데나 그런 말 하고 다니지 마세요. 자기 좋아하는 줄 알고 호로롤로 넘어오는 여자가 한 다스면 저만 곤란해진다는 거 잊지 마시라고요."

민망해져서 싱글싱글 웃는 보스몹에게 쏘아붙인 뒤 그가 무슨 대꾸를 하려는 찰나, 이번에는 내가 잽싸게 고개를 처박고 떡볶이를 먹었다. 떡볶이가 너무 뜨겁고 맵나 보다. 얼굴이 홧홧하다.

"그럴 일은 없을 거야."

"다른 여자들한테 예쁘다고 한 적 없다는 거짓말하실 생각 하지 마세요."

"다른데."

뭐가 달라?

"잊지 마. 방금 또 편집장님이라고 불렀어."

"언제요?"

"불렀다니까. 내가 여자 어떻게 꼬이는지 알 것 같다면서 어쩌고 잔소리할 때."

"아니거든요!"

"우기지 말고 먹기나 해."

아아. 망했다. 절대로 편집장이라고 안 부르기로 맹세했는데 예쁘다는 말에 정신줄을 놓고 말았다. 저 나쁜 보스몹 때문에 되는 일이 없어요!

＊　＊　＊

"잘되어 가나?"

전혀요! 그럴 리가 있나요! 절대 그렇지 않아요!

"요즘은 그나마 좀 조용하시네요."

"'그나마 좀'이란 건 다시 말해 꾸준히 일을 만들고 있다, 이

얘기 아닌가?"

"마스터북을 애완견한테 먹이셨어요."

점잖게 앉아 있던 케인 회장님의 눈이 화등잔만 하게 커지는 것을 보며 나는 내심 속으로 깔깔 웃었다. 황당하시죠? 예. 그 전화를 직접 받은 저는 얼마나 황당했겠어요.

"마, 마스터북을 맥스한테? 어떻게? 아니, 멀쩡하게 이번 호 나오지 않았나? 그런 소리 못 들었는데?"

"저랑 편집장님이랑 밤새웠죠. 입단속 단단히 시켰으니 걱정 마세요."

눈을 빼고는 보스몹과 아주 판박이인 케인 회장님은 아주 잘생기신 미중년이다. 유전자가 좋으니까 좋은 형질의 유전이 일어나는 것은 당연하다지만, 아들이 살짝 맛이 간 것과 달리 케인 회장님은 제대로 상식이 박히신 CEO지.

"그놈은 어째 그리 달라진 것이 없누."

혀를 쯧쯧 차며 의자에 기대신 회장님의 눈치를 살피며 난 조용히 위로를 건넸다.

"그래도 벌써 6년째 잘 해내고 계시잖아요. 이제 제 말은 못 이기는 척 들어주시는걸요."

"지도 양심이 있으니 아가씨가 고생하는 걸 못 본 척할 수가 없는 거지."

아이고. 회장님의 한숨 섞인 말씀에 나는 난처하게 웃을 수밖에 없었다.

"자네가 고생이 많다는 건 알지만, 그리고 저놈이 그나마 좀 나아졌다는 건 알지만 난 정말이지 매일 아침 페이지식스를 펼칠 때마다 아주 간이 달달 떨린다네. 그놈 얼굴이 일주일에 한 번씩은 꼭 대문짝만 하게 나오니 어디 제명에 살겠나."

아하하하하. 그래도 미성년자랑 잔다든가 마약해서 머그샷을 찍은 적은 없으니 다행이라고 말을 할 수는 없었다. 그걸 위로라고 하겠나. 오늘은 어디서 모델 수십 명을 끌어다가 술 파티를 벌였네, 맨해튼의 가장 잘나가는 플레이보이, 오늘은 이 여자, 내일은 저 여자, 그의 문란한 생활이 적나라하게 나와 있는데 경기 일으키지 않을 부모 있으면 나와 보라고 해라.

"내가 아들을 잘못 키운 건지."

"아니에요! 전혀 그렇지 않아요! 나름…… 그래요, 나름 직원들도 잘 챙기시고, 유능하시잖아요. 단지 여자랑 술을 좀 좋아해서 그렇지."

"그놈의 고집이 문제네. 홀아비 돼서 애미 없는 자식 소리 안 듣게 하겠다고 그렇게 애썼는데……. 내가 안사람 볼 면목이 없어."

이럴 때마다 보스놈의 멱살을 잡고 짤짤 흔들고 싶다. 내가 무슨 죄가 있어서 이 대단하신 느이 아버님까지 위로해 드려야 하는 거냐! 이 불효막심한 놈아! 입에 은수저 물고 태어났으면 그저 부모님께 감사합니다, 큰절하고서 착하게 바르게 참하게 자라났어야지 이게 무슨 짓이야!

"그래도 언젠가는 장가도 가고, 아이도 낳고 하겠죠. 아직 젊으니까 저러는 거예요."

그 말에 케인 회장님은 고개를 들고 나를 빤히 쳐다보셨다.

"아직도 그놈이 철이 안 들어서 저러는 거라고 생각하나?"

"예?"

"하긴, 철이 안 든 것이라고도 할 수 있겠지. 나는 그것보다 저 놈의 똥고집이 문제라고 생각하네만."

얼레. 이건 우리의 비밀 미팅에서 처음 듣는 이야기다. 아닌가? 예전에 들은 일이 있나? 헷갈려서 나는 회장님께 더 여쭈었다.

"고집이라뇨? 혹시 반항하는 거예요?"

"반항이기도 하지."

"어머, 회장님께요?"

회장님의 푸른 눈이 날 꿰뚫어 보듯이 지켜보셨다.

"자네, 이직할 건가?"

"네? 아니, 3년 버틸 건데요."

아니, 부자가 짜기라도 하셨나, 왜 똑같은 것을 물어보신담? 내가 눈을 동그랗게 뜨자 회장님은 픽 웃으셨다.

"그 말은 제대로 기억하고 있군."

"버텨 보니 할 만하더라고요. 그때 그런 말씀 해 주셔서 힘이 났었어요. 감사합니다."

케인 회장님은 고개를 끄덕끄덕하신 뒤 그 후로 말을 이어 가셨다.

"뭐, 나한테도 반항하는 것일 수도 있지. 저 나이에 정신 못 차리고 아직도 저러고 다니니, 원. 아무튼 자네, 절대로 그놈이 수작 걸어도 넘어가지 말게. 알았나?"

"관심 없습니다. 넘어갔으면 애초에 넘어갔죠."

"그건 그렇긴 한데, 정말 관심 없나? 내 아들이지만 그래도 제법 잘생겼는데."

잊고 있었다. 이 회장님 은근히 아들바보였지.

"네. 취향이 아닙니다."

"그래? 그럼 신경 쓰지 않도록 하지. 하지만 그놈이 수작을 걸수도 있으니 내 노파심에 하는 말이야."

"절대 안 넘어갑니다. 그리고 사실 편집장님은 저한테 관심 없으셔요."

딱 잘라 말했지만, 나는 이 노련한 사업가의 눈이 내가 입은 샤넬에 머무는 것을 놓치지 않았다. 아버지는 저렇게 무서우신 분인데 아들은 왜 저렇게 철이 없는지 이해가 가지 않는다. 역시 세상은 공평해.

하긴 보스몹이 그렇게 악랄한 사람은 아니었다. 오히려 이곳을 걸어다니는 저 피도 눈물도 없이 오직 강철과 철사로 만들어진 안드로이드들보다 훨씬 인간적이기도 했다. 내가 무턱대고 맡은 이 비서직을 처음 대했을 때는 짧은 영어와 저 까칠하고 못된 외계인들 때문에 몹시 울기도 하고 고생도 했지만, 지금 다시 생각해 보면 웬만큼 쉬운 서류만 나에게 넘겨주고 나머지는 닉이 다 알아서 처리했던 것 같다.

어떤 에디터에게 뭘 갖다 주라든지, 아니면 이번 호 어떤 페이지의 광고를 어떻게 처리하라든지 하는 지시를 받은 기억은 전혀 없었으니까. 그냥 커피를 사다 주고 뉴욕 여기저기를 다니면서 그의 옷을 드라이클리닝하고, 시장을 봐 오는, 주로 생존(?)에 관련된 심부름만 했었으니까.

그런 것도 혹시 나의 뉴욕 적응기를 돕기 위해서였을까나, 라고 생각하면 보스몹에 대한 경계가 허물어지는데. 이러면 안 되지. 아무튼 초반의 나는 완전히 무능력 그 자체였다. 내 생각에는 아무래도 닉이 나를 이용하지 않았나 싶다.

그의 까다로운 아버지는 그를 어느 정도 자제시키고 붙들 수 있는 능력—그러니까 취한 놈 멱살 잡고 편집 완료하기라던가—을 가진 나를 감시직으로 세운 것이고, 그는 내가 아무것도 모르는 사회초년생이자 외국인이라는 것을 교묘하게 이용해서 하고 싶은 것은 다 해 댔더랬다. 그러니까 내게 실망한 케인 회장님에게 여러 번 잘릴 위기에 처했던 거지.

그런데 더 웃긴 건 그때마다 날 구해 준 것은 닉의 저 안 좋은 버릇들이었다. 아버지에게 단단히 밉보이기로 작정했던 건지, 그는 케인 회장님이 한두 번씩 나를 부르실 때마다 보기 좋게 사고를 쳤다. 예를 들면 마감일에 클럽을 통째로 빌려서 술 파티를 벌인다든가, 아니면 여자를 하루에 서너 번씩 갈아 치운다든가—정력도 좋아—, 스트리퍼한테 폭 빠져서 출근을 안 한다든가 등등. 영어는 짧아도 웬만한 일에는 눈 하나 까딱 않는 이 무쇠 신경을 자랑하던 나는 그때마다 호텔이고 클럽이고 쳐들어가서 술 파티면 전기차단기를 확 내려 버리고, 호텔이면 닉이 전화를 받을 때까지 전화를 했다.

그렇게 아버지가 싫었을까? 뭐, 덕분에 나는 안 잘리고 여기까지 왔다지만 닉과 케인 씨의 사이는 아직도 쫓고 쫓기는 사이다. 마치 나머지는 다 괜찮은데 반항하는 아들내미를 못 잡아서 안타까워하는 아버지랄까. 이제는 나의 피땀 어린 노력의 결과 덕에 점검 차원에서만 날 부르시지만 그래도 시한폭탄인 아들 때문에 걱정이 이만저만이 아니신 불쌍한 회장님이시다. 보스몹은 참 철 들려면 멀었다. 나라면 착실하게 말 잘 듣는 착한 아들이 될 텐데 말이다. 저렇게 좋은 아버지를 두고서 왜 저렇게 밖으로 돈담. 아아, 몰라. 내 알 바 아냐.

"다녀왔습니다."

다녀왔다고 소리쳐 봤자 날 맞아 주는 것은 아무것도 없다. 썰렁한 아파트에 서둘러 난방을 하고, 골치 아픈 샤넬을 침대에 아무렇게나 던져 둔 뒤 편안한 티셔츠와 바지로 갈아입고서 소파에 앉았다. 맨해튼에 아파트를 세내어 산다는 것은 꽤나 힘든 일이지만, 보스몹이 사고를 뻥뻥 칠 때마다 케인 회장님께 사고 수습 비용과 시간 외 수당까지 같이 받은지라 부수입이 꽤 쏠쏠했다. 악착같이 벌었으니 그나마 쓸 만한 아파트를 빌린 거지, 아니었으면 꼼짝없이 퀸즈에 살 뻔했다.

뉴욕에서 혼자 아늑하게 살 수 있는 괜찮은 아파트를 빌린다는 것은 정말 웬만한 연봉을 자랑하지 않는 이상 굉장히 힘들다. 온수가 제대로 나오지도 않고, 방범도 엉망인 아파트에서 달달 떨면서 살다가 정말 눈 딱 감고 맨해튼으로 이사 온 것도 어언 육 개월. 집세야 충당이 가능하고, 굉장히 좁고 방은 하나뿐인 아파트지만 나는 그래도 감개무량하다.

이 한겨울이 맨해튼에 입성한 것이다. 그것도 패션 위크에 패션하우스를 지나가면 수도 없이 인사를 받고 꽤 아는 척하는 이가 많은, 《플라티나》편집장의 수석 어시스턴트로 말이다. 으음. 지금은 그 편집장의 병크 따위 생각하지 말도록 하자. 좋은 기분을 망칠 수야 없지 않은가.

그렇지만 이건 과도기일 뿐이다. 나는 여기에서 머물 생각이 없다. 맥주 한 캔을 따서 들이켜며 처참하게 널브러진 샤넬 원피스를 내려다보면 이질적인 기분을 감출 수가 없다. 항상 저런 걸 카드깡을 해서라도 입어야겠다고 목숨을 거는 사람들을 보면 한심하다고 생각했는데, 뜻밖에도 그 비싼 샤넬이 공짜로 들어왔다고 좋아한다면 나 역시 속물인 것이라는 걸 확인받는 기분이다.

그래, 난 속물이다. 돈이 좋고, 안정적인 삶이 좋다. 이 낯선 땅에서 커리어 하나밖에 믿을 것이 없는 스물다섯 살 한국 여자는 그렇다. 시집가는 건 차치하고서라도, 나 혼자서 안락하게 잘 먹고 살 수 있는 직장이면 그걸로 그만이다.

그러니까 저 원피스는 그냥 옷장에 얌전히 걸어 놓도록 하자. 나에게 있어서 외계인들과 다른 점이 있다면, 그건 저 원피스를 뼈를 깎아서라도 가져야겠다고 집착하지 않는다는 것이니까. 흐린 핑크빛과 연보라색의 원피스는 그대로 옷장 안에 걸렸고, 문이 탁 닫혔다.

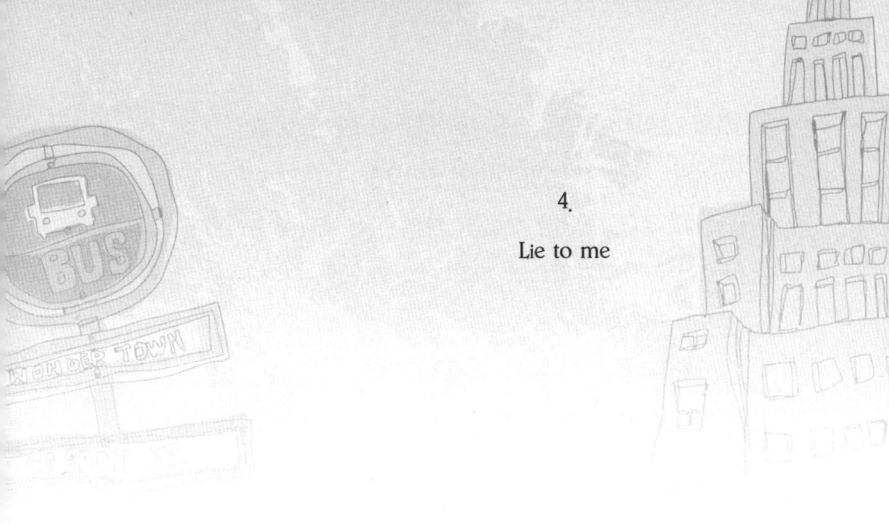

4.
Lie to me

아아, 스트레스 받아. 삼 일 전부터 트라페라 빌딩의 옥상으로 출근 중이다. 인테리어 팀들과 플래너들이 비명을 질러 대고, 플로리스트들과 메뉴 플래너들이 뛰어다닌다. 나야 뭐, 뒤에 처박혀서 일하는 척하면서 소설을 쓰는 중이다. 파티광인 상관을 둔 덕분에 이런 파티를 감당하는 거야 이젠 이골이 났다.

예전에는 보스몹에게 무진장 깨지면서 하나부터 열까지 내가 다 쫓아다녔지만, 그 결과로 배운 것은 회사의 재능 있는 디자이너들을 던져 주고서 싸우지만 않게 잘 조정하면 뭔가 물건이 나온다는 것이었다. 이번 30주년 파티는 다른 파티보다 훨씬 중요하기에 신경을 많이 써야 한다지만, 솔직히 모두가 '핫' 하다고 말할 만한 아이디어만 적당히 던져 주면 그만이다. 그리고 중요한 건, 그 아이디어는 내가 내는 것이 아니라는 거지.

"키위 장미라니, 누구 프러포즈할 일 있냐! 바꿔!"

"아아악! 폼플라워 꽃잎 떨어졌어요!"

플로리스트들은 당장 오늘인 파티 때문에 난리가 났다. 그나저나 폼플라워가 망가졌으면 가장 메인인 꽃이 망가졌다는 말 아닌가. 몰라. 알아서 하겠지.

"그 테이블클로스는 언더클로스라고!"

"칵테일파티에 언더클로스를 왜 깔아요!"

"그러다가 유리 깨지면 자기가 보상할래?"

우리 스태프들 힘이 넘치기도 하지. 뻗으려면 먼 것 같으니 나는 신경 꺼야겠다. 사실 여기 와서 내가 직접 하는 일은 별로 없다. 그저 자리만 지키고 서서 부지런히 움직이는 스태프들을 감시할 뿐이지.

"넌 뭐 해? 얼레, 소설 쓰네. 벌써 챕터 15?"

"케빈."

"언제 보여 줄 거야?"

옷가방을 여러 개 든 케빈이 내 어깨 너머로 스크린을 넘겨보았다. 난 얼굴이 확 빨개져서 황급히 노트북을 덮었다.

"보, 보여 주긴 누가 보여 준다고!"

"나 분명히 챕터 10까지 다 읽었으니까 빨랑 다음 챕터 내놔, 자기야. 아니면 나도 이지한테 흘려서 자기를 클로짓에 끌고 가 버리겠어."

"닉한테 나쁜 것만 배웠어!"

체엣. 난 입을 쑥 내밀었다.

"애니스, 소설 재미있는데 왜 출판할 생각을 안 해?"

"개나 소나 출판하나? 됐어."

"이건 대박감이라니까. 이지도 동의하는 사실이잖아."

"아이고, 이거 읽은 딱 두 사람이 그렇게 말해 봤자 소용없네요."

왜 자꾸 저리 귀가 솔깃한 말을 해 대는지 원. 지금 내가 소설을 쓰는 이유는 그저 스트레스를 풀기 위함인데 굳이 일을 크게 벌이고 싶지 않다. 입사하면서부터 슬슬 쓰기 시작했던 소설은 지금 어마어마한 분량으로 불어나 있었다. 물론 쓰는 이유는 단순하다. 내가 재미있으니까. 나 혼자서 이야기를 이어 나가는 것만으로도 즐거운데 이 정신 사나운 삶에 뭣하러 출판이라는 어마어마한 스트레스를 하나 더 던져 놓는담?

"출판사에서 거절당할까 봐 그러지?"

"그런 거 아니야."

"아니긴 뭐가 아니야. 맞잖아. 솔직하지 못하기는. 젊은 사람이 그렇게 딱딱하게 살면 어떡해?"

옷가방을 내 옆 테이블에 척척 던져 놓은 케빈은 대뜸 내 어깨를 아프게 주물렀다. 으악, 이 아저씨 또 태국 마사지 받고 왔나 봐!

"어깨에 힘 빼고, 다른 일에 관심도 좀 가지고, 마냥 안정적인 것만 찾지 말고 위험도 무릅쓰고 그래 봐! 그거 젊을 때 하지 언제 하니?"

그 말도 맞긴 하지만, 지금 내 코가 석자인걸.

"그러니까 얼른 챕터 15까지 보여 줘."

"결국 노리는 게 그거였어?"

나는 한숨을 쉬며 쓰고 있던 파일을 복사해 케빈과 이지의 메일로 보내 주었다. 내 소설을 읽어 주는 세상에서 딱 둘뿐인 나의 독자들이다. 내가 끼적거리던 것을 이지가 처음에 옆에서 훔쳐봤고, 눈치 빠르고 손 빠른 케빈이 날 어르고 달래서 결국 소설을 뱉어 내게 했다. 만족스러운 콧소리를 낸 독자 중 한 명이 내 어깨를 툭툭 쳤다.

"일어나."

"왜?"

내 반문에 케빈은 기가 막히다는 표정을 지었다.

"자기는 그 차림으로 여기서 죽치다 파티 참석할 거야? 페이지 식스는 둘째 치고 닉부터 게거품을 물걸?"

어째 나는 하루가 멀다 하고 클로짓으로 질질 끌려가는구만. 아, 정말 피곤하다. 보통 가벼운 파티였으면 저번에 보스몹이 던져 준 샤넬을 입고 가겠지만 이번에는 30주년이라고 요란뻑적지근하게 온갖 사회 명사들을 다 초대해서 별 고상은 다 떨면서 치르는 파티인지라 꼭 드레스를 입어야 한단다. 드레스고 자시고 일단 집에 가서 한잠 늘어지게 자면 소원이 없겠다!

"하품하지 마, 자기. 파리 들어가겠다."

"졸린 걸 어떡하라고. 어제도 새벽 한 시까지 현장 감독했단 말이야."

"어머나, 닉은 어쩌고?"

"어딜 갔는지 코빼기도 안 보여. 일이나 제대로 하고 있는지 모르겠다."

"그래도 요즘 자기 얼굴이 확 폈어. 닉이 사고 안 치나 봐?"

"아니, 그건 아니고."

나는 배부른 고양이 같은 표정을 지어 보였다.

"여자들 전화를 데스크에서 20일째 린다 맥퀸한테 돌려 버리고 있거든."

약속은 열흘이었지만, 하는 짓이 괘씸했던지라 얼렁뚱땅 열흘 더 연장해 버렸지롱.

"오우. 그럼 지금쯤 린다가 시들어 빠진 양파 꼴을 하고 사무실에 널브러져 있겠네. 재미있겠다. 구경 가야지."

"그래 봤자 걔도 파티 때는 온갖 힘을 다 주고 올 텐데 뭣하러 구경을 가."

내가 키득키득 웃자 부산스럽게 구두며 클러치를 뒤지고 있던 이지와 케빈이 동시에 고개를 번쩍 들었다.

"그 재미있는 장면을 놓치는 건 범죄야!"

네에, 네. 어련하시겠어요. 저들끼리 신이 나서 이것저것 맞춰 보고 카탈로그를 뒤지며 5번가 숍에 주문을 넣고 있는 콤비를 내버려 두고 제법 한산한 클로짓을 둘러보았다. 항상 징징거리는 모델들과 몰래 들어와서 어떻게든 옷을 얻어 가려고 애쓰는—패션계에도 궁핍한 이들은 항상 존재한다는 진리—직원들이 가득 차서 복닥거리는 곳인데 오늘은 한가하기만 하다. 사무실에도 사람들이 얼마 남지 않았다.

"파티라서 다들 일찍 나갔나 봐?"

"그럼. 오스카 시상식 뺨치게 하고 나올걸?"

"자기는 뭐 입으려고?"

"나야 진즉에 디올이랑 샤넬 몇 개 찍어서 손 좀 봤지. 오늘 밤에 기대해."

"그래 봤자 점프슈트 아니면 허벅지가 푹 퍼진 괴상한 몰골에 가슴은 훤히 드러내고 나올 거면서."

"뭐야? 주디 그년이 내 콘셉트를 염탐질해 간 거야?"

케빈은 발끈했지만, 그의 한결같은 콘셉트란 걸 잘 아는 나와 이지는 그저 어깨만 으쓱해 보였다.

"그럴 리가 있겠냐."

"이번에는 좀 더 세련된 보헤미안 감각에 느긋해 보이는 감성을 추가했다고. 기대해도 좋아!"

그래 봤자 내 눈에는 컬러 좀 바뀌고 가위질에 바느질 몇 번 한 거겠지. 도대체 나는 저들의 감성이란 것이 이해되지 않는다. 케빈과 이지는 날더러 영혼이 메말랐다며 광분해 대지만 사실이 그런 걸. 나는 옷깃을 1cm 넓히고 좁히는 그 차이가 어떤 차이인지 모르겠고, '아방가르드'가 뭔지도 모르겠다. 아마 죽었다 깨나도 내가 패션계에 적응할 일은 영원히 없을 것이다.

서당 개 삼 년이면 풍월을 읊고, 식당 개 삼 년이면 라면은 끓인다던데 나는 왜 2년이 지나도록 문외한인지 모르겠다.

"이지, 이번에는 얼마나 털렸어?"

파티니까 클로짓을 노리는 고양이들이 못해도 수십 마리였을 텐데.

"어시스턴트 이하 피라미들이 와서 집어 갔지 뭐. 어떡하니? 걔들은 입고는 싶고 사지는 못하는 불쌍한 청춘들이잖아."

"그럼 하나도 안 내쫓았어?"

"내쫓았지. 패션 팀 어시 브렌다 고것이 슬금슬금 들어와서 클로에 클러치를 집어 가려는 걸 베르사체 스카프로 묶어다가 연행했어. 고건 어시씩이나 돼서 양심도 없어!"

"냅둬. 엉덩이에 실리콘 넣느라고 자금이 딸리나 봐."

"그러게 누가 멀쩡한 엉덩이 수술을 하랬나!"

이지, 다 좋은데 나한테 화풀이하지는 말아 줘. 네가 핵 꽂은 핀에 방금 찔렸단 말이야.

"근데 이건 어디서 공수했니?"

"어디긴, 당연히 드레스는 드 라 렌타!"

"드 라 렌타!"

아주 지들끼리 북 치고 장구 치고 신이 나셨어요. 나는 입어 놓고 보니 척 보기에도 너무나 짧고, 너무나 부담스러운 복숭아색 톱 드레스를 내려다보았다.

"이거 입어도 돼?"

"내가 드 라 렌타 숍 매니저를 반협박하면서 물어 온 거니까 안 입으면 나 드러누워서 머리 싸매고 울 거야!"

"케빈, 네가 그런 말 하면 징그러워."

나보다 나이 많은 사람이 떽, 그러면 못써요. 휴대폰으로 수도 없이 완료된 파티 세부 사항과 현재 진행 중인 일을 업데이트해서 보고하는 메시지가 날아왔고, 가끔 전화도 걸려 왔다. 이래저래 순조롭게 잘 진행되고 있는 것 같지만, 문제는 파티가 시작하고부터다.

초대받은 사람들을 빠짐없이 다 외우고 있어야 하고, 그중 으르렁거리는 이들은 최대한 멀리 떨어지게 하고, 보스몹도 살살 달래서 술을 덜 먹게 해야 하고, 파티 동안 사고 치는 이가 없게 해야 한다. 그중에서도 가장 큰 문제는 보스몹이 최대한 요주의 인물들을 만나지 않게 해야 한다는 것이다.

"근데, 오늘 가면 그 화려한 챈들러 패밀리를 볼 수 있는 거야?"

"그런 말 하지 마. 나 그것 때문에 지금 골치가 딱딱 아프다고."

"아니, 왜? 그 집안이랑 닉이랑 사이좋잖아."

사이가 좋긴 개 풀 뜯어 먹다가 사레들리는 소리.

"좀 미묘해."

"에이. 닉의 외가잖아. 사촌들이랑 잘 지내고, 그 누구냐, 헬레나 챈들러에 알렉스 챈들러랑도 엄청 잘 지내던걸?"

그건 사실이다. 성질머리 나쁜 헬레나 챈들러와 어딘가 기분 나쁜 알렉스 챈들러에, 그들의 자식들인 사촌들과도 아주 시시덕거리면서 죽이 잘 맞으니까. 하지만 뭔가 위화감이 있다. 내 생각이지만, 보스몹은 본인의 외가 쪽 사람들을 별로 좋아하지 않았다. 모르겠다. 처음 일을 시작할 때와 마찬가지로 내가 왜 이렇게 생각하는지, 왜 함부로 보스몹의 가족 관계에 대해 이렇게 민감하게 반응하는지 아직도 모르겠지만 보스몹이 챈들러 집안을 좋아하지 않는다는 것은 확실하다.

"그쪽 사촌들이랑 붙여 놓으면 분명히 삼 일은 실종 상태일 거야. 어디 가서 술 파티 벌이다가 무슨 사고를 칠지 모르니까 오늘 눈 부릅뜨고 감시 잘해야 한다고."

절대로 오늘은 빈틈을 보이지 않을 것이라고 다짐에 다짐을 거듭하는 나를 물끄러미 보던 이지가 한마디 툭 던졌다.

"자기는 참 다정해."

아니, 내가 다정하다니, 뭐가? 나는 그냥 내일 편하게 직장 생활을 하기 위해 최대한의 보험을 들어 두고 싶은 것일 뿐인데요. 그렇지만 이지가 한 말에 케빈도 동의하듯 고개를 크게 끄덕거렸고, 도대체 그게 무슨 소리냐고 묻기도 전에 그 둘은 나를 클로짓에서 끌어내어 헤어숍에 처박았고, 그 이후로는 회사 리무진을 타고 트라페라 빌딩에 도착해 버렸다. 이미 파티는 성대하게 시작되었고 이제 내가 할 일이라고는 촉을 세워서 보스몹이 도착하는 대로 현장 체포해서…… 어라?

나는 얼떨떨하게 직접 차 문을 열고 손을 내미는 보스몹을 올려다보았다. 내가 지난 패션 위크 동안 눈 빠지게 외워 대다시피 한 각종 브랜드의 런웨이에 의하면 저 광택 나는 날렵한 슈트는 제냐고, 흰칠하게 잘생긴 얼굴이 오늘따라 더 빛나 보이는 것은 분명히 조명발일 테고, 저렇게 입은 걸 보니 접근하는 여자들을 막아 내기가 불가능하겠네.

"내리시지요, 아가씨."

갑자기 레이디(Lady)는 무슨, 으엑.

"웬일이에요?"

"애니스 기다렸지."

"농담도 잘하셔."

톡 쏘아붙이는 것으로 괜히 두근거리는 마음을 탁 깨 버린 나는 바쁘게 휴대폰을 점검했다. 여태까지 제반 사항은 오케이다. 이제 지휘봉은 스태프들에게로 넘어갔으니 내 일만 잘하면 된다.

"그런데 무슨 일로 이번에는 혼자서 파티를 오셨어요?"

"애니스가 있는데 뭣하러 여자를 찾겠어?"

"저 안에서 골라잡을 생각 하지 마시고요."

"오늘 중요하다고 기합 단단히 들어간 거 아는데 내가 왜 그런 짓을 하겠어?"

눈을 동그랗게 뜨고 두 손을 들어 보인 보스몹은 그러나, 한 입으로 두말하는 것쯤은 아무것도 아니라는 신조를 가진 못돼 먹은 외계인 중에서도 최종보스였고 그러한 이유로 여유작작하게 브랜디 잔을 들고 다니며 모델들과 시답잖은 농담을 떠벌리기 시작했다. 아이고, 잘한다, 잘해. 일단은 내버려 두도록 하자. 술이 들어가기 시작한다, 싶으면 들어간 술잔 수를 세다가 적당한 때 쳐서 데리고 빠지면 된다. 뭐, 술은 세니까 앞으로 두세 시간은 알아서 버텨 주겠지.

화려한 꽃들을 높이 쌓아 올리고, 칵테일 분수서부터 시작해서 뉴욕 야경이 통째로 보이는 탁 트인 옥상에는 화려한 조명들과 은은한 음악이 철저하게 계산된 대로 깔렸다. 유명 영화배우들과 가수들, 모델들과 디자이너들, 각 의류회사 중역들에 출판업계 사람들, 파슨스 스쿨 교수들까지 모두 초대받은 이 파티는 그만큼 경비도 삼엄해서 허락받은 매체 빼고는 얼씬도 못하게 했다. 내 머리에 입력된 데이터와 손님들의 얼굴을 대조하며 나는 부지런히 마주쳐야 할 사람과 마주치지 말아야 할 사람들을 분류하고 계산했다.

이게 다 1년 후에 있을 나의 구직 활동에 도움이 된다는 말씀! 이 파티에 제가 있어요, 저도 큰 몫 했어요, 라고 열심히 얼굴 도장을 찍어 놔야지 여기 모인 높으신 분들께서 고개를 끄덕이게 되는 것이다. 아무리 직종을 변경해서 이직한다고 하더라도 어차피 뉴욕에서 힘깨나 쓴다는 사람들이 모인 것이니 잘 보여서 나쁠 건 없다.

더구나 고마운 건, 내가 열심히 보스몹을 챙기느라고 눈썹이 휘날리게 뛰어다녔던 요 2년간 슬프게도 보스몹을 사정없이 끌고 다니는 대찬—다시 말해 기센—비서라고 눈도장은 제대로 찍은 높은 분들이 몇몇 있다는 것이다.

"고생이네, 애니스."

보스몹만이 커버할 수 있는 무시무시한 다른 패션지 편집장들은 내버려 두고, 날 예뻐라 해 주시는 나이 드신 중역 분들께 열심히 인사를 하고 다니던 날 붙든 건 음침한 표정으로 칵테일을 들고 있던 케빈과 이지였다.

"깜짝이야. 소리 좀 내고 다녀!"

"네가 정신이 없어서 못 들은 것뿐이잖아. 그건 됐고, 열한 시

방향에 하이디 클룸 온 거 봤어?"

"궁금하면 가서 인사하던가. 그 옆에 지젤 번천도 있더라만. 젬마 워드는 끼지도 못하던데."

하여간 성가신 아줌마 아저씨다. 나는 비키라는 뜻으로 케빈의 배기팬츠를 다리로 툭툭 건드렸지만 케빈은 눈 하나 깜짝하지 않고서 열심히 손님들을 분석했다.

"그리고 저어기, 저기 핑크색 칵테일 분수 옆에 있는 사람. 골드크레딧 대표 이사 맞지?"

"어디, 어디? 크리스 벡스터? 어머나, 저 무뚝뚝한 사업가가 이런 데 웬일이래?"

"와이프가 우리 잡지에 종종 칼럼 썼었잖아. 저기, 그 옆에 있네!"

"저 사람도 한국 사람이지?"

"응. 재작년인가, 갑자기 벡스터가 실종됐을 때 저 여자가 미국 전역을 이 잡듯 뒤졌었잖아. 이혼했는데도 불구하고 말야."

"재결합했지? 벡스터가 이혼무효소송 내서."

"그런 거 보면 저 커플도 꽤 오래갈 것 같지 않아? 벌써 애 하나 낳았다며?"

아아, 이 인간들아, 제발 부탁이니 가십은 나 없는 데서 떠들어 줘. 니들끼리 수다를 떨지 왜 내 팔을 붙들고 못 가게 막는 거니? 안 그래도 높은 하이힐이 슬슬 힘들어질 지경이었는데 이들의 가십은 골드크레딧의 수장에서 그의 아내인 한국인 칼럼니스트를 넘어 그 옆에 있던 영화배우와 이번 빌보드 싱글 3위로 데뷔한

신인 가수 간의 스캔들을 소곤소곤 떠드는 지경까지 번져 나갔다.

"저기, 나는 좀 놔주지?"

"지금 그게 중요한 게 아냐. 저기 주디 마커스다!"

나는 무심히 이지가 턱 끝으로 가리키는 쪽으로 시선을 돌렸다. 얼씨구, 개와 고양이가 만나셨구만. 반짝거리는 밝은 갈색 머리를 깔끔하게 틀어 올리고 피부에 잘 어울리는 푸른색 톱 드레스를 입은 액세서리 팀의 디렉터가 우아하게 걸어와서 회사 중역들과 인사를 나누고 있었다. 내가 보기에도 참 나쁜 년이긴 한데 실력은 좋은 저 아줌마를 보는 우리의 기획 디렉터의 눈도 부글부글 끓어올랐다.

"애니스, 자기야, 나 괜찮지? 그치?"

"나한테 물어봤자 패션 쪽은 문외한인걸."

"그게 아니라, 내가 저년보다 훨씬 괜찮은 사람이지?"

나는 케빈의 어깨를 툭툭 두들겼다.

"너는 저 여자처럼 남의 아이디어도 열심히 베껴다 쓰지 않고, 남 뒤통수도 안 치고, 권력에만 눈이 먼 건 아니잖아. 넌 훌륭한 디자이너고, 훌륭한 기획 디렉터야. 저런 여자랑은 비교가 안 돼!"

"고마워, 자기야. 역시 자기밖에 없어!"

"그래, 그래. 다 좋은데 징그럽게 안기지는 마."

징징거리는 케빈의 안경을 고쳐 주고, 옷깃을 탁탁 펴 준 이지가 그를 등 떠밀었다.

"자아, 이제 쇼타임이야, 기획실장님! 가서 보란 듯이 본때를 보여 줘!"

보스몹의 왼팔과 오른팔을 자처하는 두 남녀가 내가 비서로 재직해 온 지난 2년간 어떤 혈투를 벌였는지 잘 아는 나로서는 일단은 자리를 피하고 싶었기 때문에 나는 이지를 붙들고 신신당부를 했다.

"있잖아, 절대로 대놓고 싸움은 나지 않게 해라."

"둘 다 성인이고 자기 회사 일인데 설마하니 그렇게 하겠어?"

"묵은 원한이 가끔 사람 돌게 만드는 법이야. 나는 혹시나 하는 마음에 하는 말이니까 네가 알아서 잘 말려."

"만약에 싸움나면?"

키득키득 웃으면서 마카롱을 입에 넣는 이지의 말에 나는 눈동자를 또로록 굴렸다.

"그럼 케빈이 적어도 다섯 대는 더 때린 다음에 말려."

"오케이."

으으으, 돌아서는데 아주 소름이 쭈뼛 선다. 아무래도 저 둘이서 만나는 주위에는 천둥과 돌풍을 동반한 벼락이 떨어지고 있겠지. 도망가자, 도망가. 색색깔의 화려하지만 세련된 드레스와 즐거운 음악 소리들, 시시덕거리는 여자들과 남자들, 사실 나에게는 눈은 즐겁지만 이 파티장 또한 엄연한 비즈니스의 세계다. 시도 때도 없이 아는 척해 오는 이 중년 아저씨들에게 아주 자세한 안부를 물어야 하고, 그를 위해 엄청난 데이터베이스를 외워야 한다.

"샤일럿 씨, 따님이 이번에 프린스턴 대학교에 진학하셨다면서요? 축하드려요."

"고마워요, 애니스. 요즘 어때요?"

"아주 좋아요."

뭐, 이런 식으로 말이다. 내가 돌아다니면서 얼굴 도장을 찍은 뒤에는 사정없이 보스몹에게로 돌진하여 수많은 여자들과 남자들 사이에서 즐겁게 웃고 떠드는 보스몹을 낚아채야 한다. 그 와중에 쏟아지는 수많은 질문들과 안부 인사들에 일일이, 절대로 하나도 빠짐없이 잘 대답해야 함은 물론이다.

"어머, 애니스?"

"안녕하세요, 존슨 양."

"오랜만이에요."

"반갑습니다, 스튜어트 씨, 요즘 어떠신가요?"

"좋군요. 파티도 아주 잘 꾸며 놨네요."

"감사합니다."

"아, 애니스! 이 뷔페 업체 어디서 수배했어요?"

"마들렝 부인, 그건 나중에 제가 살짝, 부인께만 몰래 알려 드릴게요."

자, 자, 인의 장벽을 침착하게 헤치고 나가서 보스몹의 등 뒤에 비서로서 당연하다는 듯이 찰싹 들러붙으면 되는 거다.

"이제 움직이실 시간이에요. 얼른 가서 저 무서운 편집장들을 쓰러트리시라고요."

"좀 있다가 하면 안 되나?"

"제가 30주년 파티 중요하다고 얼마나 더 말씀드려야 하죠?"

"쳇. 자, 여러분, 파티 재미있게 즐기세요."

간단한 마무리와 함께 특유의 상큼한 미소까지—물론 나는 외계 바이러스에 감염되고 싶지 않은지라 쳐다보지도 않았다—날려준 보스몹은 내가 등을 떠미는 대로 벌써 패션계에서 20년 이상구른 노회한 편집장들 앞에 섰다. 이 따뜻한 밤에 비싼 모피를 척하니 두르고 온 저 무서운 아줌마들에게 나는 한입거리도 안 되겠지만, 약간 나사가 빠진 보스몹은 그럭저럭 커버가 되는 모양이다.

자, 불러다 세워 놨으니 나는 빠져야지. 이제 좀 쉴 수 있을 것같다. 응? 뭐 파티가 이렇냐고? 어쩔 수 없다. 플라티나가 주최하는 파티건, 다른 회사에서 주최하는 파티건 간에 이러한 행사들에서 한 번도 제대로 수다 떨고 맛있는 거 먹어 본 적이 전무하다. 비서로서 항상 주변인들을 살피고, 파티가 양호하게 돌아가는지수시로 체크하고, 보스몹이 사고 안 치게 촉각을 곤두세우고, 더불어 나의 미래를 위한 눈도장까지 열심히 찍다 보면 녹초가 된몸을 택시에 구겨 넣고 귀가하는 것이 당연지사. 뭐, 남은 꽃들이나 음식들을 모조리 챙겨 가는 건 좋다만.

나는 파티 세팅 작업을 할 때부터 눈여겨본 안 보이는 자리로쏙 들어갔다. 정원수가 가려 주고 화단의 높이도 적당해서 앉아서쉬기에는 그만이다. 조용히 반짝거리는 빌딩의 불빛 사이로 시원한 바람도 불어온다. 나는 힐끔, 정원수 사이로 보이는 골드크레딧의 안주인을 훔쳐보았다. 부럽다. 같은 한국인이지만 저 여자는정말 남편 잘 만나서 취집이구나.

남의 떡을 부러워하면 안 되고, 사실 재벌가 사모님 자리 따위 가늘고 길게 살자는 내 모토와 정반대인지라 관심은 없다만, 그래도 저렇게 예쁜 여자가 누리는 편안한 삶은 부럽다. 그리고 보스몹이 뒤를 이어 피플지 선정 가장 섹시한 CEO 1위를 해 대기 전, 원조 1위였던 남편의 사랑을 듬뿍 받는 것도 부럽고.

세상에 연애 안 하고 싶고, 사랑 안 받고 싶은 여자가 어딨겠나. 나도 연애하고 싶고, 나도 사랑하고 싶지만 현실은 그렇게 말랑말랑한 것을 쫓아다니기엔 너무나 팍팍하다. 내게는 이 비서직이 유일한 동아줄이고 미래를 위한 대비책이다. 고등학교 때는 어떻게든 좋은 학교를 가기 위해 용을 썼고, 대학 때는 취직을 위해 용을 쓰다가 도저히 안 되겠어서 무작정 이곳으로 짐을 싸서 왔고, 어찌어찌해서 운 좋게 취직이 되어 나 혼자서 먹고살 만큼은 벌고 있지만 나는 아직 창창한 스물다섯, 앞으로 살날을 위해 정신 똑바로 차리고 돈 벌어야 한다.

"어이구, 이게 누구야! 우리 친애하는 사촌의 능력 많은 비서님이시네."

아놔. 걸렸다.

"화장실은 저쪽으로 나가셔서 왼쪽으로 돌면 있습니다만."

"에이, 섭하게 왜 이래? 우리 같이 한잔하도록 해요."

"싫습니다."

파티 시작한 지 얼마나 되었다고 벌써 살짝 맛이 간 듯한 표정에 프라다 셔츠 단추도 대충 채운 이 스물아홉의 남자는 보스몹의 '친애하는' 사촌, 네이슨 챈들러다. 술 좋아하고 여자 좋아하는 건 집안 내력인지 보스몹과 똑같지만, 이쪽은 질적으로 아주 안 좋다. 벌써 마약 때문에 재활원도 몇 번 들락날락했고 음주 운전에, 모르긴 몰라도 집안에서 돈으로 덮은 전과도 있을걸? 나는 자리에서 일어나서 얼른 네이슨 챈들러와 거리를 벌렸다. 내가 비서만 아니었으면 무슨 짓을 해도 상관없었을 정도의 쓰레기지만, 나의 사회적 지위와 책무가 있는지라 그렇게는 할 수가 없다.

"거 자꾸 그러니까 재미없다는 소리를 듣지."

"벌써 혀 꼬이셨네요. 집으로 돌아가시는 것이 좋겠어요."

"당신, 그 머저리 닉도 안 건드렸다며?"

으윽, 소름 끼치도록 끈적하고 징그러운 시선으로 네이슨이 날 훑었다. 저기요, 저는 몸매도 안 되고 얼굴도 안 되는 그냥 그런 심심한 여자니까 흥미를 가지지 않는 것이 정신 건강에 이로울 거예요.

"대단한데? 이거 궁금해지잖아. 얼마나 대단한 여자길래 그렇게 손도 못 대고 냅뒀을까나?"

"그거 성희롱 발언인데요. 경찰 부를까요?"

경찰이란 말에 주춤하는 기색이었지만 저 징그럽기 짝이 없는 인사는 그래도 포기란 걸 몰랐다. 아오, 끈질기기가 바퀴벌레 뺨을 치네!

"에이, 그러지 말고 좀 힘 빼고 나랑……."

"저리 못 가요?"

"거기 무슨 일입니까?"

한 발자국만 더 가까워지면 비서고 상관이고 간에 이 살인적인

높이의 스파이크 힐로 어디든 찍어 버리려고 준비 중이던 나는
굵직한 목소리에 속으로 '살았다!'를 외치며 뒤를 돌아보았다. 어
두운 갈색 머리카락에 갈색 눈, 키는 190cm 정도 되어 보이는
덩치도 크고 서글서글하게 새긴 30대 중후반의 남자가 이쪽으로
성큼성큼 걸어오고 있었다. 누구더라? 나는 바삐 데이터베이스를
돌리며 네이슨을 노려보았고, 이놈은 슬금슬금 눈치를 보기 시작
했다. 나는 이런 인간쓰레기들이 참 혐오스럽다. 약한 여자한테는
함부로 대하고, 자기보다 강한 사람이 나타나면 슬슬 기는.

"아가씨, 이 작자가 무슨 짓이라도 했습니까?"

"한 건 아니고 막 하려고 했네요."

"내, 내가 언제!"

"이 아가씨가 그렇다면 그런 거 아닙니까? 많이 취하신 것 같
은데 일찍 귀가하시는 편이 낫겠군요. 차를 불러 드릴까요?"

"됐소!"

혀가 꼬여서 욕이란 욕은 몽땅 어눌한 발음으로 주절거리며 네
이슨은 도망치듯 사라졌다.

"감사합니다. 덕분에 살았어요."

"혼자서 이런 곳에 있으니까 표적이 되기 십상이지요. 밖으로
나가시죠."

"아뇨, 괜찮아요. 여차하면 소리 지르면 되고."

남자는 재미있다는 듯이 웃었다.

"그럼 제가 끼어들지 않아도 괜찮았으려나요."

"소리 지르면 제가 입장이 좀 난처해지긴 하거든요. 적절한 타

이밍에 등장해 주셨어요. 감사합니다."

"별말씀을. 저런 놈은 당장 내쫓아야 하는데 도대체 왜 초대를 한 건지 모르겠습니다. 주최자 사촌이라 그러나. 하긴 끼리끼리 어울리니, 원."

분명히 내 상사를 가열하게 까는 말이긴 한데 부정을 할 수가 없어서 나는 웃고 말았다. 물론 보스몹이 저 망할 약쟁이를 싫어 하긴 하지만, 분명 표면적으로 사이가 좋은 것은 사실이 아니던 가. 적어도 보스몹은 네이슨에게 웃는 낯으로 대한다.

"그래도 주최자 욕은 삼가시는 게 좋죠, 브랜든 쿠퍼 씨. 이 장 소에서 나가신다면 그건 쿠퍼 씨 자유 의지겠고, 저도 뭐라고 할 수는 없지만요."

"저를 알고 계시는군요."

갈색 눈이 재미있다는 듯이 반짝거렸다. 나는 심드렁한 표정으 로 어깨를 으쓱거렸다.

"이쪽 업계에서 실버볼 출판 모르면 간첩 아닌가요?"

"언제 만나 뵀었던 적이 있던가요?"

"두어 번이요."

브랜든 쿠퍼는 씩 웃으며 커다란 손을 내밀었다.

"실례했습니다. 저는 아가씨가 기억이 잘 나지 않는군요. 이러 한 사교 쪽으로는 영 꽝인 사람이라서요. 브랜든 쿠퍼입니다."

"애니스 한입니다."

"어디서 뵀었죠?"

이 사람 꽤나 괜찮은 사람이다, 싶었다. 전문 서적이나 교양서

적, 소설 등 분야를 가리지 않고 제법 입소문을 타는 서적은 양질로 출판해 내는 튼튼한 출판사 사장이라 똑똑한 줄은 알고 있었지만 서글서글하고 그리 기분 나빠 하는 눈치도 아닌지라 가시처럼 돋쳐 있던 신경이 스르르 풀렸다. 조그만 말에도 쉽게 삐치는 패션 피플과는 거리가 먼 사람 같다. 입고 있는 옷이 휴고보스이긴 하지만, 대충 빗어 넘긴 머리 상태로 보았을 때 그리 외모에 신경을 쓰는 사람 같지는 않았다.

"작년에 메리어트에서 열린 출판포럼이랑, 3개월 전에 실버볼 60권 문고 출판 기념회 때 뵈었죠."

"아하. 이 파티 주최자 되시는 분의 그 유명한 비서 분이시군요."

"제 명성이 그쪽까지 퍼졌나요?"

"아니요. 유명하다는 건 제멋대로 붙여 본 말입니다. 사실 그 가느다란 팔로 상관을 끌고 나가는 걸 본지라."

그렇지. 보스몹이 하던 일 내팽개치고 실버볼 출판 기념회에 참석해 버리는 만행을 저질러서 모든 에디터들의 울음 섞인 전화에 나는 집에서 하던 팩을 내던지고 출판사로 쳐들어가서 잡아와야 했다. 아무리 여자가 좋기로서니 물 좋은 파티라고 마감을 뒤로하고 가면 어떡해?

"그때는 실례가 많았습니다. 좀 손이 많이 가는 상관을 모시고 있는 관계인지라."

"아, 이해합니다."

내가 그 고생 이해하지, 라는 눈으로 고개를 끄덕이는 브랜든 덕에 성희롱당해서 나락까지 떨어졌던 기분이 많이 나아졌다.

"펀치 먹으러 갈까요?"

"좋아요."

선선히 고개를 끄덕이는데, 갑자기 화단 옆에서 다급한 얼굴의 보스몹이 불쑥 튀어나왔다.

"애니스! 괜찮아? 다친 데 없어?"

"왜, 왜, 왜 그러세요?"

"네이슨 그 자식이 건드린 거 아냐?"

그건 또 어떻게 알았대.

"아니에요. 괜찮아요."

"정말?"

사실 성질 같아서야 미주알고주알 다 일러바치고 싶었지만—보스몹이 네이슨을 싫어하는 거야 잘 알고 있었으니까—날 확인하는 보스몹의 표정이 너무 놀라 있어서 그럴 수가 없었다. 내가 괜찮다고 고개를 살래살래 흔드는데, 옆에 있던 브랜든이 한마디 거들었다.

"괜찮지 않습니다. 내가 봤는데 그쪽 사촌이 이 아가씨한테 치근덕거리던데. 사촌 단속 좀 하시지 그러시오."

그의 말에 보스몹의 얼굴이 차갑게 굳어 버렸다.

"그 새끼가 어떻게 했어?"

"그냥…… 말 그대로 치근덕거렸어요. 괜찮아요. 별거 아니……."

"괜찮긴 뭐가 괜찮아. 미안해. 내가 사과할게. 그쪽이 도와준 겁니까?"

브랜든이 고개를 끄덕였다.

"감사합니다. 신세를 졌군요."

"별말씀을. 앞으로 같은 일 만들지나 마십시오."

"충고 감사하게 받지요."

보스몹은 브랜든의 충고에 대단히 열 받은 것 같았지만 차갑게 고개를 끄덕이는 선에서 그쳤다. 나는 그 와중에도 신선하다는 생뚱맞은 생각을 하고 있었다. 보스몹이 화를 내는 건 오랜만에 본다. 그것도 이렇게 뚜껑이 열린 건 처음 본다. 역시 내 예상이 맞았어. 보스몹은 네이슨을 대단히, 무지무지 싫어한다. 다시 나를 돌아본 그는 내 어깨를 붙잡고 신신당부를 했다.

"피곤하면 집에 가. 회사 차 타고 가."

"괜찮아요."

"그래도 어떻게 그래? 나 술 안 먹어. 그러니까 집에 가."

"닉, 나 정말 괜찮다니까요. 쿠퍼 씨가 한마디 해 줬고, 지금 당신도 쫓아갈 거잖아요. 그쵸?"

왠지 모르겠지만 어쨌든 그런 생각이 들어서 나는 물었고, 보스몹은 미안한 기색으로 고개를 힘없이 끄덕였다.

"어차피 난 이거 끝날 때까지 여기 못 떠요. 그러니까 걱정 마세요."

"그럼 사람 많은 곳으로 나와 있어. 이런 데 와 있지 말고."

"알았어요."

내가 크게 고개를 끄덕이자 보스몹은 뭔가 마뜩찮아 하는 눈으

로 나와 브랜든을 번갈아 가면서 보더니 다시 한 번 신신당부를
하고 자리를 떴다.

"저 사람, 아가씨를 꽤나 걱정하는군요."

"제가 없으면 회사가 안 돌아가니까요."

브랜든은 입을 떡 벌렸다가 웃기 시작했다.

"정말이라니까요."

"아니, 나는 그런 의미가 아니었는데……. 어쨌든 대단한 아가
씨네요."

"애니스라고 불러 주세요."

"나도 브랜든이라고 불러 줄래요? 나갑시다. 저 친구가 사촌을
어떻게 할지는 미지수지만 적어도 남자라면 시원하게 한 방 날려
주겠지요."

네이슨이 벌게진 얼굴로 나온 정원수 뒤편에 애니스가 있는 걸
보고 순간 피가 거꾸로 솟았다. 여태까지 자제하고 있던 것을 내
손으로 날려 버려도 시원찮을 기분이다. 게다가 브랜든 쿠퍼 저
치는 왜 애니스 옆에 있는 거야? 젠장. 네이슨 저 자식을 계속 감
시하고 있었어야 했는데 무섭게 치고 들어오는 보그 편집장과 엘
르 편집장 역공에 휘말려서 전력을 다하느라 잊고 있었다. 내게
눈웃음을 치며 인사하는 사람들에게 적당히 대꾸를 해 주며 나는
그 쓰레기 같은 사촌을 뒤쫓아 빠른 걸음으로 걸어갔다. 아무래도
브랜든 쿠퍼에게 제대로 한 소리를 들었는지 네이슨은 아예 이곳
을 떠나려는 것으로 보였다.

"지금 가냐?"

"닉."

"섭섭하잖아. 나한테 말도 없이."

"급한 일이 생겨서."

지도 쪽팔리니 '내가 니 비서 건드리려다가 한 방 먹었다' 라고는 죽었다 깨나도 말은 못하겠지. 이놈은 이런 놈이었다. 헬레나 이모의 그 쓸데없는 자존심을 그대로 물려받아서 개똥같은 자존심에 목숨 건다. 사내자식이라서 그나마 헬레나 이모보단 낫지만 민폐 끼치는 건 모자가 똑같다.

"한잔할래?"

술이라면 마다 않고, 공짜 술이라면 넙죽이다. 지금 내 상황에서는 모든 걸 길게, 그리고 신중히 작업하는 수밖에 없는지라 나는 이 인간쓰레기를 끌고서 차를 타고 으슥한 바로 가 독한 위스키를 그 앞에 늘어놓았다.

"하여간 우리 집안에서 제일 성격 좋은 건 닉, 너 하나뿐이라니까!"

"왜? 알렉스 삼촌도 있고, 너도 있잖냐."

"아니야, 아니야. 알렉스 삼촌은 속만 시커멓고, 나? 나는 좀 성격 괜찮지. 우하하하하하!"

이미 혀가 꼬였으니 두 병만 더 마시면 훅 가겠군. 시계를 보니 30분 정도 여유가 있다. 내가 자리를 비워도 애니스는 어차피 내가 사라졌다고 생각할 테고, 그래서 내 자리를 훌륭하게 커버해줄 테니 걱정은 없다.

"그래도 네가 나보다 낫다야. 나는, 꼰대가 우리 엄마한테 그 지랄 해 놨으면 절대로 꼰대 다신 안 봤어. 어떻게 이모가 그리 죽었는데 넌 웃는 낯이냐? 뱉도 없는 놈."

"이미 돌아가신 걸 뭘 어떡해. 할아버지도 나름 생각이 있으셨겠지."

"생가악? 야, 지금 니 아부지가 그만큼 회사를, 거 뭐다냐, 나스닥 상장시키고 자알! 탄탄대로로! 나가니까 너한테 뭐라 안 하는 거지 안 그랬어 봐. 꼰대가 유언장 절대 안 고쳤을걸? 이모가 집 나간 후로 유언장 고친 거, 그대로 쭈욱! 갔을 거라고!"

이건 또 무슨 소리.

"할아버지가 유언장을 또 고치셨어?"

"어라, 너 몰랐냐? 아아! 몰랐겠지. 사실 그거 아는 사람, 나밖에 없어. 아, 이제 너도 아는구나? 괜찮아, 괜찮아. 우리 닉! 착하고 맘도 좋은 닉! 우리 한량 닉! 니가 돈 받아 봤자 끽해야 여자 만나고 노는 데밖에 더 쓰겠냐! 너는 마음껏 받아도 돼!"

몸도 제대로 못 가누면서도 내 등을 팡팡 치는 놈의 잔에 나는 술을 가득 따랐다.

"나한테도 유산 상속을 하신다고?"

"내가 유언장 바꾼 걸 우연히! 아주 우우여어언히이이 엿들었지! 멍청한 바네사는 아직도 지가 뉴저지 쪽 땅이랑 LA 카운티 맨션은 다 가져간다고 생각하겠지만, 그년 몫은 홀라당 다 날아갔어어. 거 왜, 느이 엄마가 받으려고 했다가 꼰대가 빠쳐서 회수한 그 목장 말야. 그거 너 준대, 꼰대가."

샌드라이더 목장을? 도대체 무슨 생각이신 거지, 그 양반이?

"어라, 술이 없네에. 얼레? 너도 없네에."

"자, 여기, 여기. 마셔."

"너는?"

"나도 마셔야지. 건배!"

"거언배애! 너 그 목장 받아서 경마하면 떼돈 벌 거다, 아마."

끄윽, 하고 트림을 한 네이슨은 내가 넘치도록 따라 준 위스키를 쭉 들이켜고 그대로 엎어졌다. 손도 대지 않은 잔을 내려놓고서 난 술 냄새 풀풀 풍기는 사촌을 내버려 둔 채 생각에 잠겼다. 샌드라이더 목장을 '내 몫으로 주신다'라. 그 꽉 막힌 로건 챈들러께서 무슨 속셈이신 걸까.

엄마는 죽기 전에 꼭 다시 한 번 가고 싶어 하셨지만 피가 얼음으로 된 노친네는 목장 근처에 접근하는 것도 허락하지 않았다. 그런데 그 목장을 나에게 준다고? 연륜이 있으니 내 속셈을 어느 정도 눈치는 채신 건가? 일단 나중에 생각해 보고, 지금은 열 받은 걸 확실하게 계산해야겠다.

"여기, 계산이오."

네이슨의 지갑에서 현금을 통째로 빼내 바텐더에게 팁까지 왕창 주고 나서 나는 놈을 억지로 일으켜서 술집을 나와 그 근처 으슥한 골목으로 들어갔다. 이쯤이면 아무도 없는 곳이겠지.

"네이슨? 네이슨! 정신 차려!"

알아들을 수 없는 소리를 내뱉던 놈은 주저앉아서 늘어졌다. 됐다. 나는 휴대폰을 꺼내 케인 그룹 변호사인 조슈아에게 전화를 걸었다.

[Yo.]

"너 어디냐?"

[당연히 너네 파티다만.]

"여기로 좀 와라."

[여기가 어딘데?]

"할렘."

[켁, 이 야밤에 거길 왜 갔어?]

"웨스트사이드 쪽으로 나온 곳이야. 차 보내 놨으니까 타고 와."

[누구랑 있는데?]

"네이슨 챈들러."

[……죽이지만 마라.]

나는 대답 없이 전화를 끊고서 그대로 정신을 못 차리는 머저리의 얼굴에 주먹을 꽂아 넣었다. 조슈아는 정확히 15분 후에 들이닥쳤지만, 그때는 이미 내가 손을 털고 있던 시점이었다.

"완전 조져 놨구나."

"현금 처리해 놨으니까 이 물건 처리해 줘. 집에다 던져 놓고 강도당한 것 같다고 대충 둘러대면 고맙겠어."

"그래그래. 강도당하고, 떡이 되도록 두들겨 맞았습니다, 이상 끝. 너 저 새끼 이빨까지 부러뜨려 놓은 건 알고 있냐?"

"대학 시절 때도 부러뜨려 놨던 이빨인데 새삼스러운 것도 없어."

조슈아가 혀를 쯧쯧 차며 손수건을 내밀었고, 나는 턱에 튄 피를 닦아 냈다.

"눈 뜨고 못 봐 주겠네. 왜 그랬냐?"

"이 새끼가 애니스한테 집적거렸어."

"지 무덤을 팠구만. 술 깨면 기억할까?"

"위스키 3병을 들이부었어. 이미 알코올 중독까지 간 놈인데 기억할 리가."

"아하. 작품 만드시느라 수고하셨어."

내 진정 친애하는 친구는 내 어깨를 툭툭 쳤다.

"가 봐라. 안 그래도 애니스가 슬슬 네 걱정 하기 시작하더라."

"그 여자는 쓸데없이 나 없는 건 눈치가 빨라. 다른 데 눈치가 빠르질 못하고."

"응. 네가 참 불쌍하더라."

안경을 벗은 조슈아는 고개를 끄덕이더니 네이슨의 멱살을 잡아 올리고서 다시 주먹을 꽂아 넣었다. 퍽, 하는 소리와 함께 네이슨은 완전히 뻗었다.

"넌 왜 때리냐?"

"나 역시 애니스를 건드린 값. 나도 애니스 친구라고."

"고맙다."

손을 흔드는 친구를 뒤로하고 나는 다시 파티장으로 향했다. 뉴욕의 살인적인 교통 체증까지 합쳐서 한 시간 정도 자리를 비운 셈이 되었지만 파티는 아무 무리 없이 잘 진행되고 있었다. 내가 옥상에 들어서자마자 내 전용 레이더를 24시간 돌리고 있던 애니스가 어디선가 바쁘게 다가왔다.

"파티 주최자가 이렇게 자리를 오래 비우면 어떡해요?"

다행이다. 신경을 거슬리게 하던 브랜든 쿠퍼는 그녀의 주위에 없었다.

"그사이에 아무 일 없었어?"

"네. 케빈이랑 주디 사이에서 싸움 나려던 걸 이지가 뜯어말린 걸 제외하고는 별거 없었어요."

"아니, 그거 말고."

무슨 소리인가, 의아해하던 애니스는 그녀답게 얼른 내 말뜻을 알아차렸다.

"말씀하신 대로 밖으로 나와 있었어요. 별일 없었어요."

"잘했어. 내가 나올 때 함께 있던 동행은?"

"재미없다고 먼저 가던데요."

그게 뭐가 중요하냐고 그녀는 투덜거렸지만 브랜든 쿠퍼 같은 강력한 라이벌의 등장은 나로선 사양이다. 물론 내겐 애니스의 모든 연애를 전부 관리할 권리 따위 없지만—있었으면 좋겠다, 젠장!— 참 심기 복잡하다. 어차피 나는 이 여자와 연애다운 연애도 하지 못할 것이다. 받아들여 주지도 않을 테고, 난 앞으로 몇 년을, 그 망할 외조부가 죽기까지 몇 년 동안 개망나니 짓을 하고 살아야 하니까.

어쩌면 그녀가 나를 떠나서, 이 나라를 떠나서 고국으로 돌아가는 것을 아무것도 못하고 지켜볼 수밖에 없을 것이고 그녀가 여기서 나 아닌 다른 남자와 연애하는 걸 지켜볼 수도 있다. 그나마 지금 애니스가 연애에 아무런 관심이 없어서 다행이지만 나는 그런 생각을 할 때마다 무력감을 느낀다. 이 질긴 마음을 끊어 내 보려고 해도 되지 않는다. 그녀가 내 옆에서 주위를 둘러보는 것마저 사랑스럽고 클러치에서 물티슈를 빼내는 손도 귀여워서 미칠 것 같다. 애니스는 물티슈를 잡아 빼서 나에게 내밀었다.

"뭐 묻었어요."

"응? 어디?"

묻고 있지만 나는 아까 네이슨을 두드려 팰 때 튀었던 피가 제대로 안 닦였음을 알았다. 그녀는 시야가 가려지는 한적한 곳으로 날 데리고 가서 내 턱을 끌어당겼다. 나는 이를 악물었다.

"어디서 뭘 묻혀서 오신 거예요?"

"아아. 싸울 때 튀었나."

"챈들러 씨랑 싸웠어요?"

"그럼. 물론 놈은 기억하지 못하겠지만. 한 방 맞고 뻗었거든. 어디 가서 광고하지는 마."

"제 상관이 폭력을 휘둘렀다는 걸 홍보하고 다닐 만큼 바보는 아니거든요."

쓸데없는 소리 말라고 톡 쏘아붙인 애니스는 불빛에 내 턱을 비춰 가며 꼼꼼히 닦았다. 또 심장이 미친 듯이 뛰어 가기 시작한다.

"편집장님도 맞으셨어요?"

"내가 어디 가서 맞고 다닐 위인으로 보여?"

"술 마시고 여자랑 노는 데 일가견 있는 건 알았지만 주먹질까지 하실 줄은 몰랐네요. 피까지 튈 정도였으면 심하게 다친 거 아니에요?"

"그놈 걱정하는 거야?"

"사고 나서 위태롭게 될 제 직장 걱정하는 건데요."

나는 두근거리는 마음을 애써 감추며 정색을 했다.

"뻘은 거 확인하고 왔다니까. 걱정 마."

"……고마워요."

대답을 할 수도 없어서 묵묵히 고개만 끄덕였다. 항상 괴롭고도 기쁘다. 그녀가 내 비서라서 다행이다. 다른 팀의 어시스턴트였다든가, 거래처의 직원으로 만났다면 훨씬 더 힘들지 않았을까? 저 조그만 클러치에 날 위한 용품을 잔뜩 들고 다니면서 말하지 않아도 세심하게 잘 챙겨 주는 이런 모습 하나하나에 나는 사춘기 소년처럼 심장이 두근거린다.

"미안해. 내가 단속 철저히 해서 다시는 이런 일 없도록 할게."

"아니요. 때려 주신 것만으로도 충분해요."

물티슈를 손에 움켜쥔 애니스는 땅바닥을 내려다보며 멋쩍은 듯이 웃었다.

"솔직히 편집장님이 챈들러 씨를 때리실 줄은 몰랐어요."

동그랗게 높이 올려 묶은 머리 아래 섬세한 목이 드러났다. 꿈에서 늘 저 목에 미친 듯이 입을 맞췄었지.

"절 위해서 누굴 때려 준 사람은 편집장님이 처음이에요."

아, 제발 그런 말 좀 하지 마. 나는 당신 때문에 잠도 제대로 못 자고, 매일 속만 끓이는데 이젠 당신 없으면 그냥 빈사 상태로 지낼 지경까지 가라고?

"조금 감동했어요."

저 새치름한 표정에 다시 한 번 다리가 덜덜 떨린다. 나는 주머니에 손을 넣고 주먹을 꽉 쥐었다. 그리고 애써 아무렇지도 않은 척, 당장 눈앞의 여자를 삼켜 버리고 싶은 충동 따위 하나도 없는 척 내가 가진 모든 자제력과 연기력을 총동원해서 표정을 유지했다.

"그럼 여태까지 2년 동안 나한테 감동한 적이 없었다는 거야? 실망이야."

"그런 게 중요해요?"

"중요하지! 나는 감동을 주는 훌륭한 보스가 되고 싶다고."

"인간의 타락한 면모와 뉴욕의 주류, 유흥산업에 대해 심심찮은 감동을 주셨으니 괜찮아요."

삐죽거리는 입을 확 다물게 해 버렸으면 소원이 없겠군.

"아무튼 고마워요. 정말로."

"천만에."

"답례로 오늘 뒤풀이까진 안 따라갈게요."

잠깐, 이 아가씨야, 그건 답례가 아니잖아!

"내일 아침 9시까지는 마음대로 하셔도 좋아요. 대신 9시부터 연락 없으시면 당장 위치 추적할 테니 그렇게 아시고."

"평소와 그다지 다를 게 없잖아."

"어머, 왜요? 날이면 날마다 오는 기회가 아니에요."

"보통 아가씨들한테 있어서 대신 보복해 준 것에 대한 답례는 키스나 초콜릿 같은 거 아냐? 애니스는 낭만이 없어. 기사문학도 안 읽었어? 〈롤랑의 노래〉 같은 거."

"그래서 지금 저한테 키스를 받으시겠다, 이거예요?"

또 실수했다. 키스의 'ㅋ'자도 이 여자 앞에서는 꺼내면 안 되는 거였는데. 하지만 볼우물이 폭 패이도록 웃는 저 모습이 너무 예뻐서 나는 뻔뻔하게 고개를 끄덕였다.

"응. 필히 키스로 해 줘야겠어."

"방금 오기 생겼죠?"

"무슨 말씀을. 나는 승리하고 돌아온 애니스의 기사라니까."

애니스의 표정은 내가 멋지다기보다 귀여워 보인다는 것이었지만 상관없었다. 철딱서니 없이 조르면 마음 착한 겨울 아가씨는 웬만한 건 다 져 준다. 이렇게.

"좋아요. 그걸로 괜찮으시다면야."

섬약한 손이 내 어깨를 당기고, 따뜻한 숨결이 내 귀에 닿았다. 매끈한 머리카락이 내 뺨을 간질이고, 날 잠 못 들게 했던 입술이 뺨에 잠시 닿았다가 떨어졌다. 이 순간을 절대 잊지 말아야지. 웃고 떠드는 파티 뒤편에서 그녀가 내게 해 줬던 답례를 절대 잊지 말아야지. 모든 감각을 총동원해서 절대 잊지 않으려고 애를 쓰는 통에 어떻게 집에 왔는지도 모르겠다. 기분이 날아갈 것 같다.

"여보세요?"

[나야.]

"응."

[술 마셨냐?]

"아니, 그런 건 아니고. 어떻게 됐어?"

[네이슨, 아직도 지 엄마랑 살더라?]

킬킬 웃는 조슈아의 목소리에도 나는 바보처럼 헤, 입만 벌리고 따라 웃었다.

[아무튼 술 마시고 나가다가 강도당한 것 같다고 적당히 얼버무리고 걔 엄마가 비명 질러 대는 걸 뒤로하고 나왔지.]

"수고했어. 고마워."

[다음번에는 같이 패 주자고. 애니스는 좀 어때?]

무진장 섹시했지.

"괜찮대. 씩씩하게 일 잘 하고 들어갔어."

[뭔 일 있었냐? 너 좀 목소리가 붕 뜬 것 같아.]

"아니, 없었어."

[쯧쯧쯧, 알 만하다.]

"그건 그렇고, 너 챈들러 집안 쪽 변호사 좀 알아봐 줘."

[그건 왜? 유언장 수정이라도 하셨대?]

"네이슨이 술 취해서 떠들어 대던데 확인을 해 봐야겠어."

[알았어. 알아내는 대로 연락할게.]

"그래."

휴대폰이 침대 위에 툭 떨어졌다. 재킷을 벗고 와이셔츠 단추를 풀어 내리는데 웃음이 멈추질 않아서 광대뼈가 아팠다. 2년 만에 드디어 뺨에 키스 받았다! 그것도 미니드레스를 입은 대단히 귀여운 애니스 버전으로! 침대 위에 주르르 미끄러진 채 손으로 얼굴을 덮었다. 애니스가 키스한 곳이 화끈거린다.

"우와."

오늘 잠은 다 잤다.

짝사랑이란 마치 손가락에 난 베인 상처 같다. 못 참을 정도로 아픈 것도 아니고, 그저 짜증날 정도로 성가신 아픔이라 눈코 뜰 새 없이 바쁠 때는 완전히 잊어버리지만, 그러다가 무심코 상처가 눈에 띄기라도 하면 느닷없이 아픔이 퍼져 정신을 못 차리게 한다.

서른하나가 되도록 끊임없이 기다리며 길러 온 무식할 정도의 인내심이 한 사람을 사랑하는 것으로까지 옮아 갈 줄은 몰랐다. 정말이지 이건 절대로 해선 안 될 짓이다. 사람을 너무나 지치게 만드니까. 이미 불치병에 걸려서 심장과 뇌가 녹아내리는 기분이다. 그런데도 어쩔 수 없이 매번 무심하게 날 베어 넘기는 애니스를 자꾸만 쳐다본다.

바라선 안 될 것을 자꾸만 바란다.

"……이게 뭐야?"

"약이요. 두통약."

"이건?"

"생각난 김에 같이 샀어요. 비타민."

"내 거야?"

애니스는 뚱한 표정으로 자신의 약병을 흔들어 보인다. 와. 같은 거다. 그녀와 공유하는 것이 하나 늘었다.

"고마워, 애니스."

그녀는 정말 별거 아니라는 표정으로 고개를 끄덕였지만 난 마음이 꽉 차올랐다. 누구라도 붙잡고 자랑하고 싶은 기분이 든다. 이거 봐라. 애니스가 나 이거 사 줬다.

"꼬박꼬박 챙겨 드세요. 처박아 놓고 먼지 씌우지 말고."

"응. 그럴게. 고마워."

애니스는 고개만 끄덕이곤 다시 모니터로 시선을 옮겼다. 그녀는 참 무뚝뚝하고 재미가 없다. 아니, 사실은 나에게만 궂게 군다. 웃는 낯을 보여 준 건 손에 꼽을 정도이고, 항상 표정 없이 와서 잔소리를 잔뜩 해 댄다. 이쯤 되면 그런 애니스를 2년이나 좋아한 나의 취향이 상당히 의심스러워지지만, 난 어쩐지 그녀를 놓을 수가 없다.

마음을 끊어 내려고 해 봤다. 내가 그녀에게 빠졌다는 걸 안 순간서부터 부단히도 노력했다. 쳐다보지도 않았고, 가끔은 울리기도 했다. 일주일 내내 출근도 안 하고 LA로 날아 버린 일도 있었다. 애니스는 굳이 날 찾지는 않았다. 딱 할 일만 메일로 보내 놓

168

고 컴퓨터로만 업무를 보다가, 도저히 피할 수 없는 회의가 생겼을 때야 비로소 날 잡으러 왔다.

호텔 로비에 선 그녀를 보자마자 나는 절망에 빠졌었다. 그녀는 피곤에 찌들지도 않았고, 짜증도 내지 않았으며, 나 때문에 마음고생을 한 흔적도 없어 보였다. 그저 여유작작하게 편안하고 얇은 여름옷을 입고 서서 강제로 체크아웃을 해 버릴 뿐이다. 애니스는 몹시 쿨했고, 못난 상관에게 싫은 소리 한번 하지 않았으며, 내가 무슨 짓을 하건 간에 관심이 없다는 투로 일관했다.

그래서 난 화가 났다. 괴롭히려던 것은 그녀였는데, 오히려 나에게 관심을 보이지 않는 그녀로 인해 화가 나는 것은 나였다.

"헤스터 부인 생신 축하카드예요. 사인만 하세요."

"그 할머니 벌써 연세가 아흔이야? 와우."

"그 말 그대로 헤스터 부인 앞에 가서 하셨다간 저번처럼 설교들을 걸요."

"으으윽, 그때 애니스가 날 구해 주지 않았다면 난 그대로 서서 말라 죽었을 거야."

애니스는 가볍게 웃고는 내가 밀어 놓은 생일 카드는 가져가고, 인사과에서 보내온 내부직원평가를 내밀었다.

"이건 제가 건드리면 안 될 서류지만, 인사과 요즘 엄청 바빠서 요 앞에서 받은 거예요."

"고마워."

"메모해 뒀다는데 그거 체크하시고요, 편집장님도……."

"닉."

"닉도 그거 해야 하는 거 아시죠?"

난 대답 대신 '도대체 언제까지 날 그딴 고리타분한 호칭으로
부를 거야!' 라는 표정을 지어 보였고, 애니스는 '노력하고 있는데
영 입에 안 붙는 걸 어쩌라고! 기다려요!' 라는 표정으로 답했다.

"뭐, 내부직원평가? 음. 알지."

"……또 구조조정이에요?"

그녀는 경쟁을 참 피곤해한다. 막상 싸워야 할 때가 오면 온몸
을 던져 싸울 거면서, 남이 버텨 내지 못하고 잘리는 걸 보는 걸
매우 불편해했다. 싫건 좋건 정이란 게 들었다나.

"걱정 마. 애니스는 종신계약이니까."

"누구 맘대로?"

"내 맘대로."

그냥 지금처럼 내 곁에 있어 줘. 틱틱대도 계속 구박해도 나는
바보라서 마냥 좋기만 하니까 이대로만 이렇게 있어 줘. 내가 어
떻게든 빨리 모든 걸 끝내고 당신에게 감히 손을 한 번 내밀어 볼
기회, 단 한 번만 있다면 난 그걸로 만족해. 물론 그마저도 실현
불가능한 소원이겠지만.

"흥, 승진도 안 시켜 주고 월급 인상도 안 해 주면서 무슨."

"승진을 어떻게 더 시켜 줘. 우리 회사 비서 중 가장 높은 지위
에 벌써 앉았으면서. 그리고 연봉은, 다음 임금협상시즌을 이용하
세요."

"몇 프로 올려 줄 건데요?"

"그건 그때 가서 봐야지."

난 대꾸하면서 내부직원평가서를 위협적으로 흔들었고, 애니스는 쳇, 하고 콧방귀를 뀐 뒤 픽 웃으면서 사무실을 나갔다. 우리 사이가 이만큼 발전했다. 참으로 장족의 발전이 아닌가. 농담도 하고, 장난도 조금은 칠 줄 아는 사이가 되었다. 사실 일반적인 상사와 비서 사이와 우리 사이는 많이 다르다.

아니, 적어도 애니스가 날 대하는 건 매우 다르다. 나는 열외로 치자. 이미 그녀에게 사심을 듬뿍 가지고 있으니까. 반쯤 벗은 모습도 보고, 술 먹고 고생하는 것도 뒤치다꺼리를 해 주다 보니 애니스는 날 정말 끝내주게 짜증나는 오빠 정도로 여기는 모양이었다.

"이건 또 뭐…… 아, 정말 너무한다."

에디터들이 쉴 새 없이 들락날락하는 내 사무실에 점점 일거리들이 쌓였다. 한번 만져 봐야 하는 여러 가지 옷감의 샘플들과 시안들, 인터뷰해야 할 저명인사들의 목록과 체크해야 할 행정적인 업무들까지.

"이거 다시 가지고 가. 난 뭔가 시크한 매력을 바란다고. 그리고 어느 미친 인간이 스튜디오에 대나무를 심은 거야?"

"A 스튜디오 난리 났던데요."

"컨셉이 정글인데 대나무를 왜 심어, 아니, 그 전에 '정글'이 뭐야, '정글'이……."

지나가던 어시스턴트의 보고에 나는 이마를 감쌌다. 패션잡지 회사라고 꼭 이렇게 되도 않을 예술성을 발휘한답시고 나서다가 제대로 일을 망치는 인간들이 있다. 댁들은 걷어 내고 다시 하면 되지만 나는 그거 들여놨다가 치우고 다시 할 예산 계산하느라 머리가 깨진다!

"기획실장 불러다가 들여다보라고 해. 어차피 트렌드는 돌고 도는 거고, 작년에 썼던 기획 또 쓰는 거 아냐."

"알겠습니다."

"그리고 도대체 패션 팀에서는 뭘 하는 거야? 페이지를 채워야 할 거 아냐?"

내가 화를 내면, 에디터가 직접 달려와서 징징거린다. 우리의 버지니아 양, 애니스가 저 바깥에서 의미 있는 눈인사를 하자 흠칫 놀라며 들어와서는 엉엉 우는소리를 했다.

"이번에 나온 아이템들이 너무 달라서 도저히 수습이 안 된단 말이에요."

색은 비슷하지만 장식은 다르다거나, 혹은 패턴은 비슷한데 소매 모양이 다른 옷들이 이동행거에 잔뜩 걸려서 들어왔다. 편집장은 이런 때 마치 천재적인 감각을 갖춘 척하면서 아이템들을 척척 뽑아 줘야 한다. 나도 솔직히 뭐가 뭔지는 모르겠지만, 내 눈에 가장 괜찮아 보이는 걸로 걸어 주고 매치해 준다. 그러면 이상하게도 사람들은 납득을 하고 고개를 끄덕인 뒤 가 버린다. 늘 느끼는 거지만, 내 안목과 감각이라는 건 패션잡지와 썩 잘 어울리는 것 같다.

"애니스는 어떻게 생각해?"

"나한테는 물어보지 마요. 난 그런 쪽으로는 영 꽝이니까."

내 호출에 달려온 이지와 케빈은 애니스의 퉁명스러운 대구에 낄낄 웃었다. 그녀는 이른바 '하이패션'에 전혀 매력을 느끼지 못한다. 스스로 입고 다니는 건 참 예쁘게 입고 다니는데—물론 내 콩깍지가 2년간 계속해서 두꺼워졌다는 건 가감하더라도—, 일에서는 전혀 맥을 못 춘다. 자신이 잡지 구성을 신경 쓰는 것이 아닌 나만 신경 쓰는 직업이라 다행이라고 스스로도 말하고 다니는데, 난 그게 귀여워 죽겠다.

"좋아. 이렇게 해서 내보내. 이게 몇 페이지랬지?"

"79페이지요."

"삼십분 내로 기사 완성해."

버지니아는 또 이동행거를 끌고 어시스턴트들을 구박하며 날아갔다. 마감이 다가오면 오히려 애니스는 회사에서 가장 한가한 사람이 되어 버린다. 웃기는 건, 분명히 내가 그녀에게 주는 일감은 없는데 애니스는 계속 뭔가 작업을 하느라 바쁘게 자판을 두드리고 있다는 것이다. 그래 놓고서 내가 다가가면 순식간에 창을 바꿔 버리니 매우 수상한 일이지.

나는 그녀가 하는 모든 일에 엄청난 관심을 가진다. 안 갖고 싶어도, 안 하려고 해도 내 시선은 항상 그녀에게로 향하기 때문에 이젠 반쯤 포기한 채 내 마음이 흐르는 대로 내버려 둔다.

"닉."

"응?"

"이거 마시면서 해요."

내가 좋아하는 따뜻한 아삼티를 알맞게 끓여다 주고, 내가 하도 펑크를 내서 뒤처리를 하느라 이젠 너무나도 익숙해진 업무들을 들여다보고, 그녀가 할 수 있는 건 은근슬쩍 도와준다. 나 때문에 퇴근마저 늦어지지만, 그리고 굳이 그렇게 늦게 남아 있지 않아도 되지만 그녀는 굳이 남아서 끝까지 도와주다가 간다.

"애니스. 늦겠다. 얼른 퇴근해."

"아뇨, 음식 배달시켰어요. 오렌지 치킨 좋아하시죠?"

난 멍하니 그녀를 바라보았고, 애니스는 픽 웃으면서 어깨를 으쓱거렸다.

"둘이서 하면 금방 끝나잖아요."

사랑해. 애니스. 정말 사랑해. 이런데 어떻게 안 좋아해? 어떻게 안 사랑해? 난 그냥 그녀가 좋다. 좋아서 미칠 것 같다. 하는 모든 짓이 마냥 예뻐 보인다.

"고마워."

더 말을 했다간 정말로 고백을 해 버릴 것 같아서 나는 입을 다물었다. 애니스가 이런 예쁜 짓만 안 했어도 내 마음은 식었을 텐데. 오랜 세월에 지쳐서 퇴색되어 버렸을 텐데, 그녀는 내 마음이 그렇게 되도록 가만히 내버려 두지를 않았다.

마치 노리기라도 하듯, 가끔 내게로 밀고 들어와서 내 심장을 훔쳐 간다. 아무것도 모른다는 표정으로 참 나쁜 짓을 한다. 나는 누구에게도 마음을 빼앗겨서는 안 되는 사람인데, 그래서는 정말 안 되는 건데 벌써 2년이나 이 질긴 마음을 이어 나가고 있다.

가끔은 죽고 싶다.

"야, 너 요즘 만나는 남자 없냐?"

치킨을 뜯으며 이지가 애니스에게 묻자 내 심장이 툭 떨어졌다.

"넌 어쩜 그렇게 우리 엄마랑 똑같은 소리를 하냐."

"난 순수한 호기심일 뿐이야."

애니스의 연애에 관해서는 절대 듣고 싶지 않았다. 알고 싶지 않았다.

"나는 안 물어봐?"

"닉은 없을 리가 없으니까 패스."

"잔인하네."

다시 시선은 애니스에게로 향했다. 무슨 말이라도 꺼내서 그 시선을 막고 싶었지만 퍼뜩 생각나는 건 없었다.

"아, 없어. 연애 귀찮아서 안 해."

"에엑, 그러니까 남자가 없지! 내 친구 소개시켜 줄까?"

"됐어. 귀찮아."

다행이다. 진짜 다행이다. 난 아무도 모르게 안도의 한숨을 내쉬었다. 그녀에게 사귀는 남자가 없다고 해서 그녀가 내 것이 되는 건 아니지만, 남의 여자를 바라보며 아파하는 건 정말 괴로울 테니까. 지금은 가망 없는 희망이라도 품을 수 있지 않은가. 언젠가는, 내가 모든 것을 끝내고 나면 그녀에게 다가갈 수 있을지도 모른다는, 그런 말도 안 되는 희망.

"왜 연애를 안 해?"

이지와 케빈이 늦은 밤에 불려 나온 포토그래퍼와 모델을 달래며 마지막 화보촬영을 지휘하느라고 사라진 사이, 나는 조심스럽게 애니스에게 물어봤다. 그녀의 뚱한 표정이 나에게로 향하자 난 황급히 변명을 했다.

"아, 그냥 진짜로 순수하게 궁금해서 물어보는 거야. 대답하기 싫으면 안 해도 돼."

애니스에게 미움 받는 건 사양이다.

"귀찮다니까요."

"그렇구나."

그녀는 일에 신경 쓰는 것만으로도 벅차다고 말했다. 언어도 따라가기 힘든데, 게다가 하는 일이 만만한 일도 아니고, 그리고……

"아마 편집장님이랑 같이 있는 한 제가 연애할 일은 없을 걸요."

들고 있던 마스터북이 툭 떨어지면서 철 되어 있던 기사들이 터져 나왔다.

"왜 그래요? 괜찮아요?"

애니스는 얼른 이쪽으로 달려와서 기사들을 모으고 필름과 사진들을 따로 주웠지만 난 그녀를 멍하니 보느라 정신이 없었다.

"편집장님, 닉?"

그녀가 내 눈앞에서 손가락을 딱딱 튕겼다. 그제야 나는 좀 정신을 차리고 그녀를 똑바로 마주할 수 있었다.

"잠 못 잤어요? 왜 이렇게 멍하지?"

"아…… 음, 그런가 봐. 잠을 못 자서 그런가 봐."

"조금만 더 참아요. 이거 마시고."

애니스는 마스터북을 대충 정리해서 테이블 위로 올린 뒤 나에게 진한 커피를 밀어 주었다. 안다. 애니스의 말은 늘 일만 만드는 날 탓하는 거란 거, 나도 잘 안다. 하지만 그녀에게로 주파수가 맞춰지고, 그녀에게만 맞게 프로그래밍 된 나의 뇌는 쓸데없이 화학 작용을 일으키며 이상한 감정을 일으켰고, 그 결과 나는 약간 손을 떨기까지 하면서 커피를 마셔야 했다.

사람을 두근거리게 하고 당황시키는 데는 타고났다니까. 난 그럼 도대체 몇 년이나 더 당신에게 휘둘려야 하는 거지?

"내가 사고 안 치면 연애할 거야?"

"왜 여기 사람들은 내 연애 사업에 그렇게 관심이 많은지 모르겠네. 왜요, 내가 연애하면 사고 안 칠 거예요?"

"아니. 더 칠 거야."

밤낮없이 불러 대서 헤어지게 할 거야.

"거봐요. 하여튼 못됐어. 난 돈이 남자보다 더 좋아요."

굉장히 직설적인 말에 난 쪼다같이 말을 더듬었다.

"어, 왜, 왜? 어째서? 연애라는 건 좋은 거야."

"그 좋은 거 편집장님이나 많이 해요."

그녀의 말투에는 항상 약간의 비난이 담겨 있다. 제대로 날 비꼬아 버린 그녀에게 난 머뭇거리면서 물었다. 항상 거리낄 것 없이 생각하고, 마음에 걸려 하지 않는 내가 애니스 앞에만 서면 바보가 되어 버린다. 자꾸만 심장이 뛰고 간지럽다. 이 망할 증상이 벌써 2년째다. 시간이 지나면 무뎌질 때도 되었는데 전혀 낫지 않는 건, 아마 그녀가 툭툭 던지는 아까와 같은 말 한마디에도 내가 거세게 흔들리기 때문이리라.

"날 보니까 연애하기 싫어?"

아프게 물어보았다.

저놈은 왜 먹을 거 빼앗긴 지 애완견모냥 날 쳐다봐? 초록색 눈에서 눈물이 글썽글썽 떨어질 것 같다.

"편집장님, 편집장님이 하는 게 '연애'는 아니잖아요?"

여자들 가지고 놀다가 버리고 엔조이하는 거지. 그게 무슨 연애야. 그걸 연애라고 하는 건 사랑에 대한 모독이다.

"연애 맞거든."

맞다고 주장하는 보스몹의 표정과 말은 따로 놀았다. 지도 찔린다, 이거지? 하여튼 유치원생 같기는.

"철들으세요, 이 열 살짜리야. 그게 연애였으면 이 세상은 진즉에 저출산과 낙태, 그리고 피임약의 범람으로 멸망했을 거야."

나의 신랄한 평에도 불과하고 보스몹은 아득바득 자기의 주장을 우겼다.

"애니스가 안 해 봐서 그래!"

"여기서 일하는 한 연애 안 한다니까요."

난 엄마가 은근히 남자 친구는 있냐고 찔러 봐도 없다고 대답하는 사람이다. 지금 내 코가 석자인데다가 이성에는 영 관심이 가지도 않는데 무슨 놈의 얼어 죽을 연애. 정말이지 난 관심이 없는데, 문제는 이놈의 보스몹이 그 이후로 날 살살 찔러 보기 시작했다는 거다.

아침에 라떼를 건네주자 뜬금없이,

"그럼 애니스는 어떤 남자 좋아해?"

"집요하지 않은 남자요."

이런 소소한 만담을 즐기는 게 좋나 봐, 쟨. 내 대꾸에 입을 꾹 다물고 내 눈치를 또 살피는 짓이 하도 귀여워서 난 그냥 웃고 말았다. 보스몹은 철딱서니 없지만 순수한 고등학생 같다. 놀기 좋아해서 그렇지, 본성은 참 착하다니까. 그러니까 내가 잘 버티는 거지.

"그럼 잘 기다려 주고 별로 신경 안 쓰는 남자가 좋다는 거네?"

"네. 덤으로 말도 없는 남자가 좋습니다만."

회의 시작 전에 서류를 챙겨다 주니 또 실없는 소리를 하기에 돌직구를 날려 줬다. 얼른 입에 지퍼를 채우는 시늉을 하고 씩 웃기에 나도 픽 웃고 말았다. 그와 나 사이의 즐겁고도 시시껄렁한 놀이는 계속되었다. 뭐가 그렇게 궁금한 것이 많은지, 항상 계속 뭔가를 물어보고 배우려고 하던 닉이었지만 이번 놀이는 조금 집요하다는 생각이 드는 건, 그냥 기분 탓인가?

"말 없는 남자는 재미없지 않아?"

"스물네 시간 말도 안 하고 사는 사람이 어디 있어요? 그리고 그런 건 왜 자꾸 물어봐요?"

"애니스가 날 너무 싫어하는 것 같아서, 좀 우리 사이를 우호적으로 바꿔 보려고 그러지."

온몸으로 '난 노력하는 남자야'라고 말하는 닉 때문에 난 어쩔 수 없이 웃음을 터트리고 말았다. 그래. 내가 너 때문에 웃는다.

"편집장님 '너무' 싫어하진 않는데요."

왜 이래, 볼 거 안 볼 거 다 본 우리 사이에. 그렇지만 내 말에 닉은 가끔 얼빠진 표정으로 날 바라본다.

"정말?"

"네에, 네."

"농담하지 말고, 진지하게. 나 많이 좋아해?"

"닉, 우린 같은 배에 탄 몸이잖아요. 새삼스럽긴."

그러니까 제발 날 위해서 철들어 줘. 나는 그가 사인해야 할 서류철을 펴서 내밀었고, 보스몹은 약간 홀린 표정으로 잽싸게 서명을 한 뒤 재차 물었다.

"그럼 나 안 싫어하는 거지? 그렇지?"

"'너무'까지는 아니고, '약간'."

"……애니스는 마녀야."

"그거 이제 알았어요? 신경 쓰이니까 이제 사라져요. 훠이."

닉은 낄낄 웃으면서 거수경례를 한 뒤 복도를 가로질러 사무실로 들어갔다. 참 실없는 인간이다. 2년 내내 저렇게 한결같이 나사가 빠지기도 쉽지가 않은데 말이야. 나는 나름대로 적극적으로 보스몹을 계몽시켜 보려고 노력했지만 그는 정말 짜증나게 날 약올리면서 싹싹 빠져나갔다.

그러면서도 내 눈치를 무척 보고, 내가 하는 말에 예민하게 반응하는 저 인간의 검은 꿍꿍이속을 난 죽었다 깨나도 이해할 수 없으리라.

신이시여, 제발 저 여자에게 여자로서의 촉을 주시든가, 아니

180

면 쓸데없이 사람을 설레게 하는 저 못돼 먹은 입을 다물게 해 주시든가, 둘 중 하나만 해 주세요.

내가 이렇게까지 티를 내는데, 너는 왜 모르냐. 처음에는 저 여자가 동성애자인 줄 알 정도로 엄청나게 철벽을 쳐 대는 애니스를 정말 그만 좋아하고 싶다. 내가 계속 '어떤 남자를 좋아하냐', '나 안 싫어하는 거 맞냐' 이렇게 물어보는데도 모르겠어? 나름 위험 수위까지 갈 각오를 하고 한 발언인데, 그것마저 몰라주면 좌절스럽다 못해 화가 난다.

마감으로 힘들어 하는 애니스를 노려보다가, 모니터를 노려보다가, 걸려 오는 전화에 짜증을 내다가 난 이런 소리까지 들었다.

[너 생리하냐?]

"······저 아들인데요, 아버지."

[플라티나 곡소리가 여기까지 들려서 하는 말이다.]

"아버지."

[왜 인마.]

"저 비서 바꿔 주시면 안 돼요?"

[꼬우면 네가 회장 해서 바꿔라.]

담백한 아들과 아버지 사이의 대화는 철벽같은 아버지의 방어로 끝났다. 난 막막한 심정으로 방금 자신의 자리가 흔들릴 뻔했다는 것도 모른 채 열심히 일을 하고 있는 애니스를 돌아보았다. 누가 저 여자 좀 제발 내 집에 가둬 줘.

정신없이 타자를 치고, 서류를 들여다보고, 정신없이 정리를 하던 그녀가 무언가를 떨어트렸다. 으윽, 하는 표정을 지으며 주워 올린 것을 보니 휴대폰이다. 저거 벌써 수십 번 떨어트렸지. 난 빡빡한 스케줄러와 쌓인 일감들을 둘러보다가 재킷을 챙겨 들고 사무실에서 나왔다.

"나 잠깐 나갔다 올게."

"어디 가시게요?"

"한 시간 내로 갔다 올게."

묻지 말란 표정으로 그녀를 본 뒤 나는 빌딩을 나와서 울리는 휴대폰을 무시한 채 적당히 근처를 걸었다. 이 근처 웬만한 가게들은 다 꿰고 있다. 주지도 못할 그녀의 물건을 사느라고 여러 번 들락거렸으니까. 이젠 휴대폰까지 사러 나오는군. 마음이 답답했지만 나의 이 버릇은 어쩔 수가 없다.

"스마트폰 보여 주세요."

이걸 어떻게 전해 줘야지 그녀의 기분이 상하지 않을까. 반지나 목걸이 등 보석이나 옷은 주지 못한 채 내 아파트의 옷방 한구석에 있지만 휴대폰은 어떻게 줄 수 있을 것 같았다. 아니면, 이조차도 나의 쓸모없는 희망일까.

애니스는 골격이 작고 손도 무척 작으니까, 쥐기 좋은 걸로, 그리고 자꾸 떨어트리니까 케이스까지 따로 샤넬에 주문했다. 예쁘게 포장된 물건은 주문자가 당연히 나니까 바로 나왔지만 돌아가는 발걸음은 무겁기만 하다. 건네줬으면 좋겠다. 받고 웃어 줬으면 좋겠다.

"일찍 오셨네요. 회의실에서 기획실장이랑 에디터들이 기다려요."

"왜?"

"캐서린 랭이 불륜이래요."

"젠장!"

이번 커버걸이 불륜이라니, 일 났다.

"이거 들어."

"에?"

"애니스 거야. 가져."

난 황급히 회의실로 달려가면서 그녀에게 물건을 거의 떠넘겨 버리듯 줘 버리는 최악의 짓을 저지르고 말았다. 아, 제기랄. 줘야 한다는 생각만 하다가 이게 뭔가. 뒤에서 그녀가 부르는 소리가 들렸지만 난 플라티나에 일어난 최악의 상황을 수습하러 모르는 척 가 버렸다.

"편집장님!"

이게 대체 뭔데? 샤넬의 세련된 하얀 종이 가방에 담긴 물건을 내려다보며 난 고개를 갸웃거렸다. 내 거라고? 난 보스몹이 사라진 복도를 물끄러미 보다가 예쁘게 포장된 물건을 꺼내서 풀었다. 가죽으로 만든…… 휴대폰 케이스잖아? 잠시 나에게는 스마트폰이 없다는 생각이 스쳤지만, 케이스는 알맹이도 채워져 있었다. 얄팍하고 각진 디자인이다. 이거 요즘 막 나왔다고 선전하는 모델이고, 내가 알기로는 상당히 비싼 물건인데 이걸 왜 나한테 던져 준단 말인가.

여기 사람들과 대한민국의 물건을 주고받는 것에 대한 정서는 다르다. 이것도 일종의 '보상'인 건가? 일 잘했다고 주는 건가. 난 안 그래도 항상 바꿔야지, 바꿔야지 욕만 하면서도 바꾸지 못했던 내 고물 휴대폰과 가벼운 스마트폰을 번갈아 가며 보았다. 예쁘긴 참 예쁜데, 이걸 어쩌지? 보스놈이 돌아오면 좀 물어봐야겠다. 이게 무슨 의미냐고.

"애니스, 왜 전화 안 받아?"

그때 케빈이 파랗게 질려서 쫓아왔다.

"응? 왜? 휴대폰 멀쩡한데?"

"아니, 닉이 지금 짜증났어. 왜 전화 안 받냐고. 당장 휴대폰 전원 켜라던데?"

그러니까 이 새 휴대폰 말이지? 하여튼 멋대로라니까.

"이거 어떻게 켜는 거야?"

"어휴, 줘 봐."

스스로를 나름 얼리어답터라고 자부하는 케빈은 나에게 전원 켜는 법을 알려 줬다.

"지금 소송 거니 마니 난리가 났어. 파티 때문에 정신없는데 생각지도 못한 곳에서 일이 터진다니까. 자, 전화 왔다."

언제 자기 전화번호까지 저장해 놓은 건지, 난 커다랗게 'NICK'이라고 뜨는 번호를 보며 헛웃음을 지었다.

"여보세요?"

[그거 당신 휴대폰이니까 지금부터 모든 업무는 그걸로 사용해. 내 사무실에 있는 아이패드 좀 갖다 주겠어? 그리고 에바 그린이나 엠마 왓슨 매니저한테 컨택해 봐. 표지 좀 찍으라고. 안 되면

빅토리아 시크릿 엔젤들로 하든가.]

"네."

빠른 속도로 제 할 말만 좔좔 쏟아 놓은 전화는 불친절하게 툭 끊겼다. 말 그대로 회사가 홀딱 뒤집혔고, 엄청난 돈을 들여서 찍은 표지와 인터뷰 다섯 페이지, 그리고 화보 스무 페이지를 날리게 생겼으니 오죽하겠나. 플라티나에서 지금 터져 나오는 캐서린 랭에 대한 욕만 그러모아도 그녀는 백 살까지 걱정 없이 살 것이다.

"망할 년, 왜 이때 불륜을 저질러! 왜!"

"핀트가 나갔잖아. 불륜을 욕해야지, 우리 표지 망친 걸 욕하냐."

"나한테 도덕적 잣대는 플라티나가 기준이야!"

그렇게 외친 케빈 해리스 기획실장은 지나가던 모든 이들에게 기립박수를 받았다. 하여튼 외계 회사답다니까.

"에바 그린은?"

"영화 촬영 때문에 일정이 빡빡하시단다."

"엠마 왓슨은?"

"바자 찍었대."

"……빅시 모델은 괜찮겠지?"

"아드리아나 리마가 오케이했어."

"만세!"

회의실은 금세 쓸데없는 환호로 가득 차고, 급하게 포토그래퍼와 스태프들, 그리고 컨셉을 정하러 기획실장과 에디터들은 골이 빠개지도록 회의하면서 움직인다. 그사이에 보스몹이 내 새로운 전화번호를 에디터들에게 다 돌렸는지, 실시간으로 회의된 사항이 업데이트 된다.

결국 그날은 보스몹에게 이 휴대폰의 의미도 묻지 못한 채, 눈코 뜰 새 없이 어마어마한 스캔들이 만들어 놓은 구멍을 메우느라 지나가 버리고 말았다. 정신을 차리고 보니 새 휴대폰은 이미 모든 일정과 주소록이 저장되어서 돌려줄 수도 없게 되었고, 닉은 그에 대해서 일언반구도 하지 않고 있다. 결국 이 휴대폰은 내가 받은 것이 기정사실화된 셈이다. 마음이 좀 불편하다.

"저기, 편집장님, 이 휴대폰 말예요."

"미안한데 애니스, 지금 내가 칼럼을 좀 써야 하거든. 기획한 페이지도 봐야 하고."

저 새끼가. 아까부터 숨 돌리고 있으면서, 메신저로 여자들이랑 낄낄거리는 걸 내가 못 본 줄 알아?

"그럼 오늘 내로 5분만 시간 내 주세요. 아셨죠?"

"으, 응."

어떻게든 대화를 피해 가고 싶어서 안달 난 것이 눈에 보였지만 난 딱 부러지게, 그가 거절하지 못하도록 말을 해 놓고 내 자리로 돌아왔다. 설마 이 자식, 사고 쳐 놓고 먼저 뇌물 먹인 건 아니겠지? 순식간에 불길한 기운이 내 등을 타고 스멀거려서 난 온몸을 부르르 떨었다.

결국 오늘도 보스몹과의 5분 대화를 위해 쓸데없는 야근 신세이군. 이런 삶에 남자와 연애는 무슨. 난 남자 친구는 있냐며 성화인 엄마와의 전화와 쓸데없이 내 연애사에 관심을 가지는 이 회사의 외계인들을 떠올리며 한숨을 쉬었다.

"말해."

캐서린 랭이 펑크 낸 페이지를 겨우 마무리한 보스몹은 미간을 문지르면서 대충 말했다. 딱 봐도 피곤해 죽겠으니 그냥 넘어가 달라, 였지만 그럴 수가 있나.

"이거 뭐예요?"

"……휴대폰. 스마트폰이지."

"근데 이거 왜 저한테 사 주셨어요?"

"원시인 탈출 좀 하라고. 내가 너무 불편해서."

"무슨 사고 치신 건 아니고요?"

그 말에 피곤한 표정으로 커피를 마시던 보스몹의 표정이 싹 바뀌었다.

"사고…… 라니?"

"아니죠? 사고 쳐서 저한테 뇌물 먹이신 거, 아니죠?"

당신이 설마 거기까지 타락했을라고. 에이, 아니겠지. 제발 아니라고 말해!

"내가 꼭 사고나 치고 다녀야지만 당신한테 뭔가를 선물할 자격이 생기나?"

"그건 아니지만, 전적을 생각하면 타당한 추론이라고 생각되는데요."

여기까지 말하는 나도 참 간이 큰 비서이지만, 날 못마땅하다는 듯이 노려보다가 내 말에 고개를 끄덕이는 보스몹도 참 너그러운 상관이다.

"그러게. 타당하네."

어울리지 않게 보스몹은 씁쓸한 웃음을 지었다.

"내가 무슨 짓을 해도 애니스, 당신은 의심부터 하겠지?"

"안 하게 하고 싶으시면 앞으로 사고를 덜 쳐 주세요."

아예 치지 않는 건 바라지도 않으니까 제발요.

"……그건 마음에 들어?"

"네, 뭐. 예쁘네요. 고마워요, 잘 쓸게요."

"휴대폰 사용요금은 회사에서 내 주는 거니까 신경 쓰지 말고."

난 고개를 끄덕인 뒤 인사를 하고 퇴근했다. 공짜로 휴대폰도 생겼지만, 어차피 이건 1년밖에 못 쓰겠지. 1년 후에는 퇴사할 거니까. 보스몹이 사고를 치지 않아서 다행이라는, 참 안일하고 비서답지 않은 생각을 끝으로 사무실을 떠나는데, 유리 벽에 날 물끄러미 바라보는 보스몹의 모습이 비쳤다. 그의 표정이 어쩐지 석연찮았다.

"애니스."

그녀는 나를 한 번 돌아보다가, 고개를 갸웃거리다가, 내가 손을 흔들자 마주 손을 흔들어 주곤 다시 뒤돌아 걸어간다. 엘리베이터 앞에 선 그녀의 이름을 나지막하게 불러 보았다. 이름만 불러도 가슴이 찌르는 듯 아파 오고, 동시에 한없이 벅차오르는 그런 밤이 다시 찾아왔다. 나는 이렇게 격렬하게 너를 앓는다.

"애니스."

엘리베이터가 도착하고, 그녀의 하늘거리는 갈색 스커트가 안으로 사라졌다. 그녀가 갔다. 나를 두고 가 버렸다.

"사랑해."

말하지 않을 수가 없어서, 가슴을 꽉 채우고 폭발할 것 같은 아픈 마음을 토해 내지 않으면 숨도 쉬지 못할 것 같아서 네 빈자리에 말해.

"사랑해, 애니스."

당신이 예쁜 옷을 입었으면 좋겠어. 좋은 구두를 신고, 나 때문에 스트레스 받는 일 따위 없이, 유능하게 자신이 할 일을 하면서 소리 내어 웃었으면 좋겠어. 좋은 물건을 쓰고, 최고로 좋은 서비스를 받았으면 좋겠어. 그리고 당신 곁에 내가 있었으면 좋겠어.

난 마른세수를 했다. 오늘은 오만 가지 일이 한꺼번에 쏟아진 정신없는 날이었다. 비즈니스 쪽은 어찌 잘 마무리한 것 같은데, 내 연애, 아니, 내 짝사랑은 오늘 최악이었다. 아니, 그녀가 내가 사 준 휴대폰을 받았으니 안타인 건가. 그렇지만 마음이 쥐어뜯기는 듯 아프다. 익숙하지만 참기가 힘든 고통이었다.

내가 지나치게 긍정적인 건지, 아니면 욕심이 사나운 건지는 모르겠지만 난, '그녀가 행복하다면 그걸로 됐어'가 안 된다. 머리로는 그게 되는데, 가슴은 절대 안 된다고 절규한다. 애니스, 나는 당신에게 반지를 끼워 주고 싶어. 케인이라는 성을 붙여 주고 싶어. 당신의 손이라도 잡아 봤으면 좋겠어. 같이 늙었으면 좋겠어.

그런데 당신은 어쩐지 '니콜라스 케인과 평생 함께할 건 아니니까'라고 생각하는 것 같아. 턱이 덜덜 떨리다가 결국 눈이 뜨거워지고 말았다. 애니스, 가지 마. 나랑 있어. 내가 잘해 줄게. 내가 가진 거, 다 줄게. 그런데 나는 아마 이 말을 평생 못할 것 같아. 그럴 것 같아.

"아, 제기랄. 빌어 처먹을."

쌍욕을 날리며 나는 눈가를 문질러 버렸다. 내 비서는 일찍 돌아가신 엄마와 함께 날 울린 여자가 되어 버렸다. 난 당신에게 닿을 수나 있을까? 서글퍼져서 입술을 깨물었다. 엄마를 차가운 땅에 묻고 아버지의 손을 잡은 채 돌아오던 날, 머리 굵은 열다섯 살에 누구에게도 마음을 주지 않겠다고 맹세했거늘, 서른의 나는 바보처럼 그 맹세를 새카맣게 무시한 채 아무것도 모르는 그녀에게 온 마음을 바쳤다.

"애니스……."

당신은 날 참 안 좋아하는구나.

＊　＊　＊

서른하나가 된다는 건 그리 좋은 것이 아니다. 결국 내가 이 나이가 되도록 별다르게 이룬 것이 없기에 난 더 서둘러야 한다는 것을 알려 주니까. 마음은 급해지는데, 숫자가 무슨 커다란 기념일이라도 되는 양 사람들은 유치해지고 아침나절부터 정신없이 폭죽이 펑펑 터져 댄다. 진즉에 오늘 자정부터 클럽에서는 내 생일파티를 열어 줬고, 난 술을 들이부은 뒤 여자들의 키스를 잔뜩 받으며 귀가했고, 귀신 같은 몰골로 출근했다.

"Surprised!"

난 씩 웃으면서 속으로는 그리 달갑지 않은 생일 케이크를 또 받고 촛불을 불었다. 애니스와 케빈과 이지가 손뼉을 쳐 주고, 에디터들도 잔뜩 선물을 내민다. 턱을 아프게 당기는 우스꽝스러운 고깔모자를 쓰고, 31이라고 새겨진 케이크를 한 접시씩 먹고, 아버지와 식사를 한다. 생일이 그렇고 그렇지. 별다른 건 없다.

"별다른 거 맞는데요."

"왜 생일 선물에 계산기를 두들겨?"

애니스는 산처럼 쌓인 시계와 선글라스, 각종 회사에서 보내 준 자회사 제품과 아버지가 사 주신 캐리비안 여행티켓 등을 쌓아 올리면서 힘들어 했다.

"이렇게 생일 축하 받는 사람도 없어요. 축복 받은 줄 알아요. 생일인데 왜 자꾸 죽상이에요?"

예리한 그녀는 내 기분이 그리 좋지 않다는 것을 간파했다. 그러나 나는 표정을 풀 생각이 없었다. 나는 원래 생일을 싫어하고, 나머지 기분이 나쁜 이유는 바로 당신 때문이니까.

"어제 술 많이 먹었어."

"흐응."

"나 그 해장국? 그거 끓여 줘."

"제 생일 선물은 이걸로 퉁쳤는데요."

애니스는 그녀가 선물해 준 알람시계를 흔들었다. 집어던져도 안 깨지고 끝까지 주인과 싸워 주는 귀여운 디자인의 한국 제품이다.

"그건 애니스가 편하기 위한 거잖아!"

"싫어요? 싫으면 도로 가져갈게."

"아, 아니야. 누가 언제 싫다고 했나? 좋아. 줘. 이리 줘."

빼앗으려는 시늉을 하자마자 나는 바로 꼬리를 내렸다. 나에게는 애니스가 무언가를 주었다는 것만으로도 특별한 의미를 가지니, 농담이란 것을 알면서도 이럴 수밖에 없었다.

"약속 있으시지 않아요? 친구 분들이나."

"새벽에 다 만났는걸."

애니스는 오늘은 생일이니 오늘만큼은 노는 것을 허락해 주겠다고 했지만, 나는 내키지 않았다. 귀찮고 피곤하다. 요란뻑적지근한 건 사실 질색이라는 걸, 그녀는 믿어 주기나 할까.

나의 생일은 엄마와 함께 케이크를 굽고, 늦게 퇴근하신 아버지가 사 준 자전거를 받고 좋아하고, 세 식구가 동시에 촛불을 불던 열세 살 때에 멈춰져 있다. 그 이후로 엄마는 너무 아파서 침대 밖으로 나오지도 못했으니까. 아버지도 노력하셨지만, 엄마의 빈자리를 메울 수는 없었다. 생일은 그냥 그런 거다. 고막이 찢길 것 같은 클럽 음악이나 오층까지 쌓아 올린 케이크, 그리고 쉴 새 없이 돌아가는 룰렛과 술잔이 아닌 즐겁게 노래를 부르고, 손뼉을 치고, 다 같이 만든 음식을 감사하면서 먹는 것. 그러나 내 인생에서 아마 다시는 돌아오지 않을 생일이다.

"……피곤해 보여요. 그럼 얼른 퇴근하세요."

"생일이라고 너무 봐주네. 아직 해가 중천에 떠 있는데 퇴근이라니."

난 픽 웃었지만 애니스의 표정은 심각했다.

"어제부터 영 맥을 못 추는 것 같잖아요. 어디 아픈 건 아니에요?"

저런, 내가 아픈 걸 이제야 알아채다니 괄목할 만한 발전인걸. 적어도 2년을 넘기지는 않았잖아? 약 1년 반 만에 알아주다니 이건 칭찬해 줘야 한다.

"신선한 공기라도 마시면 괜찮아지겠지."

나른한 오후, 사람들은 밤을 기다리겠지만 난 애니스를 간절한 시선으로 바라보았다. 생일이잖아. 생일에는 좀 제멋대로 굴어도 괜찮지 않아? 어느 정도의 일탈은 허락되는 아주 좋은 변명 거리를 구실로 삼았다.

"퇴근하시라니까요?"

마감도 끝났겠다, 그녀는 뭐가 어떠냐는 표정이었지만 난 그녀의 얼굴에서 눈을 떼지 않았다.

"……같이 가 드려요?"

"응. 혼자는 심심해."

애니스는 '봐줬다'라는 표정을 지었다.

"뭐, 생일이니까."

"어, 정말? 진짜로 같이 가 주는 거야?"

"어딜 가는데요?"

"몰라. 아직 생각 안 해 봤어. 내가 저녁 사 줄게. 그리고 그냥 같이 걷자."

설마 그녀가 고개를 선선히 끄덕일 줄은 몰라서 나는 그냥 한 번 던져 본 말인데, 일이 이렇게 되니 갑자기 흥분이 되기 시작했다.

"산책하고 싶으세요?"

"응."

"좋아요. 나쁘진 않죠. 대신 내일 출근 잘 하시고 도망가시면 안 돼요."

"응. 그럴게. 맹세할게. 정말이지? 그렇지?"

애니스는 대답 대신 자신의 자리로 가서 가방을 챙겨 왔다.

"가요."

역시 생일이란 대단한 핑계거리였어. 만세!

어제 일이 터지는 걸 수습하느라 정신이 없어서 그런지 보스몹의 얼굴이 죽상이기에 하루쯤은 풀어 주기로 했다. 내가 같이 나가면 사고 치는 걸 잡을 수도 있고, 또 나도 땡땡이치는 거니까. 생각보다 너무 좋아하는 보스몹의 표정은 언제 그랬냐는 듯 확밝아졌다. 사실, 남들은 비싼 선물을 던져 주는데 나는 기껏 시계 하나 한국에서 주문해서 조금 미안했다. 내 지갑 사정상 나름 비싼 물건이지만, 그래도 상대적인 빈곤이란 것이 있잖나.

"날씨 정말 좋다."

햇볕도 잘 들고, 따뜻한 기온과 바람이 살랑살랑 부는 날이다. 거참, 축복받은 날 태어나셨구려. 햇빛을 만끽하며 걷는 보스몹을 보며 픽 웃다가, 난 코를 스치는 프리지아 향기에 고개를 돌렸다. 꽃집에서 만개한 프리지아를 내놓았네. 재미있는 생각이 들어서 난 그쪽으로 향했다.

"한 단만 포장해 주세요."

"웬 꽃이야?"

내 옆을 기웃거리던 보스몹은 내가 내민 프리지아에 눈을 둥그렇게 떴다가 웃음을 터트렸다.

"뭐야, 내 거야?"

"생일 축하해요."

"꽃 받아 보긴 처음인데. 고마워."

나는 그냥 장난삼아 사 준 건데, 그는 의외로 이런 소박한 선물에도 너무 좋아했다. 지금 닉의 기분은 아무래도 최고조인 것 같다.

누군가가 압박을 하고, 시끄러운 전화벨이 신경을 긁고, 삭막하기 짝이 없는 시멘트와 차갑기만 한 인테리어 바깥으로 뛰쳐나오면 숨통이 트인다. 쏟아지는 햇살과 살랑거리는 나뭇잎, 그리고 길가에서 파는 핫도그와 커피. 닉은 당연하다는 듯이 지갑을 펼쳤지만, 내가 먼저 냈다.

"어?"

"생일이잖아요."

그는 씩 웃는다. 잘생기긴 참 잘생겼다. 지나가던 여자들은 아무것도 모르고 날 참 부럽다는 표정으로 바라보거나, 그를 알아봤다는 표정을 짓는다. 우리는 슬슬 걸어서 센트럴 파크에 나란히 앉아 사이좋게 핫도그를 깨물었다. 날 보더니 닉이 씩 웃는다.

"왜 웃어요?"

"그냥."

자꾸만 소리 내어 웃는다. 저놈이 허파에 바람이 들었나.

"최고의 생일인걸."

"그래요?"

"응. 정말 최고야. 날씨도 좋고, 꽃도 받았고."

그의 눈이 나에게로 힐긋 향하다가 예쁘게 휘었다.

"애니스도 있고."

"감사합니다."

입에 발린 말에는 입에 발린 인사를 해 주는 것이 정답이다. 사실 우리는 그리 진지한 이야기를 나누어 본 적이 없기에 나는 약간 어색한 기분으로 앉아 있었다.

"애니스, 말 못할 비밀이 있어?"

"아뇨."

"그럼 얼마나 많은 사람들한테 거짓말해 봤어?"

거짓말이라. 이게 생일에 적합한 주제인가? 나는 잘 모르겠지만 어쨌든 대화가 되어서 어색한 분위기를 없애 준다는 것이 기뻐서 성심성의껏 대답했다.

"글쎄요. 제일 큰 거짓말은 수업 빼먹고 영화 보러 간 건가."

"애니스는 정말 모범생이었구나."

"수업 빼먹었다니까요."

"그 정도면 양반이지."

닉은 나지막하게 웃었다. 햇빛과 커다란 나무 그늘에 그의 초록색 눈이 이상하게 싸늘해 보였다.

"난 출석도 안 하고 친구들이랑 술 먹느라 늘 나중에 모범생 노트나 베껴 댔어."

"흐응, 그건 거짓말이구나."

"뭐?"

"편집장님 거짓말할 때 버릇 있는 거 알아요?"

닉은 대꾸도 하지 않고 날 뚫어져라 보았다.

"목소리가 약간 붕 뜨고 가벼워져요. 아니지, 이건 느낌인가? 아무튼 거짓말하면 티나니까 거짓말하지 말아요. 수석 졸업 했으면서."

"……수석이 아니라 차석이지. 난 그렇게 열심히 하진 않았으니까."

어쩐지 그의 표정이 쎄해진 것 같다. 종잡을 수 없는 보스몹은 앞으로 고갤 돌렸다가 다시 날 봤다.

"내가 거짓말하는 거, 티난다고?"

"뭐, 칼럼 다 썼다고 거짓말하거나 허풍 떨 때 보면 목소리가 바뀌어요."

"다른 사람은 다 속던데."

"난 안 속아요."

"내 목소리가 어떤데?"

난 미간을 찌푸렸다. 어떻게 뭐라고 설명할 수가 없다. 그건 나의 직감 같은 것이기 때문이다.

"목소리가 가벼워진다니까요."

"그러니까 그게 뭔데?"

"나만 아는 거예요. 그냥, 내 감이에요."

"참나."

닉은 기가 막히다는 듯 웃었다.

"그러니까, 여태까지 내가 거짓말해서 쫓아왔던 게 몇 번이었더라?"

"주로 편집장님이 칼럼을 안 썼다든가, 클럽인데 집에 있다고 뻥친 거에 해당하죠."

"그래. '그것뿐'인 거지?"

"그럼 그거 말고 또 나한테 거짓말한 거 있어요?"

내가 눈이 휘둥그레져서 묻자 닉은 픽 웃으며 고개를 저었다.

"아니, 없어. 애니스 촉이 대단하네."

"잠깐, 표정은 그게 아닌데? 뭐예요. 또 무슨 거짓말했어?"

"거짓말이라니. 그리고 솔직히 그게 거짓말 축에나 끼나? 잠깐 둘러댄 거지."

하여튼 아주 말에는 천부적이다. 누가 저 말빨을 말리나. 나는 눈을 가늘게 뜨고 그를 노려보았다. 곧 죽어도 지가 잘못했단 말은 안 하지!

"덕분에 제가 고생한 건 눈에 보이지도 않죠?"

"에이, 그래도 애니스는 늘 날 찾아내잖아."

"내년 생일 때는 적어도 여기에서 요만큼만 더 자라 주셨으면 좋겠네요."

"너무하네. 이미 성인인데."

닉은 낄낄거리면서 핫도그를 쌌던 종이를 뭉쳐다가 쓰레기통에 던졌다. 그나저나 생일인데 정말 이래도 되나.

"뭐, 어디 가고 싶은 데는 없어요?"

"가고 싶은 곳?"

"생일인데, 어디 안 가요?"

"같이 가 줄 거야?"

"아직 시간 많잖아요. 세 시 반밖에 안 됐네."

내 공식적인 퇴근 시간은 다섯 시라서 그때까진 보스에게 시간을 쓸 의무가 있다. 몹시 머뭇거리던 보스몹은 내 눈치를 슥 살피더니 물었다.

"드라이브할래?"

애니스는 처음에는 상당히 불편해하더니, 이제는 편안한 자세로 불어오는 바람을 만끽하고 있다. 한가롭게 강변을 따라 움직이는 차 안, 오랜만에 잡아 보는 페라리의 묵직한 핸들이 마음에 든다.

"어디로 가요?"

윙 도어를 눈을 동그랗게 뜨고 보더니 애니스는 딱 한 마디, 끊어 물었고 나도 간단하게 대답했다.

"밤 아홉 시까지는 집에 데려다 줄게."

그리고 그녀는 두말 않고 차에 올렸다. 마음은 터질 듯이 부풀어 오르지만, 나는 냉정하게 현실을 직시하기로 마음먹었다. 아마 잘해 봤자 같이 저녁을 먹고 돌아가는 걸로 끝이리라. 그녀를 유혹해서도 안 되고, 유혹한다고 해도 뺨이나 맞지 않으면 다행이지. 직장 내 성희롱으로 고소를 당하느니 그냥 담백한 비서와 상관 사이의 심심한 관계를 유지하는 것이 나았다.

"드라이브 좋아해요?"

"좋아해. 많이 못해서 슬프지만."

애니스는 꽤나 의외라는 듯이 날 바라보았기에 난 픽 웃고 말았다.

"왜? 슈퍼카는 모든 남자의 로망 아닌가?"

"술을 좀 줄이시는 게 어때요?"

"큰일 날 소리. 누가 들으면 내가 알콜 중독인 줄 알겠네."

나는 낄낄거리면서 맞받아쳤다. 애니스가 진지하게 말한다는 건 알았지만, 어느 정도 그녀에게는 나의 가면을 보여 줄 수밖에 없다. 오늘은 생일이라는 그럴듯한 구실하에, 그 가면을 반쯤 벗고 내 진짜 모습을 살짝 보여 주는 것일 뿐.

당신은 아마 전혀 모를 것이다. 차 문을 열어 주고 당신이 나오면서 가느다란 머리카락이 내 어깨를 스칠 때 눈앞이 아찔하다는 걸. 높은 구두 때문에 계단을 내려가는 당신의 손을 잡아 주는 순간이 몹시도 두근거린다는 걸. 당신을 마주하고 저녁 식사를 할 때, 포크가 덜덜 떨려서 식기에 부딪힐까 봐 두렵다는 걸.

"오늘 저녁 약속 없으세요?"

샐러드를 쿡 찌르면서도 애니스는 못내 수상하다는 표정이었다.

"지금 약속한 거 실행하잖아."

"무슨 약속…… 아니, 오늘 생일이잖아요."

"응. 그러니까 당신이랑 밥 먹는 거야."

솔직히 나는 지금 브로콜리 수프가 코로 넘어가는지 입으로 넘어가는지 잘 모르겠다.

"2년간 우리도 나름 좋은 친구가 되지 않았어?"

"그래서 서른한 살 생일은 좋은 친구가 된 비서와 함께?"

"응. 근사하잖아."

애초에 계산서를 내 쪽에 끌어당겨 놔서 그녀가 계산하겠다는 말도 못 꺼내게 한 내가 이상한지 애니스는 날 한동안 물끄러미 바라보았다.

"왜, 내가 너무 잘생겼어?"

"……닉."

"응."

"생일 축하해요."

"고마워."

그녀는 웨이터가 따라 주고 간 레드와인을 들었다.

"서른한 살이 되었으니, 나랑은 클럽에서 마주치지 않길."

나는 쓴웃음을 지으며 대꾸했다.

"축배를 들 때는 뭔가 실현 가능한 걸 들어야지."

"그럼 뭘 들을까요?"

애니스는 눈을 반짝이면서 농담을 했지만, 난 미소를 지어 주면서도 속으로 가만히 소원을 빌었다. 사실은 오늘 내내 케이크의

촛불을 불면서 아이처럼 계속해서 같은 소원을 빌었다. 어깨를 무겁게 짓누르는 모든 일을 올해에는 다 끝내 버리고, 당신에게 나의 진심을 보여 주고 감히 손을 내밀 수 있기를.

그러나 차마 말할 수는 없기에, 나는 씩 웃으며 축배를 들었다.

"애니스가 날 포기해 주길."

"그거야말로 실현 가능성이 없는데요."

"그렇다면 나의 서른한 살도 고난의 연속이겠군."

그녀는 키득키득 웃으면서 와인을 마셨다. 주변에는 젊은 연인들이 조곤조곤 자신들만의 비밀 이야기를 하면서 밀담을 나누고 있다. 조용하고 세련된 이 레스토랑은 그녀와 한 번쯤 꼭 오고 싶었던 곳이기에 난 아주 훌륭한 생일을 만끽했다.

애니스와 나누는 이야기는 조금 유치한 농담과 말싸움, 연인이라기보다는 제멋대로인 오빠와 여동생과의 말싸움에 가까웠지만, 그녀와 이런 곳에 느긋하게 앉아서 이야기를 한다는 것만으로도 행복했다.

"오늘 잘 먹었어요. 근데 제가 정말로 사야 하는 거 아니……."

"그런 얘기는 하지 말라고 했지? 내 생일이니까 내 멋대로 하는 거야."

애니스의 말허리를 자른 나는 그녀를 아파트로 들여보냈다. 잘 가라고 손을 흔들었다. 애니스, 날 좀 알아차려 줬으면 좋겠는데, 그건 아무래도 좀 무리일 것 같아. 연애세포라곤 조금도 없으니 누가 당신을 일깨워 줘야 할 것 같긴 한데, 아직 그 사람이 내가 될 수는 없으니 난 그저 당신이 아무것도 모르도록, 그 누구도 당

신을 여자로 만들지 못하도록 치졸하고 비겁하게 막는 짓밖에 못
해.

　그저 계속해서 기회를 노리며, 집요하게 뱀처럼 도사리고 앉아
있지. 나는 서른한 살의 생일에 애니스와 함께 반나절을 보냈고,
챈들러 그룹 중 항공사의 지분을 몰래 사들였다. 이만하면 축배를
들 정도가 되지 않았나.

6.

Dog fight

좋아서 미친놈같이 헤벌쭉한 채 침대 위를 굴러다니다가 어느
새 잠들었나 보다. 방금 전부터 쉴 새 없이 새된 소리를 내는 휴
대폰을 물고 온 맥스가 자꾸 귀찮게 휴대폰을 들이밀었다.

"맥스, 네가 좀 대신 받아."

낑낑거리는 폼이 싫단다. 짜증스럽게 쳐다보다가 결국 전화를
받았다. 눈도 제대로 못 뜨겠군.

"네."

[닉 도련님이십니까?]

순간 잠이 확 깼다. 벌떡 일어나는 내게 파고드는 맥스의 따뜻
한 털을 쓰다듬으며 나는 어제의 일은 그저 일장춘몽에 지나지
않았음을 느끼고 쓴웃음을 지었다. 악마도 부르면 온다더니, 아주
시기적절하게 식전 댓바람부터 좋던 꿈을 와장창 깨부숴 주시는

군요.

"에디."

[도련님, 오늘 시간이 되시면 본가에 잠깐 들르시지요.]

"무슨 일이지요?"

[네이슨 도련님이 방금 재활 시설로 들어가셨습니다.]

"그거 또, 할아버지 명령입니까?"

티셔츠를 꿰어 입으면서 나는 안 봐도 뻔한 질문을 했다.

[그렇습니다.]

"그래서, 누구한테서 소환 명령이 떨어진 건가요?"

유쾌한 나의 농담에도 불구하고 챈들러가의 집사, 에드워드는
웃어 주는 시늉조차 내지 않고 할 말만 딱 했다.

[헬레나 아가씨입니다.]

"싫습니다. 저 바쁩니다."

에디는 좋지만 헬레나 이모는 딱 질색이다. 지금 시간이 몇 신
데—정확히 오전 8시 반이다—매너 없이, 그것도 에디를 통해서
감히 누구를 오라 가라인 건지는 모르겠으나 내 알 바가 아니다.

[안 오신다면 회사로 찾아가시겠답니다.]

"정력도 좋으셔. 그 금쪽같은 아들내미 재활원까지 안 바래다
주신답디까?"

그래그래. 꼬리를 흔들며 밥을 내놓으라 재촉하는 맥스의 밥그
릇에 사료를 가득 부어 주고 물도 챙겨 줬다. 어제 애니스 덕에
술을 안 먹어서 망정이지 숙취에 시달리면서 입씨름을 했으면 정
말이지 성격 버릴 뻔했다.

"어느 재활원으로 갔는데요?"

[시카고 외곽입니다.]

"오랜만에 가족 오찬 한번 하지요. 오시라 그러세요. 시카고에서 여기까지 얼마나 걸리려나."

[그럼 그렇게 전하도록 하겠습니다.]

"에디, 중간에서 수고가 많아요."

[할 일을 할 뿐입니다.]

에구. 통나무같이 **뻣뻣한** 영감 같으니라고. 그래도 챈들러 저택 앞에서 엉엉 울고 있는 엄마를 챙겨 주고, 옆에서 멋도 모르고 같이 울던 나에게 자두푸딩을 준 따뜻한 영감인지라 내가 그 끔찍한 곳에서 유일하게 좋아하는 양반이다. 허구한 날 헬레나 이모가 쪼아 대는 것도 잘 받아넘기고, 노친네의 까탈스러움도 유일하게 잘 맞춰 주는 집사 어르신. 나는 그 집에서 나오게 해 드리고 싶지만 본인은 절대로 그럴 생각이 없는 것 같다. 그나저나 저번에는 아들에 오늘은 엄마를 상대하라고? 아이구야.

"아, 애니스. 좋은 아침."

[……웬일로 일찍 일어나셨대요?]

어쩌면 그렇게 내 예상을 빗나가지 않냐, 이 처자야. 낄낄 웃으며 대꾸했다.

"날 그렇게 불량 상사로 보면 곤란하지. 내가 만날 늦잠 자는 줄 아나?"

[생일 다음 날은 제가 집까지 찾아가서 깨워 드려야 하잖아요. 뭐, 아닌 것 같으니 다행입니다만.]

"오늘은 좀 일찍 출근하려고. 그리고 12시 30분쯤에 제일 비싼 곳으로 3석, 점심 예약 좀 해 줘."

[알겠습니다. 다른 건요?]

사랑해. 하지만 이건 나만 하고 나만 듣는 말이다.

"소화제 좀 준비해 줄래?"

[바로 드실 건가요?]

"아니, 점심 먹고 먹을 거야."

아무래도 '두' 양반과 얼굴 맞대고 밥 먹어 봤자 소화도 잘 안될 것 같아서 말이지. 상당히 이상한 주문이었지만 애니스는 원래 이런 것에 토를 안 단다. 궁금해도 묻지 않고, 혼자서 노련하게 눈치채고 만다.

[알겠습니다.]

"고마워."

시리얼에 우유를 붓고, 식빵을 토스터에 던져 넣으며 다시 전화를 걸었다.

[닉, 네가 웬일이냐?]

"삼촌, 잘 지내셨어요?"

[나야 아주 잘 지냈지! 네 사업은 어떠냐? 요즘 네 소문이 페이지식스에 자자하더구나!]

꺼져라, 이 너구리야.

"칭찬 감사합니다. 오늘 시간 되세요?"

[오늘? 이 삼촌이 조카에게 할애할 시간이야 넘쳐 난다만.]

"잘됐네요. 저랑 점심 식사하시겠어요?"

물론 동행이 있을 거란 소리는 절대 하지 않는 것이 맨해튼 전쟁에 있어서의 기본이다. 이제 조슈아에게서 연락만 오면 무기는 대충 갖춰지겠고, 나는 그저 아무것도 모르는 척 멍청한 조카 연기를 하면서 살찐 돼지와 너구리가 서로 으르렁거리는 꼴만 재미있게 감상하고, 둘 사이만 더 벌려 놓으면 오늘의 작품도 완벽해지는 거다. 평소에는 몇 배로 공을 들여야겠지만 오늘은 한쪽의 생떼같은 아들내미가 야밤에 강도를 당해 처맞고도 노친네의 명령하에 재활원으로 끌려갔으니 그쪽은 대단히 열 받은 상태거든.

　"왜? 모자라?"

　왜 그래? 묻는 내 눈에도 아랑곳 않고 맥스는 내 무릎에 머리를 내려놓았다. 똑똑한 녀석이라서 내 기분 상태를 바로 알아차렸나 보다.

　"착하지."

　아버지는 내가 이러는 걸 싫어하신다. 아예 외가와 인연을 끊는 것이 정답이리라. 하지만 나는 이제 와서 결코 물러날 생각이 없다. 내 인생을 걸고서라도 저 끔찍한 집안에서 엄마와 관련된 모든 것을 빼앗고, 쟁취하여, 모두 다 돌려받을 것이다. 힘들고 괴로운 작업이라서 나는 내 사랑하는 여자도 포기하고, 정말로 하고 싶은 내 꿈도 포기하고 있지만 괜찮다.

　"고마워, 맥스."

　순한 갈색 눈은 조금만 더 놀아 달라고 낑낑거리지만 그럴 수 없다. 야 인마. 어제도 산책시켜 줬잖아.

　"안 돼. 갔다 와서 놀자. 얌전히 잘 있어야 해. 점심때 들를게."

커프스를 마지막으로 채우고, 시계와 옷깃을 점검하고, 직장인답게 폰 하나만 챙겨서 완벽한 상태로 나오면 집 앞에서 몰래 기다리고 있는 파파라치들에게 미친 듯이 사진을 찍힌다. 미안하지만 오늘은 우리 집에 여자라는 생물이 없는 관계로 대박은 못 건지시겠습니다. 내 생일 다음 날이라서 꽤나 기대하셨나 보군. 아쉬워하는 파파리치들을 따돌리고 모처럼 일찍 회사에 들어가니 다들 눈이 휘둥그레져서 날 쳐다본다. 일부는 서둘러 페이스북에 '니키 케인 등장!'이라며 요란하게 소식을 전파하고, 1층 스타벅스에서 놀고 있던 어시스턴트들은 어마, 뜨거라 후다닥 사무실로 올라간다.

"안녕하세요, 닉?"

"안녕, 베키."

"닉!"

"루케니."

내가 일찍 오는 날은 괜히 어시들과 에디터들이 바짝 긴장한다. 그야 무슨 일이 있지 않고서야 니콜라스 케인이 정시 출근을 경우가 드물기 때문이지. 한 달에 서너 번 정도 하는 것이 다이니저 웃는 낯 뒤에서 무슨 쌍욕을 하고 있을지 꽤나 궁금한걸. 오늘은 별거 없다. 가끔 이렇게 급습을 해 줘야지 다들 정신을 차리지.

"애니스, 좋은 아침."

"안녕하세요."

표정은 '얼레, 정말 왔네.'이지만 말은 아침 인사다. 오늘은 산

뜻한 크림색 니트 원피스 차림이네. 피곤했는지 머리는 대충 묶은 걸 보니 또 아무거나 집어 입고 오셨군.

"마침 잘됐어요."

"응?"

"안에서 해밀턴 변호사님이 기다리고 계십니다."

"조슈아가?"

"네."

이 아침에 들이닥친 걸 보니 뭔가 건지긴 했나 보군. 애니스에게서 스케줄표를 받아서 사무실에 들어가 보니 조슈아가 향기 좋은 커피를 마시고 있었다.

"왔나?"

"왔다."

"애니스, 이 커피 정말 맛있는데요? 어떻게 로스팅한 거예요?"

"그냥 있는 거 내렸는데요. 맛있으시다니 다행이네요."

"나도 한 잔만 갖다 줘."

고개를 끄덕인 내 예쁜 비서님이 나가시고서 조슈아는 내가 주머니에서 휴대폰과 차 키를 내려놓는 것을 물끄러미 쳐다보았다.

"어떻게 손은 멀쩡하네. 이빨까지 부러뜨린 놈이."

"사람 한두 번 패 본 것도 아닌데."

"그래서, 네 공주님이 무슨 상을 내려 주시디?"

"상은 무슨. 네이슨, 시카고 외곽 재활원에 처박혔단다."

맨해튼에서 제법 잘나가는 변호사 사무실을 젊은 나이에 가지고 있는 조슈아는 웬만한 일에는 눈 하나 깜짝 않는 강심장이다.

그래서 내 말에도 그저 피식 웃으며 커피를 마실 뿐 별 반응은 없었다.

"그 새끼 재활원 가는 건 이젠 내셔널 인콰이어러에서도 취급 안 할 거다."

"그 엄마한테는 슈퍼볼보다 더 중요한 뉴스감이지."

"챈들러 씨가 직접 보내셨대?"

"그럼 달리 누가 했겠냐?"

"손자 사랑이 끔찍하시군."

"끔찍하지."

애니스는 항상 내 사무실의 블라인드를 올려놓고, 나는 잘 쳐다보지도 않는 화분에 물을 주고, 컴퓨터를 미리 세팅해 놓는다. 건조하다고 가습기까지 틀어 놓으셨군 그래. 난 당신이 날 마구 방치해 놔도 열렬히 사랑할 텐데 이리 잘해 주니 더 불타오르지.

"안 그래도 내가 파티 날에 그 집 찾아가니까 아들 꼬라지를 보고 집이 떠나가라 비명을 지르더만."

"청력에 이상 없나?"

"아무래도 나가면서 보청기를 사 갈까 봐."

"내 탓 하지?"

"뻔하지. 네 파티에서 나가다가 강도당했다고 하니까 네 욕부터 하더라."

도대체 그 무조건적인 피해망상은 어디서 나오는지 알 수가 없다.

"그래서?"

"네가 아무 말 안 할 것 같아서 내가 몇 마디 하고 왔지. 엄연히 제 발로 우리 파티에 온 것이며, 엄연히 술을 취할 정도로 먹은 건 지 손이었고, 엄연히 지가 강도에게 대항을 못한 것이니 법조인으로서 충고하건데 그렇게 고소하신다고 악 써 봤자 역고소 당하면 본전도 못 찾을 거라고."

"상냥하신 변호사님이시네."

"아무렴."

그때 애니스가 들어와서 내 몫의 커피를 내려놓았다.

"고마워."

아무 말 없이 고개만 끄덕이고서 나가는 애니스는 또 어디론가 바쁘게 걸음을 옮긴다.

"턱 빠지겠다. 그렇게 예쁘냐?"

"아무렴."

"하여간에 너한테 화풀이를 할 것 같은 기세였어."

"안 그래도 오늘 식전 댓바람부터 에디 통해서 전화 넣어서 점심 한 번 같이 하시자고 악을 쓰시던데."

"아이고."

"혼자 당하긴 억울해서 너구리 양반도 초대했지."

"밥이 넘어가냐?"

"토하지 않길 빌어야지. 애니스가 만만찮은 곳으로 예약해 놨을 텐데."

조슈아는 소름이 끼친다는 듯 몸을 부르르 떨었다.

"그래서, 너는 왜 아침부터 들이닥친 건데?"

"아아, 그 너네 할아버지 유언장 건 말야."

그는 반짝이는 안경을 슥 올리고 변호사 본연의 태도로 돌아가서 나에게 알아낸 정보를 말하기 시작했다.

"내가 그쪽 변호사 사무실에 접촉해 봤더니 사실이더라고. 아, 어떤 라인이냐고는 묻지 마. 그저 내가 변호사 컨퍼런스 때 그쪽 로펌의 사서 아가씨와 즐거운 데이트를 했었다고만 해 두지. 어쨌든 유언장을 고친 건 사실이야. 전체적으로 물려주시는 양이 상당 부분 줄었어. 바네사와 네이슨의 몫 대부분이 너한테로 넘어갔더군."

"그런 건 전혀 안 반가운데."

"그리고 그 샌드라이더 목장. 그것도 네 걸로 된 거 맞아. 너 혹시 느이 할아버지도 그 눈웃음으로 꼬였냐?"

"그거야 말로 듣던 중 가장 끔찍한 소리다. 노친네의 애정 수혜자 따위 되고픈 마음 없다."

"이유가 뭔지 알아보는 것이 좋을 거야."

"대충 예상 중이야."

손주 넷 중에 멀쩡하게 있는 놈은 나밖에 없으니 후계자리가 급해지신 거겠지. 내가 언제 냉큼 물려받는다고 했나?

"아무튼 이게 자세한 내용이고, 오늘 점심은⋯⋯. 힘내라."

"힘은 내 볼게. 비싼 음식이니 다 토해 내지만 않았으면 좋겠는데."

조슈아는 겔겔거리면서 사무실을 떠났지만 난 벌써부터 속이 메슥거린다. 젠장. 점심이 오지 않았으면 좋겠다. 겉으로는 아무렇지도 않은 척 회의에 참석하고, 뷰티 팀 기사를 편집해서 다시 돌려보내고, 케빈이 들고 온 다음 화보 콘셉트를 정한 뒤 다시 사무실로 돌아가는데 애니스가 날 불러 세웠다.

"어디 아프세요?"

예리하네. 아무도 눈치 못 채던데.

"응? 그렇게 보여?"

"얼굴이 하얗게 질리셨어요."

"그래?"

아, 정말 밥 먹으러 가기 싫다. 나는 눈을 딱 감고 애니스의 손목을 잡아끌었다.

"내가 지금 숙취에 시달리고 있거든. 그러니까 잠깐 이리 와서 나 좀 도와줘."

"에? 에에?"

사무실의 블라인드를 다 내리고, 시끄럽게 울리는 전화마저 돌려놓은 뒤 나는 그대로 소파 위에 앉았다. 그녀의 가느다란 손목에서 맥박이 쿵쿵 뛴다.

"펴, 편집장님?"

"닉."

그 호칭 언제까지 고쳐 줘야 하는 건데? 사랑하는 여자한테 이름이라도 불리고 싶은 내 마음을 그렇게 몰라줘? 편집장이라는 그런 딱딱한 칭호 싫단 말이야.

"왜, 왜 이러세요?"

"잠깐만. 아주 잠시만 이러고 있자."

딱딱거리던 애니스는 입을 다물고 있었고 나는 눈을 감고, 한 계치까지 오른 긴장을 식힐 수 있는 유일한 구명줄이 그녀의 손목이라도 되는 양 꼭 붙잡았다. 어째서 목장을 제 몫으로 돌리신 겁니까, 노친네? 머리가 어지럽다. 흘긋 눈을 뜨니 토끼눈을 한 애니스가 나를 긴장하고 바라보고 있었다.

"병원 가 보실래요?"

"괜찮아. 훨씬 좋아졌어."

"그렇지만……."

"정말 괜찮아. 고마워. 그리고 놀라게 해서 미안해."

"전 상관없어요."

아, 하긴 아가씨는 나한테 파티에서 해 준 뺨키스는 인사에 불과하니까 지금 외간 남자한테 엄연히 손을 잡힌 것도 별거 아니지?

"다녀올게."

"다녀오세요."

내게 생명력을 공급해 주는 여자 곁을 떠나, 역시 애니스답게 눈에 확 뜨일 만한 곳으로 예약해 둔 5번가의 프랑스 레스토랑에서 나는 슬슬 말라 죽어 갈 준비를 했다.

"Adour Alain Ducasse라니, 괜찮게 골랐구나."

"입맛에 맞으시길 바라겠습니다."

"이곳 인테리어를 데이빗 록웰이 했다지?"

"그렇다더군요."

불어를 있는 대로 혀를 굴려 가며 발음한 알렉스 삼촌은 정시

에 도착했지만, 헬레나 이모는 늘 그랬다시피 5분 정도 늦을 모양
이다.

"그런데, 왜 3인용 식탁이냐? 내가 모르는 초대 손님이라도 있
는 게냐?"

"아, 아무래도 가족끼리 같이 모여서 식사하는 것이 괜찮을 것
같아서요. 제가……."

"알렉, 오빠가 왜 여기 있어?"

양반은 아닌 헬레나 이모가 기세 좋게 루이비통 체인 핸드백을
획획 휘두르고 나타났다가 소리를 꽥 질렀고, 유들유들한 알렉스
삼촌은 그대로 표정을 팍삭 구기고 말았다.

"그러는 너는 왜 여기 있냐? 네이슨을 재활원에 데려다 주지
않고서?"

그 말에 아들 일이 생각나는지 얇은 모피에 엄청난 통뼈를 자
랑하는 몸을 우겨넣은 헬레나 챈들러가 나를 홱 노려보았다.

"너 때문에 네이슨이 그 꼴이 난 거잖아! 어쩔 거냐!"

"저 때문이라뇨?"

"파티를 열었으면 경호를 잘했어야지!"

"네이슨이 어디서 강도를 당했는데?"

내가 굳이 변명을 하지 않아도 이 사이좋은 오누이는 알아서
북 치고 장구 치고를 잘 해 준다. 부드러운 연어와 계란을 잘 저
며서 나온 오르되브르를 삼키며 나는 눈을 둥그렇게 뜨고 대답했
다.

"저희 파티장에서 한 블록 떨어진 곳이라던데요."

"한 블록씩이나! 그걸 왜 얘한테 따져? 사내자식이 지 한 몸 건사 못한 게 잘못이지."

"우리 애가 얼마나 약한지 알면서 그런 말을 하는 거야? 애가 오죽 몸이 안 좋았으면 제대로 걷지도 못했다잖아!"

"그거야 술 먹은 것 때문에 그렇지."

"우리 착한 네이슨은 마음이 약해서 다른 사람이 준 건 거절 못한다고!"

자식 사랑이 깜찍하다 못해 끔찍한 어머니는 에르메스 손수건을 꺼내서 눈물을 닦았지만 이 테이블에 앉은 사람 모두가 다 저건 악어의 눈물이란 것을 아주 잘 알고 있다.

"그런데 아버지는 너무하시지, 어떻게 그런 아이를 그 끔찍한 곳에!"

"이번에는 알코올 중독 좀 뜯어고치길 바라마. 그래 봤자 도루묵일 것이 뻔하지만."

"우리! 네이슨은! 알코올 중독이! 아니야아! 그렇지, 닉?"

"그럼요. 그냥 저처럼 사람을 좋아하는 것뿐이에요."

"시끄럽다, 이 멍청한 놈아. 술병을 끼고 살아서 사람 구실도 못하는 게 무슨 사람을 좋아하는 거야?"

삭막하고, 재미없다. 이 사람들은 가장 가까워야 할 혈육에게 아무렇지도 않게 비하하는 발언을 하고 독설을 해 댄다.

"그런 의미에서 나는 닉이 참 잘 컸다고 생각이 들어. 클라라가 그렇게 정신 나간 짓을 했지만 어쨌든 이렇게 훌륭한 아들을 뒀잖아? 이제 죽었으니 속은 편할 거야."

"흥, 그 코딱지만 한 집에서 죽었는데 뭐가 속이 편하우? 언니는 바보천치가 따로 없었어. 어렸을 때부터 머저리였긴 했지만, 나는 그런 바보가 또 그리 대담한 짓을 저지를 줄 상상도 못했지 뭐야. 그때 나랑 오빠가 한 방 크게 얻어맞은 거야."

깔깔거리는 웃음소리가 천장을 쩌렁쩌렁 울린다.

"아무튼 닉, 너는 그런 멍청한 짓은 하지 않을 거라고 믿는다. 이제 와서 하는 말이지만 네 아버지 그때는 참 별 볼일 없었어. 지금이야 조그만 중소사업체까지 왔다만 그거 말아먹지 않게 조심해야 할 거야. 사람 일은 모르는 거거든. 요즘 얼마나 불경기냐."

"에이, 저는 그런 거 모릅니다. 아버지 회사지 제 회사인가요?"

"어머, 얘 말하는 거 좀 봐. 그럼 너 나중에 뭐 하고 먹고살려고?"

"저야 이모님이랑 삼촌만 믿지요."

푸하하하하하. 다시 한 번 경박한 웃음들이 와인리스트를 때렸다.

"그래, 그래. 넌 정말 네 엄마를 똑 닮았구나. 그래! 이 삼촌만 믿거라. 내 말대로만 하면 너 먹고살 길은 걱정 없을 거다."

"어머, 왜 오빠 말을 들어? 닉, 내 말을 들어. 나는 네 엄마랑은 다르단다. 세상물정이 얼마나 무서운지 너는 잘 알아야 해."

오르되브르, 와인, 수프, 빵, 생선, 소고기, 디저트, 커피. 프랑스 요리는 코스가 많고, 그 말은 내가 계속해서 주먹을 꽉 쥐고 있어야 한다는 말이다.

"그래, 파티는 어땠냐?"

"좋았지요. 예쁜 모델들도 많고, 아, 삼촌. 라리사가 이탈리아에서 돌아왔던데요."

"그으래애? 내 한번 만나 봐야겠는데, 연락처 따 놨냐?"

"당연하죠. 이따가 드릴게요."

"하여간 남자들이란. 아랫도리 돌아가는 것밖에 생각을 안 한다니까."

"그러는 너는? 너 이번에는 스무 살 연하를 건드렸다는 소문이 있던데."

"무슨 개소리야?"

나는 사실 몇 마디 하지 않는다. 이들은 멍청하고 여자와 술만 좋아하는, 한심한 클라라의 아들에 대해서는 별 관심이 없으니까. 그저 서로를 헐뜯고 어떻게든 유산을 더 받으려고 기 싸움을 하는 거다.

"너 이번에 이혼 또 하면 아버지가 가만 안 있으실 텐데."

"그러는 오빠는, 재혼할 생각 없으슈?"

"난 지금이 좋아. 너같이 촉새처럼 떠들어 대는 마누라 따위 하나도 달갑지 않다. 여자들이란."

"시끄러워. 딸 가진 아버지가 잘도 그런 소리 지껄이네."

"아, 바네사가 저희 파티에 오지 않아서 정말 섭섭했어요, 삼촌."

"그으래애?"

너구리의 약점을 아무것도 모르는 척 순진하게 건드리자 말꼬리가 비비 꼬인다. 그도 그럴 것이 그가 첫 번째 결혼에서 낳은 딸은 지금도 번번이 그의 발목을 있는 대로 잡아끌면서 사고를 치고 다니기 때문이다. 쇼핑중독에 고등학교 때부터 마리화나를 피웠고, 돈을 물 쓰듯이 쓰고 남자밖에는 관심이 없는 바보를 낳았으니 얼마나 속이 타시겠어.

"그래, 그 자랑스러운 딸내미 얘기 좀 들어 보지. 걔는 또 지금 어디 처박혀서 누구랑 뒹굴고 있대?"

"너나 잘하시지?"

"보아하니 어디 있는지도 모르는 게로구만. 안되셨어. 오빠도 결국 자식 농사는 실패하셨구만."

"흥, 우리 가족 중에서 자식 농사 실패하지 않은 사람이 어딨다고? 일단 아버지가 실패했고 그다음 너, 나, 클라라까지 누구 하나 성공한 사람이 어딨냐?"

"에에? 전 왜요! 전 착한 아들이었어요."

"그래, 그래. 넌 착하지. 그냥 그대로 살아라."

"웃기지 마! 우리 네이슨이랑 펠릭스는 아주 착한 아이들이야!"

이쯤이면 개싸움이다.

"한 놈은 알코올 중독에, 한 놈은 도박중독인데 착한 아이들? 내 장담하는데 너네 집은 그놈의 중독 때문에 망할 거다. 씨앗은 다른데 유전은 똑같은 걸 보면 밭이 문제였나 보지?"

"그러는 오빠는? 하루가 멀다 하고 아버지가 지 또래 여자들과 놀아나니 기겁을 하고 가출을 하는 게지. 한 번은 개 친구랑도 배를 붙였다며?"

"너는 펠릭스 대학 동창이랑 안 잤냐?"

문제는 절대로 언성을 높이지 않는다는 것. 그리고 '말 다 했어?'라는 말과 함께 육탄전으로 나가지 않는다는 것이 룰이라는 거다. 그래서 우리는 절대 싸우지 않은 것이고, 상류층의 엄청난 가십에 책잡히는 일 없이, 더욱 중요한 것은 챈들러 저택에 도사리고 앉은 노회한 챈들러가 가주의 눈 밖에 나서 유산을 잃는 일 없이 끝난다는 것이다.

결국 나는 두 시간 동안 바보 조카 흉내를 내며 두 사람의 저질스러운 신경전을 관람하는 데 천 달러 넘는 관람료를 지불한 셈이다. 언제는 안 그랬겠냐만. 둘은 끝내 잘 먹었다는 소리 한번 하지 않고 사라졌고 나는 기특하게도 회사 입구에서부터 던져지는 모든 인사와 농담에 다 대꾸해 주며 사무실까지 왔다.

"편집장님, 오셨…… 무슨 일 있으셨어요?"

눈이 마주쳤다. 항상 꾸는 꿈에서 비명 소리와 함께 마주치는 까만 눈. 욕지기가 치밀어서 나는 그대로 화장실로 달려가서 변기에 고개를 처박고 먹은 것을 모두 토해 냈다. 위장이 있는 대로 꼬이는 기분은 엿 같다. 괴롭고 고통스럽지만 이 와중에도 쫓아와서 내 등을 두들겨 주는 손길만큼 날 비참하게 만드는 건 없다.

"저리 가."

"어떻게 그래요!"

"이런 꼴 보여 주고 싶지 않, 우욱!"

"이미 여러 번 봤거든요! 제대로 고개 숙여요!"

아. 그랬지. 더 엿 같다. 젠장. 많이 해 본 듯한 솜씨로 애니스

는 내 머리를 고정시키고 등을 있는 힘껏 두들겼고 그 덕에 나는 아침에 먹은 것까지 구경해야 했다.

"됐어. 고마워."

"옷 갈아입으셔야겠어요."

무슨 일이냐고 묻지 않는다. 내가 말하고 싶지 않은 일임을 이미 눈치챈 애니스는 힘없이 고개를 끄덕이는 날 데리고 신기하게도 사람이 없는 통로만 골라서 클로짓으로 갔다.

"애니스도 갈아입어."

"그래야죠."

기진맥진한 채로 애니스가 이지에게 손가락을 세워 보이는 것만 보고서 나는 얌전히 이지가 건네는 옷을 입으러 탈의실로 들어갔다. 툭툭, 입은 것들이 떨어져 나가고 거울 안에는 시커멓게 죽은 얼굴의 남자가 멍하니 서 있다. 이러면 안 된다. 이 문을 열고 나가면 몸이 어떻고 기분이 어떻든 간에 나는 웃어야 하고 애니스를 걱정시켜선 안 된다. 정신 차려, 니콜라스 케인. 이따위 일 가지고 이렇게 진상을 부리면 어쩌자는 거야. 언제는 적응이 되는 일이었냐? 견뎌 내야지. 탈의실 문을 열자 벌써 옷을 다 갈아입은 애니스가 바구니를 들고 있다가 내민다.

"여기다가 옷 넣으세요. 드라이클리닝 해 올 테니까요."

"아, 응. 고마워."

토사물이 묻은 옷을 싫은 기색 한 번 안 비치고 처리해 주는 비서 앞에서 나는 표정 관리가 힘들었다. 이 여자는 항상 그렇다. 괜찮다고, 정말 괜찮다고, 그 따위 엉망으로 무너져 있어도 나는 괜찮다고 눈으로 말한다. 그러니까 정말 기대고 싶잖아. 좋아하는 사람의 성격이 다정한 것도 문제다.

"오늘은 일찍 들어가세요."

"애니스 맞아? 여보세요?"

"장난하는 거 아니니까 들어가세요. 오늘 할 일은 다 하셨잖아요."

정색을 한 그녀는 이미 내가 이지와 여러 개 후보를 만들었던 이른바 '애니스룩' 중에서 샤넬이 등장하기 전까지 유력한 후보였던 디올의 시원한 여름 원피스를 입고 있었다. 화려한 무늬가 프린트 되어 있는 것도 예상했던 대로 잘 어울리는구나.

"그럴까?"

그러고 보니 맥스한테도 점심에 들르겠다고 약속했더랬지. 똑똑한 녀석이니까 기다리고 있을 텐데.

"네. 그렇게 하세요. 데려다 드릴게요."

"아니, 그럴 필요까지는 없어."

"어디로 새실까 봐 하는 소리니까 잔말 말고 따라오세요."

이런 때 애니스는 무척 엄하다. 그리고 나는 태어나기를 그녀의 말과 매력에는 절대 저항할 수 없도록 태어났기에 그냥 두 손만 들어 보였다. 힘이 쭉 빠져서 더 이상 입씨름할 힘도 없었다. 그녀는 회사 뒤편에 몰래 차를 대기시켜 놓고 나를 데리고 사람들 눈에 띄지 않게 조심하면서 회사를 나갔다.

"아침에 파파라치들 얼마나 있었어요?"

"30주년 파티만큼 있었어. 지금은 내가 회사에 있는 줄 알 테니까 집 앞에는 없을걸?"

애니스의 걱정스러운 표정이 내 얼굴을 쓸고 지나간다. 나는 애써 눈을 감고 모르는 척했다. 오늘 한 번만 이러는 것일 뿐, 다음부터는 절대로 이런 모습을 보여 주지 않을 것이다.

"들어가세요."

"고마워."

애니스에게 어서 가 보라고 손을 흔들고서 집에 들어가니 맥스가 달려든다. 으악. 30kg이 넘는 녀석이 이러면 어떡해? 내가 힘없이 항복을 선언하니 녀석의 고개가 모로 기울어졌다. 내 상태가 심상치 않음을 안 거다.

"맥스으!"

내가 확 껴안자 녀석은 얌전하게 있어 주었다. 마음이 허하다. 넓은 펜트하우스 현관에 드러누워서 하얗고 까만 정사각형들이 장식된 천장을 올려다본다. 오늘은 또 어떻게 버텨 내야 하지?

역시 외계인도 늙는 법이다. 만날 하루가 멀다 하고 클럽 죽돌이짓을 하고 돌아다니며 정력을 낭비하다가 이젠 서른을 넘기니 마감과 접대, 파티 크리에 결국 저리 뻗는 걸 보라지. 그러니까 누가 쓸데없이 노는 데 몸을 혹사하랬남? 키는 멀대같이 커서 맥아리 없이 집으로 들어가는 보스몹의 뒷모습을 물끄러미 보다가 나는 다시 회사로 향했다. 파파라치들은 아직도 빌딩 근처 커피숍에서 진을 치고 있다. 저러다가 허탕 치고 돌아가겠지.

보스몹의 사무실이 비었다. 새삼스럽게 낯설어 할 것도 없다.

워낙 유능하신지라 7시간 노동 꼬박 채우지 않아도 플라티나는 잘만 굴러간다. 나야 인사과에서 철저하게 출입구의 카드 찍는 시간을 계산하시는지라 눈치가 보여서—내 봉급은 플라티나 인사과가 아닌 케인 그룹 총인사과에서 준다는 말씀!—7시간 꽉 채워서 가지만, 사실 이 회사에서 나와 보스몹을 빼고는 다들 잔업 분량이 장난이 아니다. 에디터의 까다로운 입맛에 맞춰야 하는 어시들은 제대로 잠도 못 자고 일을 하고, 주말에도 나와서 펑크 난 기사를 메워야 하는 에디터들도 수두룩하다.

나는 다른 이유로 시간 외 근무를 많이 하지만 정작 사무실에 앉아 있는 시간은 별로 없다. 당연하다. 보스몹의 주 무대는 사무실이 아니라 호텔과 클럽이니까. 아, 다시 한 번 망할 새끼라고 욕을 해 주도록 하자. 덕분에 뉴욕의 웬만한 별 다섯 개짜리 호텔은 다 줄줄 꿰고 있다.

예전에는 오늘은 또 무슨 사고를 쳐 주실까 궁금해서 출근길이 두근두근 스릴만점이었는데 저렇게 얼굴이 허옇게 떠서 토하는 꼴을 보니 또 마음이 좋지 않다. 술도 원래 엄청나게 센 외계인이신지라 토해 대는 건 처음 만났을 때 한 번, 작년에 두어 번이 다였는데 맨정신으로 토하는 건 처음이다.

역시, 싫은 사람들과 밥을 먹어서 그랬던 걸까?

가기 전에도 안색이 안 좋아서 소화가 안 되겠거니 하긴 했는데, 미리부터 소화제를 준비시킨 것 하며, 갔다 와서 저러는 걸 보니 심상치가 않다. 물론 나는 철저히 보스몹과 공적인 관계만 유지하기로 했지만, 비서로서 가려운 곳을 못 긁어 주면 그건 또 안 될 일이지.

[Adour Alain Ducasse입니다.]

으악, 불어다!

"일레인? 나 애니스예요. 매니저님 있으면 좀 바꿔 주실래요?"

[알겠어요.]

지금은 디너를 준비하는 시각이라 매니저가 바쁘지 않을 것이다. 나는 책상을 톡톡 두드리며 기다렸다.

[애니스?]

"아, 휴."

[안 그래도 전화하려고 했어요. 오늘 너무너무 고마웠어요.]

"뭘요. 휴도 항상 열심인 거 내가 잘 아는데요."

[그래도요. 다른 곳 갈 수도 있는데 세상에나, 챈들러 2세들에 플라티나 편집장님을 한꺼번에 대접할 수 있는 영광이 어디 있겠습니까?]

빙고.

아하하하하, 저희 편집장님이 오늘 아주 맛있었다고 안부 전해 달라고 하셔서 연락했어요."

사실 그쪽 음식은 이미 하수도로 흘러갔답니다.

[아니, 저희가 더 기뻤습니다. 다음번에도 꼭 찾아 주시길 부탁드리겠습니다. 애니스, 한 번 와요. 잘해 줄게요.]

"어머, 그래 주시면 감사하죠. 예. 끊겠습니다."

비서로서 일하는 것 중 이득이 있다면 바로 이런 거다. 보스몹이 어떤 비행기를 탈지, 어떤 곳에서 식사를 할지, 어떤 헬스클럽을 이용할지, 모든 것은 내 손을 거치고 있고 또 보스몹이 그다지 까다로운 사람은 아니기 때문에 결국은 내가 결정하게 된다.

그런 점을 잘 알고 있는 여러 업주들은 일단 나에게로 카탈로 그나 쿠폰, 심심찮게 와인이나 꽃 배달 등을 해 준다. 이런 비싼 곳은 그냥 오면 혜택 줄게, 뿐이지만. 어쨌든 간에 챈들러 2세들 이라면 끈적하게 기분 나쁜 네이슨 챈들러의 엄마인 헬레나 챈들 러와 그 오빠 알렉스 챈들러 콤비인데, 그들과 식사하기가 싫어서 보스몹이 저 모양 저 꼴이 되었다 이 말이야?

"애도 아니고, 왜 저런데?"

아무리 친척들이 그렇게 싫어도 그렇지 자기도 별반 다르지 않으면서 저렇게 토해 댈 정도로 싫은 이유가 뭐람? 지난 2년 동안 챈들러 집안과 케인 집안 사이의 그 미묘하고도 유명한 이야기의 비하인드 스토리는 나도 들을 만큼 들었고 눈치챌 만큼 챘다. 들은 건 그 입 크고 기분 나쁜 아줌마인 헬레나 챈들러에게서 주로 들었지. 보스몹을 앞에다 세워 놓고 완전히 바보 취급을 하는데, 기분이 좀 나쁘긴 했지만 내가 끼어들 자리가 아니어서 나는 지나가고 말았더랬다.

대충 말하자면 보스몹의 어머니인 클라라 챈들러가 알티머스 케인, 그러니까 케인 회장님과 눈이 맞아서 그녀의 아버지인 로건 챈들러, 현 챈들러 그룹의 수장에게 호적을 파였다는, 대한민국 드라마에 꼭 등장하는 '나 이 결혼 반댈세' 레퍼토리이다. 그때 케인 회장님은 무일푼이었고 맨손으로 시작해서 현 케인 그룹을 일궈 냈지만 로건 챈들러는 딸이 죽을 때까지 용서를 하지 않았던 것 같다. 클라라는 끝까지 케인의 이름을 달고서 근 3년을 꼬박 앓다가 보스몹이 열다섯 살 때 죽었다고 한다.

그런 비하인드 스토리가 있지만 보스몹은 외가 쪽 친척들과는 웃는 낯으로 잘 지낸다. 케인 회장님은 고아 출신으로 알고 있으니 친가 쪽 친척이 있을 리는 없고.

케빈의 너 왜 가냐고, 억울하다는 비명을 뒤로하고 다섯 시에 칼퇴근을 한 나는 찜찜하기 짝이 없는 기분을 가지고 마트에 들러서 닭고기와 채소를 좀 샀다. 빈속일 텐데, 누가 챙겨 줄 사람이 있는 것도 아니고, 요리는 독신남답지 않게 잘해서—그것도 여자들에게 어필하기 위해 배운 것이라는 걸 내 알고 있어!—재료만 사다 주면 알아서 해 먹지 않을까?

한국에서야 미음과 죽을 챙겨 먹겠지만, 여기서는 아프면 무조건 닭고기 수프다. 잠깐 들러서 세탁한 옷과 재료만 건네주고, 그리고 차 키까지 갖다 주면 되겠지, 뭐. 나는 이제 하도 익숙해서 내 차 같은, 그러나 내 연봉으로 사기엔 절대 무리인 아우디를 운전했다. 참고로 이건 보통 출퇴근용 석 대 중 하나. 은근 스피드 광인지라 맥라렌에 피오라노, 포르쉐도 있다. 역시 돈이 썩어 나! 세상은 불공평하다지!

"애니스?"

문을 열어 준 보스몹은 아까 입었던 정장은 온데간데없고 편안한 브이넥 니트에 검은 면바지 차림이었다. 나는 턱하니 봉지들과 차 키를 건넸다.

"여기 옷이랑, 먹을 거 좀 사 왔어요. 몸은 어때요?"

데려다 준 지가 불과 4시간인데 뭐 그사이에 또 뻗었을라고. 보스몹은 이상하게도 대답을 하지 않았다. 갑자기 왜 이러지? 그의 녹색 눈이 어두워져서 진한 회색으로 변했다. 아직도 아픈가?

"이리 와."

오늘은 이상한 날인가 보다. '이게 무슨 일이지?' 라고 생각할 겨를도 없이 보스몹은 날 휙 끌어당기고 문을 닫았다. 그러더니 날 질질 끌고 집 안으로 걸어 들어가는 것 아닌가!

"편집장님?"

"닉."

이젠 짜증스럽다는 투로 호칭을 고친 그는 날 놓아줄 생각이 없는 듯했다. 맥스가 반갑다고 마구 뛰어나와서 덤벼들었지만, 인사도 건네지 못한 채 난 무작정 끌려가며 넓은 거실을 가로질렀다. 이 외계인이 무섭게 갑자기 왜 이런담?

"놓아주시면 안 돼요? 일단 물건 좀 내려놓고……."

"끝까지 이름 안 부르네."

정색을 한 보스몹이 날 휙 돌아본다. 어라. 뭔가 이상하다. 내가 아는 보스몹은 이렇지 않은데, 살짝 핀트가 나간 건지 지나치게 표정이 어둡기 짝이 없다. 그까짓 이름 한 번 안 불러 줬다고 하기엔 내가 미안해질 정도로 상처 받은 눈을 하고 있다.

"저기, 닉, 일단 이거 좀 주방에 갖다 놨으면 좋겠는데요."

"주방?"

잠깐. 이 달콤한 냄새는 뭐지?

"주방. 이리 와요."

"어?"

멍한 보스몹을 질질 끌고 날뛰는 맥스를 반쯤 걷어차다시피 하며 주방으로 가니, 그러면 그렇지! 브랜디와 코냑 몇 병이 그의 미니바 위에서 텅 빈 채로 처참하게 뒹굴고 있는 참상을 목도하고 말았다. 도대체 얼마나 마신 거야!

"이거 닉 혼자서 다 마신 거예요?"

"아마도."

"아마도? 미쳤어요? 빈속에 왜 술을 들이부어요! 그것도 이 독한 걸!"

아오, 뒷골이야. 이랬다간 당장 내일 회의도 펑크 날 테고, 그럼 케빈과 주디는 또 미친 듯이 싸울 테고, 이게 계속 축적되면 마감 때 헬게이트가 열릴 텐데!

"대대로 술 센 케인 집안 유전자에 건배하면서 마셨어."

나는 식탁 위에 짐을 내려놓고 서둘러 나뒹구는 술병—혼자 두 병 반을 비웠어, 못 살아!—을 정리했다. 당장 내일부터 앓기 시작할 텐데, 저 외계인을 어떻게 고문할까? 응? 어째 맥스가 계속 애원하는 눈으로 낑낑거리더니! 이미 이 사단이 벌어진 후였던 거야!

"애니스으, 나 좀 봐."

보스몹은 짜증을 내며 내 손을 자꾸 잡으려고 했지만, 나는 손을 싹 빼고 술병으로 그를 가리켰다.

"취했어요, 안 취했어요?"

물으면서도 나는 피식 웃는 보스몹 때문에 위화감을 느껴야 했다. 정말 이상하다. 평소 술버릇은 쓸데없이 횡설수설하고 여자와 술만 열심히 찾다가 눕히면 얌전히 쓰러져 자는데, 지금은 걸음만 좀 비틀거릴 뿐 대답도 꼬박꼬박하고 표정도 낯설다. 이런 술버릇은 항상 토해 댔을 때만 봤던 것 같은데 어찌 된 일이지? 술이 이상한 건가?

"취한 것 같아. 잘 모르겠어."

"잘나셨어요. 속은 어때요? 또 토했어요?"

"애니스, 그냥 이리 오라고. 제발!"

보스몹의 목소리 톤이 올라가고, 나는 심상치 않음을 느꼈다. 짜증스러운 건지, 아니면 머리가 아픈 건지 그는 인상을 잔뜩 찌푸리고 있었다. 내가 미쳤지. 뭣하러 여기까지 와서 사서 고생을 한담. 쓸데없이 오지랖이 넓으면 손발이 고생하는 법인 걸 왜 몰랐을까! 내 발등을 내 손으로 찍은 격이지만 이젠 어쩔 수 없다. 잘 달래서 재워야지. 난 대충 술병을 세워 놓고 그의 앞에 가서 섰다. 이런 일 한두 번 해 보는 것도 아니고, 자신 있다.

"자, 이제 주무세요. 벌써 많이 취하셨네요."

그는 내 말을 듣는 것 같지 않았다. 내가 무슨 말을 하는지 관심이 없는 건지 아니면 아예 들리지 않는 것인지 나만 멍하니 내려다보고 있다. 넋까지 나간 걸 보니 아무래도 직접 끌고 가야겠구만.

"이리 와요."

다행히 군소리 없이 잘 따라온다. 186cm에 75kg이 넘어가는 남자를 내 힘으로 끌어다가 눕히고 싶은 마음은 추호도 없으니

의식이 있을 때 제 발로 침대에 들어가게 해야 했다. 이놈의 집은 더럽게 넓네! 도대체 방까지 얼마나 더 걸어가야 하는 거야?

"애니스."

또 부른다. 대답해 주지 않으면 또 짜증을 내겠지.

"왜요?"

"있잖아."

"말해요."

자아, 문까지 세 걸음, 두 걸음, 한 걸음!

"사랑해."

이야, 역시 술의 힘이란 대단해. 철이 없어도 그렇지 눈치 빠르고 빠릿빠릿한 보스몹을 이런 바보로 만들다니.

"그래요?"

"응. 무지무지 사랑해."

그의 표정은 정말 사랑에 푹 빠진 소년 같아서 난 그 와중에도 웃음이 나왔다. 날 쳐다보는 보스몹의 표정은 진지하기 짝이 없었다. 저 사람이 저런 표정도 지을 줄 알았었나.

"정말 사랑해."

"네에, 네. 감사합니다."

성은이 망극하네요. 그렇지만 이젠 잠잘 시간이에요. 인생 살면서 이런 셀레브리티에게 고백을 받은 건 처음이지만 난 돌아서서 침대에 깔린 이불을 걷어 내고 매트리스를 팡팡 쳤다.

"애니스는?"

뭐냐, 이거. 나는 황당해서 다시 보스몹을 돌아보았다. 저거,

취했다고 하기엔 너무 진지한 거 아냐? 그의 녹색 홍채가 다시 새까맣게 어두워졌다. 애정결핍증이냐? 왜 나한테 확인을 요구하는데? 기가 막혀서 말이 안 나온다. 이거 대답해 줘야 해? 뜬금없이 사랑이라니, 이 무슨 개 풀 뜯어 먹다가 사레들리는 소리야? 취한 사람을 취급하기엔 그의 표정이 너무 진지하고 정상인처럼 보였기 때문에 나는 그를 멍청하게 올려다보았고, 보스몹은 입꼬리를 당겨 조소했다.

"하긴 대답해 줄 리가 없나?"

"아니, 갑자기 술 먹고 고백해 놓고 무슨 대답을 그리 빨리 기대해요?"

녹색 눈이 다시 반짝 밝아졌다.

"기다리면 해 줄 거야?"

아아, 이 애새끼를 어찌하면 좋습니까. 남의 자식인지라 맘처럼 북어대가리를 들고 늘씬하게 두들겨 팰 수도 없고.

"주무셨다가 일어나시면 해 드릴게요."

자, 어서 흰소리하지 마시고 누우세요, 라는 의미로 나는 베개를 팡팡 두들겼지만 보스몹의 눈은 가늘어졌다.

"거짓말하네, 애니스."

그럼 너한테 거짓말을 하지, 참말을 하리?

"정말 취하신 거 맞으세요?"

"몰라!"

깜짝이야. 왜 화를 내? 나는 그러거나 말거나 그의 가까이로 가서 냄새를 맡아 보았다. 술 냄새는 확실히 진동을 하고, 걸음걸

이도 불안정하다. 열도 있고, 눈동자도 흐릿한 것이 백 프로 취했다.

"얼른 주무세요. 네?"

"싫어. 잘 수 없어. 대답해 줘."

아, 진짜 돌아 버리겠네!

"안 주무시면 안 해 드릴 거예요."

내 대꾸에 보스몹은 아래를 내려다보며 피식 웃었다.

"그거 알아? 애초부터 당신 대답은 필요 없었어."

나도 댁 대답은 필요 없다고 대꾸하려고 했었다. 대꾸하면서 그냥 강제로 밀어다가 침대에 다이빙시키려고 했었다. 그게 얼마나 건방지고 말도 안 되는 생각이었는지, 순식간에 그에게 잡혀서 강제로 입술이 삼켜지면서 몸으로 깨달아 버렸다.

턱과 뒤통수를 단단히 감싼 그의 손은 대단히 크고 강했다. 달콤한 술 냄새가 코끝에서 확 터졌고, 나는 내 입술을 핥고 내 혀를 옭아매는 그 느낌에 멍하니 서 있을 수밖에 없었다. '말도 안 돼. 어떻게 이럴 수가 있어?' 라는 생각도 한참 후에나 할 수 있었다. 그냥…… 이건 사고하는 것도 귀찮았고 현실을 생각하기도 싫게 만들었다.

저절로 허벅지를 조일 정도로 짜릿했고, 온몸이 간지러울 정도로 부드러웠고, 머리가 하얗게 비어 버릴 정도로 좋았다. 키스란 것이 이렇게 위험천만한 수위였던가? 기껏해야 입술을 맞대는 것이 키스의 전부라고 생각했는데 그의 키스는 날 완전히 벗겨 버려서 하나하나 집어삼켜 버리겠다는 기세였다. 밀어내야 했지만 밀어내기 싫었다. 날 감싼 닉의 손, 미끄러지는 그의 입술, 계속해서 파고드는 그의 혀까지 나를 정신 나가 버리게 했다. 타액과 타액이 섞이는 느낌과 함께 귓가에 아주 가까이 그의 만족한 듯한 웃음소리가 나지막하게 들렸다. 기절해 버릴 것 같다.

난 그냥 굳어 버린 거야. 너무 놀라서 어찌할 바를 몰랐던 것뿐이라고! 스스로 즐겼다는 것을 인정하기가 너무 싫어서 어떻게든 자기합리화를 하는 내 입술을 마지막을 빨아들인 보스몹이 내 눈을 똑바로 마주 보았다. 그마저도 눈물이 날 것같이 달콤하다.

"어?"

'어?' 라니. 설마 다른 여자가 있길 기대한 건가 싶어 나는 바짝 긴장해 버리고도 스스로 긴장한 것이 웃겨서 기가 막혀했다.

"애니스, 소리 안 지르네."

스스로도 믿을 수 없다는 표정으로 보스몹이 중얼거렸다.

"그럼, 난 끝까지 당신을 사랑해도 되는 건가?"

다행히도 나는 '소리 안 지르네.'에서 슬슬 정신을 차리기 시작했고, 그의 손이 허리께로 내려오자마자 그대로 주먹을 내질렀다.

"야, 이 미친놈아!"

어디 할 짓이 없어서 비서를 건드리냐! 정말 뻑 소리가 나게 주먹을 날렸지만 보스몹은 징그럽게도 날 안은 손을 풀지 않았고, 나와 그는 그대로 바닥에 주저앉아 버렸다.

"야! 너 이거 안 놔? 일어나! 정신 놓지 마! 일어나라고!"

난 몰라. 맥이 탁 풀려서 침대에 기댄 채, 날 껴안고 잠든 보스

몸을 내려다보았다. 이 큰 덩치를 어떻게 침대에 올려놓지? 아니, 그 전에 이 상황을 어떻게 수습하지? 안 돼. 두근거리면 안 된다고 이 주책아!

"어떡해애."

절대로 사적으로는 얽히지 않겠다고 다짐했는데, 술 취한 보스 몸에게 사랑한다는 말까지 듣고 키스까지 당해, 아니, 이건 내가 한 건가? 몰라! 지금 그게 중요해? 어떡하냐고, 이거 어쩔 거야, 이 자식아! 울고 싶은 것을 꾹 참고 그의 팔을 살살 빼 봤지만 술 취한 놈의 몸은 천근만근, 절대 움직이지 않는다. 다리는 이미 그의 몸 아래 깔린 지 오래다. 젠장앙!

"술을 혼자 처먹었으면 혼자 지랄할 것이지 왜 애먼 처녀 마음을 설레게 하냐고, 이 망할 자식아!"

난 너 같은 바람둥이 좋아하기 싫단 말야아!

머리를 찌를 듯이 파고드는 두통 때문에 어쩔 수 없이 의식의 세계로 돌아와야 했다. 그나마 얼굴에 닿는 촉감도 좋고, 부드러운 이불도 따뜻해서 완전 저기압까지는 아니지만 술을 진탕 퍼마시고 일어나는 건 결코 기분 좋은 일이 아니다. 미쳤지. 속도 쓰리다. 몸을 일으키고, 쾅쾅 울려 대는 머리를 들었다. 그리고 그대로 굳고 말았다.

"우와……."

신께서 매일 밤 몸부림치는 내가 측은하기라도 하셨나? 이건 또 무슨 축복을 빙자한 악몽인 거지? 애니스가, 바로 그래, 그 애니스가 나와 한 이불을 덮고 자고 있었다. 그것도 내 품 안에 꼭 안겨서. 맙소사. 정확히 말하자면 내가 그녀의 배에 얼굴을 묻고 잔 격이긴 한데, 젠장, 이게 더 수위가 높잖아! 도대체 무슨 일이 있었던 거지? 관자놀이를 찔러 대는 통증을 무시하고 어떻게든 기억을 찾기 위해 머리를 돌렸다. 젠장, 이렇게 마신 건 오랜만이 어서 블랙아웃이었을지도 모른다. 아무래도 내가 무슨 실수라도 해서 술김에 애니스를 물고 늘어졌고, 지금 턱의 아릴 듯한 통증 도 그 때문에 생긴 것 같은데 이게 무슨 일이지?

일단 어제 집에 와서 우울하고 몸도 안 좋아서 브랜디를 한 잔 했는데, 한 잔이 두 잔 되고 두 잔이 석 잔 되다가 마침내 엑스트 라 코냑까지 작살을 내고서 멍하니 있다가……. 그래. 애니스가 왔다.

쓰러지듯 잠든 그녀의 자세가 상당히 불편해 보였기에 나는 작 은 머리에 베개를 괴어 주었다. 그다음에 어떻게 됐더라?

—애니스, 나 좀 봐.

—미쳤어요? 빈속에 이걸 왜 들이부어요?

내 몸 밑에 아무래도 낑낑거리며 빼려다가 실패한 듯한 그녀의 다리도 잘 펴 주고 이불을 덮어 주었다.

—사랑해.

니콜라스 케인, 이 미친 새끼!

—네에, 네. 감사합니다.

—그거 알아? 애초부터 당신 대답은 필요 없었어.

한 번 시작하자마자 걷잡을 수 없이 기억의 강이 날 휩쓸어 버렸고, 나는 입을 막을 수밖에 없었다. 돌아갈 수만 있다면 당장 그때로 돌아가서 날 두들겨 패 버리고 싶군. 젠장! 이제 애니스 얼굴을 어떻게 보지? 술김이라고 해도 엄연히 성추행이다. 날 쓰레기라고 봐도 할 말이 없다. 일단 여기서 자학을 하고 있어 봤자 시간 낭비니까 움직여 보자.

지친 듯 잠든 애니스를 조심스럽게 안아서 침대에 제대로 눕히고 블라인드를 소리 없이 내려서 모든 빛을 차단했다. 서둘러 씻고, 면도를 하고, 엉망이 된 미니바와 애니스가 사 온 재료들을 정리하고 맥스의 밥을 챙기는 동안 대책은 두 개로 정리됐다.

하나, 고백해 버린다. 여태까지 모든 술주정은 취중진담이었으며 나는 널 짝사랑해 왔다, 라고 당당하게, 남자답게 말한다. 이건 애니스가 뻥 차 버릴 테니 기각.

둘, 비겁하지만 필름이 끊겼다고 모르는 척한다. 끝까지 모르는 척하고 혹시 이상한 일이 있었다면 사과하겠다고 해 버리고 퉁친다. 엿 같군. 얼얼한 턱에 얼음을 댄 나는 찌르르한 아픔에 얼굴을 찌푸렸다. 아아, 애니스, 이 순진한 아가씨야. 왜 아무것도 모르고 늑대의 집으로 온 거야?

오늘이 토요일이라 그나마 다행이다. 이 사태를 어떻게 수습하면 좋을지 도저히 모르겠다. 내 침실에 그녀가 잠들어 있다. 그 사실만으로도 심장이 뛰고 손끝이 떨리는데, 문제는 이 일로 인해 그녀가 날 짐승 취급할까 봐, 그게 걱정이다. 짐승 취급이야 하겠지. 술김에 대놓고 딥키스를 해 버렸는데. 꿈인 줄 알았다고 하면 용서해 줄까? 사실은 널 2년 동안 짝사랑했다고, 하지만 우린 이

루어질 수 없다고 무슨 삼류소설에나 나올 법한 쓰레기 같은 대사를 읊어 버릴까?

이 몰골로 읊어 봤자 두들겨 맞지만 않으면 다행이다. 조그만 여자가 주먹도 세지. 턱이 제대로 부었다. 현실적인 애니스는 나를 절대로 쳐다봐 주지도 않을 것이다. 가끔은 그녀의 DNA에 연애라는 부분이 상실된 건 아닐까, 싶을 정도로 냉철한 아가씨니까. 그런데도 그렇게 매력적이면 범죄 아닌가?

"무슨 생각을 하는 거야……."

한심하기 이를 데가 없다. 두통에, 턱의 통증에, 속까지 쓰리면서도 나는 결국 애니스에게 미움 받지 않을 방법을 어떻게든 찾으려고 머리를 굴리고 있다. 이 상황에서는 그녀가 나에게 소송을 걸어도 할 말이 없고, 사직서를 내던져도 더더욱 할 말이 없지만, 없어서 죽을 것같이 속이 상하지만 싫다. 사랑은 아니더라도 미움받는 건 싫다. 그냥, 그런 편집장이 있었더랬지, 정도로라도 그녀의 기억에 남고 싶지 최악의 인간으로 분류되고 싶지 않다. 수백 번을 곱씹어 봤지만 이건 백 프로 내 잘못이다. 그렇지만 애니스도 반응을, 아니, 일단 이건 생각하지 말자. 사과부터 하도록 하자. 이게 우선이다.

"뭐 하시는 거예요?"

눈을 방금 뜨고서도 애니스는 늘 침착하다.

"사과하려고. 미안해."

머리는 엉망에, 눈도 제대로 못 뜬 채로 지금 저놈이 무슨 말을 하나 곰곰이 생각하던 그녀가 다시 시선을 나에게로 돌렸다.

"필름 안 끊겼어요?"

"끊겼어."

"그런데 왜 사과하시는데요?"

"턱에 시퍼렇게 멍이 든 걸 보니 내가 실수한 것 같아서. 게다가 엄청난 포즈로 둘이 사이좋게 자고 있었는데 분명히 무슨 일이 일어났던 거잖아."

"그래서 무릎 꿇고 계신 거예요?"

"응. 동양에서는 이렇게 하는 게 예의라며."

"됐네요. 그 정도까지 안 해도 됩니다."

얼레. 반응이 생각 외로 쿨하다. 아, 깜빡 잠들어 버렸네, 하고 중얼거린 애니스는 나를 똑바로 쳐다보았다.

"지금 몇 시예요?"

"열 시."

"일단 씻고 나서 얘기해도 되죠? 욕실 좀 쓸게요."

그러더니 침대에서 슥 나가서 문을 탁 닫아 버린다. 뭐, 뭐야? 뭐 이래? 무슨 여자가 저렇게 쿨해? 보수적인 동양 여자라서 정조 관념이 확실할 줄 알았는데 뉴욕에 끽해야 2년 살았다고 쿨하기가 뉴요커를 뺨치네! 말도 안 돼! 진정하자. 분명히 씻고 나와서 정색을 할 거야. 방금은 자다가 깨서 정신이 없는 것일 뿐이라고.

"어디까지 기억나시는데요?"

씻고 나와서도 별반 다를 것이 없다!

"애니스가 온 것도 기억이 안 나."

그녀는 매의 눈으로 날 쳐다봤지만 난 뻔뻔스럽게 죄책감과 양심의 가책을 찍어 누르며 표정 관리를 했다.

"그런데 어떻게 사고를 쳤을 거라고 생각하셨대요?"

"그거야…… 일단 포즈서부터가 요상야릇했잖아."

"알긴 아시나 봐요? 저는 별거 아니라고 넘어가실까 봐 걱정했지 뭐예요."

"어떻게 된 거야?"

조심스러운 척하면서 묻는 내 말에 애니스는 시리얼을 퍼먹으며 대꾸했다.

"제가 오지랖이 넓은지라 순수하게 걱정이 돼서 먹을 걸 사서 세탁한 옷이랑 차랑 가지고 왔는데요, 그사이에 벌써 브랜디와 코냑을 안고 훅 가셨더라고요. 빈속에 왜 술을 들이부었냐고 물어봐도 뻘소리밖에 안 하셔서요. 쓸데없이 오지랖이 넓은 제 발을 제가 찍어 버린 셈치고 침대에 끌고 가다가 넘어져서 아래에 깔려 버리고 말았어요. 끙끙대면서 빼 보려고 했는데 도저히 안 되고 피곤해서 깜빡 졸았다가 이렇게 되었나 봐요."

내 긴장이 싸늘하게 식어 내렸다. 애니스는 시리얼 그릇에 고개를 박고 절대 눈을 마주치지 않았다.

"그게 다야? 별일 없었어?"

"껴안고 자고 있었다고 엄한 상상 하신 거예요?"

"그럼 난 왜 때렸어?"

"절 안고 쓰러지셨는지라 때렸습니다만."

"미안해."

"네."

그녀는 그 밖의 일에 대해서는 입 한 번 뻥긋하지 않았다. 묻어버리고 싶겠지. 충분히 이해하지만 왜 쓰린 속이 휑한지 모르겠다.

"그런데요."

"응?"

"그냥 넘어갈 수는 없어요."

"그렇게 나올 것 같았지. 뭘 원해?"

역시 계산이 착착 빠른 여자답게 애니스는 스푼을 휙휙 휘두르며 본인의 요구 조건을 말했다.

"추천서요."

"한 통?"

"날짜 기재 안 하고. 언제나 사용할 수 있는 것으로."

내 잘못이니 싫다고 말할 수도 없다.

"좋아."

고개를 끄덕인 그녀는 내가 들이민 접시에서 토스트를 집어 물었다.

"난 무슨 '석 달간 클럽 출입 금지' 이런 거 생각했는데 대단히 현실적이네."

"흥, 그런 건 약속해 봤자 지키지도 않으실 텐데 뭣하러 하나요."

"그런가."

당신도 분명 내 키스에 반응을 한 것 같았는데. '같았는데' 가 아니지. 분명히 반응했다. 중간에 밀치지도 않았고, 지금 생각해도 척추에 전율이 일 만큼의 신음도 흘렸다. 그런데 왜? 현명한 여자고, 무엇보다 2년을 버텨 온 내 비서니까 모른 척할 거라는 건 알았지만 화가 난다. 난 드디어 통했다고 희망을 봤는데, 저 여자는 지금 내 앞에서 그 희망을 가차 없이 잘라 버렸다. 간신히 억누르고 있었는데 이렇게 나오시겠다?

안다. 다 안다. 애니스의 선택은 현명했다. 영리하기도 했고. 나라도 나 같은 놈이 그녀에게 들이댄다면 도시락 싸 들고 다니면서 뜯어말릴 것이다만, 화가 났다. 파파라치들을 피해서 뒷문으로 몰래 빠져나가는 애니스를 내려다보면서 나는 이 상황과, 어쩔 수 없는 나 자신과, 부글부글 끓어오르는 감정과, 영리하게 도망간 저 여자를 동시에 비웃었다. 날 완벽하게 자극해서 열심히 욕심을 찍어 누르던 문을 열어 버렸으니 이젠 나도 어떻게 나올지 몰라. 앞으로는 좀 많이 당황스러울 거야.

"망할!"

이게 무슨 짓인가 싶은데도 멈출 수가 없다. 속이 아플 만큼 괴롭게 바랐는데, 저 여자는 맛만 잠깐 보여 주고 춤을 추며 도망가 버렸다. 했다는 시늉이라도 내 주면 안 되는 거였어? 내가 그렇게 별로였어? 나 사실은 그렇게 정신 나간 카사노바 아니야. 다른 사람의 눈을 피해서, 몰래 내 마음 지킬 자신 있는데 나한테만 살짝 열어 주면 안 돼?

몇 번이고 애걸해도 네 귀엔 들리지 않겠지.

우와, 우와, 우와아아! 심장 떨려 죽는 줄 알았네! 저 자식은 왜 자고 있는 사람 얼굴을 뚫어지게 본데? 전속력으로 집에 와서 문을 쾅 닫고서 주르르 주저앉았다. 이건 범죄야. 숙취에 시달리는 사람이 뭐 그렇게 잘생겼냐고! 그 얼굴은 범죄야! 범죄라고!

"아아아아아악!"

한겨울, 생각하지 말라니까! 이성을 되찾아! 너는 비서야! 그놈은 날바람둥이에 술이 좋고 노는 것이 좋은 개망나니고! 너 살아남는 것도 힘든 외계 회사에서 보스랑 연애질하는 미친 상상은 하지도 말란 말이야! 내년 4월이면 끝난다고! 말이야 1년이지 실상 몇 개월 안 남았단 말이야!

아, 이 일을 어쩜 좋아. 연애에는 관심도 없고, 들러붙는 남자도 없었건만 갑자기 생각지도 못했던 사람이 들이대는데 거기에 넘어가기 직전이다. 인정하긴 싫지만 두근거렸던 건 사실이니까. 아니, 상식적으로 생각해도 누가 안 그러겠냐고! 저 얼굴로! 저 몸매로! 그렇게 키스를 해 대는데 누가 안 넘어가겠냐고오!

자, 분석해 보자. 첫마디가 '사랑해'였지. 좋아해도 아니고 미국 애들이 그리 말하기 어려워하는 사랑해. 좋아. 일단 무게는 충분하고, 그다음이 '무지무지, 매우 사랑해'였다. 반복은 강조와 일맥상통하고, 그리고 내가 머뭇거리자 뭐라고 했지?

—하긴 대답해 줄 리가 없나?

이건 어떻게 해석을 해야 하지? '하긴'은 이미 예상을 했다는 말인데. 그럼 이미 고백을 하는 상황을 몇 번 시나리오 써 봤다는 뜻? 아니, 비약하지 말자. 평소 그와 나의 관계를 봐도 내가 대답을 안 할 거라는 건 누구나 다 알 수 있는 사실이니까.

─그거 알아? 애초부터 당신 대답은 필요 없었어.

"까아아아아악!"

연애라곤 대학교 때 미팅하고 소개팅하고 애들 장난처럼 논 것이 다인 여자한테 그런 대사를 직구로 날리면 어떡하니, 정말! 난 그대로 현관부터 내 방까지 좁은 아파트를 마구 굴러서 들어갔다. 어떡해! 여자들이 왜 홀랑 넘어가는지 알겠네! 상황에 분위기에 표정에 눈빛에 뭐 하나 떨어지는 거 없이 아주 완벽했다는 건 인정하고 넘어가자. 아니, 인정할 수밖에 없다! 얼굴이 빨개져서 난 양쪽 뺨을 손으로 꼭 감싸고 다시 방에서부터 현관까지 데굴데굴 굴러갔다.

"아니지. 이게 아니지."

벌떡 일어나서 양반다리를 하고 앉았다. 한겨울, 너는 차가운 도시 여자, 뉴요커야! 이따위 기가 막히고 코가 막힌 난관 앞에서 열여섯 살짜리 계집애처럼 까악거리면서 헤롱헤롱하면 안 된다고!

그렇지만 오늘 아침에 닉의 얼굴을 제대로 보지도 못했는걸. 필름도 끊겼잖아.

나 참, 언제부터 보스몹에서 닉으로 호칭 격상인 거야? 정말 웃겨!

그치만 본인이 닉이라고 불리고 싶다고 그렇게 짜증 낸 건 기억 안 나?

기억 안 나! 기억하지 마! 그냥 묻어 버려!

"아아……. 자아가 분열하고 있어."

정신 건강을 위해서 그 키스 장면은 과감히 넘기도록 하자. 아무튼 정리하자면 보스몹은 필름이 끊겼다. 아무것도 기억나지 않는단다. 그런데도 사랑한다고 말했다. 이 정도면 취중진담 아닌가?

아니, 그 카사노바가? 나를? 이건 현실적으로 말이 안 되는 일이잖아. 난 낌새도 못 챘는걸. 정말 아무것도 몰랐단 말야. 그리고 좋아하면 일단 그런 여자 편력은 딱 끊어야 하는 거 아닌가? 당장 저번 파티에서도 빅토리아 시크릿 모델들을 끼고서 시시덕거렸잖아. 여기서 기분 대단히 나빠지네.

도대체 뭐야? 평소처럼 바보같이 헤실헤실 웃으면서 그딴 개드립을 쳤다면 아, 저놈이 꽐라가 되긴 했구나 하고 넘어갔겠지만 그렇게 진지한 표정으로 울 것같이 말했는걸. 이 황금 같은 주말 아침부터 사람 갈등 때리게 뭐냐고! 그냥 땀 한 바가지를 쏟는 한이 있더라도 그 곰 같은 덩치를 어떻게든 치우고 나왔어야 했어! 이제 어떻게 그놈 얼굴을 보지? 갑자기 진지해지니까 정말 남자로 보이잖아.

안 돼! 차라리 다른 사람이랑 데이트를 하겠어! 어떻게 그 철딱서니가 남자로 보일 수가 있어?

하지만 솔직히 내 눈에도 내 애인이 그 정도 박력이라면 홀딱 넘어가겠는걸. 주위를 둘러봐도 보스몹만 한 남자가 있냐고.

고작 아홉 시간 전부터 남자로 보이기 시작했으면서 너무 멀리 가지는 말자.

"궁금해."

결국은 그거다. 당신은 내 생각보다, 그리고 내가 알고 있다고 생각했던 것보다 훨씬 비밀이 많아 보여. 난 당신이 당신 외척들을 안 좋아하는 줄은 알았지만 그렇게 토해 버릴 정도로 싫어할 줄은 몰랐어. 내가 클로짓에서 가져간 옷을 세고 있던 것도 몰랐고, 내가 코리아타운의 그 떡볶이집을 좋아하는 걸 알고 있는지도 몰랐어.

그러니까 궁금해. 그 말이 정말 취중진담이었는지, 아니면 말 그대로 술김에 한 말인지 궁금해. 알고 싶어. 궁금해하고 싶지 않지만, 그리고 이쯤에서 멈춰야 한다는 것도 알지만…….

아놔, 그러게 누가 처녀 입술을 그딴 망발을 지껄이면서 훔치랬냐!

"아오오오오오!"

아무튼 내 직장 생활의 위기임에는 틀림없다. 더 이상 유혹 같은 건 없었으면 좋겠는데 말이야. 필름이 끊겼다니 아무 짓도 안 하겠지, 뭐. 여태까지도 조용히 있었잖아? 가끔 나한테는 '애니스 좋아해.' 이딴 농담은 했지만.

가만, 그것도 신호였던 거 아냐?

이런 생각까지 들자 나는 재빨리 고개를 흔들어서 위험한 직감은 휘발시켰다. 아, 됐어! 그딴 바람둥이 열 트럭을 갖다 줘도 반품할 테다. 됐어! 신경 꺼! 미남이 들이댔다고 흔들리는 얄팍한 여심에 성질을 내며 나는 울려 오는 휴대폰을 꺼냈다. 누구야, 이 번호는?

"여보세요?"

[애니스 한 씨 되십니까?]

"그렇습니다만."

[브랜든 쿠퍼입니다.]

에에?

"아, 안녕하세요."

[네. 안녕하십니까. 혹시 전화 받으실 수 있으신가요?]

"네. 괜찮아요. 말씀하세요."

[원고를 봤는데요, 언제 만날 수 있습니까?]

"네?"

[출판합시다.]

뭐어?

"너 이게 무슨 짓이야아아아아!"

실버볼 출판사의 깔끔한 귀빈용 응접실에서 나는 케빈의 멱살을 잡고 흔들고 싶은 충동을 억지로 참으며, 대신 눈에 쌍심지를 키고 달려들었다.

"자, 자, 자기야? 진정해."

"지금 내가 진정하게 생겼어? 엉? 너 이게 무슨 짓이야! 내가 너 혼자 얌전히 보랬지 누가 일을 이렇게 크게 벌이래?"

어제는 보스몹에게 강제로 키스당하고, 오늘은 갑자기 출판을 하자고 하고, 연타로 이틀간 정신없는 사건들이 날벼락처럼 떨어졌다. 케빈과 이지에게 당장 뛰어나오라고 전화를 한 뒤 샤워만 얼른 하고, 브랜든이 보낸 차 안에서 정신없이 화장을 새로 하는 신의 경지까지 펼친 다음이라 정신이 날아가고 있었지만, 내 눈치를 슬슬 보는 이지와 득의양양하게 들어서는 케빈의 표정을 보며 나는 적어도 따질 정신은 부여잡을 수 있었다.

"너 죽을래? 진짜 죽을래? 우리 사이좋게 허드슨 강에 뛰어들까? 앙?"

"자기 왜 그래? 출간하기 싫으면 싫다 하면 되지, 왜 화를 내?"

"누가 내 원고를 출판사에, 그것도 여기에 보내랬냐구웃!"

얼굴이 다른 의미로 화끈거려 미치겠다. 내 작품, 이라고 하기엔 너무나 허술하고 미숙한 글을 출판업계에서 독보적인 위치를 점한 브랜든 쿠퍼가 읽었다니! 아, 젠장! 오늘 밤에 누워서 이불을 차 버릴 것이 뻔하다.

"출판하자고 한 거 아니야?"

"누가 출판하고 싶댔어?"

"자기야, 부수입이 쏠쏠할 거야. 이 친구의 충고를 믿어. 그렇지, 이지?"

이지가 열심히 고개를 끄덕였다.

"넌 뭘 잘했다고 고개를 끄덕거려!"

"자, 자. 아침부터 기세 좋은 것도 좋지만 일단 앉아서 이야기할까요?"

난 케빈의 비명—자기야! 옷 늘어나! 이건 랑방이야!—에도 아랑곳 않고 쥐고 흔들던 조끼를 툭 놓고서 얼른 자리에 앉아서 고개를 푹 숙였다. 푸른 드레스셔츠를 입은 브랜든은 뭐가 그렇게 재미있는지 눈가의 주름이 생기도록 활짝 웃고 있었다. 그가 탁자에 내려놓은 것은 세상에나, 엄청난 두께의 내 원고 출력본이었다. 이, 이럴 수는 없어어!

"다들 출간을 하고 싶어 안달이 났는데 애니스의 이런 반응은 또 신선하군요."

"노노, 저 친구는 지금 출간을 하는 게 싫다는 것이 아니라 브랜든이 지 원고를 봤다는 게 민망해 죽을 지경이라서 그러는 거예요. 부끄러움이 많은 수줍은 아가씨거든요."

"수줍어, 수줍어."

캬악!

"그래요? 제가 본다고 하면 좋아하는 사람들이 많던데."

"지도 속으로는 좋아 죽을걸요?"

"오늘 집에 가서 혼자서 케이팝 틀어 놓고 춤출지도 몰라."

나는 대답 대신 이지를 눈알이 빠져나오게 째려보았다. 어머, 저 기집애 째려보는 것 좀 봐. 어머, 오늘 꿈에 나오지나 않으면 다행이겠네. 수군거리는 저 콤비를 굴비 두름 해다가 허드슨 강에 반드시, 꼭, 기필코 떠밀어 버리도록 하자. 잠깐, 이거 살인인가?

"사실 좀 의외였습니다. 케빈에게 애니스가 작가란 소리 듣기 전에는 유머가 넘치는 젊고 순진한 아가씨일 거라고 생각했는데요."

"에이, 브랜든. 우리 애니스가 얼마나 순진한데요? 저 강철 같은 비서 정신이 겉으로 나와서 그렇지 알맹이는 아주 말랑말랑하고 달콤…… 으윽."

한 번만 더 그딴 소리 해 봐라. 니가 신은 구두가 구찌든 페라가모이든 간에 사뿐히 즈려밟아 주겠어.

"역시 책은 커버로만 판단하면 안 되는 거군요. 정말로 출간할 생각은 없으신 겁니까?"

"아······. 생각해 본 적 없어요. 그냥 스트레스 푸는 여가용으로 썼던 거고, 본 사람은 여기 있는 도움 안 되는 두 사람이 다인지라."

"그럼 이제부터 생각을 해 봅시다. 교정만 들어가면 바로 출판 가능합니다만."

으악, 갑자기 현실이 되니까 이거 상당히 당황스러운걸?

"제, 제 원고가 출판할 만한가요?"

"그러니까 출판하자고 하지요. 저도 일단은 사업가입니다만."

끽해야 로맨스 판타지일 뿐인데 도대체 왜? 실버볼에서 고만고만한 작품은 일절 출판하지 않는 것으로 유명하지 않나? 내 주저하는 눈을 읽었는지 브랜든은 웃으면서 원고를 톡톡 쳤다.

"재미있어요. 사실 이거 읽느라 저도 이틀 밤을 샜습니다."

"저, 정말요?"

"눈 빨개진 거 안 보이십니까?"

그러고 보니 눈에 핏발이 섰다. 옷도 잔뜩 구겨졌고, 머리카락도 제멋대로 헝클어져 있었지만 그는 즐거워 보였다.

"개나 소나 다 쓰는 뱀파이어의 '뱀' 자도 없고, 천사와 악마는 나오지도 않고, 시원하게 전개되는 것이 대단히 재미있습니다. 남자들도 좋아하겠어요."

우와. 칭찬받았다.

"그렇지만……."

내가 뒤로 빼자 이지가 답답한 듯이 툭 끼어들었다.

"자기야, 지금 무슨 생각을 하는 거야? 여기가 어딘데?"

"실버볼!"

"편집자가 누구?"

"브랜든 쿠퍼! 예에!"

"예에!"

이지와 케빈은 서로 문답을 주고받은 뒤 하이파이브를 했다. 하지 마, 이것들아! 내가 부끄러워! 브랜든은 계속 웃기만 한다.

"더 말이 필요해? 이건 기회라고! 잡아! 잡을 수 있을 때 잡아!"

쩝, 입맛을 다셨다. 부수입이 생긴다면야 나야 고맙긴 하지. 그리고 내 글을 읽어 주는 사람들이 많아지면 기쁘고. 난 턱을 당기고 경계하는 자세로 물었다.

"조건이 어떻게 되는데요?"

"인세는 일단 7만 달러에서 시작합시다."

"7, 7만이오?"

세다. 대놓고 시원시원하게 인세부터 툭 던진 브랜든은 증쇄할 경우의 퍼센티지와 비율을 천천히 친절하게 알려 주었다. 나는 그저 멍청하게 입을 떡 벌리고 고개만 끄덕이고 있었다. 세상에, 7만이래, 7만!

"그 밖의 또 다른 요구 사항이 있다면 말하세요."

"아, 어…… 실명으로 출판이 안 됐으면 좋겠어요."

"에엑?"

"가명으로 출판하고 싶고, 제 정보는 일체 공개가 안 됐으면 좋겠어요."

"자기야, 그게 무슨 뜬금없는 소리야? 이건 나오기만 하면 대박이고 자기는 셀레브리티가 될 건데 왜 그래?"

"그게 싫어. 내 모토는 가늘고 길게 살자야. 카메라든 사람은 이제 지긋지긋해."

고개를 딱 흔드는 날 보며 브랜든은 흥미롭다는 듯이 몸을 앞으로 내밀었다.

"가명으로, 신원 보호를 해 드리는 작가라. 재미있을 것 같은데요."

"재미가 아니라 저는 싫어요. 성공하든 안 하든 싫어요."

"알겠습니다. 생각해 둔 가명이라도?"

출판을 할 생각도 없었는데 가명이 존재하겠습니까?

"그럼 서둘러 생각해 두세요. 저도 생각하지요."

"내가 정해도 돼?"

눈이 반짝반짝한 케빈이 손을 들었다.

"뭔데?"

"스우."

"스우? 그게 뭐야?"

"원래 내가 내 브랜드 론칭 하면 쓰려고 했던 브랜드네임인데 너 줄게. 뭔가 있어 보이잖아? 스노우의 줄임말 같기도 하고."

"네 브랜드네임이라는 건 맘에 안 들지만 스노우의 줄임말이라니 예쁘네."

"그럼 그걸로 낙찰?"

"그러죠, 뭐."

난 정말이지 그 가명에 대해서는 아무 생각이 없었다. 쓰거나 말거나 일단 7만 달러라는 말에 눈이 먼지라—세상에, 그 돈이면 동생 녀석 학자금 대출 안 하고 대학원까지 보내 줄 수 있겠네!—신원만 철저하게 보장된다면 상관없었다. 조금 두근거리기도 하고, 내가 손해 보는 장사가 절대 아니고, 또한 모든 작가들의 꿈인 실버볼인데 감사합니다, 넙죽이지 뭐.

"전요, 인세 많이 받고, 뭐 이런 거 상관없어요. 그냥 신원만 새어 나가지 않게 해 주세요. 많이 팔리든, 아예 쫄딱 망하든 간에 상관없이 말이에요."

"이 한 몸 바쳐서 열심히 가드하지요."

지들끼리 신난다고 한잔하러 간 두 인간의 입단속을 철저히 한 뒤, 나는 브랜든이 쭉 읽으면서 대충 교정해 놓은 원고를 뒤적거렸다. 정말로 한 페이지도 안 빼 놓고 다 읽었네.

"파티 때 받은 거예요?"

"네."

"직접 교정도 하시나 봐요?"

"직업병인지라."

"신기해요. 이런 거 처음 받아 봐요."

심장이 간지럽다. 마구 설렌다. 계약서 초안을 보자 더 그렇다.

인생의 낙이라는 것도 생기는구나, 싶어서 구깃구깃한 원고를 꼭 끌어안았다.

"그렇게 좋아요?"

"이제 좀 실감이 나요. 네. 좋아요."

에헤헤헤헤. 내 원고에 빨간 펜으로 수정이 되어 있다. 교정을 보면 마음은 좀 아프겠지만, 내 글을 교정해 준 사람은 뉴욕 최고의 편집자다. 만세. 피곤한지 생수를 벌컥벌컥 들이켜던 브랜든은 내 대답에 피식 웃었다. 그의 뒤로 잠들지 않는 도시가 날카로운 스카이라인을 자랑하며 펼쳐졌다. 한겨울 인생에 이런 낙이라도 있어야지. 이런 날이 나에게 오지 말란 법은 또 없잖아.

"3권은 언제 써 줄 겁니까?"

아, 맞다.

"마감 기한 같은 거 있어요?"

"쓰시는 대로 주세요. 부담 갖지 마시고. 1년이든, 2년이든 쓰는 대로 내주시면 됩니다."

다행이다. 절대 무리해서 쓰지 말라는 브랜든의 당부에 한숨 놓았다. 안심하는 내가 재미있었는지 그는 따뜻한 커피를 권하며 물었다.

"일하면서 쓰기 힘들지요?"

"스트레스 푸는 용으로 써서 그리 힘들다는 생각은 안 해 봤어요. 지금은 마냥 즐거운데, 계약을 하게 되었으니 슬슬 이것도 스트레스가 되려나요?"

"절대 힘들어 하지 않도록 편집인으로서 최선을 다하도록 하지요."

"직접 제 담당이 되어 주신 건가요?"

"저로서는 영광입니다만?"

"잡지는 출판해 봤지만 책은 출판해 본 적이 없어서 어떻게 편집이 되는지 잘 모르겠어요."

브랜든의 사무실은 대단히 현대적인 보스몹의 오피스와는 달리 클래식하고 편안했다. 푹신한 사장님 의자와 너른 단풍나무 테이블, 따뜻하게 내린 원두커피는 마켓에 나가서 금방 구할 수 있는 물건들이다.

"우리야 잡지에 비하면 느긋합니다. 참, 표지는 어떤 것이 좋습니까? 역시 하드커버와 페이퍼북, 둘 다 나가는 것이 좋겠지요?"

미국은 보통 책값이 싼 반면에 상태는 상당히 허접하다. 반대로 엄청난 퀄리티를 자랑하는 하드커버는 눈이 튀어나올 만큼 비싸고, 페이퍼북은 재생용지로 되어 있어 빈티가 좔좔 나는지라 빈부격차의 차이가 심하달까. 차라리 우리나라처럼 깔끔하고 예쁜 두꺼운 종이 커버에 양질의 종이로 찍으면 좋을 텐데 말이야. 가격도 적당하고.

"표지만 제가 고르게 해 주세요. 세련되고 예쁜 거 아니면 안 할래요."

"과연 패션잡지 어시스턴트다우십니다."

브랜든은 커피 잔이 마치 와인 잔이라도 되는 양 치켜들었다.

"사실 애니스가 썼다는 거, 다 읽고 나서야 알았습니다. 케빈에게 도대체 이 작가가 누구냐고 물으니 그제야 가르쳐 주더군요. 패션 피플이었다면 편견을 가졌겠지요."

"전 패션 피플 아닌데요."

"케빈도 그렇다고 하더군요."

나와 브랜든은 동질감을 느끼면서 마주 보고 씨익 웃었다.

"블레이저에 드레스 셔츠 깃이 몇 센티미터 나올지 대체 어떤 놈이 정하는 거랍니까?"

"저도 몰라요. 눈만 뜨면 새로운 브랜드가 수십 가지 론칭 되는데 그걸 다 외우래요."

"미칠 지경이죠."

"돌아 버리겠습니다."

난 이 편집인이 대단히 마음에 들었다. 솔직하고 수더분하다. 예의도 있고 쿨하다. 게다가 나보다 훨씬 나이 많은, 멋진 어른이다. 부럽다. 나도 이 사람처럼 저 나이가 되었을 때 저렇게 살면 좋겠다.

"그런데 왜 그 일을 계속 하는 겁니까?"

"커리어 때문이죠. 냉정한 세상에서 꿈과 낭만만을 찾을 수는 없잖아요. 그러니까 대리 만족하는 거고요."

원고를 톡톡 친 내 대꾸에 브랜든은 피긋 웃었다.

"조만간 직업이 바뀌게 될 겁니다. 하기 싫은 일이라면 사직서를 준비하셔도 될걸요?"

"자신하시네요."

"제 예언은 틀린 적이 없습니다."

"틀리면요?"

호남형인 그의 갈색 눈이 보기 좋게 휘어졌다.

"그땐 제가 애니스를 책임지죠, 뭐."

"좋죠. 튼튼한 출판사를 가지고 있는데다가 패션에 대해 까탈스럽지도 않은 남편이라니."

"저도 좋습니다. 글 잘 쓰고 명품에 목숨 안 거는 아내."

이곳에 안내되었을 때와는 달리 홀가분하고 즐거운 맘으로 나는 자리에서 일어났다.

"제가 너무 오래 붙잡아 뒀네요. 이제 쉬세요. 잘 부탁드려요."

"애니스가 붙잡아 준다면 언제든지 붙잡혀 드리지요. 부담 갖지 말고 즐겁게 쓰세요. 추후에 계속 업데이트하면서 연락드리지요."

"수고하세요."

"차 준비해 놨으니 타고 가세요."

나는 고개를 저었다.

"아뇨, 괜찮아요."

"실버볼에서는 작가가 혼자서 걸어나가는 경우가 없으니, 참작해 주시지요."

브랜든은 굳이 바깥까지 나와서 차 문까지 열어 주고 갔다. 출판이 되고 내가 유명해지면 이제 못할 일이라나 어쨌다나. 허풍이 좀 센 것 같지만 귀빈 대접받는 것도 나쁘진 않았다. 너무 자신의 안목을 자신하는 것 빼곤―그건 꼭 어디 사는 외계인을 닮았지― 담백하고 털털한 사람이다. 얼떨결에 등 떠밀리고, 돈에 혹해서 한 계약치고는―아직 구두 계약이지만― 나쁘지 않다. 변호사 선임해서 계약서 쓸 때는 정신 똑바로 차려야겠지만.

집에 와서 내가 나올 때 난리를 친 흔적을 치우다가 어제 있었던 일이 다시 생각났다. 이미 벌어진 일은 어쩔 수 없지만, 계약으로 어느 정도 진정이 된 것 같다. 보스몹의 속이 궁금하긴 하지만, 이제 와서 알아 봤자 여태까지 내가 알던 그와 별반 다를 바가 없다면 상처 받지 않을까나. 그냥 원래대로 돌아가도록 노력하기로 하자. 하던 대로만 하면 괜찮을 것이다. 비록 '남녀 간에 어떠한 스킨십이라도 분명하게 있었다면 절대로 예전으로 돌아갈 수 없다'라고 건방지게 소설에 끼적거린 나 자신이지만 소설과 현실은 다른 법 아닌가.

7.

Knock, Knock, Knock

　마천루에 길게 드리워진 그림자가 아스팔트에 고이고 그 사이로 해가 떠오르면 뉴욕의 아침이 시작된다. 항상 평범한 아침이지만, 출근하면서부터 모든 사람들이 똑같은 광택 나는 코발트블루색 책을 들고 걸어가는 끔찍한 광경이 펼쳐지는 것이 요즘 뉴욕이다. 나는 남들과 다르다고 자부하는 패션 피플들마저 하나씩 들고 으스대며 빌딩을 걸어 들어간다.

　브랜든 쿠퍼는 지금쯤 본인의 단풍나무 탁자 앞에 앉아서 꿀을 발견한 곰돌이 푸 같은 표정을 짓고 있을 것이다. 뉴욕에 책을 저만큼 팔아 치웠으니 말 그대로 잭팟을 터트린 셈이니까.

　오늘자 뉴욕타임즈 베스트셀러 1위는 여전히 바뀌지 않았다. 마케팅도 참 천재적이지, 뉴욕은 도대체 이 '스우'라는 작가가 남자인지 여자인지도 모른다. 모든 언론들이 눈이 벌게서 작가를 인터뷰하고 싶어 난리가 났는데도 브랜든 쿠퍼는 절대, 죽었다 깨나도, 목에 칼이 들어와도 그건 안 된단다.

이게 판타지인지, 스릴러인지, 간지러운 로맨스인지 구분이 안되는 장르 소설인데다가 질질 끄는 일도 없이 화끈하게 팍팍 나가는 진도 하며, 독특한 문체와 액션 신에 남자들마저 열광하고 있었다. 연령대 구별 없이 읽기에도 적당하고, 한껏 부푼 여자들의 로망을 제대로 자극하는 로맨스도 한몫했다. 다들 주인공에 동질감을 부여하며 대리 만족을 느끼고 있으니까.

서로 '나린하프'가 어쨌느니, '니케아'가 어떠니 하며 소설 이야기로 떠들어 대는 부서들을 거쳐 코너를 돌면, 이 빌딩에서, 아니, 전 뉴욕에서 유일하게 《판게모니아》에 코를 박지 않고 있는 사람을 만날 수 있다. 그녀에게 인사를 건네는 내 목소리에는 짜증과 설렘, 냉정함과 추파가 복잡하게 섞여 있다.

"좋은 아침, 애니스."

머리카락을 정수리에 동그랗게 올려 한층 더 어려 보이는 애니스가 고개를 이쪽으로 돌린다. 그녀는 이번에도 내 눈을 무의식적으로 마주치고 말았고, 항상 그랬듯이 미약하게 움찔거린 뒤 얼른 표정을 갈무리했다. 나는 지금 저 여자에게 주제넘게도 화가 나 있다. 그녀를 볼 때마다 화는 가라앉지 않고 계속해서 내 평정심을 쿡쿡 찌른다.

"좋은 아침이에요."

"다들 저놈의 판게모니아인지 판데모니엄인지를 들고 다니는군. 덕분에 회사가 갑자기 산토리니가 됐어."

"책에 옷을 맞추는 걸 어떡하나요."

"책이 액세서리가 될 줄이야. 유일하게 당신만 뉴욕의 가을이
야."

신경질적인 내 말에 애니스는 뭐라고 대꾸해야 할지 몰라 난감
한 표정을 짓는다. 나는 걸음을 멈추고 정색을 했다.

"제일 괜찮고 예쁘다고."

평소대로라면 '알겠으니까 스케줄이나 잘 돌으세요.' 라고 코웃
음만 쳤을 여자가 당황해 버린다. 그저 고개만 끄덕이며 전과는
다르게 약간 대답이 늦는 것일 뿐이지만 뺨 언저리가 익었다.

"그건 고마운데요. 오늘 회의 3개나 있는 거 알고 계시죠?"

가까스로 꺼낸 말은 퉁명스러웠지만 확실히 전과는 다르다. 그
리고 난 여기까지만 만족하고 더 이상 그녀를 괴롭게 하지 않는
다. 내가 술에 취해 진상을 부린 이후 우리 관계는 계속 이런 식
이다. 끊임없이 눈치를 보고, 탐색하고, 전보다는 미묘하게 달라
진 대화를 계속한다. 도대체 이 여자가 어디까지 이런 플레이를
할 것인지 알 수는 없지만 이게 당신이 원하는 것이라면 기꺼이
응대해 드리지. 어차피 나는 그녀가 하자는 대로 질질 끌려갈 수
밖에 없다. 처음 만났을 때부터 계속 이래 왔으니까. 언제부터였
더라, 결국 포기하고 저 아가씨에게 목매게 된 게. 너무 익숙한
일이라서 이젠 기억도 나지 않는다.

"3개나 있어? 도망가면 안 돼?"

애니스는 미쳤냐는 표정으로 날 물끄러미 쳐다본다.

"알았어."

나와 애니스를 이렇게 미묘한 관계로 만들어 버린 그 구역질나는 점심 식사 이후로는 이렇다 할 망나니짓을 하진 않았는데 슬슬 하긴 해야겠지? 때때로 저런 멍청하고 골빈 놈이 있다고 표시를 해 주지 않으면 언제 돌변해서 잘라 내려고 득달같이 달려들지 모르는 친척들이다. 이미 알렉스 삼촌이나 헬레나 이모의 그 수많은 아내와 남편들이 그런 식으로 당하지 않았던가. 사촌들이야 삼촌과 이모가 알아서 가드해 주지만 나는 아무것도 없는 조카다. 유언장에 이름을 유지하려면 멍청한 척, 술과 여자가 인생의 전부인 척 열심히 놀아나야 한다. 더구나 종종 찾아와서 알아서 놀아 주던 네이슨이 꼼짝없이 재활원에 들어갔으니, 내가 알아서 찾아 나서야겠지.

그러면 저 여잔, 그러면 그렇지 하고 싸늘하게 돌아서겠지?

이제야 겨우 거리를 조금, 아주 조금 좁혔는데 결국 제자리로 돌아가야 하는 현실을 절감하게 된다. 당신이 좋아. 당신을 사랑해. 내 목소리는 항상 닿지 않고 들리지 않는다. 늘 너와 평행선을 달린다. 아직도 바라만 보는 것을 배우지 못한 건지 자꾸만 꼬리에 꼬리를 무는 이 마음을 접어 버리고 꽁꽁 숨길 길이 없다. 멍하니 창밖의 애니스를 바라보고 있다가 깜짝 놀랐다. 그녀가 일어나서 내 사무실 안으로 급하게 뛰어 들어왔기 때문이다. 뭐야, 들킨 건가?

"잠깐 나와 보셔야겠어요."

갑자기 왜? 영문을 몰라 하며 나가는데 어디선가 큰 소리가 들린다. 이게 무슨 사단이지?

"빨리요. 이쪽이에요."

애니스가 이끄는 대로 가면 갈수록 큰 소리는 더 커졌다. 여자의 새된 소리에 뭔가 와장창 깨지는 소리, 그리고 남자의 고함 소리. 젠장, 이게 갑자기 무슨 날벼락이야! 여긴 맨해튼 한복판이라고!

"이 머저리 같은 새끼야, 내가 널 두 번 다시 상종하나 봐라!"

"저 씨발년이, 입 닥쳐!"

"경비는 어디서 뭘 하는 거래요?!"

가관이다, 가관이야. 육두문자가 있는 대로 난무하는 아수라장이 플라티나 입구에서부터 시작되고 있었다. 비싼 화분 몇 개가 그대로 깨졌고, 디스플레이 되어 있던 작품들 하며 입구에 세워둔 방문객용 스툴도 바닥에 굴러다녔다. 경비 둘이서 쩔쩔매고 있는 덩치 큰 사내는 거의 2m에 육박했고, 얼굴이 시뻘개져서 몸을 마구 흔들며 기물을 부숴 대고 있는 와중에 그런 그와 입씨름을 벌이는 상대편의 조그만 여자는…… 맙소사.

"바네사?"

"어, 닉! 유후! 잘 왔어! 저 새끼 좀 어떻게 해 봐!"

글쎄, 저 새끼가 누구기에 내 회사에서 쌍으로 둘이서 난리를 피우고 있는 거냐?

"애니스, 경찰 불러."

"이미 불렀어요."

꺄아아아악, 데스크에서 메모패드가 떨어지며 박살이 났고 안내 직원들은 비명을 질러 대며 사무실 안쪽으로 뛰어 들어갔다.

못 봐 주겠군.

"어이, 거기. 그만 하지, 좀? 저래 봬도 저거 하나에 100달러가 넘어가는 물건이야."

"이 기생오라비는 또 뭐야?"

"그러는 너는 어디 사는 돼지새끼냐?"

분명히 바네사가 끝까지 깐족거려서 이성이 사라질 만큼—사실 이성이 원래 존재했는지도 의문이지만—화가 났을 남자는 내 말에 눈이 뒤집혔지만, 직원들이 날 보자 얼른 내 뒤로 숨었기 때문에 일단 참았다.

"저 미친년만 데리고 나가면 되니까 꺼져, 이 씨발새끼야!"

"얼마 줄 건데?"

"뭐?"

"공짜로 움직여 주는 사람이 아닌지라."

"잘한다, 닉!"

바네사, 제발 추임새 따위를 넣어서 상황을 악화시키지 말아 줘. 애니스 뒤로 쏙 숨은 까만 머리의 내 사촌은 정열적인 라티노 피를 어머니에게서 물려받은 사람답게 주먹을 휘둘러 대며 쌍욕을 퍼부었다.

"사내새끼가 돼서 쪼잔하게 꼴랑 600달러 가지고 이 지랄이냐? 이 쫌팽아! 그러니까 니가 차이는 거야!"

너 600달러 먹튀한 거냐?

"저년이 어디서 뚫린 입이라고 함부로 나불거려!"

"그러는 댁은 얼마나 잘났기에 여기서 행패슈?"

건들거리는 동네 양아치 역할은 안 해 봤다만, 필요하다면 해야 한다. 비록 속에서는 온갖 욕을 다 해 대며 정신 나간 사촌을 욕하고 있을지라도 나는 무조건 여자를 위하는 멍청한 니콜라스 케인이니까.

"너 도대체 뭐 하는 새끼기에 자꾸 깐족거려?"

"여기 사장 일 보는 놈인데, 왜?"

"니가?"

"내가."

"저년이랑은 무슨 관계인데?"

"혈연으로 이어진 사촌지간."

"그럼 저년이 떼먹은 내 돈 대신 갚아. 그리고 내 차까지!"

"차?"

"저 쌍년이 내 차 타고 여기까지 와서 차 꼴을 걸레로 만들어 놨어!"

그러는 댁은 입에 걸레를 무셨고.

"그거야 내 알 바 아니고, 지금 이 꼬라지 어쩔 거야?"

"해결해 줄 거 아니면 닥치고 짜져 있어! 씨발년아, 너 이리 안 와?!"

"꺄악! 닉!"

무슨 운동을 했는지는 모르겠지만 여기 와서 행패를 부리는 걸 보아하니 믿는 구석도 있는 것 같았고, 아마 1층에서 죄다 올라온 것이 분명한 경비들도 몇 번 맞고서 나가떨어졌다. 이러다가 가스총이라도 등장하는 날에는 꼼짝없이 소송이다. 젠장. 나는 재빨리 떡대의 앞을 막아섰고, 이미 눈에 뵈는 것이 없었던 남자는 팔을 휘둘렀다. 뒤에서 애니스가 급하게 숨을 들이켜는 소리를 냈다.

"닉!"

영화에서 허세가 대단한 남자들이 눈앞에서 총알이 날아오는데도 왜 그렇게 등 뒤에 여자를 놓고서 여유를 부려 대는지 전혀 이해가 가지 않았는데 이제 좀 공감이 된다. 겨울 아가씨의 내 이름을 부르는 비명 소리는 날 씩 웃게 만든다. 기분 째지는군. 마초들이라면 환장하고 달려들 만한 비명이야.

"NYPD! 당장 손 들고 땅에 엎드…… 려, 어라?"

늦으셨습니다. 뒤늦게 뒷북을 울리며 등장한 껄렁한 뉴욕 시경은 턱뼈와 두개골이 분리된 떡대를 귀찮다는 표정으로 잡아갔고, 여기에 급하게 조수아가 열심히 전화를 돌린 덕에 나와 바네사는 사무실에 아무 법의 제재 없이 남았다. CCTV를 자진 납세한 결과, 나는 정당방위, 바네사는 내가 대신 내 준 600달러와 차 값 덕에 체포되지 않았다.

돈 많은 재벌 3세이니 이런 식으로 법의 철퇴를 피하는 거지. 나야 그쪽이 먼저 공격한 다음에 한 대 날리기 시작한 셈이지만, 바네사는 엄연히 절도. 마음 같아서야 확 넘겨 버려서 머그샷이 내일 페이지식스, 아니, 뉴욕포스트 1면에 도배되게 하고 싶지만 아무것도 모르고 삼촌과 이모 말을 잘 듣는 조카는 절대로 그런 정당한 짓을 할 리가 없는지라 그냥 넘어갔다. 뭐, 굳이 그러지 않아도 바네사는 충분히 제 역할을 톡톡히 잘 해내고 있었다.

"돈 좀 빌려 줘."

기껏 살려 놨더니 뭐가 어쩌고 저째? 어디서 구르다가 온 건지 꼬질꼬질한 행색으로 하는 첫마디가 돈타령이라, 알 만하다. 저리 보여도 두른 건 다 눈이 튀어나올 만큼 비싼 디자이너 옷이지만.

"얼마나?"

"많으면 많을수록 좋아."

"니 돈은 어쩌고?"

"망할 아빠가 계좌 동결시켰어."

니가 북한이냐?

"또 어딜 가게?"

"말하면 아빠한테 이를 거지?"

나는 대답 대신 두 손을 들어 보였다.

"내가 믿을 구석이라곤 너밖에 없단 말야!"

"그래서 여기 와서 깽판을 쳤냐? 저거 복구하려면 적어도 만 달러 넘게 깨져."

"나중에 내가 갚을게. 응?"

"뭐 해서 갚으려고?"

"옷 사업! 빨리 빌려 줘. 분명히 아빠가 냄새 맡고 이리로 올 거란 말이야!"

그건 사실이다. 그리고 나는, 그 너구리 같은 인간이 내 회사에 발을 들이는 건 딱 질색이다. 물론 옷 사업을 할 거라는 말을 믿는 건 아니지만, 이런 식으로 대충 조정을 해 나가면 내 입맛에 맞는 상황과 인간관계가 만들어진다. 테이블 위로 던진 카드를 바네사가 냉큼 집어서 백 속에 집어넣었다.

"15만 달러가 한도야."

"에엑, 쪼잔……."

"싫으면 내놔."

"고마워, 닉. 역시 너밖에 없어! 사랑해!"

그래그래. 나도 사랑해. 덕분에 클럽 가서 취한 척하는 건 2주 정도 뒤로 미룰 수 있겠어. 바네사는 얼른 도망갔고, 나는 15만 달러를 주고 다시 한 번 생각 없는 조카 타이틀을 획득했다.

"예, 삼촌."

[바네사 거기 있지!]

"아, 5분 전까지는 여기 있었는데, 갔습니다."

[어디로!]

"말 안 하던데요."

[야, 이 등신아! 애를 붙잡았어야지!]

"왜요?"

[너 지금 그걸 질문이라고 하냐! 말을 말자, 네가 그러면 그렇지! 끊어!]

목청도 좋으셔라. 난 킬킬 웃으면서 전화를 끊었다. '네가 그러면 그렇지.'라는 말을 들었으니 됐다. 이 일은 어차피 챈들러가 사람 일이니 본가에 들어갈 테고, 내일 페이지식스에도 나겠지. 아니, 지금 당장 말 빠른 우리 직원들의 트위터로 열심히 '케인이 바네사 챈들러 남친 폭행?'이라면서 RT되고 있을 것이다.

"편집장님."

"아까는 닉이라고 예쁘게 불러 줬으면서 또 그런다."

당황한 애니스는 턱을 당기고서 시선을 어디에 둘지 몰라 애꿎은 벽만 째려보았다. 이제야 내가 남자로 느껴지긴 하나 보지, 응?

"지금 인부들이랑 디자이너들 부를까 하다가 그냥 내부 직원들 쓸까 하는데 어떻게 생각하세요?"

"플로어 수리하는 거? 맘대로 해."

고개를 끄덕인 뒤 시안으로 나온 마스터북을 내려놓고 가려던 애니스가 머뭇거린다.

"손은 괜찮으세요?"

"손?"

대답 대신 손을 들어 보였다. 가까이 와서 내 손을 들여다본 그녀는 신기하다는 듯이 눈을 깜빡였다.

"멀쩡하네요."

"멀쩡하지. 왜, 피라도 나는 줄 알았어?"

"한 번 휘두를 때마다 엄청난 소리가 나기에 다치기라도 했으면 내 일감이 늘겠구나, 하고 걱정했을 뿐인데요."

"아, 내 일이 아니라 애니스 일?"

당연한 걸 왜 묻냐는 시선으로 퉁하게 서 있던 그녀가 책상 위에 어지럽게 널린 서류를 탁탁 정리하면서 우물우물 말을 이었다.

"평소에도 그렇게 주먹질하고 다니지 않으셔서 다행이에요."

"난 평화주의자니까."

"챈들러 씨도 그렇게 때렸어요?"

"어느 챈들러? 네이슨?"

고개를 주억거린다.

"뭐, 비슷했지."

"죽진 않았어요?"

"설마. 날 너무 나쁘게 보네. 실망이야."

"실망이고 자시고, 그거 너무 무섭잖아요! 어떻게 한 번 때리는데 턱이, 턱이……."

"돌아갔지. 별거 아냐. 전문적으로 익히면 그렇게 어려운 것도 아니고, 무서운 것도 아니고."

나에게는 익숙한 일이었기에 대단한 것이 아니라는 투로 말했지만 애니스의 표정은 심각했다.

"당하는 쪽에서는 무서운 거라고 생각합니다만. 배웠어요?"

"배웠어."

"어디서?"

"군대."

어, 라는 눈으로 애니스가 날 쳐다본다.

"그렇게 애국심 때문에 간 건 아니고…… 어쩌다 보니 간 거야."

정확히는 한참 반항하느라. 내가 해 본 짓 중에 가장 또라이 짓이었지만.

"몇 년?"

"4년. 대학 조기 졸업하고 바로."

"제대하고 여기?"

"응."

"미군이면, 그쪽도 꽤나 굴곡 많은 인생을 살았네요."

"아아, 처절했지."

비겁해서 죽지도 못할 만큼 처절했지. 내가 별로 말하고 싶지 않다는 것을 눈치챈 애니스의 시선이 슬그머니 돌아갔다.

"그런데, 닉도 저거 읽나 봐요?"

으악. 들켰다.

"그, 그게…… 궁금해서 사 봤는데 재미있더라고."

"그래서 눈 밑에 다크서클이 시커멓게 생겼군요."

《판게모니아》, 코발트블루 커버를 툭툭 친 애니스는 재미있다는 듯이 웃었다.

"응. 밤샜어."

"그래 놓고서 무슨 심보로 직원들을 욕했대요?"

"세트로 사 놓고 읽을 것도 아니면서 잇 아이템인 듯 들고 다니는 정신 나간 위인들만 욕한 거야."

"어련하시겠어요."

그녀가 틀어 놓은 가습기에서 또로록, 물 떨어지는 소리가 났다. 아무 생각 없이 편안한 표정으로 있는 애니스에게, 나는 별렀던 말을 하며 그녀를 자극했다.

"우리 요즘 부쩍 사적인 얘기 많이 하는 거 알아?"

까만 눈이 금방 얼어붙었다. 그리고 지난 2년간 내가 알던 애니스로 다시 돌아갔다.

"그런가요?"

"응."

"전 잘 모르겠는데."

회피, 외면, 그리고 도망간다. 굳이 찌르지 않아도 아무것도 모르고 무방비로 열어젖힌 상태에다가 조금만 설탕 발린 말을 해 주면 저 여자는 넘어오겠지만, 쉽게 얻은 만큼 결과는 끔찍할 거다. 나는 의심받을 만한 행동을 할 수밖에 없을 테고, 저 순진한 아가씨는 나도 장담하지 못할 만큼 상처 받을 것이 뻔하니 이렇게 가끔 정신을 차리게 해 줘야지. 이게 내 마지막 남은 양심이자 최후의 보루다. 당신이 정신을 차리고도 넘어와 준다면야 감사하겠지만, 그런 일이 일어나서는 안 되겠지.

나는 애니스가 탕비실로 슬그머니 도망을 가는 것을 보고도 더이상 붙잡지 못했다. 도망가. 내 눈에 띄지 않게. 당신이 그런 당황한 얼굴로 내 눈앞에 있다면, 난 정말 미쳐 버려서 그 손을 잡고 그 입술을 삼킬 거야. 그러니까 제발, 당신을 위해서 도망가줘.

미쳤나 봐. 완전 돌았나 봐. 대꾸를 해도 '전 잘 모르겠는데.'가 뭐야! 노련하게, 성인답게 대답했어야지! 탕비실로 뛰어 들어간 나는 문을 잠그고 바닥에 주저앉았다. 저 남자 너무 잘생겼어. 어떡해. 게다가 유들유들하게 아까 그 쳐들어온 바네사 챈들러의 전 남친—바네사 주장으로는 절대 그런 사이가 아니라지만 뻔하다—을 상대하고, 주먹까지 깔끔하게 잘 쓴다. 상스러운 욕을 찍찍 하는 데다가 허세 부리고, 게다가 주먹질까지 했는데도 어떻게 그게 멋있어 보일 수가 있지?

아, 이게 바로 '병신 같지만 멋있어!' 인가? 아아아악! 한겨울! 네가 지금 네 심리 상태를 분석하고 있을 때냐! 지금 그게 문제가 아니라고!

"눈치챘나 봐."

어떡해. 요즘 날 쳐다보는 눈이 예전 같지가 않아. 뭔가 짜증난 거야. 그럼 나도 그에게 치근덕거렸던 수많은 비서들처럼 잘리는 건가? 안 돼! 이럴 수는 없어! 경력 2년차는 너무 애매하단 말이야! 적어도 3년은 채워 줘야 인정받는데 꼴랑 저 자식이 준 추천서 하나 믿고 지금 이직하면 죽도 밥도 안 된다고!

"관둘까?"

오늘 아침에 뉴욕타임즈 베스트셀러 랭킹을 체크할 때는 정말 신났는데. 브랜든 말대로 관두고 작가로 전업할까?

"안 돼!"

작가는 부업이야! 아무리 지금 《판게모니아》가 대박을 치고 있다고 하더라도 원래 책을 쓴다는 건 안정적일 수가 없다고! 첫 작품만 대박을 날린 다음에 두 번째 작품부터 망한 작가들이 얼마나 많아? 책을 쓰는 건, 여가 활동을 이용한 목돈 마련에 불과하다고!

"나……. 왜 이렇게 됐지?"

불과 한 달 전만 해도 내 인생에서 목표는 3년을 채우는 것, 그뿐이었다. 그런데 지금은 다른 걱정들과 고민들로 머리가 혼란스럽다. 나 이제 겨우 스물다섯이고, 앞으로 살날은 창창하기만 한데 벌써부터 이리저리 흔들리면 어떻게 되는 거람? 지금 정신 바짝 차리지 않으면 노후가 괴롭다고.

그건 아는데, 자꾸 두근거린다. 보스몹이 유들유들하게 여직원들과 시시덕거리는 걸 보면 내가 눈이 삐었지, 하고 돌아서고 말긴 하지만 가끔, 아주 가끔 그가 날 생각이 많은 눈으로 쳐다볼 때는 저절로 그날, 처음으로 고백을 받았던 날이 생각난다. 그리고 바로 고민을 하기 시작한다. 그건 취중진담이었을까, 아니면 술김에 한 말이었을까? 보통 남자였다면 틀림없이 취중진담이라고 도장을 쾅 찍었겠지만 아무래도 상대가 상대이다 보니 자꾸만 고민이 된다. 분명히 내 이름을 불렀는데, 내 이름을 몇 번이나 부르면서 사랑한다고 했는데 니콜라스 케인 멍청이. 왜 거기서 필름이 끊기니?

"됐다. 신경 *끄자*."

끙차, 몸을 일으키고서 탕비실의 비품을 정리했다. 보스몹의 감정에 대해서 궁리하기엔 내 감정도 정리 안 된 상태잖아. '사람이 정말 좋아서' 두근거리는 것도 아니고 그저 고백을 받았고, 내게 고백한 남자가 누가 봐도 매력적인 외계인이라서 두근거리는 것일 뿐이잖아.

남자라곤 씨가 말랐던 내 인생에 갑자기 그런 일이 일어나니까 정신을 못 차리는 거지, 사실은 정말로 닉을 좋아하는 건 아니야. 그렇지? 그럴 거야. 그래야 해. 그래서 싹 잊어버리고 보스몹이 어떤 여자와 만나건 나는 예전처럼 그러거나 말거나 신경 쓰지 말아야 해. 그런데 잊어버려야만 한다고 생각하면 왜 이렇게 속이 상하는 걸까?

✳   ✳   ✳

"세에사앙에나, 주디 마커스도 책 샀다, 야."

이지가 쿡쿡 찌르자 나는 고개를 슬쩍 돌리고는 표정을 구겼다.

"으웩, 저 여자는 열 권을 사 줘도 안 반가워."

"뉴욕포스트를 갖다 줘도 페이지식스만 냉큼 읽는 여자니까 분명히 장식용으로 샀을 거야."

"칼 라거펠트가 내 책 안 읽으면 패션테러리스트라고 말하기라도 했대? 왜들 저래?"

"패션계는 머리가 아니라 감성으로 이해하는 거야."

다시 말해 이해할 생각을 하지 말라는 소리네. 난 고개를 흔들며 주디 마커스가 휴게실에 보란 듯이 앉아 슬금슬금 도망가는 어시들의 패션을 있는 대로 깎아내리는 꼴을 관람했다. 저 여자의 워너비가 보그의 핵겨울인 건지, 예술적으로 발라 놓은 마스카라를 자랑하며 싸늘하게 좌악 째려본다. 뚫어지게 자신의 눈에 거슬리는 액세서리나 옷, 혹은 사람 자체를 훑어 내린다. 그러면 휴게실에서는 사람들이 5분 내로 싹 사라진다. 외롭지도 않나. 보아하니 친구도 없어 보이는데. 나이도 있으신 분이 그러면 못써요.

"야, 우리도 피해 주자."

"응? 응."

그러나 나는 저 여자가 왜 저러는지 알고 있지. 이지를 쿡쿡 찔

러 자리에서 일어난 나는 주디 마커스 쪽은 쳐다보지도 않고 휴
게실을 나왔다.

"저 여자, 휴게실에서 뭐 해?"

"그런 게 있어."

뻥 뚫린 본인 사무실보다는 문만 닫으면 그만인 휴게실에서 지
먹고 싶은 거 다 우걱우걱 먹은 뒤 연결된 화장실로 달려가서 토
해 내는 게 백배 편하겠지. 거식증과 폭식증으로 신세 망친 모델
들과 직원들이 많은 이 회사는 참 요지경이다. 먹는 낙이 인생의
즐거움인데 그걸 어떻게 포기하고 살까.

"브랜든 쿠퍼랑 연락해?"

"안 그래도 증쇄한다고 연락 왔더라."

"또?"

"응응. 그러니까 기념으로 내가 한턱낼게."

"야, 징그럽게 여자 둘이서 복닥복닥하자고? 됐다. 그럴 시간
있으면 남자를 만나라."

"만날 남자가 있냐?"

"남자 만나게?"

엄마야! 뒤에서 불쑥 들려온 목소리에 난 깜짝 놀라 그대로 앞
으로 고꾸라졌다.

"괜찮아? 미안해!"

당황한 보스몹이 몇 번이고 사과를 했지만 지금 중요한 건 그
게 아니었다. 난 그에게 반쯤 안긴 자세에 완전히 굳어 버렸다.

"일단 이것 좀 놓고 말씀하시죠?"

"아, 아, 미안."

얼른 내 허리와 어깨에서 손을 뗀 보스몹의 얼굴이 빨개졌다. 무안한지 그는 제대로 말도 못 꺼냈다. 나도 당황했지만, 이젠 이런 상황에서 쓸 만한 매뉴얼을 몇 개 만들어 놓았으니 얼른 써먹어야겠다. 그러니까, 평소에 나라면 일단 화를 냈겠지?

"갑자기 뒤에서 불쑥 튀어나오면 어떡해요!"

"그, 그렇게 놀랄 줄은 몰랐지. 미안해. 많이 놀랐어? 응?"

당황한 보스몹 뒤로 소심한 이지가 얼른 클로짓으로 냅다 꽁지를 빼는 것이 보였다. 내가 보스몹과 연관되면 인정사정없어지는 것을 잘 알기 때문일 거다.

"당연히 놀랐죠. 편집장님 같았으면 안 놀라겠어요? 뒤에서, 그것도 그렇게 음침하게!"

"미안해. 근데 아까 그거 무슨 말이야? 이지가 남자 소개해 준대?"

"신경 끄세요. 무슨 일이세요?"

딱 자른 내 대답에 보스몹의 표정이 불편하게 변했다. 저런 거 보면 취중진담이다, 라는 쪽에 무게가 실리기는 하는데 도통 모르겠단 말이야. 사실 이런 것에 신경 끌 사람은 나지. 일하자, 일!

"나 지금 퇴근한다고."

"네에, 네. 오늘은 오래 버텨 주셨네요. 장해요. 회의 방금 끝난 거죠?"

"응."

"가 보세요."

"같이 갈래?"

"어딜요?"

"경찰서."

켁. 잊고 있었다.

"가야죠. 먼저 가세요."

오늘 아침에 일어난 그 사단의 참고인 조사를 하러 오라고 형사가 말했으니 한겨울 인생 최초로 경찰서에까지 출입하게 되었다.

"나랑 같이 가야 편할 텐데?"

"그게 무슨 말씀이신데요?"

"가 보면 알아."

시경에 도착하자마자 나는 보스몹의 의미심장한 말이 무슨 소리인지 알았다. 돈이 많은 유명인을 대하는 경찰의 태도는 보통 사람을 대하는 위압적인 태도와 확연히 달랐다. 정문에서 진 치고 있는 기자들 때문에 골머리를 앓고 있음에도 불구하고, 조사를 진행하는 경장의 표정은 태연하기 그지없었다.

"그러니까, 바네사 챈들러 씨가 먼저 입구에 뛰어 들어오고 나서 피의자가 그 뒤를 따라온 거라고요?"

"네."

"아가씨는 바네사 챈들러 씨 앞에 서 계셨을 뿐이고요?"

난 난감해서 조슈아를 쳐다보았다. 사실 엄밀히 말하자면 바네사 챈들러가 내 뒤에 숨은 것인데, 이런 조서를 작성할 때는 말 한마디를 조심해야 하기 때문에 변호사를 대동한 채 진술을 해야 한다. 미국 법은 무서우니까. 여유 있게 등을 의자에 기대고 앉아 있던 조슈아가 잠자코 고개를 끄덕였기에 나는 그렇다고 대답했다.

"됐습니다. 협조해 주셔서 감사합니다."

"수고하셨습니다."

인터뷰룸에서 나오자 복도를 서성이고 있던 닉이 바로 날 붙잡고는 조슈아에게 급하게 묻는다.

"잘했어? 실수 안 했어?"

"내가 실수하게 냅두겠냐?"

조슈아의 투덜거림을 싸그리 무시한 보스몹은 다시 나에게로 고개를 돌렸다. 어어, 녹색 눈이 가까이 온다. 들이대지 말아요. 또 두근거리잖아.

"애니스, 무섭지는 않았어? 경찰이 겁주지는 않았고?"

"참고인 조사일 뿐인데 쓸데없는 걱정은."

"한국은 미국처럼 소송 천국이 아니라서 애니스가 익숙하지 않을 테니까 그렇지."

미국 법이 무서운 건 알고 있지만, 이 남자가 한국 사정까지 알고 있는 줄은 몰랐다. 자기밖에 모르는 보스몹에게 섬세한 구석도 있었구나.

"아무튼 회사에서는 웬만하면 주먹질하지 말아라."

"그런 일이 다시 일어나지 않길 나도 바란다."

"바네사 걔는 정신 나갔대? 또 증발했다고 챈들러가에서 난리가 났더만."

"그렇게 도망 잘 치는 것도 인정해 줘야지."

"가출만 12년째다."

"어이구야."

조슈아와 보스몹이 잡담을 하는 사이, 나는 얼어붙어서 꼼짝도 하지 못했다. 그도 그럴 것이 보스몹의 손이 내 팔뚝을 아직도 당연하다는 듯이 잡고 있었기 때문이었다. 여기에선 사소한 스킨십 따위 아무것도 아니라지만 내 심장은 두 근 반 세 근 반 콩콩콩콩 뛰었다. 그가 잡은 왼쪽 팔이 화끈거린다. 들키면 어떡하지? 정말이지 말대로 남자라도 만나야겠다. 고백 받았다고 몸에서 이런 미친 화학 작용이 일어나는 걸 보면 남자 기근 현상이 엄청나게 심각했었던 거다.

"그럼 난 가 볼게. 애니스, 잘 가요."

"수고하셨어요. 안녕히 가세요."

"가라."

어, 어? 잠깐! 조슈아 씨! 나 버리지 말고 가요! 나도 같이 가아!

"왜, 조슈아한테 볼일이라도 있어?"

"아뇨."

"근데 왜 그렇게 목 빼고 쳐다봐?"

그야 니가 페로몬을 있는 대로 뿌리고 다니니까 그렇잖아!

"안 쳐다봤는데요."

"쳐다봤잖아."

"안 쳐다봤어요."

"쳐다봤어."

"안 쳐다봤다니까요."

"쳐다봤다니까."

눈이 썩었지. 심장이 돌았지. 이 유치찬란한 놈한테 왜 두근거리지? 그렇지. 내가 드디어 업무에 치이고 스트레스에 뻗어서 정신 체계와 신경 체계가 동시에 맛이 가 버린 것이 틀림없어. 내가 입을 꾹 다물자 보스몹은 허리를 숙여서 슬그머니 내 얼굴과 눈높이를 맞췄다. 흘러내린 금발 사이로 진지한 녹색 눈이 번쩍거렸다.

"쳐다봤잖아."

"제가 조슈아 씨를 쳐다보는 게 왜 그렇게 중요한데요?"

마른침을 삼키고 지나치게 가까운 거리를 의식하지 않으려고 애를 쓰며 대꾸했다.

"중요해."

"그러니까 왜요?"

"오늘 애니스를 데려다 줄 사람은 저 자식이 아니라 나니까."

보스몹은 날 그대로 끌어당겨서 조슈아가 간 방향과 정확히 반대되는 방향으로 성큼성큼 걸어가기 시작했다. 뇌구조가 정말 이상해진 건지, 나는 그가 주차장까지 내려와서 차에 날 태우기까지 한마디도 못하고 어버버거리며 그를 따라갔다. 조수석에 올라타고 나서야 겨우 말이 나왔다.

"혹시 제가 조슈아 씨 차를 타고 가는 게 싫으세요?"

기가 막히다는 투로 물었다. 보스몹도 날 기가 막히다는 표정으로 입을 딱 벌리고 쳐다봤다.

"애니스, 바보야?"

어?

"됐어. 잊어버려."

어?

"내려."

어?

보스몹이 모는 차가 도망치듯 아파트 앞을 떠났다. 터덜터덜 아파트로 올라와서 문을 닫았다.

—애니스, 바보야?

빨개진 얼굴로 화를 내는 보스몹의 얼굴이 뇌리 속에서 선명하게 펼쳐졌다.

"어?"

뇌의 사용 가능 용량을 초과했습니다. 카페인, 혹은 알코올을 공급해 주세요.

맥주 한 캔이 공급되었습니다. 뇌 가동을 다시 시작합니다.

마지막 세션이 강제적으로 종료되었습니다. 세션을 복원하시겠습니까?

복원합니다.

"저 자식, 필름 끊긴 거 아니었어?"

빠각, 맥주 캔이 구겨졌다. 이게 뭐야! 설명해, 니콜라스 케인! 도대체 이게 뭐냐고! 내가 아무리 연애에는 영 꽝인 여자라도 이건 알겠다. '바보냐'라는 저 대사는 대단히 의미심장한 거라고!

날바람둥이가 오랜만에 언행이 일치하는 모범을 보여 주셨네! 게다가 당황해서 잊어버리라고 수습도 제대로 못하는 꼴이라니! 내가 이래 봬도 2년 동안 옆에 붙어 있어 봐서 아는데 그건 연기가 아니다. 절대 아니다. 그럼 뭐야?

"어, 어장관리?"

그렇지! 어장관리인 거다! 못 먹는 감 찔러서 터트리자, 이거냐! 입질 열심히 하다가 나중에 혹 낚아…… 아니지, 그러면 굳이 '사랑한다' 라고 말할 필요까지야 없잖아. 그것도 그렇게 술에 취해서. 정리해 보자면 그 말은 취중진담이었지만, 멀쩡한 맨정신으로는 티도 못 내고, 그러면서도 여자들이랑 열심히 시시덕거린다? 이게 무슨 말도 안 되는 모순이야?

"으아아아아아! 헷갈려!"

뭐, 좋아. 시시덕거리는 게 성격이라 어쩔 수 없다면 내가 깨끗이 뜯어고쳐 주지 뭐. 일단 내가 휘둘리는 건 싫으니까 아무래도 주도권을 잡아야겠다. 지지 말자, 한겨울!

"근데, 어떻게 주도권을 잡아?"

남녀관계, 그게 뭔데? 먹는 건가? 당황하지 말자. 이런 연애 백치인 여자들을 위해 우리의 든든하신 구세주 《플라티나》가 있으니까. 이럴 때만 구세주라고 칭송하는 건 묻어 두기로 하고. 살 빼고 비싼 옷 입고 비싼 화장품 바르라는 개소리는 다 빼고 알맹이만 보는 거야, 알맹이만!

"……."

이게 뭐야! 개소리뿐이잖아! 아니, 어째서 살 빼고 예뻐져야지만 남녀관계를 줄다리기하고 밀당 잘하는 멋진 여자가 되는 건데? 남자들이 죄다 예쁜 여자만 좋아해서 그런 거냐! 세상은 썩었어! 젠장!

그래도 혹시 모르니까 예쁜 옷은 입고 나가 볼까? 뭐 어때. 돈도 생겼고, 게다가 저번에 닉도 좋아했었잖아.

사람이 안 하던 짓을 하면 죽을 때가 된 거라던데.

지금 닉도 안 하던 짓을 하고 있는데 내가 가만히 있을 수 있어? 나랑 관련된 일이잖아!

"아, 몰라! 이런 거 너무 어려워!"

거실의 러그 위로 벌러덩 드러누운 나는 천장을 올려다보았다. 그냥 다 때려치우고 엄마가 해 준 된장찌개에 밥 한 그릇 해치우고 팁 줄 필요도 없는 서울에서 신나게 놀았으면 좋겠다. 한국에 가 본 지도 어언 2년이다. 정신없이 힘들게 살다가 이런 황당한 일이 벌어질 줄이야 누가 알았겠나. 사내 연애를 좋지 않게 보는 데는 다 이유가 있는 거고, 정말 내가 보스몹과 연애를 시작한다면 분명히 그가 갑이고 내가 을일 텐데, 휘둘리는 것은 절대 사양이었다.

게다가 뭔가 사연이 있어 보이고 잘 알 수도 없으며, 더더군다나 사고를 계속 치고 다니는 남자라니, 이건 남자 친구로서 하자가 보통 많은 게 아니다. 난 어지럽게 생각들을 의식의 흐름대로 나열하다가 울려 오는 휴대폰을 집었다.

[뭐 합니까?]

"누워서 인생에 대한 고찰 중이었어요."

하하하하, 수화기 너머로 브랜든의 시원한 웃음소리가 들렸다.

[밥 먹었습니까?]

"안 그래도 뭐 해 먹을까 고민 중이었네요."

[나오세요. 제가 사지요]

공짜 밥 마다하겠습니까? 아싸.

"다음번에는 제가 살게요."

"천만에요. 이게 다 좋은 글 쓰시라고 하는 겁니다. 증쇄한 것도 각 서점에서 서로 내놓으라고 난리거든요. 인쇄공장 프레스기가 쉴 틈 없이 돌아가고 있습니다."

"저, 정말요? 그렇게 잘나가요?"

"서점 안 가 보셨습니까? 온통 파란색 일색입니다. 《판게모니아》가 이번 역대 우리 출판사 수익 최고치를 연일 달성하고 있어요."

에헤헤헤, 쑥스러워져서 나는 고개를 푹 숙였다. 사실은 매일 매일 서점에 들른다. 회사 일을 보러 나올 때도 반스 앤 노블에 꼭 들러서 내 책을 얼마나 많은 사람들이 가져가는지 지켜본다. 사 주셔서 고마워요, 잘 지내셔요, 마음속으로 인사도 한다.

"그럼 2권은 언제 나와요?"

"아직은 기다려야지요. 달아올랐을 때 연속으로 히트를 날리는 것도 좋지만, 지금 1권만으로도 충분해요. 식을 때쯤 다시 쳐 올릴 테니, 조급해하지 말고 쓰세요."

"결국은 쓰란 소리네요."

"그럼 그만두시려고요? 어이구."

브랜든은 일부러 앓는 소리를 하며 고기를 잘랐다. 그에게는 좀 미안하지만 오랜만에 한국식당에 왔으니 된장찌개도 먹어야지. 이런 곳, 얻어먹지 않으면 절대 못 올 정도로 비싼 곳이다. 저절로 한국 물가와 무의식적으로 비교하게 된달까.

"요즘 어때요?"

"통장 두둑해진 것 외에는 그다지 변한 건 없어요."

사실은 엄청 신경 쓰이는 남자가 생겼어요.

"글이 꾸준하려면 작가의 심리 상태가 안정되어 있어야 해서 묻는 겁니다. 내용의 전개는 어떻습니까?"

"그냥 계획대로죠, 뭐. 시집가고, 전쟁 나고, 쾅쾅."

"여성 독자들이 좋아하겠군요. 1권에서 밀당이라고 하나요, 연애전선 때문에 본다는 사람들도 많거든요."

"그 연애 말인데요."

난 밥을 꿀떡 삼켰다.

"그냥 소설에서 쓸까 해서 묻는 건데, 정말로 남자들은 여자가 3단 변신을 해서 나타나면 거기에 홀라당 넘어가요?"

"좋아하는 여자가 3단 변신하면 넘어갑니다만."

"그다지 중요한 건 아니네요. 그럼 패스."

그건 나도 안다, 뭐. 내가 바라는 건 그 외계인의 본심을 좀 더 정확하게 찔러 내고 내 앞에서 한 번 더 표현하게 하는 거지.

"어떤 걸 바라는데요?"

"뭐랄까요, 좀 솔직해지는 거?"

"솔직해져서, 뭐 하게요?"

그러고 보니 그건 생각 안 해 봤다. 브랜든은 거 보라는 표정이다.

"결과 잘 생각해서 찔러요. 책임지지 못할 일은 만들지 말고."

"소설 얘기하는 거예요."

"나도 소설 얘기예요."

그거 말고 대체 여태까지 무슨 이야기를 한 거냐는 표정에 나는 그냥 애꿎은 고기만 쿡쿡 찔렀다. 그러고 보니 보스몹도 내 책을 읽고 있었더랬지. 재미있었다고, 읽다가 밤새웠다고 그랬는데. 책임져야 할 결과를 따지기 전에, 나는 이리저리 종잡을 수 없는 보스몹 때문에 휘둘리기가 싫을 뿐이다. 선을 긋고, 긋는다면 어디까지 그어야 하는지 확실하게 알고 싶다. 그뿐인데 결과를 생각해야 할까? 뭐라도 알고 난 다음에 생각을 하든가 말든가 하지.

"또 딴생각하네."

"아, 죄송해요."

"밥 먹다가 멍 때리는 게 작가들 특성이라서 이젠 무덤덤합니다만, 그래도 밥은 먹어요. 오랜만에 먹는 거라면서, 아깝잖아."

상냥한 사람이다. 사람 불편하게 만들지도 않고, 게다가 성숙한 어른이다. 여자들이라면—적어도 내가 매일 보는 모델들이나 플라타나 여직원들 말고 제대로 상식 박힌 여자들 말이다—정말 이런 남자를 잡으려고 혈안이 되었을 텐데 왜 아직까지 재혼을 안 할까?

그러고 보면 세상에 완벽한 사람은 없어. 사지 멀쩡한 보스몹도 또라이 짓을 하고 돌아다니고, 이 사람도 싱글이잖아? 그것도 이혼한. 미국에서 이혼이 뭐가 흠이냐, 라고 묻는다면 곤란하지만 여기도 가끔 상상 외로 보수적인 면모가 있다. 자기 관리를 제대로 못하고 가정이 파탄 났다는 건 확실히 문제다. 그래서 가끔 저렇게 달관한 표정을 짓는 것인지도 모르지.

"오늘 잘 먹었습니다. 된장 때문에 고역은 아니셨나 모르겠어요."

"마마이트보다야 낫던데요."

아이쿠, 그 충격과 공포의 영국 음식을 겪어 보셨으니 걱정은 덜었습니다.

"다음번에는 제가 살게요."

"저야 좋지요. 그때는 비싼 걸로 얻어먹겠습니다."

"마음껏 발라 먹으세요."

"그 전에 걸리는 문제는 다 해결하시고요."

"감사합니다."

해결을 보긴 해야겠는데 어떻게 하는지를 모르겠는 걸 어떡해. 사실 그 일이 있고 나서는 소설을 제대로 진행시키지 못했다. 생각하면 생각할수록 분통 터진다. 아니, 내가 왜 그딴 놈 때문에 이렇게 날밤을 새워 가며, 내 금쪽같은 시간을 버려 가며 머리 터지도록 고민을 해야 하는 건데? 난 내 앞가림하기도 바쁜 사람이라서 지금 내가 왜 두근거리는지도 한참 생각을 해 보고 분석을 내려야 하는데, 그 와중에 '애니스, 바보야?' 라니! 너 때문에 내 두뇌활동까지 렉 먹었잖아! 여태까지 술 먹고 진상 부리는 것까지 다 뒤처리해 줬으면 됐지, 이런 어려운 문제까지 해결하라니, 해도 해도 너무한 거 아냐, 정말?

난 쌓이고 쌓인 기사들과 미친 듯이 걸려 오는 전화, 그리고 해결해야 할 마스터북 두 권 위로 지금 클럽에서 네 보스가 광란의 파티를 벌이고 있다는 소식을 들었을 때의 심정으로 아파트 정문에 서서 날 뚫어지게 쳐다보는 보스몹과 마주했다.

"방금 누구야?"

알면서 물어본다. 보스몹은 화가 났다. 최종보스가 화났으니 만렙이 아니면 도전하지 말아야 하나, 라는 실없는 생각을 하면서 난 곧이곧대로 대답했다.

"브랜든이요."

"언제부터 이름 부르는 사이가 됐어?"

"파티 때부터 됐는데요. 여긴 어쩐 일이세요?"

나는 꼬박꼬박 대답해 주지만, 내 아파트 문에 기댄 그는 대답하지 않는다. 저 표정도 엄청나게 열 받는다. 밥 잘 먹고 와서 이게 대체 뭐 하자는 짓이래?

"술 드셨어요?"

"내가 오밤중에 술 먹고 찾아오는 미친놈으로 보여?"

순간 저 짜증나는 말본새에 내 이성이 뚝 끊긴 건 분명히 합당한 일이다. 화가 났으면 이러이러해서 화가 났고, 네가 저 남자랑 이름 불러 가면서 같이 하하호호 밥 먹고 오는 것이 저러저러해서 싫다고 확실하게 남자답게 말할 것이지, 이 쪼잔하고 짜증나는 애새끼 같으니! 난 척척척 걸어가서 그의 차 조수석을 확 열고 탕 소리와 함께 문을 닫았다.

"지금 뭐 하는 거야?"

"운전해요!"

"갑자기 왜 그래?"

"당장 편집장님 집으로 가요."

"내 집은 왜?"

"우리 집에는 미니바가 없으니까! 빨리 운전 못해요?"

내가 해 버릴 테다. 나는 운전석으로 자리를 옮기고서 잡아먹을 듯이 닉을 노려보았다. 그도 꽤나 짜증이 나고 답답해 보였다.

"술 먹고 풀자, 이거야?"

미친 소리 작작 하라는 말에 난 핸들을 잡고 그를 아주 자신만만하게 웃으며 쳐다보았다.

"내가 술 먹으면, 겁나요?"

어디 해볼 테면 해봐, 라는 표정으로 웃는 애니스는 날 말 그대로 도발하고 있었다. 다리를 후들거리게 하고, 정신을 멍하니 빼놓을 정도로 매력적인 여자의 도발에 나는 남자답게 넘어갔다. 조수석에 탄 나는 스마트키를 건넸다.

"당신도 내 뒤처리했는데 나라고 못하겠어?"

"어디 두고 보지요."

흥, 하고 코웃음을 날린 애니스는 그대로 시동을 걸고 핸들을 돌려 내 아파트로 향했다. 차 안에는 터질 듯한 긴장감이 맴돌았고, 우리 둘은 아파트에 도착할 때까지 아무 말도 하지 않았다. 애초에 오늘 그런 말을 뱉어 놓고도 다시 그녀를 보러 간 내가 미친 거였지만…… 관두자. 이젠 이따위 분석도 하기 싫다.

나는 키를 테이블 위에 던져 놓고 곧바로 묵혀 놨던 버번을 꺼냈다. 반갑게 인사하는 맥스를 쓰다듬어 준 애니스는 자연스럽게 냉장고를 열었고, 나는 그사이에 맥스를 데려다가 어떻게 할지 고심했다. 맥스는 눈치가 빠르다. 아무 말 않고 냉랭하게 잔을 꺼내는 애니스가 잔뜩 화가 났음을 벌써 알아서 어찌 된 영문인지 몰라 나만 쳐다본다.

"맥스, 오늘 나랑 애니스랑 술 마실 거니까, 방해하면 안 돼. 놀아 주지 못해서 미안해."

이 녀석은 내가 데리고 오는 여자들에게는 죄다 이를 드러내면서도 애니스만큼은 좋아했기 때문에 뀨웅, 하고 앓는 소리를 냈다. 잔이 부딪히는 소리에 신경이 잔뜩 곤두서면서도 나는 맥스를 달랬다.

"착하지? 미안해. 다음번에 꼭 애니스도 놀아 줄…… 지금 뭐 하는 거야, 이 여자야!"

저 여자가 미쳤나! 내 고함에도 아랑곳 않고서 어느새 코냑까지 꺼내서 큰 잔에 버번과 함께 섞은 애니스는 말 그대로 원 샷을 하고 있었다. 한국 사람들이 폭탄주를 그리 좋아한다기로서니, 뭐 저렇게 무식한 여자가 다 있어!

"안주도 없이, 미쳤어?"

대답도 않고서 굉장한 힘으로 내가 뺏어 든 위스키를 다시 뺏은 애니스는 두 번째 잔을 채우기 시작했다. 여태까지 내 앞에서 다른 남자와 친밀한 관계를 보인 적이 없던 그녀가 브랜든 쿠퍼와 데이트라 해도 좋을 것을 하고 왔다는 것에 뚜껑이 열려서 앞뒤 안 재고 달려든 것이 뒤늦게 후회되기 시작했다.

"술도 제대로 못 마시면서 왜 이래!"

"내놔아!"

날 홱 밀친 그녀는 또 용감하고, 무식하게 꿀꺽꿀꺽 두 번째 잔을 원 샷 했다. 저러다가 사랑하는 여자 송장을 내 아파트에서 치우는 끔찍한 사건이 생기겠다. 난 서둘러 뚜껑 열린 버번과 코냑을 테이블에서 치웠다. 타악, 유리잔을 내려놓은 애니스는 고개를 푹 숙였다. 다른 건 몰라도 그녀의 주량이 그리 많지 않다는 것만은 안다.

파티 때도 끽해야 칵테일 한 잔, 나머지는 거절이 다반사이고 맥주도 가끔가다가 한 캔이 다다. 물론 애니스가 취한 것을 본 적은 없─그리고 보니 이 여자는 내가 취한 걸 몇 번 봤군─지만 성인 남자라도 20년산 버번과 코냑을 섞은 폭탄주 두 잔이면 어질어질할 것이다. 지금 물어봤자 소용없으니 난 재빨리 화장실 문을 열고 그녀가 토하려고 달려가길 기다렸다.

사실, 내가 술 먹은 사람을 직접 뒤치다꺼리해 본 적은 없다. 대학생 때는 다 같이 마시고, 다 같이 토하고, 다 같이 쓰러져 잤고, 군대에서도 극단적으로 횟수가 줄었을 뿐이지 마찬가지였고, 편집장이 되고 나서는 취해 본 적이 별로 없다. 치다꺼리를 하다가 도망간 비서들도 여럿이고, 제대로 날 챙겨 준 사람은 지금 내 앞에서 고개를 푹 숙이고 있는 이 여자뿐이다.

"애니스, 괜찮아?"

사람 겁나게 왜 10분 내내 미동도 없는 거지? 등과 가슴이 움직이는 걸 보면 아주 맛이 가서 병원으로 달려가야 하는 건 아닌데. 아니, 병원을 가야 하나? 젠장, 아무리 브랜든 쿠퍼와 함께 있는 것을 봤어도 그러려니 하고 돌아왔어야 하는 건데!

"자?"

맥스가 낑낑거리며 그녀를 앞발로 툭툭 쳤다. 어어, 흔들린다. 얼른 애니스의 몸을 받쳤을 때, 그녀가 고개를 번쩍 들었다.

"애, 애니스?"

너무 가깝다. 나는 새삼 손을 놓으면 그녀가 쓰러져 버리니 놓지도 못하는 진퇴양난의 상황에 봉착했음을 알았다. 양 뺨이 빨갛게 달아오른 애니스는 항상 그랬듯이, 예쁘다. 내가 돌아 버릴 만큼 예쁘다.

"왜애요오?"

대답을 길게 늘려서 하는 걸 보니 심상치가 않다.

"취했어?"

고개를 끄덕끄덕한다. 빡빡하다면 빡빡하고, 칼 같은 애니스의 술버릇은 대체 뭘까. 나는 홧김에 저질러 버린 이 난감한 상황에서도 그게 괜히 궁금했다.

"집에 갈까? 기분 안 좋아? 토하고 싶어?"

어떻게 해야 하지? 갑자기 아까 애니스에게 미친 척하고 넘어간 것이 무지 후회가 된다. 그러거나 말거나 날 멀뚱하게 바라보는 이 아가씨는 갑자기 팔을 벌렸다.

"응? 왜?"

"닉이다!"

갑자기 날 발견한 것처럼 아주 밝은 표정으로 외친 애니스는 그대로 내 허리를 껴안았다.

"닉이다아!"

신이시여, 여기서 정신줄을 놓지 않게 해 주신다면 평생 이 여자에게 목매고 살아도 원망하지 않겠나이다.

"어? 맥스다아!"

끄에에에에, 졸지에 숨이 막힐 정도로 꽉 안는 애니스 때문에 맥스는 제발 구해 달라는 표정으로 날 쳐다보았고, 나는 얼굴을 감쌌다. 저 여자 술버릇이 아무래도 들러붙는 거였나 보다.

"자, 자. 애니스, 그렇게 안으면 맥스가 아파하잖아. 이리 와. 집에 가자."

"싫어! 집에 안 갈 거야! 이거 맛있어. 더 줘."

애니스가 내미는 잔을 빼앗아 든 나는 어찌할 바를 몰라 그녀를 내려다보았다. 이 여자야, 도대체 뭘 하고 싶은 거였는데?

"애니스."

"왜애애! 더 줘! 맨날 내 말 안 들어!"

"여기 왜 왔어?"

"오옹?"

그 말에 고개를 갸웃거린 애니스는 날 삿대질하기 시작했다.

"맞다! 너 짜증나!"

아아, 첫마디가 그거냐?

"나 너 기억 다 한다는 거 알아!"

"뭘 기억하는데?"

"기억 다 하고, 뭔가 수상해!"

"뭐가?"

이번엔 깨물어 주고 싶게 귀여운 표정으로 신이 난 듯 손가락을 하나씩 꼽는다.

"막 질투해! 그리고 엄청 신경 쓴다? 근데 다른 여자들이랑 너무 잘 놀아! 난 아무것도 모르겠어!"

아웅. 모르겠어. 고개를 흔들다가 어지러운지 차가운 미니바에 고개를 박고 에헤헤헤 웃는다. 참자, 니콜라스 케인. 너는 자제력 있는 성인이다. 저 여자를 여기서 잡아먹냐 마냐, 그딴 고민은 성인답게 안 할 수 있어! 넌 이 판국에 그딴 생각이나 하고 있냐!

"그래서, 애니스는 어떤데?"

"나? 나도 짜증나!"

"왜 애니스가 짜증나?"

그녀가 눈을 동그랗게 뜬 채로 양손을 가슴에 포갰다. 알코올에 치사량이 존재하지 않는다면 저 여자가 스물네 시간 취한 모습만 봐도 행복할 것 같다. 이딴 생각을 해 대니 내가 미친 거지.

"너 같은 어린애가 그런 말을 했기로서니 여기가 막 뛴다? 니가 나한테 키스했다고 머리가 막 이상하다? 근데, 왜 뛰는지 모르겠어."

"어째서?"

"네가 그래서 그런 건지, 아니면 진짜로 내가 너한테 확! 꽂혀서 그러는지 모르겠어. 어려워. 머리 아파아아. 그리고 속상해. 그래서 너 미워. 너 짜증나."

다 알고 있었구나.

"내가 뭐라고 말했는지 기억나?"

"당연하지이! 너도 기억나잖아, 이 나쁜 놈아!"

그래. 내가 나쁜 놈인 거 안다. 그렇지만 이렇게 말하면 벌써 눈물이 글썽글썽한 눈에 결국 반짝거리는 것이 흘러내리겠지.

"그러니까 한 번만 더 다시 말해 봐."

"뭐?"

"다시 말하면 알 수 있을 거야."

"뭘 아는데?"

"그냥 들어서 여기가 이렇게 콩콩콩콩 소리 나는지, 아니면 나도 정말정말! 네가 진짜진짜 좋은지 알 수 있을 거야. 너 술 안 먹었지?"

"안 먹었지."

"그러면 이번엔 내가 유리하네."

"왜 유리해?"

"나도 기억 안 난다고 뺑쳐야지."

이 여자가 지금 장난하나.

"싫어. 그러면 나도 말 안 해 줘."

"그런 게 어딨어! 만날 너만 이겨! 나도 이길래! 안 질 거야!"

"기억한다고 약속해."

"싫어어어어!"

"약속해야 해. 내가 모른 척해도 넌 해야 해."

서운하다고 엉엉 우는 그녀의 뺨을 닦으며 난 늘 '안 돼, 안 돼'라고 날 세뇌시키던 것 대신 그녀의 뇌에 기억하라고 잔인하게 박아 넣었다.

"넌 왜 기억 안 해?"

"당신이 날 부르면 난 복종할 수밖에 없으니까. 그러니까 내가 기억하고, 하지 않는 것은 그리 중요한 것이 아냐."

내 손에 얼굴을 의지한 그녀는 이유도 모른 채 그것이 슬프다며 엉엉 울었다. 나도 당신이 일어나서 날 기억할지 말지 모르겠어.

"기억해. 알았어? 기억해, 애니스. 절대로 잊지 마. 죽어도 잊지 마. 알았지?"

"응. 응. 필름 안 끊길게. 약속해. 그러니까 울지 마."

"우는 건 당신이잖아, 이 여자야."

"울지 마아."

어떻게 여자가 눈물 콧물 다 흘리면서 이토록 서럽게 우냐. 보통 여자들이면 울더라도 눈물 몇 방울 찔끔하고 곧 그치던데.

"기억해."

"응."

"언제나."

"응."

"사랑해, 애니스."

눈물 때문에 짠맛이 나는 입술에 달래듯이 닿았다. 내 목을 끌어안은 손이 힘없이 풀려서 툭 떨어질 때까지 나는 그녀를 놓지 않았다. 매끄러운 머리카락이 내 어깨로 떨어지고, 고른 숨소리만 들려온다. 항상 바라기만 하고 꿈만 꾸던 순간인데 나는 그녀를 품에 안고 울었다. 술 취한 여자에게 미약한 희망을 걸어 놓고 밤새 울었다.

외조부가 움직였는데, 움직인 이 시점에서 겨울 아가씨마저 내게 손을 내밀었다. 나는 둘 다 잡을 수가 없다. 내 칼을 겨누기로 작정했을 때부터 혹시 내 호흡마저 멈추게 할 여자가 나타나더라도 챈들러를 끝장내는 일을 버리지 않을 것이라고, 그 여자를 버리겠다고 맹세했다. 할 수 있다고, 내게는 정당한 이유와 절대 바뀌지 않을 각오가 섰다고 생각했기에.

그러나 난 지금 그것이 얼마나 괴로운 일인지 알아서 이 밤이 끝나지 않기를 바란다. 그냥 너와 함께 오래오래, 서로 안고서 가만히 있고 싶다. 어떤 감정도 차가운 복수심만큼 뿌리 깊고 강하지 않을 것이라 여겼는데 고작 2년밖에 안 된 당신을 향한 마음은 어느새 그걸 집어삼켜 버릴 만큼 자라 버렸나 봐. 이젠 나도 자신이 없어.

그녀가 잠에서 깨어나는 모습을 두 번째로 지켜본다. 평생 매일 아침마다 이 광경을 봤으면 좋겠지만 그건 내 희망 사항일 뿐. 애니스는 머리가 아프고 햇빛이 성가신지 인상을 잔뜩 찌푸렸다. 브랜디는 숙취가 심하지. 그녀의 눈이 안간힘을 쓰며 열리는 것을 조마조마한 심정으로 지켜보았다. 날 보면 어떤 표정을 지을지 심히 궁금하고 두렵다.

까만 눈이 신경질적으로 낯선 천장을 쏘아보다가 천천히 굴러서 나에게로 왔다. 의문, 혼란, 짜증, 그리고 마지막은 수긍. 애니스의 표정은 분명하게 그녀가 어젯밤 일을 기억하고 있었다고 말해 주고 있다. 난 지금 기뻐해야 하는 건가, 아니면 슬퍼해야 하는 건가. 종잡을 수 없는 기분으로 나는 그녀의 어깨를 천천히 끌어당겼다. 따뜻한 머리가 내게 아무런 저항 없이 기대 오는 덕에 한참 머리 아프게 울고도 또 눈물이 날 뻔했다. 이 여자 앞에서는 울 수 없다.

"지금 몇 시예요?"

품 안에서 가느다랗게 묻는 소리에 흘긋 시계를 보았다.

"이미 늦었어. 회사에 연락해 놨으니 걱정하지 마."

"뭐라고……?"

"변덕스러운 편집장이 떽떽거리는 비서 데리고 마이애미로 가서 새 컨셉을 찾아보는 줄로 알고 있을 거야."

끄응, 앓는 소리를 낸 애니스가 몸을 일으키려고 애를 썼다.

"일어날래?"

"네."

머리가 쾅쾅 울리는지 고개도 제대로 못 든다. 일으켜 세워 놓으니 씻고 싶으시단다. 왠지 이것도 두근거린다. 내 집에서, 다른 이도 아닌 애니스가 씻고 있다니. 괜히 안절부절 뭐 마려운 맥스처럼 거실만 빙빙 돌다가 어제 인터넷으로 부리나케 찾아서 만들다 만 한국식 해장국을 만들기로 했다. 새벽시장에 나가서 사 온 콩나물—이건 어떻게 요리해야 하는 거지?—과 소의 목뼈, 그리고 새빨간 고춧가루가 대단히 난감하긴 했지만 인터넷의 힘과 애니스가 해 줬던 걸 기억하는 내 미각을 믿어야지 뭘 어쩌겠나.

이미 무시무시한 빨간 수프는 냄비에서 부글부글 끓고 있었고, 나는 반신반의하면서 파를 썰어 넣었다. 내 입맛에는 그럭저럭 괜찮은 것 같은데 애니스가 싫어하면 어쩌지? 마늘 냄새가 확 올라오는 반투명한 수프를 난감하게 바라보다가 뚜껑을 덮었다. 그냥 주지 말고 밖에 나가서 사 먹을까?

"그거 뭐예요?"

여자들이란 참 대단하다. 그새 샤워까지 다 하고 나온 그녀는 젖은 머리—신이시여!—를 털며 둥둥 뜬 것처럼 다가와서 홀린 듯이 냄비 뚜껑을 확 열었다.

"아니, 그게, 있잖아, 내가 한국식 해장국을 만들어 본다고 하긴 했는데……."

"밥 있어요?"

"응? 응. 근데 장담은 못…… 애니스?"

"고마워요, 잘 먹을게요."

머리가 아파서 연신 찡그리면서도 그녀는 국자를 떠서 맛을 보았다.

"어, 어때?"

"먹을 만하네요."

"맛은 별로라는 소리네."

"맛있어요."

"정말?"

"정말."

속이 쓰릴 텐데 애니스는 그 매운 걸—매운 걸 좋아한다기에 마늘이며 고추장을 왕창 넣었다— 악착같이 먹었다. 머리가 아파서 제대로 고개도 못 들고서.

"열심히 먹네. 속 아프지 않아?"

"그래도 먹을 거예요."

"먹기 싫으면 안 먹어도 돼."

죽어도 먹을 거라고 박박 우기는 게 어제 술 취했을 때와 비슷한 것 같아서 슬그머니 웃음이 났다.

"먹어서 힘내서 편집장님, 아니, 닉이랑 못한 이야기 다 끝내야 하니까 꼼짝 말고 거기 있어요."

난 그래서 그녀가 밥을 다 먹을 때까지 미동도 하지 않았다. 한 공기를 뚝딱 비우고, 더불어서 양치질까지 다 하고 온 의지의 한국인은 정색을 하고 내 앞에 다시 앉았다.

"나 이대로는 못 넘어가요."

"알아."

"맨정신 대 맨정신으로 말해 줬으면 좋겠는데요, 정말 나 좋아해요?"

와, 이런 모욕이 있나!

"그게 아니라 사랑하는 거지."

애니스는 입을 떡 벌렸고, 나는 죄책감을 느꼈다.

"미안해. 부담 줘서."

"아니, 그건 문제가 아니고요."

머리가 쾅쾅 울리는 와중에 내가 투척한 폭탄이 충격이었는지 그녀는 머리를 싸쥐었다.

"머리 아파? 약 줄까?"

"아뇨. 근데 왜 꼭 술을 먹어야지 그런 말을 해요?"

"말하기 싫어서."

지금 날 보는 그녀의 표정은 한마디로 '아오, 이 애새끼' 이다.

"어이, 어이. 오해하지 마. 나도 엄연한 성인이고 나름대로 복잡한 사정이 있었다고."

애니스는 꽤나 난감한 표정을 지었다. 도대체 어쩌라는 건지, 라고 중얼거리며 그녀는 식탁 위에 엎드렸다.

"우, 울어?"

"울고 싶네요. 본인이 남자 친구로는 최악이라는 거 알죠?"

"남자 친구 하게 해 줄 거야?"

아무래도 그건 싫나 보다. 상처다. 우와, 저렇게 대놓고 미쳤냐는 표정으로 쳐다보다니.

"언제는 기억하지 말래 놓고 그게 무슨 짓이래요?"

"그러게나 말야. 나 참 뻔뻔해."

"여자들 다 끼고 다녔다가 이젠 질려서 좀 색다른 게 당겼어요?"

가시 돋친 애니스는 이해하지만 저 말은 상처다.

"애니스가 이 호텔 저 호텔로 나 잡으러 다닌 건 아는데, 그래도 내가 하기 싫어서 억지로 한다는 건 죽어도 눈치 못 챘어?"

"전혀요. 그랬어요?"

저 여자는 무슨 꿈도 낭만도 없나! 도대체 이 난국을 어떻게 타계할지 모르겠다. 내가 여태까지 쌓아 올린 모든 악행과 애니스의 철벽같은 이성이 쉽게 무너질 리가 없지.

"내가 어떻게 하길 원해?"

"말하면 하라는 대로 하려고요?"

"나한테 선택의 여지는 없어."

"그거 참 편리하시네요."

애니스는 빈정거렸지만 결국 포기하고 말았다.

"나 언제부터 좋아했, 아니, 사, 사랑했어요?"

내가 흘끗 쳐다보자 그녀는 얼른 말을 더듬으며 바꾸었다.

"나도 그걸 모르겠어. 정확히는 모르겠지만 2년 가까이 됐나."

내 말에 정말로 쇼크 먹었나 보다. 입을 딱 벌린 애니스는 잠시 우리 둘 사이에 있었던 비즈니스라고 말할 수 없는 험난한 여정을 반추해 보는 듯했다.

"티도 안 냈잖아요!"

"난 열심히 어필했는데 너만 몰랐네요."

"그사이에 갈아 치운 여자가 몇이래요?"

"그건 나도 할 말이 없네."

그녀는 고개를 흔들려다가 울리는 머리 때문에 인상을 쓰며 자리에서 일어났다.

"이건 미친 짓이야. 난 갈래요."

결국은 이렇게 되나. 나는 괴로운 심정으로 그녀가 자리를 뜨려다가 날 홱 돌아보는 것을 지켜보았다.

"아니, 붙잡지도 않아요?"

"난 아무것도 바랄 수가 없어. 그러니까 애니스한테 어떠한 부탁도 하지 않아. 가령 가지 말라든가, 나랑 함께 있자든가, 같이 도망가자든가."

"도대체…… 무슨 사정이에요?"

항상 냉정하게 생각하길 좋아하는 그녀는 앞뒤가 딱 떨어지는 대답을 원했고, 그녀가 원하였으니 나는 입을 열었다.

"우리 어머니는 본가에서 쫓겨났어. 그건 알고 있지?"

"네."

"난 그래서 외가가 끔찍하게 싫어."

"그것도 알아요."

"알아?"

"딱 보면 알아요."

역시 당신이란.

"어머니는 평생 괴로워하셨어. 아버지와 함께 있어서 행복했지만, 잔인한 외조부 때문에 마음고생이 심하셨지. 말 그대로 사람 취급을 하지 않았으니까."

이쯤에서 대충 파악을 한 눈치였지만, 그녀는 내 말을 굳이 막지 않았다.

"어느 날 아버지 사업 자금에 구멍이 생겨서 급히 메워야 해서, 어머니가 챈들러가에 돈을 좀 빌려 달라고 찾아간 적이 있었어."

아이를 맡길 곳이 없었던 엄마는 나를 어쩔 수 없이 달고 가야 했다.

"그 눈 오던 날, 어머니는 챈들러가 앞에서 여섯 시간을 서 계셨어. 문은 끝내 열리지 않았고, 그사이 아무것도 모르던 아버지는 어찌어찌 지인들에게 돈을 빌려서 간신히 부도를 막았지. 어머니는 그날 이후로 침대 밖을 나가질 못하셨어."

분명히 가장 로건 챈들러를 닮았다던 딸이기에 어머니와 외조부 사이에는 내가 알지 못하는 모종의 감정의 골이 더 있었던 것 같지만 나는 죽었다 깨나도 이해할 수 없다. 그 잔인한 이모와 삼촌이 아무리 충동질을 하고 귓가에 간언을 속살거렸어도 나는 이해할 수 없다.

"딸이 죽어 간다는데 찾아오지도 않았고, 죽기 전에 어렸을 적에 놀던 목장을 한 번 보고, 같이 놀던 말을 보고 싶다는데도 끝내 허락하지 않은 지독한 인간을, 나는 용서할 수가 없어."

복수는 추하다지만, 나는 열다섯 살에 아무 비명도 지르지 못하고 죽어 가던 어머니를 목도하고 스스로를 내던졌다.

"내 목표는 어머니 몫이었던 유산, 나아가서 챈들러가의 모든 재산을 철저하게 그 노친네 손에서 빼앗는 거야. 당신이 가장 싫어하던 딸의 핏줄에게 어쩔 수 없이 넘겨주도록, 그렇게 할 거야."

아직도 갈피를 못 잡고 있는 듯한 애니스에게 마지막 쐐기를 박았다.

"그러려면, 유산 상속자 중 하나로서 어떻게든 살아남아야겠지. 내 막내 삼촌은 실패했지만."

영민한 겨울 아가씨는 그제야 모든 상황을 이해했다.

"그래서 그런 양아치 짓을?"

"지나치게 똑똑하면 챈들러가에서는 제거 대상이지. 노친네는 방관하고, 알렉스 챈들러가 머리를 쓰고, 헬레나 챈들러가 핫샷을 날려. 그렇게 어머니가 제거당했고, 대니스 챈들러가 자살했어. 나는 그렇게 당할 수 없어."

엄마는 너무 여렸고, 막내 삼촌이었던 대니스는 지나치게 순진했다. 욕심 사나운 것으로 따지자면 그도 알렉스, 헬레나 챈들러의 뺨을 쳤으나 그는 무서운 형제, 자매보다 머리가 나빴다는 것이 화근이었다. 그리고 그는 나약했지. 유능한 놈이 살아남는다는 철칙을 자식들에게까지 적용한 로건 챈들러는 그 모든 것을 지켜보고 방관만 했다. 둘째 딸을 잃고, 막내아들이 약물 과다 복용으로 죽어도 눈 하나 까딱하지 않았다. 나는 그게 치가 떨린다.

"멋대로 사랑해서 미안해. 그리고 책임지지 못해서 미안해. 미안해. 당신까지 지켜 낼 수가 없어. 내가 나약해. 미안해."

일개 패션잡지 편집장으로서는 거대한 그룹을 상대해 낼 수가 없다. 발을 빼내고 애니스와 함께 살아가기엔 너무 깊숙하게 들어와 버렸다. 애니스는 그저 남들이 다 하는 평범한 연애를 생각했겠지만 나와 그녀는 사는 세상이 너무 다르다. 초장부터 이런 식일 수밖에 없어서 괴롭다. 그렇게 아프게 사랑했는데 내가 줄 수 있는 것이 없다.

"어떻게 하려고요?"

"얼마나 걸릴지는 모르겠지만 조금씩 챈들러가 계열사 주식을 매입하고 있어. 지금은…… 그게 다야."

부끄럽게도 그게 다야.

"그 말이 사실이라면 전미를 완벽하게 속이신 거네요."

"그럭저럭. 덕분에 외숙부나 이모나, 뉴욕 전역이 날 한심한 가십거리로밖에 보질 않지."

"당신, 참 영리해요. 그리고 비겁해."

"미안해."

그날 술을 마시지 말걸, 이라고 지금까지도 뼈저리게 후회하고 있다.

"나도 지금 어떻게 할지 모르겠는데 편집장님은 술김에 질러 놓고 책임은 지지 않겠다, 이 말이잖아요."

"우리 그냥 도망갈까?"

"미쳤나 봐, 이 남자가."

눈에 쌍심지를 켜던 애니스는 자리에서 일어나 고개를 푹 숙이며 픽 웃던 나에게로 다가왔다.

"날 좋아하지 말지 그랬어요."

"미안해. 나도 노력해 봤는데 도저히 안 되더라고."

"나도 당신 책임 안 질래요, 그럼."

"마음대로 해."

"나한테 더 푹 빠져도 난 몰라."

"응."

똑똑한 아가씨는 새침하고 쌀쌀한 말과는 달리 내 어깨를 끌어안았고, 나는 그녀의 머리카락에 얼굴을 묻으며 고개를 끄덕였다.

"우린 그냥 아무것도 아닌 사이예요."

"응."

"난 도망가고 싶으면 도망갈 거야."

"응. 미안해. 잡지 않을게."

"항상 내 맘대로 할 거예요."

"아가씨 뜻대로."

"그러니까 지금은 그냥 같이 있어요."

나는 눈을 감았다. 바랄 수 없는 사람이 지금 내 곁에 있겠다고 한다. 기한은 한정되어 있지만 이것만으로도 족하다.

"고마워."

그의 괴로운 감사와 함께 조심스러운 입술이 날 찾아왔다. 나도 내가 왜 반응하고 이런 미친 짓에 동참했는지 모르겠다. 동정심에? 아니면 사랑에? 고민한 지 고작 삼 주밖에 안 됐는데 사랑은 무슨. 그저 이 남자의 화려한 겉모습과 술김에 했던 키스에 만년솔로가 혹한 것일 뿐이야. 애써 빈정거리며 그 입술에 응했다. 내가 소설에서나 썼던 키스, 그의 무릎 위에 올라앉아 영화처럼 그의 목을 끌어안고 하는 키스였건만, 기쁨에 차서 받는 키스가 아닌 소리 없이 우는 닉을 달래는 키스였다. 눈물도 흘리지 못했고, 소리를 내지도 못했지만 닉은 속으로 울고 있었다.

항상 실실 웃고 가볍던 그가 스스로 나약함을 책망하며 우는 건 생각 외로 약해 보이지 않았다. 그저 안쓰럽고 또 안쓰러울 뿐. 어차피 나는 이 사람을 내년 4월에 떠날 테고, 관계야 쿨하게 끝날 거라고 생각하지만 늘 웃는 낯이던 사람이 이렇게 괴로워하는 건 싫다. 볼 수가 없다. 나도 몰랐던 가족사를 그의 관점에서 말할 때는 정말 녹색 눈이 시퍼렇게 원한에 차서 빛났지만, 달래줘서 고맙다고 꾸밈없이 말할 줄 아는 사람이다. 본성은 참 상냥하고 밝은 사람인데 혈육 간의 애증에 그만 휘말려 버렸구나. 이상하게도 계속 머리가 아프고 속이 쓰렸는데 숙취가 씻은 듯이 사라졌다.

"이젠 쉬세요. 전 회사 사람들 눈에 안 띄게 조심히 갈 테니."

"벌써 가려고?"

서운한 기색이 가득한 닉은 내 허리를 안고 놔주질 않았다. 우린 사귀는 것도 아니고, 그냥 옆에 있는 것뿐인데 왜 이러실까.

"그럼 뭐 할까요?"

"전화한 대로 변덕스러운 편집장이 되어 볼까 하는데, 어떻게 생각해?"

정확히 4시간 뒤, 나는 황당한 표정으로 마이애미 공항에 서 있었다. 이 인간, 정말 신난다고 날 여기로 끌고 왔어!

"여긴 왜 온 거예요!"

"우와, 목청도 좋지. 숙취가 싹 가셨나 봐? 왜 이렇게 쌩쌩해?"

"덕분에 해장은 잘 했네요. 근데 여기 와서 뭘 하려고요!"

"뭘 하긴. 일해야지. 애니스, 일 안 해?"

괜히 세계 최대의 휴양 도시에서 이 인간이 무슨 생각을 하나

경계했던 내가 힘 빠지는 순간이다. 그래, 일. 일해야지. 네 눈앞에 있는 남자는 연애 상대가 아니라 네 직장 상사라고. 어제 입은 옷 그대로 항상 들고 다니던 여권 덕분에—난 외국인이니까!—여기까지 끌려온 난 약간 비참한 기분으로 날 유심히 바라보는 닉과 마주했다.

"왜, 왜요?"

또 날 왜 쳐다봐, 보스몹아!

"근데 애니스. 옷은 좀 갈아입어야겠다."

"뭘 하려고요?"

"가자."

내가 하자는 대로 한다며! 죽어도 안 된다고 고개를 흔들었지만 망할 보스몹은 날 그대로 마이애미 중심가에 있는 패션하우스에 밀어 넣었다. 그렇지. 저 외계인이 얌전히 내 말을 들을 리가 없었다. 내가 내 발등을 또 찍은 거지, 뭐! 나에게 챙이 넓은 모자를 씌워 놓고 좋다고 웃는 보스몹의 스케일은 애초에 나와는 너무 달랐다. 마이애미에 갔다고 거짓말한 걸 현실화하다니, 나 원.

"근데 왜 이렇게 많이 사요? 벌써 몇 벌을 사는 거예요? 됐어요!"

"됐긴 뭐가 돼? 이삼 일은 여기서 있어야 해."

"에엑?"

그럼 냉장고에 있는 내 우유 유통기한이 지나잖아! 내 소설은 집에 고이 잠들어 계시는데 언제 써?

"왜, 나랑 있는 거 싫어?"

"냉장고의 유통기한 지날 것들 폐기 처분할 걱정 중인데 왜 그런 말을 해요?"

"그런 생각을 하다니, 참 애니스답지만 걱정 마. 내가 책임지고 치워 주고 다시 채워 놓을 테니까 지금은 즐기지 그래?"

"일하러 왔다면서 뭘 즐겨요?"

"당신이랑 왔잖아."

단 하루 만에 이 사람에 대한 평가가 싹 달라져 버렸다. 오싹할 정도로 원한에 찬 모습과 괴로워하는 모습, 게다가 저렇게 신이 난 모습도 처음 본다. 심장이 간지럽다. 닉의 웃는 모습에 새삼 이곳이 바로 휴양 도시라는 것을 깨달았다. 내 머리에 선글라스를 걸더니 툭 내려서 엉터리로 씌우며 신나게 웃는다. 수험에 찌들어 살다가 대학에 와서 처음 소개팅을 하고 남학생과 영화를 보러 갔던 기분이다.

호텔에 짐을 던져 놓고서 크리스마스 특집 화보를 찍을 장소를 부지런히 물색하고 다녔다. 왜 하필 크리스마스 특집이냐고 물었지만 그냥 그게 생각이 났다나. 고급 요트들이 나란히 정박한 선착장에 노을이 뉘엿뉘엿 지고 있었다. 똑딱이로 몇 컷을 찍어 놓고서 모자를 고쳐 썼다. 간지러운 바람이 빨갛게 달아오른 뺨을 식혀 주었다. 즐겁다. 그리고 이곳은 아름답고, 수평선을 바라보며 바람을 만끽하는 저 남자도 멋지다. 눈에 콩깍지가 씐 건지 모르겠지만 이곳은 아름다웠다. 그리고 우리 단둘뿐이다.

"애니스."

"네?"

"군말 않고 따라와 줘서 고마워."

"마이애미는 한 번쯤 와 보고 싶었으니까요."

바지 주머니에 손을 찔러 넣은 닉이 그 말에 표정을 바꾸고 몸을 마저 돌렸다.

"그러고 보니 휴가 한 번 안 썼구나."

"그러게요."

"그러게요가 뭐야, 그러게요가! 한국도 안 갔지?"

"못 갔죠. 어디 사는 누가 나 없는 사이에 무슨 짓을 저지를까 걱정이 되어서요."

나를 나무라던 보스몹은 픽 웃었다. 노을을 등진 그의 머리카락이 하얗게 빛났다.

"손잡아도 돼?"

내가 오늘 계속 미친 짓을 하는 이유는 자꾸만 간지럽게 설레는 이 마음 때문이다. 그냥 좋아 죽을 것 같다. 어떠한 정의도 내리지 않는 얄팍한 관계로 알량한 내 자존심을 지키고 상처를 받지 않고자 보험을 들어 놓았지만 어째서 그의 말 한마디에 '그렇구나.' 하고 모든 걸 쉽게 믿어 버린 걸까. 그의 말이 지난 행적과 미묘했던 표정 변화를 비교해 볼 때 아귀가 맞아서? 생각해 보니 보스몹이 나한테 어필을 여러 번 했던 것 같아서? 모르겠다. 나 정말 연애에 굶주렸나 봐. 애인이 있었으면, 하고 바랐던 적도 없는 것 같은데 지금은 좋아 죽겠다. 미쳤어, 한겨울.

"뭘 그런 걸 물어봐요?"

"난 애니스가 하기 싫은 건 안 할 거야. 몇 번이나 말했잖아. 선택은……."

"제가 하는 거라고요. 잡아도 돼요."

크고 각이 진 그의 손이 묵직하게 잡혔다. 고작 손 하나 잡았을 뿐인데 입이 찢어지려는 걸 어떻게든 참으려고 애써서 광대뼈가 아픈 나는 그렇다 쳐도, 보스몹은 얼굴이 완전히 빨개진 채로 계속 웃는다.

"왜 그래요, 자꾸?"

대답은 안 하고 또 웃는다. 저런 걸 보면 정말 날 좋아하는 것이 맞는 것 같긴 하단 말야. 여자들을 수백 명이나 갈아 치우던 남자가 고작 손 한 번 잡았다고 표정 관리를 못하잖아.

"나, 언론에 절대 들키지 않도록 할게. 당신 일상생활에 절대 방해되는 일은 없을 거야."

"티 내고 다니지 않을 자신은 있어요?"

그렇게 웃으면서.

"유능한 비서가 알아서 도와주겠지."

"저 너무 믿으시면 안 돼요."

"그럼 그때는 같이 도망갈까? 나 꽤 유능해. 그리고 재산도 제법 있어."

"회장님한테 제가 혼나요. 절대로 아들한테 넘어가지 말라고 신신당부를 하셨는데, 큰일 났다."

"나도 아버지한테 혼날걸. 다른 여자는 다 넘겨도 애니스만은 꼬이지 말라고 몇 번이고 말씀하셨는데."

"꼬인 건 그쪽이에요. 난 아니야."

"2년 동안 갖은 유혹에 넘어가지 않은 건 칭찬해 줘야 하는 거 아닌가?"

저 소리가 뭔가, 하다가 난 딴청을 하는 닉의 표정에 얼굴이 빨개져서 소리를 빽 질렀다.

"내가 언제 유혹을 했다고!"

"애니스는 짝사랑해 봤어? 그거 엄청나게 괴로워."

이상하게도 조용한 선착장에서 그는 내 손을 입술에 가져다 댔다. 손가락 마디마디, 손가락 사이의 깊은 골, 도드라진 뼈까지 능숙하게 쓸어내리는 그의 시선은 나에게로 강렬하게 꽂혀 있었다. 하나도 빠트리지 않고 삼키고 싶다는 욕망을 가진 시선과 냉정하지만 정확하게 예민한 부분을 공략하는 그의 입술에 나는 입을 앙다물고 바르르 떨었다. 내 손이 아닌 것만 같았다. 닉은 마치 내 손이 대단히 부드럽고 맛있는 생크림이라도 되는 양 점점이 입맞춤을 뿌리며 천천히 말을 이었다.

"내가 안고 싶은 여자는 내 눈앞에, 내 사무실 바로 앞에 앉아 있는데 정작 품에는 들어오지 않아."

어째서 여자들이 오래가지 못할 것을 알면서도 이 남자에게 온몸을 던지는지 알 것 같다. 지금 이 순간만큼은 그가 숭배하는 여자는 오직 나다. 저 욕망으로 들끓는 시선은 냉정한 자제력과 함께 꿈틀거리는 근육 아래서 요동을 치고 있었고, 난 도저히 저 남자를 믿을 수 없다고 부르짖으면서도 신음 소리가 나오려는 입을 틀어막아야 했다.

"당신은 덥다고 머리를 묶어 올리고, 아무렇지도 않게 내 앞에서 웃지만 나는 그때마다 심장이 떨어져 내려."

"닉, 제발……."

"그리고 화가 나지."

제대로 말을 못 잇는 나 때문이었을까, 아니면 지난 기억들의 잔재 때문이었을까, 눈을 내리깐 그의 속눈썹이 내 손등에 닿았다. 예민해진 손끝에 닿던 열정 대신 애달픈 독백이 내려앉았다. 왜 화가 나는지 그는 끝내 말하지 않았지만 나는 어렴풋이, 그가 오늘 아침에 했던 고백이 뇌리를 지나가면서 화가 나는 원인을 말하지 않는 이유를 알 것 같았다.

무능력한 내 탓으로.

나는 사람을 잘 믿는 편이 아니다. 사람은 본디 이기적이기에 언제고 자신의 이익에 따라 변할 수 있는 무서운 동물이란 걸 안다. 하지만 저 서러운 표정을 못 본 척할 수는 없었다. 더 이상 요구할 수 없다는 걸 스스로 되뇌면서 한 발짝 물러설 때 체념하는 표정은 그뿐만이 아니라 보는 나마저도 더없이 소중한 것을 눈앞에서 놓치는 기분이 들게 했다.

"당신이 언젠가는 떠날 거라는 거 알아."

내가 상상한 연애는 그저 성실한 남자와 함께 평범하게 두근거리는 연애를 하는 것이었다. 내 소설에 써 갈기듯 서로 못 보면 죽을 것 같고, 집안 대 집안끼리 혈투를 벌이는 와중에 두 사람이 함께 꿋꿋이 이겨 나가는 그딴 전쟁 같은 드라마가 아니었다.

"내가 추하게 동정심에라도 하소연을 할지 모르겠어."

내 연애는 전화와 문자메시지를 기다리고, 오늘 뭐 먹었냐고 묻는 물음에 점심 식사 메뉴와 함께 우리 회사 외계인들을 홍보하는 자잘한 수다이길 바랐다.

"그러니까 시작하기 전에 부탁 하나만 하자."

처음 시작을 이런 경고로 장식하는 비장미 따위 바란 적 없었다.

"떠날 때는 얼굴 보지 말고 예고도 없이 그냥 가 줘. 쌀쌀맞고 잔인하게, 애니스답지 않게 하고 가. 이 부탁은 들어줄 수 있어?"

그를 믿지 않음에도 불구하고 그 부탁에는 대답을 할 수가 없었다. 제발 들어 달라고 비는 부탁이 결국은 스스로를 베어 버리는 것이라서 닉은 아프게 웃었다. 항상 유들유들하게 웃으면서 매스컴과 따가운 외계인들의 공격을 상대하던 유능한 남자가 어째서, 이 비서가 대체 뭐라고 내 앞에서 이리도 처참하게 무너져 버린단 말인가.

대답할 수가 없었다.

"안아 줄까요?"

닉은 피식 웃으며 날 그가 서 있는 보트 안쪽으로 끌어당겼다.

"뭘 그런 걸 물어보고 그래?"

그는 비겁하다. 나도 그것을 알고 있고, 그 역시 내가 냉정하게 그를 판단하고 있다는 것을 잘 안다. 그럼에도 불구하고 나는 그가 구해 달라 내미는 달콤한 손에 한 발자국 가까워졌고, 다른 손으로는 애써 내가 만들어 놓은 보험을 구명줄 삼아 붙들고 있지만……

"사랑해."

닉의 손을 잡기로 결심한 지 고작 열두 시간 만에 나는 언젠가, 구명줄을 놓아 버리고 내 스스로를 이 따뜻한 품에 던져 버릴지도 모를 것 같다고 생각했다.

8.
음모

내가 사랑하는 여자는 굉장히 영리하다. 고작 스물다섯 살밖에 되지 않았으면서도 철저하게 계산하고, 몸을 뺄 줄 안다. 그런 이를 사랑하는 것은 고역이지만 대외적으로는 나에게도 이득이다. 저 여자는 절대로 나와 그녀 사이에 있는 일은 표 나게 하지 않을 테니까 말이다. 애니스는 나의 손짓 하나하나에 예민하게 반응하면서도 결코 거기에 넘어가지 않았다. 같이 잤다가는 정말 관계가 껄끄러워지든가, 아니면 내 복수가 망가지든가 둘 중 하나라는 것을 잘 알기 때문이다.

어쩌면 날 사랑하지 않는 것일 수도.

상관없다. 그런 건 애초에 신경 쓰지 않는다. 일말의 동정심이라고 해도 좋다. 어떻게 얻은 여자인데! 그녀 옆에 앉을 자리를 한편 내준 것뿐이지만 난 머저리처럼 좋아 죽을 것 같다. 이러다가 정말 작정하고 애니스를 유혹해서 같이 한국으로 도망가 버릴 흉계라도 꾸미면 어쩌나.

안 돼. 이 생각에 '나쁠 거 없네.'라고 반응하면 안 돼. 그러면 정말 죽어서 엄마 얼굴 못 본다.

"애니스!"

"아, 또 왜요!"

짜증을 내도 안긴 어깨를 뿌리치지는 않는다. 이 여자는 다정하다. 그리고 착하다.

"일 그만 하고 나랑 놀자, 응?"

"몇 살이에요, 대체? 그리고 여기에 일하라고 끌고 온 건 닉이지 내가 아니거든요?"

은근슬쩍 호칭도 달라졌다. 내가 그놈의 망할 '편집장님'이라는 호칭을 대단히 싫어한다는 것을 눈치채고서는 절대로 그렇게 부르지 않으려고 무던히 애쓴다. 그게 너무 귀여워서 미칠 것 같다고 하면, 역시 이미 미쳤다고 대꾸하려나?

"더워요."

"떨어질까?"

불쌍한 척하고 물어보면 힐끗 보다가 얼굴을 팍 구겨 버리지만 그대로 내버려 둔다. 왜 그런 말을 해서 사람 곤란하게 하냐는 거다. 사실은 좋으면서 뭘 그래.

"에어컨 틀어 놨잖아. 그리고 지금 팔에 소름 돋았어, 애니스. 추운 거 아냐?"

나는 알면서도 물어보고, 아무렇지도 않은 척 그녀의 팔을 쓰다듬는 내 손 때문에 그녀의 얼굴이 빨개진다. 사실 저 얼굴을 보려고 그랬어.

"그러니까 에어컨은 좀 끌까요?"

"싫어. 그러면 정말 더워."

마이애미의 날씨는 상상을 초월한다. 내가 이래서 여기에 부동산 투자만 하지, 실제로 살진 않는다니까. 우리의 임시 사무실은 내 명의의 콘도. 에어컨을 사정없이 틀어 놓고—지구야 미안해—차가워진 겨울 아가씨를 끌어안았다. 입으로만 짜증을 내고서 못 이기는 척 머리를 내 목에 기댄 애니스는 천천히 찍어 놓은 사진들을 넘겼다.

"그거 괜찮다. 여기서 산타걸들을 잔뜩 늘어놓고 믹 재거만 뿌려 놓으면 되겠네."

"왜 하필 믹 재거예요?"

"로버트 패틴슨보다야 신선하잖아."

난 뭐가 뭔지 도통 모르겠네, 라고 삐죽거린 애니스는 사진에 체크를 하고 넘겼다.

"신년호는 서울에서 작업할까?"

"정말?"

반짝하고 고개를 들어 날 보던 그녀의 눈이 가늘어졌다.

"나한테 너무 잘해 주는 거 아니에요?"

나는 본래 이 아가씨에게 완벽한 신뢰를 받을 수 없다. 그렇다는 건 이미 알고 있었고, 그런 건 이미 포기한 지 오래이다. 그래서 애니스가 나에게 한 걸음 두 걸음 다가오다가도 스스로를 경계하며 이렇게 물러날 때마다 나는 웃을 수밖에 없다.

"그럼 잘해 주지 말까?"

아, 이건 이 아가씨에게 독 묻은 사과와도 같은 질문. 빨간 사과는 맛있어 보여요. 먹다 보면 중독될 거야. 과연 사과를 내미는 상냥한 할머니는 마녀일까, 친절한 요정일까?

"그러는 거, 힘들지 않아요?"

내 백설공주는 훨씬 똑똑했다.

"무슨 소리야?"

몸을 돌려 나를 똑바로 마주한 그녀는 딱딱하게 굳어 버린 내 눈가를 그러지 말라는 듯이 만졌다. 난 어떻게든 이 여자 앞에서 다시는 무너지는 한심한 모습 따위 보이지 않으려고 무던히 노력하고 있는데 애니스는 그런 나의 가면을 아무렇지도 않게 깨뜨린다.

"당신 눈에는 내가 복수에 미친 한심한 놈으로 보이나? 용서하라고, 그딴 말을 하고 싶은 거야?"

"복수는 해야죠."

부러 퉁명스럽게 말한 내 말문이 막혔다.

"그런 표정을 지을 정도의 사정이라면 말한 것보다 훨씬 맺힌 것이 많겠죠. 나는 잘 모르지만, 해요. 당신 권리예요."

"그런데 왜 그런 걸 물어보지?"

"힘들어 보이니까. 좋아서 하는 짓은 아니잖아요."

맞는 말이다. 그리고 결국 그 말의 답은 날 빤히 올려다보는 당신에게로 귀결되지.

"당신이 생겨서 더 힘들어."

"나한테 빠졌을 때 내가 참 미웠겠어요."

"그걸 말이라고."

간단한 대꾸에도 애니스는 신중하게 대답할 말을 골랐다. 그녀는 어리다. 남녀관계에서는 본인의 나이보다 훨씬 어리다. 일은 유능하게 잘해 내고 있지만 연애는 무척이나 서툴다. 저 신중한 성격 탓에 그런 점이 많이 가려지고 있지만 순진한 건 사실이지.

"다 끝나게 되면 뭘 할 거예요?"

"끝나기나 할까?"

사실 그런 건 생각해 본 적도 없다. 챈들러 그룹을 다 집어삼키려면 내 평생을 바쳐야 할 것이다.

"그럼 나한테 평생 고백 한번 못해 볼 뻔했네요."

"당신 입으로 들으니 대단히 끔찍하군."

그녀는 다시 나에게서 떨어졌다. 주저하고, 물러나고, 거리를 잰다. 애니스는 혼란스러워하고 있지만 난 그걸 고쳐 주고 짚어 줄 수 없다. 그건 그녀를 내게로 끌어당기고 도망갈 길을 차단하게 만드는 교활한 수를 쓰는 것이니까. 그럴 수는 없다. 그저 기다릴 뿐이다. 내겐 보이지 않는 자신의 마음을 제대로 붙잡고 스스로 결정할 때까지. 항상 그랬듯이 기다린다.

이렇게 보면 내 인생은 기나긴 기다림으로 점철되어 있다. 노친네에게 카운터 스트라이크를 먹일 때를 노리고 있고, 교활한 삼촌과 이모가 저들끼리 아귀다툼을 하다가 힘을 뺄길 기다리고 있고, 애니스가 어떠한 결정을 내리길 기다리고 있다. 인생 별거 있

나. 원래 다들 이러고 사는 거다.

"지금은 어때요? 좀 덜 힘들어요?"

상냥한 내 비서는 그저 궁금한 척하면서 날 걱정해 주고 있다.

"난 괜찮아, 애니스."

마음에 들지 않는 대답인가 보다. 본인은 아무렇지도 않은 표정을 지은 줄 알겠지만 요 2년간 그녀를 천천히 관찰해 온 것이 전부인 나는 그 사소한 표정 변화도 전부 읽을 수 있다. 미간이 약간 좁아지고, 시선은 내 목과 어깨 언저리를 맴돈다. 바라던 대답이 아니라고 말은 못하겠고, 직접적으로 물어보자니 민망하고, 입술을 몇 번 달싹거리다가 관둔다. 그게 재미있어서 가만히 내버려 두다가 다시 태블릿 PC에 고개를 박는 그녀에게 원하는 대답을 건넸다.

"당신 덕에 훨씬 견딜 만해."

정말? 하고 눈이 반짝 빛나는 것을 보다가 난 실소를 감춰 버렸다. 당신은 날 참 나쁜 놈으로 만들어. 당신이 원하는 내 대답을 들으면 동정심에라도 내 곁에 남아 있을 이유를 하나 더 만드는 것뿐인데, 본인도 그걸 알고 있으면서도 그 말이 그렇게 듣고 싶나? 정작 나는 당신이 원하는 본질적인 것은 전혀 줄 수가 없는데 말야.

"마치 마감이 코앞임에도 불구하고 마스터북의 반이 비었는데 때마침 마크 제이콥스가 본인을 모델로 루이비통 화보를 싣고 싶다고 연락한 기분이라면 이해하려나?"

"비유 한번 절묘하네요."

마감 때의 끔찍한 기억이 생생한지 키득키득 웃은 그녀는 내 어깨를 짚고 방을 나갔다. 그녀의 말과는 달리 내 비유는 그다지 절묘하지 않다. 마크 제이콥스야 마감의 구세주가 될 뿐이지만, 애니스는 내게 있어 일종의 탈출구이자 끊임없는 유혹이다. 지금 나만 해도 뉴욕으로 돌아가기 싫어서 이리 미적거리고 있잖나.

그녀는 철저하게 공과 사를 구분해서 일을 똑 부러지게 해내고 있지만 나는 가끔 그녀를 데리고 사라져 버리고 싶다는 생각을 하다가 깜짝 놀랄 때가 있다. 엄마를 그리 처참하게 보낸 것을 잊었냐고 스스로를 다그쳐 보지만, 애니스가 내 마음을 알게 된 이후로 어쩐지 연약해진 기분이다. 어차피 도망칠래야 도망칠 수가 없는 게임이다. 집요하기가 타의 추종을 불허하는 이모와 삼촌은 내가 아무리 발을 빼고 싶다 해도 종국에는 나에게 칼을 들이댈 것이다.

그러니 정신을 바짝 차리고 있어야지. 이젠 지켜야 할 것이 하나 더 늘었으니까. 내 목숨을 바쳐서라도 지켜 내야지. 난 시끄럽게 울리는 휴대폰을 노려보다가 전화를 받았다.

"에디."

[닉 도련님.]

에디가 나에게 전화할 때는 노친네의 명령을 하달할 때뿐이다. 살벌해진 내 기분을 알아차렸는지 샘플들을 잔뜩 가지고 들어오던 애니스가 멈칫거렸다.

[바쁘십니까?]

"할아버지께서 오랜만에 손자가 보고 싶으신가 보지요?"

노친네는 잊을 만하면 날 불러들인다. 그건 다른 가족들도 마찬가지. 아, 물론 이번에 재활원에 처박힌 네이슨이나 벌써 10년 넘게 가출 중인 바네사는 제외하고.

[언제 시간이 되십니까?]

"제 스케줄대로 돌아가는 챈들러 시계가 아닐 텐데요."

[내일 점심에 들러 주시지요.]

"그때 봐요, 에디."

전화를 끊었다. 이번에는 텀이 좀 짧아졌다. 처음엔 날 부르지도 않다가 육 개월에 한 번씩, 그리고 석 달에 한 번씩, 이젠 한 달에 한 번이 되는 건가? 하루가 멀다 하고 노친네에게 쫓아가서 속살거리는 헬레나 이모나 그 성질머리에도 불구하고 노친네를 지극정성으로 모시는 알렉스 삼촌이 알게 되면 꽤나 볼만하겠군.

"누구 전화인지 물어봐도 돼요?"

"나한테 '해도 되냐'고 질문하지 마. 당신한테는 언제나 오픈 북이니까. 그런 질문은 내가 하는 거야."

그런 질문은 너무 형식적이고 예의를 따지는 것 같아 싫다. 거리감이 느껴져서 싫다. 짜증을 내며 내뱉는 내 대꾸에 그녀는 아무 말 없이 서툰 손을 내밀어서 내 머리를 끌어안았다.

"날 내일 보고 싶으시다네."

"누가요, 삼촌이?"

"아니, 최종보스."

최종보스라는 말에 애니스는 픕, 하고 웃는 것 같았지만 내 등을 쓸어 주는 손길에는 변함이 없었다.

"또 밥 같이 먹는 거래요?"

"걱정 마. 이번에는 절대 흉한 꼴 안 보일 테니까. 의외로 노친네랑 밥을 많이 먹어 봐서 면역되어 있어. 차라리 이쪽은 말이 없거든."

"그럼 티켓 끊어야겠네요."

"응. 미안해."

"아니요."

고개를 흔들던 그녀는 잠시 머뭇거리다가 말을 이었다.

"갔다 와서 저한테 와도 돼요."

"달래 주게?"

"직장 상사가 저기압이면 저도 스트레스라서요."

"그런 이유라면 안 가."

"달래 줄게요."

"나 지금도 위로가 필요한데."

"위로해 주잖아요."

도대체 뭘 더 바라냐, 라는 눈으로 알면서도 묻는 그녀를 잡아당겼다. 안 되는데. 해 줘. 안 되는데. 해 줘. 눈웃음을 치며 고개를 살래살래 흔들다가도 애니스는 결국 항복해 버린다. 지난 2년간 이 여자는 나에게 탐구 대상이자 관찰 대상이었기에 나름 잘 읽을 수 있다고 자부하지만, 도저히 알 수 없는 것이 있다. 나는 감히 바랄 수도 없는 당신의 마음, 그 방향은 어디에 있지? 당신에게 내가 그저, 날 거쳐 간 무수한 여자들이 나에게 그러했듯이 재미있고 가벼운 연애의 상대일 뿐일까? 그래서 나의 요구에 응

해 주는 건가? 날 달래 주는 유일한 입술을 찾으며 안타까운 아가씨를 으스러지게 끌어안았다.

안 된다는 건 알지만, 나는 당신이 내게 미쳐 버렸으면 좋겠어.

"너답지 않게 넋을 빼는구나."

"저답게 항상 넋 빼고 있었습니다만."

내 시니컬한 대꾸에 노친네는 눈 하나 깜짝하지 않는다. 덩치 큰 몸집은 이제 왜소해졌고, 집사가 끄는 휠체어 없이는 돌아다니지 못하는 양반이지만 아직도 챈들러 그룹을 호령하는 주인이다. 굵은 손 마디마디에는 아직도 못이 박혀 있었고 나에게 물려준 녹색 눈은 날카롭게 번뜩거렸다. 젊을 때에 비해 살이 좀 붙은 로건 챈들러는 내가 쓰고 있는 가면을 유일하게 꿰뚫어 본 챈들러다.

"넌 언제까지 그 개망나니 짓을 하고 돌아다닐 거냐?"

"할아버지가 이 세상 하직하시면 그만둘 겁니다만."

나 역시 그의 앞에서 굳이 코스프레 따위 할 생각 없다.

"망할 놈."

"언젠 안 그랬나요."

인정하긴 싫지만 날 가장 잘 이해하는 이는 노친네뿐이다. 본인 역시 권모술수에 능하고 냉정하기 그지없으니, 동류끼리 알아보는 법이라나 뭐라나.

"어쩜 그리 네 애미와 똑 닮았냐."

"엄마 아들이니까 닮았지요."

"고집도 세고 한심하기 이를 데 없어. 제 힘이 없으면 힘이나 키울 것이지, 이모와 삼촌이 겁나서 방정맞게 하고 돌아다니는 꼴이 난 영 보기 싫다."

"보기 싫으시면 얼른 요단강 건너십쇼."

"왜, 그깟 목장이랑 부동산 몇 개 가지고 뭘 해 보려고?"

저 노친네는 항상 나보다 몇 수를 앞선다. 젠장, 조슈아, 네가 데이트하는 로펌 사서 아가씨 알고 보니 스파이였나 봐.

"그래. 네 친구 변호사 녀석이 널 위해 이리 뛰고 저리 뛰고 하는 걸 보니 네가 친구 사귀는 능력은 있더구나."

"감동하셨으면 떡밥이라도 더 던져 주시지 그러십니까."

"내 밑으로 들어오던가."

"손자도 앞세우고 싶으신가 보지요?"

점심 식사 테이블 위에 파지지직, 불꽃이 튀었다. 모든 것에 완벽하길 바랐던 노친네가 유일하게, 그리고 아주 제대로 말아먹은 것이 바로 자식 농사다. 더구나 자식을 둘이나 앞서 보냈으니 가슴 아프기까지는 안 하더라도 꽤나 걸리겠지.

"이젠 슬슬 죽을 준비를 해야겠다."

"듣던 중 반가운 소리군요."

그래 봤자 자식 몇 더 잡아먹고 가시지나 않으면 다행이지.

"그래서 얼마나 불렀냐?"

"쓸데없는 것에 관심을 보이시는 걸 보니 확실히 나이가 드셨군요."

푸하하하하하, 노친네는 크게 웃음을 터트렸다.

"그래, 그래. 본인의 재산은 남에게 보이는 것이 아니지. 아주 정석대로 잘하고 있구나."

난 대꾸를 하지 않았다. 저런 칭찬 따위 하나도 달갑지 않다. 결국은 내가 하는 짓이 노친네가 하는 짓과 다를 것이 없다고 말하는 것 아닌가.

"바네사에게 돈을 빌려 줬다고?"

"예."

"얼마나?"

"15만이오."

"그 정도면 8개월은 조용하겠군."

다시 본래의 모습으로 돌아간 노친네는 창밖을 내다보았다. 저 피도 눈물도 없는 냉혈한은 늙어 죽을 때가 가까워서도 본인이 한 일에 대해서 조금도 후회하는 낯빛을 보이지 않는다. 학을 떼다 못해 징그럽기까지 하다. 저게 사람인가, 하고 찔러 보고 싶을 정도다.

"네 나이가 올해 서른하나냐?"

"그렇습니다."

"벌써 그리 흘렀나."

지난 세월을 반추해 보는 노친네의 낯빛에는 후회도 슬픔도 어리지 않았다. 자신은 강한 놈이 살아남도록 벼랑 끝으로 내몰았을 뿐, 엎치락뒤치락하며 서로 물고 뜯은 건 자식들이었다, 결국은 그 말이다.

"자식새끼들은 아직도 싸워 대고 있고, 손자 둘은 재활원에 들락날락하고, 손녀 하나는 히피 짓을 하고 싸돌아다니고, 결국 남은 건 너 하나지만 인생은 살아 봐야 아는 거지."

엄마와 똑같은 눈으로, 엄마와 다른 말을 하는 노친네는 키들키들 웃었다.

"넌 클라라의 아들이야. 다른 놈들이야 마약하고 술을 처마신다지만, 넌 그놈의 사랑 때문에 정신이 빠져서 칠렐레팔렐레 넋을 놓을 가능성이 농후해."

"앞서 열거하신 모든 막장 가족은 할아버지 핏줄이란 걸 잊지 마시지요."

"한 놈만 남으면 돼, 한 놈만."

나머지는 내 알 바가 아니다, 라는 뒤엣말을 삼킨 그는 날카로운 눈을 내게로 돌렸다.

"네 녀석의 목표는 뭐냐?"

"알면서 쓸데없이 왜 물어보십니까?"

"흥, 규모 없는 놈. 아무리 네 엄마 몫이었다기로서니 사내자식이 화장품 회사가 웬 말이냐."

"저는 엄연히 패션지 편집장인지라."

"그것만 주면 먹고 떨어질 테냐?"

"주시려고요?"

심술맞은 노친네는 대답하지 않고 픽 고개를 돌렸다. 당신은 내가 엄마에 대한 것만 받아 내고 이곳을 뜰 것이라 생각하지만 틀렸어. 내가 노리는 건 당신이 평생에 걸쳐 이룩해 놓은 모든 것이야.

"너, 시추하는 쪽으로는 관심 없냐?"

저 노친네가 대체 무슨 생각인 거지? 내 앞에서 유전 이야기는 왜 꺼내는 걸까. 나는 이 집에서 엄연히 이방인이다. 엄마는 이 집에서 쫓겨나서 말 그대로 '호적 파인 지' 오래고, 그런 엄마의 아들인 나야 당연히 무늬만 챈들러지 알맹이는 케인이다. 그런데 그런 내게, 여태까지 제대로 된 손자 취급도 안 했으면서 갑자기 챈들러가의 가장 핵심 사업인 원유 시추 사업을 왜 꺼내는 걸까. 역시 사람이 죽을 때가 되니 안 하던 짓을 하는군.

"그쪽으로 관심 많은 건 삼촌 아닙니까."

"난 너더러 관심이 있냐고 물어본 거야."

"없습니다. 웃통 다 벗고 으샤으샤하는 건 취향이 아닌지라."

"군대도 다녀온 놈이 뭘 그런 걸 따져?"

난 피끗 웃어 보였다. 아주 관심 없다고, 마치 건방진 패션 피플이 '세상에, 그런 것도 직업이야?'라고 잔인하게 사람을 평가하는 표정으로.

"그래서 제대했잖습니까."

"네놈 속은 알다가도 모르겠다. 정말로 욕심이란 게 있다면 끝까지 움켜쥐고 갈 줄 알아야지, 쯧쯧."

"이리 사나 한 세상, 저리 사나 한 세상인 것을요."

"젊은 놈이 못 하는 소리가 없어. 공부해 둬라."

"뭘요, 시추를요? 싫다니까요."

"너 그러다가 아무것도 못하고 네 삼촌한테 팽 당하고 싶으냐?"

몸에 좋은 강장제라도 잔뜩 해다가 보내야겠군. 벌써부터 저리 정신이 오락가락하시면 내가 뒤통수를 칠 때는 아예 정신을 놓으시겠네. 나는 자리에서 일어났다.

"뜬금없이 안 하시던 말씀을 하시니 대단히 당황스럽군요. 오늘 아침에 해가 서쪽에서 떴나 보지요? 마음에 드는 후계자가 없는 것이 안타까우시면 차라리 사회에 환원이라도 하시지 그러십니까. 물론 피 같은 회사이니 그러지도 못하시겠지요. 저 말고 다른 사람 알아보십시오. 저는 관심 없습니다."

자리를 박차고 나왔다. 저 노친네는 끝까지 가족에게도 성공지상주의의 잣대를 들이댄다. 아쉬우니까 나에게 저딴 제의를 하는 것을 보라지. 내 본질을 꿰뚫고 있는 노친네로서는 그나마 콩가루 집안 자식들 중 가장 나은 나를 막바지에 눈여겨보는 것일 뿐이겠지만 나는 관심 없고 귀찮은 척했다. 내가 이러면 이럴수록 내게 챈들러 코스메틱 대신 정유회사를 들이밀 것이고, 어떻게든 날 끌어들이려고 할 것이다.

노친네는 옛날부터 저랬다. 자신의 마음을 솔직하게 표현하던 엄마는 정반대의 대우를 받았고, 자신을 잘 포장하던 삼촌과 이모는 챈들러 그룹에서 한자리씩 차지해서 잘나가고 있지. 정유와 시추라니. 노친네 입에서 저런 말이 나오는 걸 보면 정말로 뭔가 심경의 변화가 있다는 건데, 아무래도 수상하다.

[Yo.]

"조슈아. 네 데이트 상대 스파이란다."

[엑?]

"네가 냄새 맡았다는 거, 노친네가 알더라."

[아놔, 어쩐지 여자가 사근사근하더라니.]

"됐고, 노친네 건강에 문제가 있는 것 같아."

[알아볼게.]

"이번엔 당하지 마."

[정신 똑바로 차리고 있을게.]

천장이 높고 걸어가면 구두 소리가 온 회랑에 반사되어 크게 들리는 엄청난 저택은 그 존재만으로 사람을 내리누른다. 겉보기에 화려하고 아름답지만 어쩐지 방문하는 이로 하여금 대단히 건조한 기분을 느끼게 하는 챈들러 저택을 나와서 나는 서둘러 본사로 향했다. 노친네의 입에서 '너 정유회사 한 번 해 볼래?'라는 말이 나오길 얼마나 고대했던가. 대학교 내내 그 소리를 듣기 위해 고군분투했다. 챈들러 사의 모체인 정유회사를 손에 넣어야지 모든 것이 완료될 테니까. 하지만 그 소리를 들은 지금, 그리 기쁘지가 않다. 그렇다고 씁쓸하지도 않다. 내 나이 서른하나에 첫 관문을 뛰어넘었으면, 나머지는 어느 세월에 뛰어넘어야 하나. 끝이 없는 고속도로처럼 기나긴 이 길을 내 평생 걸어가야겠지.

"닉, 점심 식사 했어?"

"아아, 응."

"뷰티 팀 기사 좀 체크해 주세요!"

"고마워, 사만다."

쉬지도 못하는 인생에서 잠시 들러 갈 만한 오아시스가 저기 있다. 초조하게 걱정하면서 기다린 것이 역력한 기색으로 날 보고 인사도 잊은 채 한달음에 달려와 주는 애니스가 있다.

"괜찮았어요?"

"내가 무슨 애도 아니고, 할아버지랑 밥 먹고 온 건데 왜 그렇게 사색이야?"

"삼촌이랑 이모랑 밥 먹고서 다 토한 건 기억 안 나나 봐요?"

흥, 하고 코웃음 치는 그녀를 잡아끌고서 조그만 탕비실로 들어갔다. 인생은 길게 살아 봐야 아는 것인지라 젊을 때 한 연애들은 전부 '그런 사람들이 있었지'로 비약된다지만 나는 안타깝고 서럽다.

"닉?"

괜찮다고 하면서도 그녀를 절박하게 끌어안는 내가 이상한지 애니스는 계속 고개를 갸웃거렸지만 난 대꾸조차 할 수 없었다. 이 가난한 마음이 전해지기만 해도 좋겠다고 생각했을 때가 더 나았으려나. 당신을 알게 되면 알게 될수록, 가까워지면 가까워질수록 욕심이 더 생겨. 만족할 수가 없어. 당신이 내 인생에서 휴게소가 아니라 도착지가 되어 줬으면 좋겠어. 하지만 그건 당신에게 요구조차 할 수 없는 무리한 일이겠지.

"마, 마감 따위 없다면서요오."

"평생 없는 건 아니지 말입니다."

상큼하게 웃으면서 높이 쌓으신 덕력을 자랑하시는 편집자께서는 아비규환이 된 실버볼 출판사 편집부 입구에서 나에게 무언으로 압력을 팍팍 가했다.

"자꾸 그러시면 비뚤어질 거예요!"

"자꾸 그러시면 울 겁니다."

우와아, 강적이다!

"연애합니까?"

딸꾹.

"네, 네에?"

"상식적으로 말이 안 되지 않습니까. 딱 삼 개월 만에 두 권 분량을 뽑아낸 분이 한 달이 지나가도록 한 권은커녕 고작 다섯 챕터만 쓴다는 게 말이 됩니까? 연애해요?"

"아니요!"

난 그게 연애인지 연애를 빙자한 니콜라스 케인 자살 방지 캠페인인지 모르겠어요!

"아니면 바쁩니까?"

"패션지가 정신없는 건 매한가지지만……."

"아무튼 저 불쌍한 직원들과 날 봐서라도 제발 속도를 높여 주세요. 이러다가 우리 직원들 3권 언제 뱉어 내냐는 협박 전화에 경기 일으키겠습니다."

인기 있다는 건 좋지만, 인기와 함께 책임감도 급상승이다. 이젠 내 나름대로 최후의 보루라고 생각했던 2권마저 내고 나니 정말 마음이 급해졌다. 오늘은 꼭 가서 밤을 새워서라도 써야지. 만족할 만큼 써야지. 꼭 쓸 거야!

"분발할게요."

"정말 괜찮습니까?"

나는 저 질문을 닉에게 종종 한다. 그러면 그는 뜻 모를 웃음을 지으며 고개를 끄덕인다. 하지만 계속해서 깨지는 그의 표정에 나는 그 대답이 거짓말이라는 걸 금세 알아차리고 만다.

"왜요? 어디 안 좋아 보여요?"

"뉴욕의 모든 이들이 '스우'를 외치고 있는데 그리 유명하게 된 사람치고는 안색이 안 좋아요. 몸이 고달프면 일을 관두는 것이 어떻습니까?"

"글쎄요."

확실히 나는 얼마 전까지 노후를 걱정했던 일이 무색하리만큼 앉아서 돈을 갈퀴로 긁어모으고 있다. 여기저기서 영화 판권을 사겠다고 난리이고, HBO에서는 드라마로 제작하고 싶다고 직접 연락을 해 왔고, 벌써 20개국에 번역이 되어서 팔리고 있다. 하지만 아직도 불안하다. 고작 두 권을 냈을 뿐이고, 나는 이제 겨우 스물다섯이다. 이걸로 평생 작가를 할 수 있을까? 인기가 떨어지거나 필력이 떨어지면 어쩌지?

"이건 담당자로서 진지하게 권유하는 겁니다. 애니스 같은 작가들도 많았지만 그들은 결국 그만두고 작가로 전업했어요. 더구나 플라티나 편집장의 비서는…… 죄송하지만 3D라고 생각하는데요."

그렇지. 3D지.

"그래도 1년만 버텨 보려고요. 내년 4월이면 끝나요."

항상 내년 4월, 내년 4월을 형식적으로 입에 올리던 것처럼 대답하다가 난 처음으로 멈칫거리고 말았다. 나에게는 이 연애라는 게 유효 기간이 존재하는구나. 그럼 닉, 그 사람은 어떡하지?

그리고 나는?

"애니스?"

"아, 죄송해요."

"정말 어디 아픈 거 아닙니까?"

"아니요. 괜찮아요."

'괜찮은 건' 아니지만 '괜찮다'고 말하는 닉의 마음이 이럴까. 요즘 부쩍 그 사람 생각을 하는 횟수가 늘었다. 소설을 붙잡다가도 멍 때리고 있고, 일을 하다가도 슬쩍 고개를 들어 그의 표정을 체크한다. 이러다가 정말 좋아해 버리면 어쩌나, 하는 걱정이 들 정도다. 그냥 사귀자고 해서 사귀는 거고, 조건도 좋고, 더구나 순정만화 주인공처럼 아픈 과거까지 있는 비밀 남친인데다가 부담스럽지도 않으니까 내가 두근거리는 건 당연한 건데 생각보다 정이 더 들었나 보다.

아니, 누구라도 그렇지 않겠어? '좋아하면 안 된다'라고 하면 좋아하게 되기 마련이잖아. 그러니까 로미오와 줄리엣도 그 난리를 쳤지. 더구나 닉은…… 그 남자는 남자에는 문외한인 내가 봐도 위험해. 아이고오.

"이거, 가지고 가요."

"웬 거예요?"

"벨기에 출장 갔다가 생각나서 사 왔어요. 당분이 머리 회전에 좋대요."

예쁜 종이에 싸인 초콜릿과 설탕과자들 꾸러미에 입이 떡 벌어졌다. 저거 아무리 봐도 엄청나게 비쌀 것 같은데.

"이거 받아도 돼요?"

"편집자가 작가한테 이 정도도 못해 줍니까? 마음 같아서는 작업실을 통째로, 아니지. 이참에 작업실을 만들어 줄까요?"

"에엑?"

됐습니다, 됐어요. 손사래를 치며 나는 고개를 흔들었다. 굴러 들어온 복덩이라고 으샤으샤 공주님 취급해 주는 건 고맙지만 작업실은 너무 부담스럽다.

"이거 받았잖아요. 됐어요. 충분히 고마워요."

"애니스가 우리 출판사에 해 주는 것에 비하면 새 발의 피입니다. 더 해 주고 싶은 것이 많아요."

"앞으로 천천히, 조금씩 해 주세요. 이거 잘 먹을게요. 고마워요."

만날 데려다 주고, 데리러 오고, 브랜든 쿠퍼와 만나면 공주님이 된 기분이란 말야. 아싸. 달콤한 것들이 잔뜩 생겼다. 외계인들이 뭐라고 비웃던 간에 맛나게 몽땅 다 먹어 버려야지.

"그거 뭐야?"

"웨, 웬일이에요? 또 무슨 일 있었어요?"

내 아파트 앞에서 서 있던 닉이 한쪽 눈썹을 치켜올렸다. 으아. 혹시 브랜든을 본 거 아닐까?

"꼭 무슨 일 있어야지 위로해 달라고 오나? 보고 싶어서 올 수도 있는 거지. 어디 갔다 와?"

"누구 좀 만나고 왔어요. 밥 먹었어요?"

"같이 먹을까 해서 왔지. 그거 뭐냐고."

"초콜릿이랑 설탕과자요. 먹을래요?"

"남자가 줬지?"

순간 오싹한 나는 계단을 오르다가 말고 입을 떡 벌려야 했다. 으아, 보스몹 뭐야! 안 그럴 것 같은 외계인이 왜 이렇게 촉이 좋아?

"에? 에에?"

"맞네. 그럼 벌이야. 이거 내 거야."

"그런 게 어딨어요!"

"그럼 나한테 반이라도 주던가. 혼자 다 먹으면 안 돼."

"이유가 뭔데요?"

푸른색 소파에 털썩 앉은 닉이 내 손을 끌어당겨서 그의 무릎 위에 앉혔다.

"애니스. 세상에 왜 밸런타인데이가 있으며, 왜 많은 사람들이 그때 데이트를 하면서 초콜릿이란 이 악마의 물건을 들고 가는 걸까? 탐구해 봤어? 아, 물론 연애에 있어서 철벽인지라 나의 약 2,800번에 해당하는 모든 어필을 홀라당 날려 버린 애니스는 모르겠지만 초콜릿이란 건 너무 수요가 많아서 멸종 위기에 처했을 정도로 마약 같은 물건이란 말야. 특히나 이성이 주었을 때는 주의하고, 또 주의해야 한다는 걸 잊으면 안 돼. 이거 벨기에 물건이네."

말도 안 되는 낭설을 좔좔 늘어놓으면서 날름 초콜릿을 까먹은 닉은 역시 누가 고급 입맛 아니랄까 봐 바로 원산지를 맞췄다.

"어떻게 알았어요?"

"먹었으니 알지."

"아니, 그 전에, 이걸 왜 닉이 먹어요! 이거 내 꺼야!"

"누군지는 몰라도 꽤나 포장에도 신경 썼군. 돈 많이 줬겠어. 누가 준 거야?"

"대답해야 해요?"

"하기 싫으면 하지 마. 말 안 해도 알아볼 방법은 무궁무진하니까."

툭 쏘아붙인 그는 턱을 손으로 가렸다. 미간이 좁혀지고, 내 시선을 피했다.

"질투해요?"

"그럼 하지, 안 하겠어? 어떤 놈이야? 아, 말 안 해 줄 거지? 젠장."

어쩜 좋아.

"웃지 마."

서른한 살 덩치 큰 남자가, 지금 짜증도 내고 부끄러워하기까지 한다.

"웃지 말라니까. 나 질투한다고. 어어, 또 웃네?"

"귀여워."

"뭐야?"

아차. 실수했다. 나는 황급히 입을 막았지만 이미 닉의 한쪽 입꼬리는 비틀려 올라간 뒤였다.

"오늘 이 아가씨가 여러 번 실수하시네. 이리 와."

"한 번만 봐주면 안 돼요?"

"안 돼."

바스락거리는 포장지 소리가 시끄럽게 나거나 말거나, 그는 내 머리를 도망가지 못하게 붙잡고 입술을 한껏 빨아냈다. 장난하고 놀리는 듯한 바람둥이의 키스가 아닌 혼신의 힘을 다하고 가진 마음을 모두 보여 주지 못해 안타까운 키스다. 이 남자와 키스를 할 때면 마치 내가 대단한 미인이자 모든 남자들을 다 홀릴 줄 아는 엄청난 여왕이라도 된 기분이다. 날 품에 길게 눕힌 그는 마치 오늘이 지구의 마지막 날이라도 된다는 듯이 아낌없이 키스를 퍼부었다.

"앞으로 그런 소리 하면 또 혼나."

"귀여운 걸 귀엽다고 하는 게 뭐가 어때서!"

"나한테 그런 소리 하는 사람도 애니스뿐이야."

한국에서야 남자에게 귀엽다고 하는 것이 문제가 안 되지만 묘하게 미국 남자들은 마초스러운 기질이 있단 말씀이야. 기가 막히다는 듯이 웃는 그의 입술에서 진한 초콜릿 맛이 났다.

"걱정하지 말아요. 이거 준 사람한테는 관심 없으니까."

"다시 한 번 말해 줘."

"이거 준 '남자' 한테는 아무런 관심도 없어요."

"그럼 지금 애니스가 이성으로서 관심을 가지고 있는 상대는 누구지?"

이 남자는 꼭 이렇게 제대로 확인을 받고 싶어서 안달이다.

"일단은 니콜라스 케인이요."

"마음에는 안 들지만 일단 그걸로 충분하다고 해 두지."

다 이해한다는 표정인데도 이상하게 그게 걸린다. 정작 '일단은' 이라고 조건을 한정한 사람은 나인데도 불구하고 말이다. 연애라는 것이 좋아서 그러는 건지, 이 사람이 정말 좋은 건지—안돼! 이런 플레이보이를 좋아하다니 미치지 않고서야!—나는 아직도 감이 잡히지 않아서 그렇게 대답을 하는 건데 대답해 놓고서 정작 후회하는 사람은 나고, 아무렇지 않아 하는 사람은 저 사람이다.

"그럼 신경 쓰지 말아요."

"그건 싫어. 당신이 다른 남자가 좋아서 간다고 해도 도대체 어떤 인간인지 신원 조사 싹 할 거야."

저런 말도 듣기 싫다.

"붙잡을 생각도 안 하고서 그게 뭐람. 당사자 힘 빠지게시리."

"당신 인생인데 내가 어떻게 왈가왈부를 해."

"난요, 당신이 굉장히 선수인 줄 알았어."

"선수?"

"응. 말로는 내 맘대로 하라고 해 놓고서 절대로 도망 못 가게, 그러다가 당신이 싫증나면 먼저 관둘 줄 알았어. 정신 못 차릴 줄 알았는데 김빠지네. 나한테 그만큼 욕심도 없어요?"

볼멘소리로 투정 부리는 내 말에 닉이 픽 웃었다.

"정말로 내가 욕심 부리기 시작하면 애니스가 다칠 텐데."

"우와, 저런 나쁜 남자."

"정말이야. 그리고 난 그런 거 싫어. 차라리 당신이야말로 욕심을 좀 내 주는 게 어때?"

냉장고를 열어 뭐 마실 게 없나 보던 나는 자조적으로 웃는 그를 돌아보았다.

"아니, 그렇게 되면 난 정말 다 때려치우고 당신이랑 함께 있으려고 갖은 수를 다 쓰겠지. 안 돼. 그러지 마."

그는 제발 그래 달라는 표정으로 고개를 저었다. 처음부터 쉽지 않다는 것은 알고 있었지만 아슬아슬한 사람을 사랑하는 것은 정말 불안하면서도 마약같이 어쩔 수 없는 일이다. 저 사람에게서 나라는 아무것도 아닌 여자를 떼어 내면 그건 식물인간에게서 산소 호흡기를 떼어 낸 것과 같다. 살 수도 있고 죽을 수도 있지만, 중요한 것은 살아도 산 것이 아니라는 거겠지.

"이런 이야기는 그만 하면 안 될까?"

"좋아요."

난 고개를 끄덕였다.

"뭐 먹을까요?"

"내가 할게."

동그란 달걀이 그의 손을 벗어났다가 얌전하게 안착했다. 난 참 운도 좋지. 새로 생긴 애인이 전 세계에서 제일 잘나가는 패션지 편집장인데다가 잘생겼고, 일도 잘하고, 게다가 집안도 좋고, 내 집에 와서 요리도 해 주잖아. 뭐, 그 밖의 문제는 묻어 두기로 하자. 이야기하지 않기로 했잖아?

"내가 해 주는 건 별로 없는 것 같아."

"아가씨는 앉아만 계셔 주셔도 황송한걸."

"그래도 우리 집에 왔는데……."

"내가 채워 놓은 냉장고니까, 내가 털어야지."

뭐죠, 그 개똥철학은? 눈을 동그랗게 뜬 나를 개수대 옆에 세워 놓은 그는 고기를 꺼내고 팬을 꺼냈다.

"어디 가?"

"방해되는 것 같아서."

"세워 둔 데 있어요, 아가씨."

"거치적거리잖아요."

"아주 예쁜 말 하네."

싱크대에 손을 짚고 닉은 다시 키스를 했다.

"혼나."

맨날 혼나기만 하면 완전 좋겠네.

같이 밥 먹고, 그에게 기대서 오래된 영화를 보고, 그러고서 닉은 간다.

"잘 자. 늦었다."

이걸 어떻게 해석해야 하는 걸까.

"그리고, 애니스."

"네."

"미안한데, 나……. 이쯤에서 사고를 치지 않으면 안 될 것 같아. 미안해."

"그런 말씀 하지 마시고 어디 가서 어떻게 사고 칠지만 고지하시면 될 텐데요."

그의 표정이 너무나 우울하게 변했기에 나는 문 앞에 서 있던 그를 끌어당겨 얼굴을 감쌌다. 세상에, 천하의 한겨울이 이런 스킨십까지 아무렇지도 않게 시도하게 될 줄 누가 알았겠냐만 이 남자의 표정은 이럴 때마다 항상 아슬아슬하고 불안하다. 괜찮다고 몇 번이고 안심시키지 않으면 당장 균열하여 깨져 버릴 것 같다.

"나, 이럴 거 알고 선택한 거예요. 괜히 죄책감 느낄 필요까지는 없어요. 나도 성인인걸."

"어떻게 안 그래. 내가 정말 나쁜 놈이잖아. 미안해. 젠장, 언제까지 당신한테 사과만 해야 하지?"

우리의 연애를 인터넷 판에 올린다면 나는 '이 등신 같은 호구야, 당장 그 어장관리남 차 버리고 빠져나와라' 라는 댓글이 베플이 되어 있는 걸 보게 될 거야.

"나한테 미안하면 스스로 힘이나 키워요. 도대체 언제까지 그짓을 해야 해요? 주식 얼마나 끌어 모아 놨어요?"

내가 팩 쏘아붙이자 놀란 눈의 닉이 잠시 생각을 하다가 대답했다.

"아버지 명의랑 내 명의로 된 거 다 합치고 숨겨 놓은 재산까지 합치면 헬레나 이모는 쓰러트릴 정도가 돼."

"그럼 알렉스 챈들러 씨가 문제라는 거네요."

"그렇지. 노친네는 언제나 그랬듯이 방관만 할 테니까."

한숨을 쉰 나는 내 어깨를 잡고서 아무 말도 못하는 그에게 물었다.

"하기 싫어요?"

"응. 죽기보다 하기 싫어."

"도와줄까요?"

"어떻게?"

어떻게는 무슨. 2년간 니콜라스 케인의 비서로 일한 이 몸의 언론 진화 실력을 모르시나. 수습하느라고 애를 썼던 것을 반대로 노력하면, 아주 대박인 찌라시를 터트릴 수 있다는 거다. 나는 더 선과 빌트, 그리고 라이프 앤 스타일까지 유럽과 미국의 쓰레기 언론들의 표지를 장식한 그의 사진을 닉의 책상에 턱 내려놓았다. 제목은 대략 이렇다. 〈닉 케인, 하이패션 모델들과 함께 하이(High)한 파티〉. 거참 네이밍 센스 하고는. 아침에 출근하자마자 내가 들이댄 잡지들을 본 그는 도대체 무슨 표정을 지어야 할지 대단히 난감하다는 표정으로 얼굴을 싸쥐었다.

"애니스."

"네?"

"당신이 비서로서 정말 유능한 건 감사한데 말이야."

"근데요?"

"이건 좀 너무하지 않아?"

"뭐가요?"

"이거 당신 작품이잖아."

"그렇죠. 걱정 마세요. 아침에 인기 검색어 7위에 닉 이름이 있더라고요. 화제성은 충분합니다만."

뭐, 별거 아니다. 니콜라스 케인이 핫한 모델들—빅토리아 시크릿이여, 영원할지어다!—을 모조리 다 불러서 밤을 꼴딱 새워서 놀았다, 이거다. 나는 그저 교묘하게 모델들을 끼고서 파티장으로 들어가는 그의 사진을 찌라시 언론에 뿌린 것뿐이고.

"그게 아니라, 이건 좀 심하잖아. 호날두를 계승한, 정말 '말 같은' 니콜라스 케인이라니!"

"그 기사는 제가 쓴 게 아닌데요."

"어떻게 클럽 하나 빌려 놓고 난 딱 10분만 얼굴 비추고 나간 파티가 이렇게 된 거지? 기자한테 뭘 흘린 거야?"

"뭐어, 옛날 사진 포토샵으로 손 좀 보고, 10분 동안 같이 시시덕거리신 모델한테 술을 잔뜩 먹여서 기자한테 던져 준 정도랄까요."

"이거 죄다 거짓말이라고 금방 들통 날 거잖아."

나는 거짓말이라고 들통 날 것보다 내 앞에서 자신에 관한 저런 선정적인 찌라시를 보고 있다는 것이 너무 민망한 그에게 눈을 흘겼다.

"왜 이래요, 아마추어같이. 사람들은 니콜라스 케인이 거하게 파티를 한 번 벌였다는 것에 주목하고 지나가지 알고 보니 별거 아니었다, 라는 후일담에는 관심이 없다는 거 알잖아요."

"근데 이 사진은 너무 심하지 않아?"

설마 지금 웃통 좀 벗겨 놓은 걸 가지고 부끄러워하는 거야?

"내가 무슨 휴 헤프너도 아니고……."

"마음만 먹으면 하렘 양산 가능한 사람이 무슨."

"그딴 거 백 개 줘도 필요 없어!"

다른 사람이 기겁을 하는 닉의 저 표정을 보면 큰일 날라, 나는 미리 다 내려놓은 블라인드를 보며 새삼 안심했다. 사무실을 한 바퀴 휙 돌아보고서 다시 닉을 보는데, 그는 어딘지 모르게 골이 난 표정이다. 아니, 내가 열심히 찌라시까지 대박으로 뿌려 줬는데 또 뭐가 문제래?

"왜요?"

"애니스는 이거 아무렇지도 않아?"

"아무렇지도 않다뇨?"

"이거 조작도 애니스가 직접 한 거잖아. 당신 그렇게 쿨한 여자였어?"

얼씨구. 이 양반 하는 말 좀 보소.

"내가 지금 이걸 왜 했겠어요? 진짜로 나이트 가서 여자들 여럿 껴안고 부비적거리는 그 꼴 뵈기 싫어서 기껏 대형 사고 가짜로 만들어 줬더니만 지금 장난해요? 그럼 오늘 클럽 다시 빌리고 여자로 가득 채워 드릴 테니까 한번 놀고 오실래요? 대신 그 이후로는 저 사표 던지고 우리 사이에 있었던 일은 없었던 걸로 할 테니까, 다시는 제 얼굴 볼 생각 하지 말……."

나는 마구 언성을 높이면서 순간 욱하는 마음에 퍼부어 대다가 히죽 올라가는 그의 입꼬리를 보고 입을 다물어 버렸다. 낚였다. 아악!

"생각하지 말고, 또 뭐?"

"아, 됐어요!"

"뭔데? 나도 알아야 다시는 그런 짓 안 하지."

"안다고 해서 그런 짓 안 할 위인이에요?"

"안 하려고."

엥?

"안 한다고."

"그럼 어쩌려고요? 어머님이 그리되셨다면서요. 대니스 챈들러
는 어떻고요?"

8년 전에 자살한 대니스 챈들러 관련 괴담은 아직도 뉴욕에 도
시전설처럼 남아 있다. 챈들러가의 가장 막내이자 순진하고 사람
좋기로 유명하던 대니스 챈들러는 서른여덟에 죽었다. 술 잘 마시
고 사람 좋아해도 그리 사고는 치지 않던 그가 어느 날 갑자기 슬
슬 마약에 손을 댄다는 루머가 돌더니 결국은 챈들러 사내에서도
입지가 좁아지고, 인생을 비관해서 자살을 했다지만 거기에는 아
직도 루머가 돈다.

사실 대니스 챈들러는 마약 중독이 아니었고, 천식 때문에 복
용하던 약과 함께 우울증 약 등이 '이상하게도' 한꺼번에 섞여
들어가서 과다 복용으로 죽은 것이라고. 사실이라면 꽤나 오싹한
일 아닌가. 웬만한 일들은 전부 다 정확하게 밝혀지는 이 미국에
서 아직도 그런 루머가 돌고 있으니. 물론 신경 쓰는 이들은 이제
없지만, 닉이 친척들을 치는 순간 그 루머는 더 양념이 쳐져서 미
친 듯이 퍼질 것이다. 나도 아는 이야기인데 이 이름만 입에 올리
면 표정이 싹 변하는 저 사람은 어떻겠는가.

"애니스는 대니스 삼촌에 관련된 루머를 믿어?"

"집안 사정을 제가 어찌 아나요?"

"그런데 왜 그런 말을 해."

"언제 당할지 모른다고 한 사람은 닉이에요."

"그래도 관둘래."

"그러니까 갑자기 왜요! 내가 이걸 삼 일이나 준비했는데."

"당신이 싫어하잖아."

뭐 저런 대답을 다 한담? 나는 얼빠진 상태로 있는데 그는 아무렇지도 않게 내가 늘어놓은 찌라시들을 탁탁 정리해서 쓰레기통에 던져 넣었다.

"농담하지 마요. 내가 아는 닉 케인은 그런 사람이 아냐. 뭔가 더 있죠?"

"너무하네. 나는 애니스 때문에 그러는 건데."

"순수하게 저 때문인 건 아니잖아요. 그렇게 비현실적인 사람도 아니고."

세상에는 사랑 말고도 다른 걸 선택해야 할 때도 있다. 뭐, 우리가 하는 것이 사랑인지 그냥 연애놀음인지에 대한 정의는 나중으로 미루도록 하자.

"아무래도 상황이 바뀔 것 같아."

그가 손을 내밀었다. 지금 사무실에서 뭘 하자고? 내가 망설이니 한숨을 쉰 닉이 자리에서 일어나서 다가왔다.

"그래도 당신이 나한테 그 정도로 질투를 보여 줄 줄이야."

"누가 질투를 한다고! 저리 가요."

"싫어. 질투했잖아."

"상황이 왜 바뀌는지나 말해 줘요. 가서 전화해야 할 곳이 수십 군데고 기자들 입 막는 시늉이라도 해야 한다고요. 그리고 갑자기 관뒀다간 당장 이목이 당신한테로 쏠……."

릴 거라는 거 몰라요, 라는 말은 내 입에서 그의 혀에 의해 뭉개져 버려서 신음으로 바뀌어 나왔다. 바람둥이의 말은 믿지 않는다. 닉은 계속해서 여자들을 끼고 다니고, 술에 취해서 비실대다 쓰러져야 한다. 그리고 여긴 사무실이다. 난 안간힘을 다해 이성을 그러모아 뒷걸음질 쳤지만 그의 남자다운 손은 날 붙잡고 그 자리에 딱 고정시켜 버렸다. 흠뻑 젖은 입술 위에서 그가 킥킥 웃는다.

"우리 애니스, 참 솔직하지 못하지. 귀여워 죽겠어."

"떠, 떨어지라고요."

"당신 말이 맞아. 망나니짓을 당장 관두지는 못할 거야."

내 귓가에 토막토막 떨어지는 그의 말은 싸늘하기 그지없었으나 내 턱을 섬세하게 붙잡고 내 목을 쓸어내리는 그의 손길은 따뜻하고 조심스러웠다.

"노친네가 쓰러졌다더군. 판도가 바뀔 것이라는 건 확실해. 더 몸을 사려야겠지만……."

귀 뒤의 오목하게 패인 살을 핥아 내리는 그의 혀에 나는 신음을 가까스로 깨물어 참았다.

"당신이 속상해한다니 나도 싫어. 어떻게 이 마음을 보여 줄지 정말 모르겠어."

어찌할 바를 몰라 그에게 매달려 가쁜 숨만 뱉어 내는 내 눈에서 눈물을 닦아 낸 닉은 정말 속상하다는 표정으로 날 끌어안았다.

"미안해. 사랑해. 사랑해."

쿨하게 끝날 것이라고 생각하지는 않았지만, 이리도 많은 감정을 이 남자에게 겨누게 될 줄은 몰랐다. 믿고 싶지 않다. 믿었다가는 내가 다칠 테니까. 그런데 나는 반쯤 홀려 있고, 그런 나를 다그치고, 그래서 이 사람이 밉고, 그래서 이 사람이 불쌍하고, 사랑스럽다.

노친네가 쓰러졌다. 급하게 온 호출 전화에 이상하게도 이놈의 망할 저택이 들떠 있다고 생각하는 건 나뿐만이 아닐 것이다. 노친네의 건강과 남은 수명으로 챈들러가의 엄청난 유산의 향방이 결정되는 것이니 당장 헬레나 이모와 알렉스 삼촌은 눈이 뒤집혀서 부리나케 들어왔겠고, 바네사와 네이슨은 사적인 이유로 오지 않았을 테니 남은 건 펠릭스와 나인가.

나야 느긋하게 터덜터덜 걸어 들어가지만, 분명히 나의 친애하는 욕심 사나운 친척들은 벌써 노친네의 침대 곁에 모여 있을 것이다. 긴 회랑을 한가롭게 걸어가는데 회랑 끝에서 신경질적으로 구두 굽을 바닥에 딱딱 부딪히고 있는 펠릭스가 보였다.

"아주 기어와라, 기어와. 넌 지금 할아버지가 쓰러지셨다는데 그렇게 한가롭냐?"

"효자 나셨네. 누가 들으면 외할아버지에게 아주 각별한 줄 알겠다, 펠릭스 모랄레스."

"챈들러야."

키도 작고 마른 놈이 이를 드러내며 화를 내 봤자 하나도 안 무섭다. 제 어머니가 유산에 미쳐서 서로 성이 다른 형제들에게 죄다 챈들러 이름을 주었지만, 네이슨은 그다지 신경을 쓰지 않는 반면에 헬레나를 제대로 닮은 펠릭스는 대단히 이름에 집착을 한다. 둘 다 형제이지만 참 안 닮았다.

"도대체 뭘 하다가 지금 오는 거냐?"

"일하다가 왔는뎁쇼."

"넌 도대체 생각이란 것이 있는 놈이냐, 없는 놈이냐?"

"시끄럽다!"

노친네의 일갈에 알렉스 삼촌은 입을 다물었다. 하이고, 쓰러지셨다는 분이 기세는 안 꺾이셨네. 아무래도 내가 와야지만 이야기가 되는 모양이었군. 그래서 펠릭스를 망보러 가게 한 모양인 헬레나 이모는 펠릭스를 옆에 끼고서 날 괭이인 양 노려보고 있었다. 다들 할 일 없으시구랴. 차라리 발 씻고 잠이나 자지.

"다들 모인 거냐? 바네사는?"

노친네의 매서운 눈이 삼촌에게 꽂혔다. 제대로 대답도 못하고 그가 진땀만 흘리자 노친네는 혀를 쯧쯧 차며 반대쪽으로 고개를 팩 돌렸다.

"어딜 싸돌아다니는지 소재도 파악 못한 게냐? 잘났다."

"죄송합니다."

"뭐, 어차피 네놈들이 여태까지 남은 놈들이니 더 모여 봤자 소용없겠지. 한 번만 말할 테니 귀 씻고 잘 들어라."

침대에 앉은 노친네는 꼬장꼬장한 목소리로 촉각을 곤두세우고 있는 살쾡이들 앞에 먹음직스런 떡밥을 던졌다.

"너희."

나이가 들어 젊음이 쭉 빠지고 앙상한 가죽과 뼈만 남았지만 장대한 손이 힘없이 나이트 테이블 위에 올려진 코발트블루 커버의 책을 집어다가 방 한가운데로 힘껏 던졌다.

"이 스우라는 작가를 찾아와라."

"아니, 아버지, 그게 무슨 말씀이셔요?"

"갑자기 그 작가가 왜요?"

"뭘 하시려고요?"

동시다발적으로 튀어나온 나를 제외한 친척들의 당황한 대답을 묵살한 노친네의 눈이 나를 슬쩍 스쳐 지나간다. 저 시선에는 의미가 실려 있다. 젠장, 귀찮게 됐다.

"그 위인을 찾는 놈에게는!"

떠들썩하던 방이 삽시간에 조용해졌다.

"내 재산 전체를 줄 것이야."

저 노친네가 드디어 망령이 나셨구만. 나는 에디가 내온 차를 마시며 삽시간에 눈이 돌아가는 꽹이 같은 삼촌과 계산을 바삐 굴리는 이모, 저 혼자 다른 생각을 하는 사촌을 피해 우와, 라는 멍청한 표정만 지어 보였다. 저 미친 소리를 설마 다들 믿는 건 아니겠지?

"저, 정말이세요, 아버지?"

"그럼 어떻게, 스우만 찾아내면 되는 겁니까?"

"말하는 걸 보니 다 알아들은 모양인데, 그랬으면 다 가라. 꼴 보기 싫다."

아무리 미친 소리를 해 대더라도 로건 챈들러의 권위는 이 집에서 절대적이다. 다들 입을 다물고 방을 나갔다. 당황한 기색이 역력한 삼촌과 이모는 서로 거리를 두고 따로 떨어져서 황급히 걸어갔고, 펠릭스는 열심히 엄마 뒤꽁무니를 쫓아갔다.

"도대체 아버지께서 무슨 생각으로……."

"언제는 설명해 주신 적이 있었냐?"

"그래도 쉽잖아요. 스우인지 스노우인지 그 작가만 찾으면 되는 거 아닌가?"

"출판사가 어디냐?"

저 질문은 나에게 해당하는 거다.

"몰라요. 관심 없어요."

"너는 지금 이 판국에도 그런 소리가 나오니? 하여튼, 쯧쯧."

"귀찮잖아요."

"너 바보냐? 작가만 찾으면 재산이 수혜 된다는데, 그것보다 더 좋은 조건이 어딨어?"

쯧쯧. 너야말로 바보다. 기가 막힌 펠릭스가 날 닦달하다가 이모의 눈총을 받고 찔끔했다.

"다 받으면 뭐 할 건데. 귀찮아. 회사 경영해야 하잖아. 지금 《플라티나》 하기도 귀찮아 죽겠는데."

"그럼 넌 안 찾겠다, 이 말이냐?"

"별로 궁금하지도 않은뎁쇼. 게다가 저보다는 삼촌이나 이모가 더 잘하실 거 아녜요. 전 그런 거 잘 못해요."

"닉, 출판사에 아는 사람 없니?"

"글쎄요. 몰라요."

"저놈한테 물어보느니 직접 파는 것이 빠르지."

남매간의 혈전이 드디어 벌어지겠군. 나는 펠릭스를 낀 이모와 삼촌이 제각각 전화를 하면서 서둘러 사라지는 것을 느긋하게 뒤에서 지켜보았다. 그러고서 그들과 비슷한 타이밍에 차에 타서 다시 회사로 돌아갔다.

"고마워요, 빌."

"올라가세요, 사장님."

그러고서 엘리베이터까지 올라가서 사무실에 들어간다. 쏟아지는 인사와 농담들, 오후의 느긋하고 나른한 사무실의 분위기를 가르며 지나간 뒤 애니스가 날 기다리는 곳으로 돌아갔다.

"오셨어요?"

"나 좀 도와줘."

"왜요?"

"나 다시 챈들러가에 돌아가 봐야 해."

"방금 다녀오신 거 아녜요?"

"그건 가족 모임이고 이건 개인 면담. 아무도 몰라야 해. 혹시 능구렁이 같은 삼촌이나 교활한 이모가 전화를 하거든, 나는 계속 여기서 당신의 쪼임에 기사를 뱉어 내고 있는 거야. 알았어?"

눈치 빠르고 똑똑한 애니스는 바로 모든 상황을 이해하고 고개를 끄덕였다.

"어떻게 다시 가시려고요?"

"그건 걱정 마. 여러 번 해 봤어."

"제가 도와드릴 것이 있나요?"

"이래서 내가 당신을 사랑한다니까."

아, 빨개졌다. 그냥 지나치려고 했는데 너무 예뻐서 뺨에 어린
홍조를 훔칠 수밖에 없었다.

"조심하세요."

대답 대신 야구 모자를 들어 보였다. 블레이저를 벗고 두터운
후드재킷과 모자를 푹 눌러쓴 뒤 우리의 패션 피플들께서는 절대
로 사용하지 않는 뒤쪽 화물 운반용 엘리베이터를 타고서 지하
주차장까지 내려왔다. 항상 이런 때만 이용하는 BMW는 주차장
한구석, 눈에 띄지 않는 자리에 있다. 내게 이 차가 있다는 걸 아
는 사람은 없다. 심지어 애니스도 모르지.

서둘러 조수석에 블레이저를 던져 놓고 SUV를 몰아서 다시
챈들러가로 갔다. 멀찍이 떨어져서 한 바퀴 돌아본 뒤 아무도 없
는 것을 확인하고 근처에 차를 대놓았다. 그러고서 본가 뒤쪽,
CCTV가 설치되지 않은 쪽으로 걸어가서 에디가 미리 열어 놓은
와인 창고 쪽 문을 통해 들어갔다.

"도련님."

"삼촌이나 이모가 다시 왔어요?"

"아니요."

축객령이 떨어졌으니 오늘 내로 돌아오지는 않겠지만 그래도
확인해서 나쁠 것은 없다. 에디는 재빨리 나를 노친네의 침실로
안내했다. 아까 그 기세등등함은 온데간데없이 침대에 파묻혀 삑
삑거리는 기계에 의지해 눈을 감고 있는 것을 보니 확실히 쓰러

지긴 한 모양이군. 조슈아의 말로는 심장에 문제가 있다고 했더랬
다.

"왜 다시 오라고 하셨습니까?"

"오고서도 잔말이 많다."

가래 끓는 목소리로 대꾸한 노친네는 크게 기침을 했다.

"너, 내가 그리 못 미더우냐?"

"이런 어처구니없는 일을 벌이시면서 그런 말씀을 하시니 당황
스럽네요."

꼬장꼬장한 노친네는 자리가 불편한지 몸을 뒤척였다. 젠장.
지금 에디도 바깥에 있다. 나는 한숨을 쉬며 침대로 다가가 베개
를 고쳤다.

"망할 놈."

"왜 이런 일을 벌여서 쓸데없이 정력을 낭비하시고 그러시나
요. 편히 가시지."

"시간이 얼마 없으니까."

"그러니까 내키시는 대로 유언장 작성하시고 얼른 요단강 건너
가시라고 그랬잖습니까."

노친네는 킬킬 웃었다. 기침 섞인 웃음소리가 쓰게 들린다. 항
상 쓰러트리리라 이를 갈게 하던 큰 인물이 쇠약해지는 것은 못
볼 짓 같다.

"제정신이십니까?"

"난 멀쩡하게 제정신이다."

"그런데 어째서 이런 미친 짓을 벌이시는 겁니까?"

내 독설에 노친네는 눈 하나 깜짝하지 않았다.

"가장 유능한 놈에게 물려줘야 하니까."

"지난 10년간 충분히 관찰하셨잖습니까."

"그랬지."

"그러고도 답이 안 보이십니까?"

"그랬으면 내가 널 왜 따로 불렀겠냐."

젠장, 젠장, 젠장! 결국은 이렇게 되는 거였다! 차라리 딱 10년만 더 살아! 내가 당신 눈앞에서 보란 듯이 모든 것을 빼앗아 주는 걸 그냥 보라고! 아무리 그것이 당신이 원한 결과라도, 이런 식으로 받기는 싫었단 말이야!

"달갑지 않은 소린데요."

"안다. 화가 나겠지. 하지만 니콜라스."

이 집에서 나는 이방인이다. 나는 챈들러가 아닌 케인이다. 모든 이들이 나를 한심하게 보고 멍청하게 봤지만 내 가면을 꿰뚫은 이는 나의 생물학적인 외조부, 노친네뿐이었고, 인정하긴 싫지만 노친네는 다른 자식들과 나를 똑같이 취급했다. 너는 내가 버린 딸의 아들이라 해서 없는 사람 취급하지 않았다. 불렀으면 똑같이, 다른 자식들에게 하듯이 냉정하고 퉁명스럽게 대했지.

"너는 내가 이룩해 놓은 것을 저 멍청한 것들처럼 말아먹진 않을 거잖냐."

당신은 치가 떨릴 정도로 교활하다. 끝까지 자신의 제국을 해체시키지 않기 위해서 모든 것을 바친다. 그것이 설령 대단히 뜬금없고, 대단히 어이없으며, 대단히 애먼 사람에게 민폐를 끼치는 것이라 할지라도 이기적인 당신에게는 그런 것 따위 아무런 상관도 없다.

"차라리 유언장에 저를 지목하시는 게 빠르겠네요."

"웃기는 소리 하지 마라. 그랬다간 넌 형체도 없이 물어뜯겨서 사라질 거라는 걸 모르고 하는 말이냐?"

"저 아직 젊습니다. 차라리 균등하게 분할해 두시고 가시면 제가 알아서 재산 회수하지요."

"내가 던진 수에 지들끼리 물어뜯을 저 얼간이들을 모르냐? 넌 분명히 침묵하고 있다가 저놈들이 난리 치면서 떨구는 알맹이만 주워 모으겠지. 나약한 놈부터 하나씩 떨어져 나갈 때마다 재산은 뭉텅이로 줄어들 테고."

의뭉스러운 노친네. 흔한 유언장처럼 재산을 분할하면 유언이 어찌 되었건 간에 집안싸움에 본인의 업적이 공중 분해될 것이란 걸 미리 예측하고 이런 일을 벌인 거다.

"제가 떨어져 나가면 어쩌시려고요?"

클클클, 베개 사이로 노회한 웃음소리가 새어 나왔다.

"그러면 지는 거지. 내 생전 쌓아 놓은 것은 지밖에 모르는 것들에게 가루가 되어 버릴 테고. 그러나 넌 그럴 놈이 아니야."

앙상한 손끝이 부들부들 떨리면서도 똑바로 나를 가리켰다.

"너는 네 어미가 죽을 때부터 입 다물고 끈질기게 살아남은 놈이야. 물론 네 아비의 철통같은 비호도 있었다만, 마약에 찌든 사내놈들이나 돈밖에 모르는 바네사 그 계집애와는 근본적으로 다르지. 허나 네이슨이나 펠릭스, 바네사는 금방 처리해도 내 자식

새끼들은 내 밑에서 굴렀으니 만만히 보지 말거라."

침대 위로 들린 손은 심하게 떨렸다. 자신만의 제국을 이루어 놨음에도 불구하고 정작 자식 농사에 실패해서 평생 쌓아 온 이 모든 것이 다 흔들려 버리는 파국을 보는 것은 아무리 철혈 같은 노친네라도 충격이 대단할 것이다.

"꼭 찾아라. 네가 이 챈들러 사를 온전히 지켜."

그리고 그것을 막으려고 챈들러가 아닌 손자에게 짐을 지울 만큼 교활하기도 하지. 나는 그를 비웃었다.

"저보다 삼촌이 더 빨리 찾을 텐데요. FBI며 CIA, 워싱턴 전반에 연줄이 있는 사람입니다."

"누가 그리 쉽게 내 재산을 가져가게 한다든?"

그러면 그렇지. 분명히 직접 실버볼에 모종의 조치를 취해 놓았음이 불명했다.

"저라고 특별히 봐주시지도 않겠군요."

"어차피 조건이 모두에게 공평하다면, 네가 이기겠지."

"차라리 포기하겠습니다."

"아니, 너는 날 차치하고서라도 알렉스나 헬레나가 네 어미의 몫을 가져가는 건 절대 용납 못해."

추측이 아니라 단언이다. 산소가 만들어지는 소리와 삑삑대는 기계음, 물 넘어가는 가습기 소리가 방 안을 살금살금 돌아다녔다.

"애꿎은 그 작가와 브랜든 쿠퍼는 무슨 죄입니까?"

"알맞은 보상을 해 줄 것이야. 세상에 돈 싫어하는 사람 못

봤다."

"싫어하는 사람 있습니다만."

"흥, 그치가? 게다가 그 사람 정도는 되어야지 네놈들을 상대할 거 아니냐. 브랜든 쿠퍼라면 더할 나위 없이 훌륭한 상대야."

"저는 당신이 싫습니다."

"좋아해 달라고 한 적 없다."

"차라리 엄마가 살아 계실 때 잘하지 그러셨어요."

돌아오는 대답은 없었고 나는 수십 년 된 침묵과 방관이 낳은 황폐함으로 가득 찬 방을 나왔다. 스우를 찾으라고? 나서기 싫어서 가명까지 쓴 애먼 사람만 피 보겠군. 실버볼의 브랜든 쿠퍼는 만만한 위인이 아니다. 그를 노친네가 도와주고 있다면야 더더욱 난공불락이겠지. 삼촌이야 연줄을 동원하여 압박을 가할 것이고, 이모야 엄청난 금액이나 조건으로 해결을 보겠지. 펠릭스는 어떻게든 혼자서 이모의 손을 벗어나 지 나름대로 협상을 벌이려고 하겠지만, 브랜든 쿠퍼는 마약도 좀 하고 대학을 졸업하고 나서도 엄마 치마폭에서 벗어나지 못하는 애송이 따위는 상대도 하지 않을 것이다. 결국 남은 건 이모와 삼촌인데……. 그 만만치 않은 치들을 나 혼자 상대할 수야 없지.

[Hotel Bristol입니다.]

"프린스 오브 웨일스 스위트에 묵고 있는 바네사 헤르난데즈 부탁합니다."

[실례지만 성함이?]

"사촌 닉이라고 전해 주시겠습니까?"

카드 추적을 통해 사촌의 행적을 파악하는 것은 기본 중의 기본이다.

[닉?]

"잘 지냈어?"

[나야 잘 지냈지! 넌 여전하더라? 이번에 휴 헤프너 뺨치게 놀았던데?《빌트》에 쫙 나왔어!]

"아. 무지 재미있었어. 너도 있었다면 좋았을 텐데."

[말뿐이라도 고맙네.]

"옷 사업은 잘돼 가?"

나의 이유 있는 찌름에 어떻게든 호들갑을 떨어서 말을 돌려보려 하던 바네사는 찍소리도 못했다.

[그게, 저기, 닉, 생활비 빼니까 사업하기가 꽤나 빠듯하더라고.]

"너 나한테 그간 빌려간 돈이 삼백만이 훌쩍 넘는데 언제 갚으려고 그래?"

[미안미안! 이번에 정말 괜찮은 친구를 여기서 사귀었거든! 걔랑 같이 크루즈 사업 해서 꼭 갚을게!]

"됐고. 너 뉴욕으로 다시 와라."

[왜, 왜?]

"할아버지가 쓰러지셨어. 연락 못 받았어?"

[나 아빠가 전화하면 절대 안 받는 거 알잖아. 메일도 아예 안 읽어. 할아버지 괜찮으셔?]

"오늘 전원 집합시켜서 가 봤는데 쓰러진 사람치곤 멀쩡하시더만."

[그럼 안 갈래.]

그렇게는 안 되지. 나는 알렉스 삼촌의 유일한 약점인 네가 아주 절실하게 필요해.

"스우를 찾으면 전 재산을 주시겠다던데, 그래도 안 올래?"

[뭐어? 스우면 그 예쁜 색깔 책 작가?]

네가 아는 걸 보니 확실히 스우가 올해 트렌드가 맞구나.

"그래. 그 작가."

[거짓말! 말도 안 돼! 뭐 그런 식으로 재산을 주신담?]

"나도 기가 막히다."

[너도 할 거야?]

"내가 뭣하러 해. 귀찮아."

[근데 왜 나한테 전화를 해?]

"너 돈 없잖아. 스우만 찾으면 할아버지 돈이 전부 네 거이기도 하고. 다들 들었는데 너만 못 들었으니까 억울할 거 아냐."

[아, 역시 닉이야. 고마워. 네가 최고야. 나 뉴욕으로 갈게. 그 작가 찾아서 꼭 돈 갚을게!]

"그래, 그래. 그럼 끊을게."

[응, 고마워!]

네 끈기가 그리 오래가지는 못하겠지만 초반에 삼촌의 발목만 제대로 붙잡아 준다면야 투자할 만한 가치가 있을 거야. 나는 후드를 뒤집어쓰고 서둘러 자리를 떴다. 이제는 시카고로 가야 할 텐데, 어떻게 매의 눈을 한 친척들을 피해서 몰래 시카고로 갈 수 있으려나. 차로 가기는 싫은데. 아주 눈썰미 있는 패션 피플이 아닌 이상 내가 입고 있는 팬츠가 지제냐라는 사실을 모를 것이다. 그래서 빌딩 뒤쪽으로 들어가는 후드 쓴 남자는 무사히 엘리베이터를 탔고, 엘리베이터가 19층에서 열리는 순간 후줄근한 남자는 온데간데없이 니콜라스 케인이 슬쩍 플라티나 본사 뒤편으로 들어섰다.

"다녀오셨어요? 들키지는 않았어요?"

내가 사무실을 뜬 이후로 초조하게 기다리고 있었던 기색이 역력한 겨울 아가씨가 안절부절못하며 빈 종이봉투 입구를 벌려서 내밀었다. 그 안에 후드와 모자를 던져 넣은 나는 빙긋 웃어 보였다.

"와아, 나 운 좋네. 애니스가 날 걱정해 주고 말야."

"첩보영화 찍는 것처럼 갖은 폼은 다 재고 다니니까 걱정을 안 하겠어요? 무슨 일이에요?"

당신에게 이 모든 일을 고백하면 마음이야 편하겠지만, 많은 것을 알면 알수록, 나에게 연루되면 연루될수록 당신은 위험해지겠지. 이러면 안 돼. 나는 대답 대신 다른 말을 했다.

"나 없는 동안 별일 없었지? 늦었다. 얼른 퇴근해."

눈치 빠른 애니스는 그게 말하고 싶지 않다는 소리인 줄 금방 알아듣고 고개를 끄덕였다. 나는 묵묵히 그녀가 가방을 챙기고 엘리베이터로 떠나는 모습을 지켜보았다.

[역시 그 노인네 만만히 볼 위인이 아니었어.]

조슈아의 한숨 섞인 말을 흘려들으면서 빌딩 저 아래로 애니스가 종종걸음 치면서 걸어나가는 것을 지켜보았다. 가벼운 스카프 자락이 어깨에서 춤을 춘다. 그러고 보니 저번에 강제로 마이애미로 끌고 간 이후로 제대로 옷을 해 준 적이 없다.

[확실히 뇌경색이란 것이 무섭긴 하지. 의사가 한 번만 더 쓰러지면 장담할 수 없다고 그랬다더군.]

"그래서 이 미친 짓을 시작한 거네."

[느이 할아버지, 《판게모니아》를 읽긴 하셨다든?]

"책표지가 마모되긴 했더라만."

[스우가 책에 약을 발라 놨나?]

"그러니까 브랜든 쿠퍼가 그렇게 철통같이 수비하는 거 아니겠냐."

[너 어떻게 스우 찾을 거냐?]

"솔직히 웃자고 하는 일에 죽자고 달려드는 모양새 같아서 그다지 찾고 싶지는 않다만."

[벌써 맨해튼에 죽자고 달려드는 사람만 너 빼놓고 세 명이야.]

"바네사도 추가해. 내일 시카고 갈 테니까 네이슨도 추가하면 다섯이지."

내 변호사 친구는 낄낄 웃었다.

[너구리 양반께서 골치깨나 썩겠구만. 스우 찾는 건 둘째 치고 딸내미 단속부터 하고 다녀야겠는데.]

"맨해튼이 난리가 나겠지."

[그럼 그렇게 발목만 잡고서, 너는 어떻게 하려고?]

"글쎄. 며칠 동안 머리 굴리다 보면 답이 나오지 않으려나."

[시간 없다. 빨리 굴려라.]

"아아, 걱정 마."

[나는 나대로 알아볼게.]

"고마워."

[별말씀을.]

내일 시카고를 찍고 돌아오는 길에 생각을 더 해 봐야겠다. 되도록 브랜드 쿠퍼 앞에 대놓고 나타나고 싶지는 않다. 내 주위에 브랜든 쿠퍼와 가까운 이라면, 당장 생각나는 건 내 소중한 아가씨지만 절대 쿠퍼와 붙여 놓을 수는 없지. 나로서도 만만치 않은 일이다. 노친네, 돌아가시기 전에 작품 하나 제대로 만들어 놓으셨군.

2권에서 계속

ㄷ
향

사랑, 그 설렘에 취하고 향기에 물들다.

도
향

사랑, 그 설렘에 취하고 향기에 물들다.